Зарубежный романтический бестселлер

РОМАНЫ

КАРЕН УАЙТ

КАРЕН УАЙТ

Рапсодия ветреного острова

САРА ДЖИО

Ежевичная зима

Фиалки в марте

Соленый ветер

Последняя камелия

Утреннее сияние

КАРЕН УАЙТ

Рапсодия ветреного острова

МОСКВА
2018

УДК 821.111-31(73)
ББК 84(7Сое)-44
У13

Перевод с английского *К. Савельева*

Художественное оформление *С. Власова*

Уайт, Карен.

У13 Рапсодия ветреного острова / Карен Уайт; [пер. с англ. К. Савельева]. — Москва : Эксмо, 2018. — 576 с.

ISBN 978-5-04-097982-0

1942 г.

Юные Мэгги, Кэт и Лулу учатся жить в непростых условиях – идет война, и каждый новый день воспринимается как подарок свыше. Когда в их жизни появляется Питер, он становится им надежной опорой: для крошки Лулу — братом, для красотки Кэтрин – защитником, а для задумчивой Мэгги — возлюбленным. Но, кажется, Питер что-то скрывает... Да и так ли все радужно в их взаимоотношениях?

Наши дни

Эмми Гамильтон, поддавшись уговорам матери, покупает небольшой книжный магазин на острове в Атлантическом океане. Вскоре она находит среди книг загадочные любовные послания и рисунок бутылочного дерева. Это становится началом увлекательной авантюры, в результате которой Эмми приблизится к разгадке таинственных событий, произошедших на острове во времена Второй мировой войны.

УДК 821.111-31(73)
ББК 84(7Сое)-44

ISBN 978-5-04-097982-0

Моим родителям,
Кэтрин Энн и Ллойду Сконьерсу.
Спасибо за вашу любовь
и добрые советы

Благодарность автора

Мне хотелось бы поблагодарить щедрых и великодушных жителей Фолли-Бич (Южная Каролина), как тех, кто жил там давно, так и тех, кто живет в этом месте сейчас, — особенно Мэри Родс, Билла Брайана, Рут Рейли и Бет Ламм, — за помощь в моих исследованиях для написания этой книги.

Я также выражаю огромную благодарность неутомимой Марлене Эстридж, служащей городской мэрии Фолли-Бич, за любезно потраченное на меня время, информацию и огромное терпение ко всем моим расспросам. Теперь я знаю, почему о ней написали песню.

Большое спасибо за информацию о маяке, предоставленную Карлом Хичкоком из организации «Сохраним Свет» — учреждения, занимающегося восстановлением и сохранением исторического маяка на острове Моррис для будущих поколений.

За дополнительной информацией и сведениями о помощи, которую вы можете оказать, обращайтесь по адресу www.savethelight.org.

Выражаю огромную благодарность моим читателям, особенно Сандре Попэм и Мэри Келли, чей интерес к моим книгам не только льстит мне, но и служит источником вдохновения.

Спасибо за добрые слова — не знаю, как бы я обходилась без вас!

Как всегда, я благодарна моей подруге и коллеге по перу Венди Уокс и членам моей семьи — Тиму, Меган и Коннору — за выдержку, которую они проявляют, когда мне нужно срочно сдавать рукопись в издательство, и относительно благополучное завершение моих трудов. В конечном счете, мои книги читают благодаря вам!

Океан такой же, каким он был в старину;
Нынешние события — это его волны и течения.

Саид Айдар Амули,
XIV век

Пролог

Ноблесвилль, Индиана
Январь 2009 года

Беспросветной зимней ночью Эмми проснулась от завываний ветра в бутылочном дереве и поняла, что Бен покинул ее; поняла с той же неизбежностью, с какой луна вызывает морские приливы. Она с рождения была наделена даром, который ее мать называла *знанием,* и до этой ночи Эмми не боялась его. Но теперь жалобный свист ветра пронизывал ее до костей и проносился перед закрытыми глазами, словно лента новостей, освещая заголовок, который она совсем не хотела видеть.

Лежа в темноте, Эмми растворилась в своем горе, уже тоскуя о рокочущем смехе Бена, о его теплой ладони на ее бедре, когда он спал.

Это началось однажды вечером, несколько лет назад, когда Бен впервые поцеловал ее, склонив к ней свое лицо, как цветок подсолнуха поворачивается к солнцу. Когда их губы соприкоснулись, она подумала, что этот поцелуй только сейчас первый, один-единственный раз, и сейчас она часто вспоминала об этом. Эмми надеялась, что вся ее жизнь с Беном будет литанией из «первых разов», и по большей части так оно и было... но не тогда, когда они прощались. С того первого вечера они превратили свои встречи в тайную игру, пообещав никогда не говорить друг другу «прощай». По словам Бена, даже если они расстанутся, не прощаясь, то они обязательно встретятся вновь.

Эмми медленно встала с кровати и вышла из своей детской спальни, куда она переехала после того, как Бен расстался с ней и отправился во вторую служебную командировку. Потом она миновала гостиную и вышла через кухонную дверь на задний двор, не обращая внимания на снег под босыми ногами и ветер, проникавший под фланелевую рубашку Бена. Рубашка служила плохой заменой его объятиям, и привычка носить ее в отсутствие Бена, по словам матери Эмми, напоминала плавание в резиновом плаще. Но это была единственная вещь, за которую она теперь могла держаться.

Словно призрак, она перепорхнула от спящего материнского огорода к дощатому забору, где над снежной порошей раскинулось бутылочное дерево, глухим свистом выражавшее свое недовольство суровым климатом. Дерево было единственным растением, которое мать Эмми привезла из своего дома в Южной Каролине, как будто привезти что-то означало сделать свой исход окончательным. Хотя на самом деле так оно и было. Если не считать поездок на похороны родителей, мать Эмми никогда не возвращалась обратно.

Дерево представляло собой металлическую скульптуру со стволом и многочисленными ветвями, на которые были насажены стеклянные бутылки всевозможных оттенков. Традицию выставлять бутылочные деревья перед входом в дом привезли с собой на юг Америки рабы из Конго; бутылки должны были ловить злых духов, которые селились внутри.

Бутылочное дерево стояло на заднем дворе с самого рождения Эмми, и она лишь однажды спросила, почему после нескольких выкидышей мать по-прежнему верила в способность этого дерева отваживать злых духов и не избавилась от него. Очевидный ответ — *потому что потом родилась ты* — так и не слетел с губ ее матери, и Эмми перестала спрашивать.

Тем не менее дерево стало для нее своеобразным убежищем — ниточкой к тому месту, о котором Эмми знала только по старым фотографиям матери, где она была юной девушкой; к месту, где цветовая палитра совершенно отличалась от плоских индейских равнин ее родного дома. Эмми никогда не видела океана, но в детстве ей нравилось думать, что в бутылках сохранились звуки океанских волн, и если она когда-нибудь наберется храбрости снять с ветки одну из бутылок, то наконец узнает, почему мать так сильно скучает по родным краям.

Молодая луна накрыла замерзший двор пеленой голубоватого света, Эмми закрыла глаза и попыталась отвлечься от завываний ветра и горестной правды, стучавшей ей в виски. *Бена больше нет.* Она зажмурилась еще сильнее, стараясь снова ощутить его руки, увидеть его таким, как в тот последний раз в аэропорту, когда он носил армейскую рабочую униформу с надписью «Гамильтон» на нагрудном кармане и говорил все, что угодно, кроме слова «прощай». Но даже дар Эмми подвел ее, окутав колючим холодом и кромешной тьмой.

Дверь с проволочной сеткой захлопнулась, словно кто-то вскрикнул в темноте, но Эмми не обернулась.

— Мама?

— Это Бен? — Голос ее матери был похож на всхлип.

Эмми повернулась как раз вовремя: ноги ее матери начали подгибаться. Ее мать, Пейдж, хорошо знала, что такое горе. Она не позволяла птицам скорби кружить над ней, но приглашала их свить гнездо в ее душе.

Эмми успела подхватить мать, прежде чем Пейдж упала на снег, и снова оказалась в роли спасительницы взрослого человека. Ей нравилась эта роль. Если силы изменят Пейдж, то Эмми не придется думать о собственной утрате и о том, что ей недавно исполнилось тридцать лет, а она уже стала вдовой. Или о том, что ей придется найти способ сказать своему мужу «прощай» в первый и последний раз.

Глава 1

Фолли-Бич, Южная Каролина
Январь 1942 года

Гул бомбардировщика «Б-24», приближавшегося к Сентер-стрит, сначала напоминал писк москита, но вскоре превратился в рев, наполнивший уши Мэгги, так что она не слышала ничего другого. Она выбежала на крыльцо, когда Джек Макдонахью промчался над родным городом во время одного из регулярных полетов. Она помахала, не уверенная в том, мог ли он увидеть ее, потом побежала обратно в дом и поднялась по лестнице в спальню своей младшей сестры, недавно предоставленную их овдовевшей кузине Кэтрин.

— Черт побери этого Джека! — донесся женский голос из спальни. Мэгги без стука открыла дверь и укоризненно посмотрела на родственницу.

— Следи за языком, Кэт. В доме дети.

Кэтрин стояла на табурете, пока Лулу, девятилетняя сестра Мэгги, с помощью карандаша для подводки глаз пыталась провести ровную линию на длинной загорелой ноге Кэт. Лулу встревоженно посмотрела на старшую сестру. Она не любила принимать чью-либо сторону, но обычно оказывалась на стороне Кэтрин, хотелось ли ей того или нет. Любому человеку, кем бы он ни был, трудно было в чем-либо отказать Кэт.

Кэтрин взмахнула левой рукой, и золотое кольцо на безымянном пальце блеснуло на солнце.

— Я уже не ребенок и могу говорить все, что хочу. Смотри, Лулу сбилась из-за него, и теперь придется начинать все сначала, — она вытерла лоб тыльной стороной ладони. — Проклятье, здесь слишком жарко для января. Нужно сейчас же открыть окно.

Кэт спустилась с табурета и пристроилась на широком подоконнике створчатого окна. Присев на корточки, она подняла задвижку и толкнула бедром оконную раму.

Мэгги закусила губу, но вскоре ее терпение лопнуло.

— Ты разобьешься, Кэт, если выпадешь из окна. Почему бы не подождать, пока я не позову кого-нибудь подправить щеколду?

— Да я умру от теплового удара. Спасибо, но лучше не надо. Кроме того, я долго упражнялась и теперь знаю, как это делается.

Даже оконные щеколды не могли спорить с ней, окно поддалось в тот самый момент, когда Кэтрин отшатнулась назад, чтобы не вывалиться с третьего этажа.

— Видишь? — с улыбкой спросила она, вновь водрузившись на табурет.

Мэгги уселась перед открытым окном на краю кровати, застеленной белой шенилью, и стала стягивать свитер.

— На улице всего лишь шестьдесят градусов, Кэт[1], — сказала она. — Это вряд ли можно назвать жарой, и ради свежего воздуха точно не стоит рисковать жизнью.

Прохладный океанский бриз закружил в комнате кружевные занавески, словно подчеркивая ее слова. Она впервые обратила внимание на плотно облегающую белую блузку и красную юбку своей кузины.

— Ты куда-то собираешься?

— Погулять. Мне все равно куда, лишь бы выйти на улицу. Солдаты все время приезжают и устраивают танцы на причале, хотя до лета еще далеко. Я слышу музыку и не понимаю, почему мне нельзя повеселиться вместе с другими девушками.

Кэт насупилась, глядя на Мэгги, и стала выглядеть более коварной. Ее мать до самой смерти надеялась, что какой-нибудь продюсер из Голливуда раскроет таланты Кэтрин и сделает ее кинозвездой. Из-за пышных светлых волос, зеленых глаз и безупречной фигуры с изгибами во всех нужных местах ее иногда принимали за Лану Тернер, и она очень гордилась своим сходством с популярной актрисой.

Мэгги закусила губу, не желая очередной ссоры. Но она дала обещание матери Кэт, когда та умира-

---

[1] Примерно 16° по шкале Цельсия. *(Здесь и далее, за исключением специально оговоренных случаев, примечания переводчика.)*

ла, что будет стараться удерживать Кэтрин в рамках приличия. Она глубоко вздохнула.

— Еще слишком рано, Кэт. Что скажут люди? Мы только что похоронили Джима, нужно чтить память о нем. Ты же вдова.

Кэт оставалась неподвижной, словно золотистая статуя, и хранила зловещее молчание. Лулу, ощутившая растущее напряжение, шмыгнула в угол и прижала колени к груди.

— Джим умер, Мэгги, — произнесла Кэт странным низким голосом, не похожим на ее собственный. — Но я-то жива. Бога ради, мне всего лишь девятнадцать лет! Передо мной целая жизнь, и я слишком молода, чтобы похоронить себя рядом с мужчиной, за которым была замужем только три месяца!

Лулу тихо заскулила, словно щенок. Она любила Джима, как может любить только девятилетняя девочка. Именно благодаря ей Джим вошел в их жизнь. Она упала, когда каталась на роликовых коньках, и вывихнула ногу, а Джим принес ее домой на руках, словно рыцарь в сияющих доспехах. Мэгги тоже так подумала, согретая его добродушной улыбкой и ровным взглядом серых глаз. Она была тронута рассказами Джима о его собственной младшей сестре, оставшейся в Луизиане. Он дважды водил ее на танцы и однажды даже поцеловал. Но потом он познакомился с Кэт, и больше не было никаких танцев и поцелуев.

Теперь, когда Мэгги смотрела на свою кузину, старое обещание досаждало ей так же, как новые, еще не разношенные туфли. Они выросли вместе; их матери были сестрами, а отец Кэт ушел из семьи задолго до ее рождения. Возможно, только Мэгги умела разглядеть отчаяние Кэт, душевный голод и одиночество, побуждавшие ее к действиям, когда она охотилась за любовью. Но Кэт была бы сильно уязвлена, если бы узнала, что Мэгги очень часто жалела свою прекрасную кузину.

— Это неправда, Кэт. Я знаю, ты говоришь не всерьез.

Кэт выглянула в окно.

— Я хочу жить. Я хочу танцевать.

Она повернулась, и в ее глазах блеснула надежда.

— Пойдем со мной, Мэгги. Ты будешь моей дуэньей, хотя все должно быть наоборот, потому что ты одинокая девушка, а я вдова. Но нам будет весело, как в старые времена.

Мэгги посмотрела на свое недавно выкрашенное черное платье, неровно подстриженные ногти и бледные ноги без чулок. Ей никогда не нравилось ходить на танцы вместе с Кэт. Мэгги втягивалась в орбиту притяжения солнца по имени Кэт и укрывалась в тени, отбрасываемой ее светом. Иногда ей казалось, что Кэт хотела доказать ей, что, несмотря на то, что отец рано бросил ее, а мать умерла, ее красота и привлекательность не мешают ей наслаждаться жизнью и иметь массу поклонников.

Кэт слезла с табуретки и сняла туфли на высоком каблуке, которые она уговорила Джима купить ей вместо платы за арендное жилье. Она встала перед Мэгги; ее зеленые глаза умоляюще воззрились на сестру.

— Давай же, Мэгги. Я не могу пойти одна... что скажут соседи?

Мэгги отвернулась и покачала головой, недовольная тем, как Кэтрин воспользовалась ее собственным аргументом.

— Ты совсем недавно овдовела, Кэт. Это накладывает на тебя определенные обязательства: тебе не следует ходить на танцы и находиться в обществе других мужчин.

Сердце Мэгги немного сжалось, как это бывало всегда, когда она думала о Джиме: о морщинках в уголках его глаз, когда он улыбался, или о том, как он смотрел на собеседника во время разговора, словно в мире не было ничего более важного, чем то, что он слышит.

Кэт слегка повернулась, чтобы видеть свой профиль в зеркале, установленном на подвижной раме в углу, и пригладила блузку и юбку, чтобы подчеркнуть фигуру.

— Если ты еще не заметила, Мэгги, идет война. Правила изменились. То, что раньше считалось неприемлемым, теперь вполне нормально.

Она приподняла левую бровь в манере Вивьен Ли, которую совершенствовала после того, как посмотрела фильм «Унесенные ветром»[1].

---

[1] «Унесенные ветром» — кинофильм режиссера Виктора Флеминга и продюсера Дэвида Селзника, поставленный по одноименному роману Маргарет Митчелл. В главных ролях — Вивьен Ли и Кларк Гейбл (1939). (*Прим. ред.*)

— Можешь взять мое голубое платье — то самое, с белым воротником, — и брошь моей матери. А я займусь твоим макияжем. Я могу сделать тебя похожей на Бетт Дэвис в том фильме, который ты так любишь. Знаешь, ты совсем не хуже ее, нужно лишь приложить немного усилий. Разве ты не хочешь выйти замуж? Сейчас вокруг много мужчин, и мы должны хотя бы немного утешить их, прежде чем они отправятся выполнять свой долг.

— *Иезавель*[1], — пробормотала Мэгги название своего любимого фильма, которое Кэт никак не могла запомнить, как и название любимого мороженого Мэгги и тот факт, что она всегда стеснялась в мужском обществе — по крайней мере, до того, как она познакомилась с Джимом.

— Что? — рассеянно спросила Кэт, все еще изучавшая свое отражение. — Ах да, кино. Так или иначе, я могу сделать тебя совершенно похожей на эту актрису, если ты позволишь.

Она схватила Мэгги за руки и сжала их, заглянув ей в глаза, и Мэгги поняла, что она собирается сказать еще до того, как слова слетели с губ сестры:

— За тобой должок, помнишь?

Разумеется, она помнила. Кэт напоминала ей об этом с тех пор, как Мэгги исполнилось восемь лет и она на спор бросилась головой вперед прямо в

---

[1] «Иезавель» — фильм Уильяма Уайлера по одноименной пьесе Оуэна Дэвиса (1938). В главных ролях — Бетт Дэвис и Генри Фонда. *(Прим. ред.)*.

волну, набегавшую на песчаный пляж. Тогда обеим девочкам и в голову не пришло, что она не умеет плавать. Мэгги начала тонуть, но Кэт несколькими сильными гребками подплыла к ней и вытащила на песок, как выброшенного на берег кита. И хотя Кэт часто напоминала кузине о том, кто ее спас, она ни разу не упомянула о том, что сама подбила Мэгги нырнуть в воду.

— Хорошо, — сказала Мэгги, покорившись неизбежности, но страстно желая остаться дома вместе с Лулу и книгами и ускользать в иные миры, где она была такой же уверенной и красивой, как Кэт, а мужчины были такими же храбрыми и надежными, как Джим.

— Отлично, — Кэт лучезарно улыбнулась. — Ты не пожалеешь об этом.

Мэгги слабо улыбнулась в ответ, понимая, что она уже жалеет о своем решении. Она увидела, как Лулу отвернулась и снова тихо заплакала.

Фолли-Бич издавна считался более диким местом по сравнению с соседними барьерными островами[1]. Коттеджи с характерной выцветшей краской и шаткими крылечками, грунтовые дороги и общая атмосфера беззаботности и упадка делали крошечную по-

---

[1] Барьерные острова — острова в виде относительно узких полос песка, расположенных вблизи и параллельно побережью материка. Как правило, они расположены в виде цепи, состоящей из нескольких островов, иногда более десятка. *(Прим. ред.)*

лоску острова в бухте Чарльстон надежной гаванью для тех, кто любил его, и объектом презрения и насмешек для прочих.

Мэгги любила это место, где воспоминания о ее матери жили в каждой раковине, поднятой с песка, в каждом закате, который она наблюдала над камышами болотистой дельты Фолли-Ривер. Их дом на Секонд-стрит, с широким крыльцом и облупившейся желтой краской, был домом ее отца, юриста из Чарльстона, построенным для летнего отдыха от городской жары и сутолоки сразу же после женитьбы на ее матери. Все в доме напоминало о матери, начиная от кружевных занавесок в двух спальнях и большого окна в гостиной, выходившего на улицу, до корзинок с «песчаными долларами»[1] и коллекции морских стеклышек, разложенной на подоконниках.

Возможность каждый день видеть эти вещи и прикасаться к ним как будто возвращала ее мать к жизни, и Мэгги чувствовала себя не такой несчастной и одинокой. Именно поэтому после смерти отца она переехала сюда вместе с Лулу и стала дожидаться перемен, которые стали бы началом следующего этапа ее жизни.

Мэгги нашла Лулу на заднем дворе, она пряталась за простынями, развешанными на бельевой веревке. Предполагалось, что Кэт снимет постельное белье и отнесет его в дом, пока оно не отсырело в

[1] Круглая раковина плоского морского ежа с узором из пяти лепестков в центре.

вечерней прохладе, но сестра явно и думать об этом забыла. Мэгги внутренне вздохнула, когда вышла на улицу.

Воздух был теплым не по сезону, и простыни хлопали на ветру, то скрывая, то открывая фигурку Лулу; эта картина напоминала кадры из старого немого кино. Ветер растрепал волосы Мэгги, уничтожив локоны, которые Кэт накручивала на горячие бигуди в течение целого часа. Она заткнула за ухо выбившуюся прядку и решительно двинулась к сестре, собираясь отчитать Лулу за то, что та от нее пряталась.

Внезапно Мэгги остановилась у края белой хлопковой простыни, нитка которой, использованная для штопки дыры, метнулась к ней от дуновения ветра, словно шаловливый котенок. Заглянув на другую сторону, она увидела Лулу, стоявшую на коленях среди чахлой травы и песка: она воткнула в землю ветку с корой, потемневшей и скользкой от долгого пребывания под водой. Девочка подняла бутылку из-под кока-колы, перевернула ее и насадила на конец ветки; потом откинулась назад и полюбовалась своей работой.

Ветер поднимал песок, жаливший голые ноги Мэгги и смазывавший черные линии фальшивых чулочных швов, которые она нарисовала на ногах по настоянию Кэт. Но Мэгги не двигалась, зачарованная пением ветра в бутылке, глубоким, каким-то неземным причитанием. Казалось, этот звук обращается к сокровенной части ее души, которую она никогда не показывала другим людям. Кроме одного человека.

— Лулу?

Сестра резко повернулась и сбила ветку на землю.

Мэгги подняла простыню и прошла под ней, а потом опустилась на колени на песок перед Лулу. Темно-карие глаза девочки расширились от удивления и чего-то еще, что показалось Мэгги тревожным предчувствием.

— Ты это слышала, Мэг?

Мэгги кивнула.

— Да, слышала, — она машинально поправила прядь светло-каштановых волос за ухом Лулу. — Для чего это?

— Это бутылочное дерево. Джим рассказывал мне о них. Он говорил, что африканские рабы помещали бутылки на деревья перед своими жилищами, чтобы отгонять злых духов.

Мэгги взяла сырую ветку и выпрямила ее, а другой рукой сгребла кучку песка и утрамбовала его у основания.

— Не знала, что Джим был суеверен.

Она старалась не смотреть на Лулу, опасаясь увидеть в глазах девочки такое же желание поговорить о Джиме, какое испытывала она сама.

— Нет, на самом деле он не был таким. Он говорил, что всю свою жизнь слушал бутылочные деревья, потому что их делали люди, работавшие на ферме у его родителей. Еще он говорил, что не важно, веришь ты в духов или нет; важно иметь частицу чего-то такого, что напоминает о месте или о человеке, которого ты любишь.

Лулу поджала губы, как она обычно делала, когда сомневалась, стоит ли продолжать. Мэгги благоразумно сохраняла молчание.

— Как ты думаешь, отгонять злых духов просто так, на всякий случай — это ведь доброе дело? — наконец спросила Лулу.

Мэгги заглянула ей в глаза.

— На самом деле ты не веришь в злых духов, правда? Если бы я подумала, что ты говоришь серьезно, то завтра мне пришлось бы отвести тебя к отцу Дойлу на исповедь.

Лулу опустила голову, но, когда она снова посмотрела на Мэгги, ее глаза потемнели.

— Если Кэт собирается и дальше жить с нами, то нам понадобится бутылочное дерево.

Мэгги открыла рот, чтобы одернуть сестру, но обнаружила, что не может сказать ничего, не солгав либо ей, либо самой себе. Вместо этого она встала и протянула сестре руку. Они смотрели друг на друга, пока стряхивали песок с коленей. Не сказав больше ни слова, Мэгги взяла сестру за руку и потянула за собой.

— Пошли. Сегодня ты переночуешь у Эми, потому что мы собираемся идти на причал. Я хочу, чтобы ты помогла Эми и ее матери позаботиться об их маленьких братьях, хорошо? Им приходится трудно после отъезда отца. Но обещай мне, что ты не будешь говорить о войне, как было в прошлый раз. Это очень расстроит миссис Бейли.

Лулу шла с опущенной головой.

— Но ты всегда советовала мне говорить правду; я так и поступала. Солдаты умирают каждый день. Джим погиб. Может быть, мистер Бейли тоже погибнет.

Сердце Мэгги гулко стучало в груди, когда она думала о том, чем вызвано подавленное состояние Лулу: смертью родителей или суровым ветром войны, который занес песком их былую жизнь. Она крепко сжала руку девочки.

— Да, Лулу, солдаты гибнут каждый день. Но люди не хотят думать об этом. Они хотят думать о хорошем, они ждут возвращения своих родных. Мы будем молиться за мистера Бейли вечером, хорошо?

Лулу остановилась и посмотрела на Мэгги.

— Кэт никогда не молилась за Джима, ведь так? Может быть, поэтому он и погиб.

— О нет, солнышко, не поэтому...

Но Лулу не слушала ее.

— Я собираюсь сделать бутылочное дерево и подарить им. Может быть, это сохранит жизнь мистеру Бейли.

Они дошли до черного хода и остановились, когда увидели Кэт, стоявшую в дверном проеме; раздраженное лицо ничуть не умаляло ее красоту. Она держала туфли в руке, не желая надевать их на грязной улице, и пританцовывала от нетерпения.

— Пошли скорее, я уже слышу музыку. Лучших парней разберут, пока мы туда доберемся.

Лулу нахмурилась и проскользнула мимо нее.

— Я сама могу дойти до Эми, — заявила она.

Мэгги наблюдала за ее уходом, хорошо понимая, что ее тревога за младшую сестру будет незначительной по сравнению с трениями между Кэт и Лулу, если они пойдут все вместе.

— Спокойной ночи, Лулу! — крикнула она вслед. — Утром я сразу же зайду за тобой. И не забудь о нашем разговоре.

Лулу на ходу пожала плечами — только это свидетельствовало о том, что она расслышала слова Мэгги. Кэт тоже нахмурилась, глядя ей вслед.

— Что с ней стряслось?

Мэгги не ответила, но вышла через парадную дверь, не забыв ее запереть. Еще месяц назад они и не думали о танцах, но тогда военная верфь и база ВВС Чарльстон не были переполнены приезжающими мужчинами.

Они прошли по Секонд-стрит к Вест-Эшли, где большие старые дома постоянных жителей острова сменялись лачугами и побеленными коттеджами летних жильцов. От Вест-Эшли они побрели по песчаному пляжу с туфлями в руках, стараясь не промочить ноги в холодной воде Атлантики.

Возле причала они миновали разъезд недавно сформированного конного патруля Фолли-Бич. Мэгги не понимала, что они могут здесь искать, поскольку японцы не приближались к Западному побережью, а немцы находились в трех тысячах миль, на другой стороне океана. Но она полагала, что эти люди каким-то образом вносят свой вклад в общее дело. Она знала, что после каждого объезда они отправлялись в бар Макнелли выпить пива и оставляли свои полуавтоматические винтовки в шкафу, прежде чем сесть за стол. Оставалось лишь гадать, одной ли ей кажется, что местным жителям стоит больше опасаться пьяных людей с винтовками, чем воображаемых немцев.

По мере приближения к причалу они встречали все больше людей, пеших и в автомобилях, направлявшихся к пристани и павильонам для танцев, катания на роликах и других развлечений, доступных в зимнее время. Обычно январь был сонным месяцем на Фолли-Бич, но с приездом большого количества военных местные жители старались обеспечить гостей всем необходимым для отдыха.

Длинный причал, сложенный из бревен карликовой пальмы, далеко выдавался в бухту; его крыша была выкрашена в темно-зеленый цвет с красной эмблемой кока-колы с одной стороны. Это был символ Южной Каролины, по единодушному мнению пятнадцати тысяч человек, приехавших сюда на празднование Дня независимости пять лет назад. Тогда Кэтрин было лишь четырнадцать, но ей разрешили пойти на праздник, и она танцевала со всеми, пока Мэгги держала туфли своей кузины и весь вечер носила ей воду.

Люди начинали парковать автомобили на пляже рядом с причалом, воспользовавшись отливом. Глядя на свет и веселье, было трудно представить что-либо более серьезное, чем поиски партнера для танцев или холодного пива; только мужчины в мундирах, которых с каждой неделей становилось все больше, напоминали о том, что Америка находится в состоянии войны.

Несмотря на увещевания Кэт, Мэгги так и осталась в своем черном платье, и когда она видела летчиков или моряков в форме, глазевших на ее сестру, то начинала жалеть о том, что не переоделась. Не то чтобы она не привыкла, что на нее не обращают внимания, когда она находится рядом с Кэт; она даже не пыталась изменить это положение вещей. Джим однажды сказал Мэгги, что у нее замечательная улыбка и она не должна прятать ее от мира. Оставшись в невзрачном платье, она чувствовала себя так, как будто оскорбляла память о нем. Подул сильный ветер, Мэгги встала и плотнее запахнула пальто.

Кэт остановилась, прежде чем они подошли к дощатому настилу, соединявшему Сентер-стрит с причалом, и повернулась спиной к толпе. Мэгги тоже остановилась и увидела, как кузина открывает сумочку и достает тюбик красной губной помады. Она ждала, пока Кэт опытными движениями красила чувственные губы, а потом позволила и ей немного подкраситься. Мэгги знала, что она не похожа на Бетт Дэвис, но она подумала о Джиме и о том, что он сказал о ее улыбке, и заставила себя нанести макияж. Потом Кэт потащила Мэгги к причалу, где уже играли музыканты.

— Пошли, Мэг. Давай покажем им, как это делается.

Множество людей и большие керогазы, расположенные по периметру, согревали воздух, поэтому

Кэт и Мэгги сняли пальто. Недавняя бравада Мэгги мгновенно испарилась, когда она увидела девушек в ярких цветных платьях и туфлях на высоком каблуке, с большими серьгами и чулочными швами, мастерски прорисованными на голых ногах; внезапно она почувствовала себя белой вороной. Военные и гражданские стояли группами, потягивая пиво «Пабст», и наблюдали за дамами. С потолка свисал огромный хрустальный шар.

— Я заплачу, — объявила Кэт. Она снова открыла сумочку и заплатила за вход.

Волны мерно катились под причалом, разбиваясь о песок, и на площадке стали появляться первые пары. Бородатый испанский мох, развешанный на перилах, создавал ощущение зимней фантазии. Мэгги видела головы, поворачивавшиеся к Кэтрин, высокой и гибкой, как пантера, когда она подошла к столику и села, оправив юбку на скрещенных ногах, прежде чем достать сигарету и зажигалку.

Мэгги опустилась рядом с ней и взяла ее за руку.

— Не надо, Кэт. Так ты выглядишь дешевкой.

Кэт раздраженно посмотрела на нее.

— Так я выгляжу старше и опытнее. Этот молодняк меня не беспокоит. Я ищу офицера.

А как же Джим? Слова замерли на губах у Мэгги, когда она откинулась на спинку стула. Подошел официант, и они заказали два пива, хотя Мэгги предпочла бы кока-колу.

— Расслабься, Мэг. Мы здесь для того, чтобы повеселиться: забыть о работе, о войне и обо всем, что мы не в силах изменить.

Кэт глубоко затянулась и выпятила губы, выпустив длинную, извилистую струйку дыма.

Смирившись, Мэгги попыталась расслабиться, но до пива так и не дотронулась. Она начала вести мысленный подсчет, чтобы точно узнать, сколько пройдет времени, пока первый мужчина подойдет к их столику. Она успела досчитать до двадцати пяти, когда широколицый юноша с сияющими глазами, носивший новенький синий мундир ВМФ, повернул третий стул и оседлал его задом наперед, чтобы оказаться лицом к Мэгги и Кэт.

— Матрос Уильям Финли из Саммита, Нью-Джерси. Теперь, когда мы покончили с формальностями, могу я пригласить на танец одну из дам?

Хотя он обращался к обеим, но не сводил глаз с Кэт. Она посмотрела на него через облачко сигаретного дыма.

— Я не танцую с мужчинами моложе меня.

— На следующей неделе мне исполнится восемнадцать. Насколько мне известно, для танцев не нужно иметь водительские права.

Мэгги заметила, что он покачивается на стуле, и подумала о том, сколько пива он уже выпил. Она уже собиралась спросить его об этом, когда на его плечо опустилась большая рука. Мэгги подняла голову и увидела одетого в хаки офицера, чьи темно-каштановые волосы были аккуратно причесаны, несмотря на порывы ветра. Глаза мужчины были серыми и жесткими. Но она не стала слишком пристально рассматривать офицера, зная о том, что Кэт уже заявила на него свои права.

— Думаю, пора пожелать дамам спокойной ночи, моряк.

Матрос Финли хотел было возразить, но остановился, когда понял, что перед ним офицер. Он неохотно встал, пошатнулся и мог бы зацепиться за стул, если бы офицер не удержал его, прежде чем подтолкнуть в направлении казарм.

— Прошу прощения, дамы. Надеюсь, он не причинил вам беспокойства.

Кэт наградила его сияющей улыбкой.

— Вовсе нет. Но я бы сказала, он собирался это сделать, так что благодарю за помощь.

Она указала на стул рядом с собой, и офицер точно опустился на место, что показалось Мэгги немалым достижением, поскольку в это время он не сводил глаз с Кэтрин.

Он представился, но Мэгги ничего толком не расслышала из-за громкой музыки и потому, что он обращался исключительно к Кэт. Она уловила только, что его зовут Роберт, что он второй лейтенант[1] из Саванны и расквартирован на новой базе ВМФ в Чарльстоне. Потом она решила, что достаточно узнала о новом кавалере Кэт, и перестала слушать. Они обе представились офицеру, но его взгляд лишь скользнул по лицу Мэгги при упоминании ее имени и тут же повернулся к Кэтрин.

Он заказал еще пива, и они поболтали о разных мелочах, пока Мэгги старалась быть такой же не-

---

[1] Низший офицерский чин в армии США.

заметной, как пятое колесо в телеге. Роберт сделал большой глоток пива и повернулся к Кэт.

— Я искал кого-нибудь из местных, кто бы мог объяснить мне, что за музыка здесь играет. Никогда не слышал ничего подобного.

Длинные накрашенные ногти Кэт, нетерпеливо постукивавшие по столу, несмотря на непринужденный тон, явно подтверждали ее желание потанцевать.

— Я не знаю официального названия, но мы называем это пляжной музыкой. Что-то вроде сочетания свинга и карибских мелодий. Так и тянет потанцевать, не так ли?

Мэгги вспыхнула. Кэтрин произнесла слово «потанцевать» с таким подтекстом, который явно намекал не только на танцевальные па. Судя по выражению лица лейтенанта, он тоже думал о том, чем можно заняться с женщиной.

— Может быть, вы покажете мне, как танцуют под эту музыку?

— С удовольствием, — ответила Кэт знойным голосом, подходящим для голливудской мелодрамы. — Просто следуйте за мной.

Офицер встал и отодвинул стул Кэт.

— Нужно потренироваться, но я уверен, что у меня получится.

Не глядя на Мэгги, они направились к танцплощадке; рука лейтенанта уже обвивала талию Кэт. Мэгги сидела за опустевшим столом и смотрела на свои нетронутые бутылки с пивом, пока ее внимание не вернулось к танцплощадке. Ритм музыки изменился, и она узнала одну из своих любимых танцевальных мелодий: «В настроении» Гленна Миллера. Ей не было досадно оттого, что Роберт не обратил на нее ни малейшего внимания. Она оставалась бесстрастной, когда они покинули ее и отправились танцевать. Но теперь, когда играла ее любимая музыка, она почему-то чувствовала себя обманутой и оплакивала человека, который даже не был ее мужем. Сейчас ей очень сильно хотелось с кем-нибудь потанцевать.

Звяканье бутылок, подскочивших на столе, заставило ее повернуть голову. Она подняла взгляд и увидела высокого светловолосого мужчину, стоявшего рядом со столиком и пристально смотревшего на нее. Он был штатским и был одет в темно-коричневый шерстяной костюм с безупречно сложенным носовым платком в нагрудном кармане.

Впоследствии Мэгги вспоминала, что на первый взгляд он показался ей не особенно красивым, но и не безобразным. Его лицо было узким и вытянутым, с короткими волосами пшеничного цвета. Резкие скулы и сильная челюсть делали его похожим на скульптуру древнегреческого воина. Лишь глаза немного смягчали суровое выражение. Они были янтарного цвета, как у кошки, и окаймлены черными ресницами, что делало его взгляд почти гипнотическим.

Он улыбнулся, показав ровные белые зубы, но даже тогда Мэгги не могла избавиться от первого слова, пришедшего ей на ум. *Опасный*.

— Вы не пьете пиво, и я подумал, что вам может понравиться кока-кола, — мужчина опустился на пустой стул Кэт. — Не возражаете, если я немного посижу рядом с вами?

Мэгги возражала, но решила промолчать. Он смотрел на нее так, как будто знал о ее печалях и видел ее внутреннюю красоту.

Он протянул руку.

— Я Питер Новак. Друзья зовут меня Питом.

Мэгги не могла представить себе человека, который называл бы его Питом, и знала, что если проведет в его обществе больше пяти минут, то он навсегда останется для нее Питером. Мужчина говорил с почти неуловимым акцентом, который она не могла определить, но вопрос замер у нее на губах, когда его пальцы прикоснулись к ее руке для рукопожатия. Они были длинными, как у поэта или музыканта, и слишком горячими на ощупь. Она хотела отстраниться, но он удержал ее руку.

— А ваше имя должно быть королевским, вроде Анны или Елизаветы.

Мэгги наконец убрала руку, опаленную прикосновением горячей мужской ладони. Она начала говорить и с удивлением обнаружила, что ей понадобилось две попытки, чтобы обрести голос.

— Я Маргарет О'Ши, но все зовут меня Мэгги.

Он сосредоточенно нахмурился.

— Думаю, я буду называть вас Маргарет. Это имя вам лучше подходит. Называть Мэгги такую женщину, как вы, мне кажется оскорбительным.

Его лесть прозвучала не слишком фальшиво. Мэгги хотелось уйти, но не потому, что она находила его общество неприятным. Скорее, в присутствии этого мужчины у нее начинали путаться мысли, а кожа покрывалась мурашками. Она не шевелилась, пытаясь не потерять голос вновь.

— Вы не местный, не так ли? — поинтересовалась Мэгги.

Питер наклонил голову; его глаза блеснули.

— Почему вы так думаете?

Мэгги неохотно улыбнулась.

— Полагаю, из-за вашего акцента. Но в основном потому, что я сама местная и знаю всех, кто здесь живет. Я держу магазин «Находки Фолли» на Сентер-стрит. Мы продаем книги и другие вещи, вроде газет и журналов, а также сладости, кое-какие лекарства и туалетные принадлежности. Ко мне почти все заходят, даже приезжие, поэтому я и говорю, что знакома со всеми.

— Кроме меня. — Питер откинулся на стуле и элегантным движением забросил ногу на ногу, а потом достал золотой портсигар. Он предложил ей сигарету, выбрал одну для себя и закурил. — Я только что приехал из Айовы, где живу с пятнадцати лет. А вообще-то моя семья из Варшавы.

— Польша? — Мэгги подалась вперед.

— Да, — он приподнял бровь в ответ на невысказанный вопрос. — Мы эмигрировали в США около одиннадцати лет назад. Мой отец христианин, а мать еврейка. Они решили, что для нас с братом здесь будет безопаснее и мы получим больше возможностей.

Мэгги заинтересованно кивнула. Ей не приходилось выезжать за пределы Южной Каролины, но ее любимым занятием было изучение атласов, которые она продавала в своем магазине. Она мечтала, что когда-нибудь сможет посетить места с экзотическими и непроизносимыми названиями, нанесенные на карты, раскрашенные в яркие цвета.

— Почему вы приехали на Фолли-Бич? Вы не носите военную форму.

Мэгги искала причину для неприязни к нему — такую, которая позволила бы ей встать и уйти, чтобы избавиться от тревожного присутствия этого мужчины.

— У меня ужасная астма, — он сокрушенно улыбнулся и указал на сигарету. — Я знаю, что это вредно, но не могу остановиться.

Он снова затянулся, как будто в доказательство своих слов.

— Я с детства часто болел и не смог пройти армейский тест по физподготовке. Но я делаю, что могу.

Настала ее очередь вопросительно поднять бровь.

— Мой отец владеет заводом по производству кожаных изделий в Айове. Мы изготавливаем ботинки, ремни, туфли и прочие вещи. Теперь мы переоборудовали завод для снабжения армии. Моя задача — посещать разные военные базы по всей стране и определять, устраивает ли их наше качество и есть ли у них другие потребности, которые мы можем удовлетворить. Кроме того, я ищу новые рынки сбыта для наших товаров.

Питер улыбнулся, но его улыбка не согрела Мэгги. Она чувствовала себя так, словно стоит посреди прибоя и песок уходит у нее из-под ног.

— А вы, Маргарет? — с кривой улыбкой спросил он, погасив сигарету в стеклянной пепельнице. — Что вы делаете для национальной обороны, кроме того, что обходитесь без нейлоновых чулок и собираете фольгу?[1]

Он откинулся на спинку стула, скрестил на груди руки с длинными пальцами и добавил:

— Ну и, конечно, танцуете с солдатами. Красивая женщина должна считать это своим долгом, не так ли?

Эти банальности рассердили Мэгги, и она уже собиралась проститься с ним, когда он назвал ее красивой. Она ненавидела себя за то, что поддалась на лесть, особенно потому, что считала ее лживой. Она была в лучшем случае миловидной, но уж никак не красивой. Годы жизни в обществе Кэт приучили ее к этой мысли. Но сейчас этот элегантно одетый мужчина смотрел на нее, а не на Кэт, и называл ее красивой. Мэгги справилась со своими чувствами и сделала глоток из бутылки кока-колы.

---

[1] Сбор фольги для нужд авиации и РЛС (радиолокационных станций) действительно происходил в США в годы Второй мировой войны.

— Ну, я же говорила вам, что управляю магазином. Я хотела работать на базе ВМФ в Чарльстоне, но у меня на попечении находится младшая сестра, Лулу. Кроме меня, о ней некому позаботиться.

— У вас больше нет никого из родных?

— Только моя кузина Кэтрин. Она недавно овдовела. Иногда она помогает мне в магазине и с Лулу. Думаю, ей еще слишком рано устраиваться на работу.

— Как печально. Вы оставили ее дома сегодня вечером?

Мэгги непроизвольно поджала губы.

— Вообще-то она здесь. Она... подумала, что ей будет легче, если она немного потанцует.

— Ага, — сказал он и снова приподнял бровь. — Понятно. Безутешная вдова.

Мэгги не знала, что ответить. Она понимала его сарказм, но родственная привязанность к Кэт в данном случае проявилась довольно сильно.

— Моя кузина очень красивая. Мужчинам нравится находиться в ее обществе. Она высокая блондинка; возможно, вы видели, как она танцует с лейтенантом.

Питер даже не повернулся в сторону танцплощадки и устремил взгляд своих странных янтарных глаз на Мэгги. Что-то в ее груди дрогнуло.

— Не думаю, что я ее заметил.

Она отвернулась от его пронизывающего взгляда, внезапно обнаружив, что ей трудно дышать. Со сцены доносились знакомые ритмы, и она поняла, что притопывает ногами в такт музыке. Кэт и Роберт находились в центре круга зала. Зрители, толпившиеся по краям, наблюдали за их танцем: их руки и ноги плавно взлетали и опускались, лица блестели от пота. Они прекрасно смотрелись вместе и напоминали птиц, брачующихся в полете.

Мэгги снова подумала о Джиме и о том, что он считал ее улыбку красивой. Ей страстно хотелось избавиться от грусти, донимавшей ее, как песчаная мошка. Повернувшись к Питеру, она широко улыбнулась.

— Вы умеете танцевать под пляжную музыку?

Он снова изогнул бровь, заставив Мэгги гадать, не сказала ли она какую-то глупость.

— Я быстро учусь.

Мэгги танцевала даже лучше, чем Кэт. Ощутив прилив смелости, она встала и протянула руку.

— Тогда пойдемте. Позвольте мне показать вам, как это делается.

Он встал, улыбнулся и крепко сжал ее руку.

— С удовольствием.

Его голос обволакивал ее, как шелк, завлекая в свой нежный кокон. Мэгги посмотрела на столик и заметила две пустые бутылки из-под кока-колы. Оторвавшись от Питера, она быстро отошла в сторону и спрятала одну бутылку под стол, чтобы официантка не унесла ее. Ей хотелось сохранить бутылку для бутылочного дерева Лулу.

Лишь гораздо позже Мэгги задалась вопросом, почему она подумала о ловле злых духов в тот самый вечер, когда наконец решила отпустить их на волю.

Глава 2

Ноблесвилль, Индиана
Июнь 2009 года

Эмми сидела на полу «Страниц Пейдж», книжного магазина, которым ее мать управляла с тех пор, когда она еще была маленьким ребенком. Она открывала коробки и вносила названия книг в электронный каталог магазина. Прошло полгода с тех пор, как Бен вернулся из Афганистана в накрытом флагом гробу и упокоился рядом со своим отцом и безликими предками, любившими землю, которую они обрабатывали больше ста лет. Дни сменяли друг друга, но Эмми их не замечала, лишь переворачивала листки календаря. Даже смена времен года не привлекала ее внимания, пока Пейдж не начинала настаивать, чтобы Эмми убрала зимние свитера и начала носить хлопковые платья с короткими рукавами.

Ее горе было похоже на безмолвное существо — невидимый вирус, пожиравший ее изнутри, но почему-то не оставляющий внешних следов. Каждый раз, когда Эмми смотрелась в зеркало, она ожидала увидеть в его отражении нечто серое и увядшее или черную дыру на месте своего лица. Горе стало для нее таким же естественным, как дыхание; она не могла проснуться или заснуть без гнетущего чувства одиночества, давившего как чемодан, который она никак не могла распаковать. Ночью ей не снились сны, но после пробуждения она была уверена в том, что слышала тихие шаги в спальне, хотя и не знала, приближались они или отдалялись. И каждое утро она заставляла себя лежать с закрытыми глазами в постели, надеясь хотя бы один раз увидеть Бена — ведь это его шаги она слышала ночью.

Эмми становилось немного легче, когда она погружалась в книги, заполнявшие магазин ее матери. Немые слова на печатных страницах утешали ее точно так же, как в детстве, и она была только рада в одиночестве расставлять книги по полкам. Клиентов и сочувствующих она оставляла матери, находя покой в пыльной задней комнате. Боль и пустота не могли ее здесь отыскать, в этой комнатушке она могла думать о своем.

Время от времени Эмми думала о том, что хорошо бы было ей снова начать жить той жизнью, которую она планировала для себя до встречи с Беном. Имея степень магистра библиографии, она когда-то мечтала стать библиографом музея или университета с большой коллекцией манускриптов и редких книг. Радость, которую она испытывала от кропотливого проникновения в прошлое посредством изучения выцветших слов и хрупких бумажных страниц, стала неожиданностью для многих жителей маленького городка, но не для ее матери. В конце концов, Пейдж назвала свою дочь в честь автора своей любимой книги «Грозовой перевал»[1].

---

[1] «Грозовой перевал» — единственный роман английской поэтессы Эмили Бронте (1818–1848).

После окончания колледжа Эмми решила работать в магазине матери, ожидая подходящей вакансии в области своей профессии и гадая, в каком уголке мира она может оказаться, когда Бен Гамильтон вошел в магазин, надеясь подыскать книгу для своей племянницы. Эмми в то время перечитывала «Гордость и предубеждение» Джейн Остин и была почти уверена в том, что встретила своего мистера Дарси[1]. Недавний выпускник офицерской кандидатской школы, Бен был высоким блондином в новеньком мундире. Он пригласил ее выпить кофе, а потом пообедать вместе с ним. Через месяц они обручились, а через полгода уже были мужем и женой. Эмми даже не пришло в голову спросить себя, куда испарились ее мечты. Дело не в том, что они перестали ей нравиться; просто она больше любила Бена и ни о чем другом думать не хотела. Теперь, после его ухода из жизни, эти мечты стали похожи на чучела животных и выцветшие корсажи, украшавшие ее детскую спальню, — останки ее жизни до появления Бена.

У парадной двери магазина звякнул колокольчик, но Эмми решила не смотреть, кто это. Было еще рано, всего лишь половина восьмого утра; магазин еще не открылся, и она знала, что ее мать снова будет укорять дочь за то, что она слишком мало спит, слишком много работает или плохо ест. Она

---

[1] Один из главных героев романа английской писательницы Джейн Остин (1775–1817) «Гордость и предубеждение». (*Прим. ред.*)

хотела сказать Пейдж, что, как только ей удастся найти правильный способ жить со своим горем, она перестанет делать вещи, которые так раздражали ее мать.

— Я принесла тебе завтрак, — сказала Пейдж, стоя в дверях.

Эмми не подняла голову и продолжала печатать.

— Я уже поела, но все равно спасибо.

— Это твои любимые пшеничные бублики с медом из булочной Кренделла. Они еще теплые.

Эмми помедлила и посмотрела на мать.

— Может быть, немного позже. Оставь их за стойкой.

Вместо того чтобы уйти, Пейдж продолжала стоять, пристально наблюдая за дочерью. Впервые за долгое время Эмми внимательно посмотрела на свою мать и заметила тонкие морщинки вокруг глаз и рта, сведенные брови, из-за которых лицо казалось постоянно нахмуренным. Печаль, которую ее мать всегда носила в себе, теперь словно вырвалась наружу, проступая морщинами, как у змеи, меняющей кожу. Эта печаль как будто стала слишком большой для ее матери.

Эмми также заметила, что в руках у Пейдж не было сумки, которую она обычно брала в булочную. Вместо нее она держала в руках стеклянную банку с завинчивающейся крышкой. Стекло было мутным и грязным, как будто его часто хватали руками, а металлическая крышка давно потемнела. Заинтересовавшись, Эмми встала и подошла к матери.

— Что это?

Вместо ответа Пейдж протянула ей банку; Эмми немного помедлила и взяла ее. Содержимое банки сместилось у нее в руках, мягко откатившись, словно океанская волна, и когда она подняла банку повыше, то увидела, что находится внутри.

— Это банка с песком, — сказала она, уже понимая, что это нечто гораздо большее. Каким-то образом этот песок был связан с ее матерью — точно так же, как зеленые глаза и кудрявые волосы. Это была частица ее матери, которой она никогда раньше не делилась с Эмми.

— Это песок с Фолли-Бич. Моя мать набрала его в банку и вручила мне в день моей свадьбы. Она сказала, что так я никогда не забуду, откуда я родом.

Но ты забыла, хотела сказать Эмми, однако промолчала, потому что песок в банке стал теплым под ее пальцами, словно вспомнил солнце Южной Каролины.

— Зачем ты мне ее дала? — спросила она мать.

Пейдж оперлась на дверной косяк и устало улыбнулась.

— Потому что... — она немного помолчала и широким жестом обвела комнату и штат Индиана за ее пределами. — Потому что это еще не все. Здесь все привычное и знакомое, но это не вся твоя жизнь.

Где-то в глубине сознания Эмми лопнул пузырек гнева.

— Я счастлива здесь.

— Нет, ты не счастлива. Ты считаешь, что тебе тут хорошо, потому что не знаешь ничего другого.

Эмми прищурилась, стараясь узнать женщину, чей голос был так похож на голос ее матери — той матери, которая дала ей крышу над головой, еду и одежду, которая выносила и родила ее. Эмми всегда думала, что сердце ее матери было разбито смертью ее маленьких детей; в нем просто не осталось ничего, что она могла бы дать единственному выжившему ребенку.

Она подумала о чердаке, заставленном сложенными мольбертами, высохшими и загустевшими красками и наполовину завершенными полотнами. Чердак был запретным местом для Эмми во времена ее детства, что превращало его в непреодолимое искушение, которому она часто поддавалась после ссор с матерью. Эти картины были написаны ее матерью, когда она была еще совсем молодой, не обремененной семейными заботами, девушкой. Однажды Пейдж застигла мать на чердаке, но вместо гнева Эмми встретилась с покорностью: так больной принимает свой диагноз спустя длительное время после того, как удалили опухоль.

Мать рассказала ей, что эти картины она должна была предъявить при поступлении в художественную школу Род-Айленда, они были написаны еще до того, как она познакомилась с Биллом, отцом Эмми. Они больше никогда не говорили об этом, но время от времени, когда Эмми видела, как ее мать смотрит в окно и держит в руках чашку с давно остывшим кофе, она представляла себе девушку с мечтами о художественной карьере, тщательно скрывающуюся за обликом женщины, выкрасившей стены своей комнаты в бежевый цвет.

Эмми стояла лицом к лицу с матерью, ощущая растущее негодование, но банка с песком хранила тепло ее рук.

— Но ты знала кое-что другое, и ты по-прежнему находишься здесь.

— Знаешь, почему койотов теперь можно найти практически в любом штате? — спросила Пейдж, как будто не услышав вопрос дочери. — Потому что они адаптируются. Они знают, что реальные желания и потребности — это не одно и то же. Но где-то есть место, точно такое же хорошее, как и то, где они находятся. Вот как они выживают, — она помедлила. — Прошло полгода, Эмми. Я молча наблюдала, как ты угасаешь в своем горе, но теперь пришло время собраться и снова начать жить. Тебе нужны перемены, иначе ты никогда не выберешься отсюда.

Гнев Эмми немного утих, как будто она почувствовала, что мать может быть права.

— Возможно, я до сих пор не могу пережить смерть Бена. Он был лучшим, что случилось в моей жизни. Но это мой дом, мама. Уехать отсюда будет все равно что оставить Бена, а это — то же самое, что снова узнать о его смерти.

Пейдж прижалась затылком к косяку и закрыла глаза, словно собираясь с силами.

— Иногда, в те моменты, когда мы считаем свою жизнь налаженной и собираемся устроиться поудобнее, перед нами открывается новый путь.

Некоторые просто плывут по течению и слишком боятся отклониться от знакомого курса. Но другие устремляются в неизвестное и, возможно, находят там смысл своей жизни.

Эмми ощутила соль на губах и поняла, что она плачет.

— О чем ты говоришь, мама? Другого пути нет. Это мой дом.

Пейдж шагнула вперед и обняла Эмми за плечи точно так же, как она обнимала банку с песком.

— Я знаю. Я никогда не сворачивала с курса. Но тебе был дан второй шанс. И ты... — она мягко приставила палец к груди Эмми над сердцем. — Ты особенный человек. Я знала это с тех пор, как ты была малышкой.

Она вздохнула, и ее теплое дыхание напомнило Эмми, как ее баюкали в младенчестве.

— Возможно, поэтому мы держимся на таком расстоянии друг от друга. Ты все равно расстанешься со мной, а я не хочу, чтобы это было слишком больно.

— Я не собираюсь никуда уезжать. — Эмми повернулась и поставила банку на стол, но, к своему удивлению, обнаружила, что часть песка почему-то прилипла к ее пальцам. Их разговор мало походил на задушевную беседу, которую могли вести матери со своими дочерьми и которой всегда так не хватало Эмми. Это был разговор, который мог закончиться расставанием, причем довольно скорым.

— Я не могу никуда уехать. Я хочу оставаться здесь, в магазине, рядом с тобой. И чтобы папа был с нами.

Эмми подумала об утреннем кофе и газете, которые она приносила отцу каждый день, о том, как она напоминала ему, что пора подстричься или надеть свитер. Ей уже давно стало ясно, что отец позволял все эти вещи только ради того, чтобы она могла чувствовать свою необходимость.

Пейдж слабо улыбнулась, словно прочитав мысли Эмми и согласившись с ними.

— Жизнь полна загадок, Эмми, а ты еще слишком молода, если думаешь, что уже нашла все ответы.

Эмми хотела возразить, но распознала зерно истины в словах Пейдж. Ей показалось, что она давно уже знает правду и все равно восстает против нее. Она попробовала найти другой обходной маневр.

— Я не могу уехать в Южную Каролину. Я никого там не знаю. И на что я буду жить?

Она уже ощущала свое одиночество, словно горький леденец, медленно тающий во рту.

Пейдж направилась через комнату к груде коробок, которые вчера принес человек из UPS[1]. Она разобрала их и сдвинула в сторону маленькую коробку, открыв большую квадратную посылку в самом низу.

— Две недели назад я заходила на eBay, чтобы поискать подержанные книги для нашего нового от-

---

[1] United Postal Service — почтовая служба США.

дела книгообмена. Я обнаружила, что коробки книг, оставшиеся после распродажи недвижимости, — это самые выгодные предложения, поскольку обычно упаковщики не имеют представления о содержимом и только рады избавиться от них, а потому назначают самую низкую цену.

Она нагнулась и пододвинула большую коробку ближе к Эмми.

— Вот как я нашла это.

Эмми наклонила голову и прочитала адрес.

— «Находки Фолли». Это магазин?

Пейдж кивнула.

— Да. По крайней мере, раньше это был книжный магазин. Очевидно, владелец собирается уйти на покой и продает имущество. Когда-то я любила это заведение. Им управляли две дамы средних лет. У младшей было нечто вроде дополнительного бизнеса: она изготавливала бутылочные деревья и продавала их на заднем дворе. Кстати, именно там я купила свое бутылочное дерево. Их фамилия была Шоу, О'Ши или что-то в этом роде. Сначала он был больше похож на хозяйственный магазин, но книжный отдел постепенно разрастался, и спустя некоторое время они полностью сосредоточились на книгах. Там были собраны все классики, замечательно был представлен обширный раздел путевых заметок и книг о путешествиях. Но целый задний угол был посвящен исключительно романтическим произведениям...

Мечтательное выражение, промелькнувшее на лице матери, удивило Эмми.

— Я попыталась воссоздать в нашем магазине эту атмосферу, хотя сомневаюсь, что это получилось удачно. То было волшебное место, и, возможно, поэтому я решила открыть собственный магазин.

Эмми потянулась над столом, взяла ножницы и перерезала клейкую ленту, запечатывавшую крышку коробки, но не стала раскрывать ее.

— Не понимаю, какое отношение это имеет ко мне.

— Когда я узнала, откуда эти книги, то позвонила в магазин. Нынешнюю владелицу зовут Эбигейл как-то-там, и она приходится невесткой одной из двух прежних хозяек, о которых я тебе только что рассказала. Она не смогла продать дело целиком и решила, что если продаст книги отдельно, то выручит лучшую цену за помещение, которое переоборудуют для другого бизнеса, — мать прищурила глаза и внимательно посмотрела на дочь. — Она также сообщила мне, что магазин прославился редкими книгами и манускриптами, хотя сделки в основном совершались в Интернете, где она выступала в роли брокера.

Эмми невольно заинтересовалась этим сообщением. Но потом она подумала о Бене и о том, что именно здесь она узнала и полюбила его. Воспоминания о нем как будто были привязаны к одной точке во вселенной и могли рассеяться, если она стронется с места.

Она вернулась к компьютеру и села.

— Я не могу себе этого позволить, даже если бы захотела, — Эмми сглотнула, ожидая, пока ее интерес не исчезнет, а мать не согласится с ее позицией.

— Но ты можешь, Эмми. У тебя есть деньги: их тебе оставил Бен, это был его прощальный дар тебе.

Внезапный приступ горя и утраты, к которому примешивался огонек новых возможностей, ошеломил Эмми. Он напугал ее, заставил почувствовать себя маленьким ребенком, отцепившимся от материнской руки в многолюдном месте.

— Я не могу, — снова сказала она, но собственный голос показался ей фальшивым.

— Нет, можешь. Ты должна. Бен выбрал тебя, потому что ты сильная. И ты особенная. Не разочаровывай его.

Эмми удивленно посмотрела на мать.

— Он говорил тебе об этом?

Пейдж покачала головой.

— Ему и не нужно было ничего мне говорить. Я знала об этом с тех пор, как ты появилась на свет. Ты не пыталась сфокусировать взгляд на моем лице, как поступает большинство младенцев; ты уже смотрела мне за спину и старалась разглядеть, что там происходит.

Эмми нахмурилась.

— Ты не хотела, чтобы я вышла замуж за Бена, разве нет?

Пейдж на мгновение закрыла глаза и покачала головой.

— Речь больше не идет о Бене, — наконец ответила она. — Ты можешь распаковать сумки у знака «объезд» и выкопать траншею для долгого ожидания. Или же ты можешь проложить свой окружной путь.

Она подняла банку с песком и снова вложила ее в руки Эмми.

— Ты знаешь, что можешь вернуться сюда в любое время. Двери нашего дома всегда будут открыты для тебя. Но остаться здесь — все равно что посадить розу в пустыне: она выживет, но никогда не расцветет.

Когда Пейдж повернулась, собираясь уйти, Эмми схватила ее за руку.

— Почему ты это делаешь?

Пейдж высвободилась и направилась к двери, перешагнув через маленькую гофрированную коробку. Не оборачиваясь, она ответила:

— Потому что ты моя дочь. Потому что ты — это я, какой я так и не позволила себе стать, — она пожала плечами. — Я так и не научилась любить тебя, Эмми. Ты всегда была чертовски независимой. Кажется, я наконец поняла: мне нужно отпустить тебя, чтобы полюбить саму себя.

Эмми опустила голову; ее голос стал почти невнятным от слез.

— Я любила его, мама. Очень, очень любила. И я просто не могу отказаться от страданий, не могу и не хочу. И еще мне кажется, что все самое лучшее, что могло случиться со мной, уже случилось.

Мать вздохнула и повернула голову, чтобы посмотреть на дочь.

— Просто подумай об этом, ладно?

Пейдж ушла, оставив дочь с банкой песка в руках, привезенной из того места, где она никогда не бывала. Эмми закрыла глаза и снова ощутила тепло, воображая прикосновение соленого воздуха, терпкий запах прогретой земли и свежесть воды. Она представила кое-что еще: легкое мерцание в воздухе, намекавшее на невысказанное прощание и неискупленную вину. А может быть, это было предчувствием нового начала. Последняя мысль настолько потрясла ее, что по шее пробежали мурашки. Эмми снова вспомнила завывание ветра в бутылочном дереве в ту ночь, когда она стала вдовой. Теперь, сидя перед коробкой с книгами, она начала размышлять о новых возможностях.

Эмми проснулась под звук удаляющихся шагов, слишком тяжелых, чтобы принадлежать ее матери. Храп отца, доносившийся из спальни, подсказывал ей, что он тоже не имеет отношения к этим шагам. Она села, прислушиваясь, но в ночной тишине не раздавалось ни звука.

Свет серебристой луны проникал сквозь шторы, освещая банку с песком, которую она почему-то поставила на туалетный столик. Эмми посмотрела на нее и представила, что песок стал жидкостью, кружившейся за стеклом крошечными волнами. Она потянулась, включила настольную лампу и с облегчением убедилась, что с банкой ничего не произошло. Ее взгляд переместился на пол, где лежала коробка с книгами из «Находок Фолли». Она не вполне понимала, зачем принесла сюда коробку из магазина; скорее всего, она подумала, что ей будет чем заняться, если она снова проснется ночью и не сможет снова уснуть.

Соскользнув с кровати, Эмми опустилась на колени перед коробкой и раскрыла картонные клапаны, а потом убрала скомканные газеты, лежавшие сверху. Она заглянула внутрь и ощутила приятный запах старых книг, неопределенное сочетание истертой кожи, высохшего клея и старины. Она протянула руку и взяла толстую книгу в жесткой обложке, завернутую в пузырчатую пленку.

Ее мать, стараясь расширить букинистический отдел, регулярно покупала коробки со старыми книгами, а их сортировка была обязанностью Эмми. Время от времени Эмми обнаруживала нечто действительно редкое и ценное, небрежно брошенное среди старых любовных романов с загнутыми уголками страниц, где повествование обычно разворачивалось на фоне больничных стен, или же многотомных саг 1980-х годов с пятнами жира и кофе, заляпавших потрепанные страницы. Такие коробки неизменно встречались во время распродаж недвижимости — ненужные книги, принадлежавшие чьей-то бабушке или двоюродной тете и унаследованные членом семьи, которому не хотелось просто так выбрасывать их на помойку.

Эмми оставалось лишь гадать, почему ей поручили сортировку подобных книг: из-за ее специальности или потому, что мать хотела найти ей какое-нибудь необременительное занятие. Эмми не отличалась аккуратностью, но для такой работы вполне годилась.

Девушка положила руку на книгу и ощутила знакомое тепло и легкое покалывание за ушами; тогда она поняла, что содержимое коробки заслуживает дальнейшего изучения. Она осторожно сняла пузырчатую обертку и подняла книгу под углом, чтобы лучше видеть выцветший титул. «Ромео и Джульетта». Взглянув на фронтиспис, она обратила внимание, что книга была издана в 1937 году, и положила ее на пол рядом с собой.

Эмми принялась методично разворачивать книги, с интересом отмечая, что большинство из них были путевыми заметками или атласами, плюс несколько классических романов — все без автографов и в большинстве своем многотиражные. Эмми увидела Джейн Остин, Толстого и даже немецкий перевод Шекспира. Все эти книги были хорошо ей знакомы, и она невольно улыбнулась. Книги выглядели как специальная подборка, словно они хранились в чьей-то личной библиотеке, а не на полках книжного магазина.

Добравшись до дна коробки, Эмми заглянула внутрь, чтобы убедиться, что ничего не пропустила. Она была почти уверена, что какая-то замечательная вещь прячется за гофрированными прокладками, но так ничего и не нашла.

Эмми окончательно распрощалась с мыслью о сне и снова начала перебирать книги в надежде найти что-то необычное. Когда она закончила, то опустилась на корточки, прищурилась и окинула взглядом стопки книг. Она остановилась на первой из выбранных, «Ромео и Джульетте», — той самой, от которой у нее мурашки побежали по коже. Взяв книгу, она углубилась в нее.

Пролистнув титульную страницу, Эмми сразу же перешла к последней. Когда она поднесла книгу поближе, то ей почудилось, будто на нее пахнуло соленым морским воздухом. Она впервые обратила внимание на покореженную нижнюю часть обреза, словно книга была залита водой. Перелистав издание, Эмми увидела, что нижняя часть всех страниц сморщилась и потемнела от воды. Она стала искать признаки гнили или сырости, а когда ничего не нашла, то предположила, что книга лишь недолго соприкасалась с водой, а потом была высушена правильным способом, а не оставлена закрытой на полке.

Эмми уже собиралась закрыть книгу, но та выскользнула из рук, упала на корешок и раскрылась. Она осторожно подняла книгу, прижав палец к развороту, и поднесла ее к свету. Верхняя часть полей правой страницы была густо исписана; черные чернила со временем приобрели фиолетовый оттенок.

Широкий размашистый почерк несомненно принадлежал мужчине, и когда она поднесла книгу ближе, чтобы лучше рассмотреть написанное, то едва не вспыхнула от интимности слов.

«Один великий человек написал: «Разлука умаляет слабую любовь и укрепляет сильную, как ветер, который задувает свечу и раздувает костер».

Если бы я обладал таким же красноречием, как мсье де Рошфор... Я тоскую по тебе, я тоскую, тоскую по тебе. И я хочу тебя. Мне нужен твой поцелуй, и мне не хватает твоего прикосновения, как человеку, страдающему от жажды в пустыне. Так будет всегда».

У Эмми пересохло во рту, словно неизвестный влюбленный прошептал эти слова ей на ухо. *Кем он был? Кому он писал?* Она дважды перелистала страницы, но других записей на полях не обнаружила. Заинтригованная и окончательно проснувшаяся, она взяла следующую книгу из стопки и стала быстро перелистывать ее, а потом отложила в сторону. Лишь когда она приступила к пятой книге, потрепанному экземпляру «Грозового перевала», то обнаружила еще одно послание на полях. Почерк был мелким, а черные чернила выцвели настолько, что разобрать написанное удалось лишь с третьего раза. Она бы пропустила эту запись, если бы не упрямство, двигавшее ею: так ребенок ищет любимую игрушку. Она будто бы продвигалась вперед по спасательному канату, брошенному ей в темноте.

Почерк в этой книге был другим, более аккурат ным и женственным. Любые подозрения о случайной заметке на полях развеялись без следа, когда Эмми прочитала тщательно выведенные слова.

«Я видела тебя вчера вечером на причале, и я знаю, что ты тоже видел меня, но мы не смотрели друг на друга, пока она была рядом. Я по-

нимаю это и рада видеть, что ты не настолько самонадеян, чтобы открыто признавать меня в ее присутствии. Но потом я увидела, как ты прикоснулся к ней и положил руку на ее плечо. Мне пришлось отвернуться. А когда я всю ночь лежала без сна, то видела твою руку на ее плече, и какая-то часть меня умерла. Сколько это будет продолжаться? Чем закончится? Я похожа на птицу, которая залетела в комнату и бьется в оконное стекло, пытаясь вырваться и не боясь ради этого умереть. Я должна снова встретиться с тобой. Где?»

Эмми выпрямилась, тяжело дыша и удерживая страницу на месте указательным пальцем. *Кто эти люди?* Книги были старыми, и чернила выцвели, поэтому она была уверена, что, кто бы ни обменивался этими посланиями, все уже давно закончилось.

Где-то в доме часы пробили четыре раза, и Эмми закрыла глаза. Ей нужно было хотя бы немного поспать, если она не хочет с утра превратиться в зомби. Она неохотно начала складывать книги обратно в коробку, положив закладки в тех местах, где обнаружила записки, и отделив уже перелистанные книги от тех, которые еще не подверглись тщательному осмотру. Это оставляло какую-то надежду, и она ощутила знакомое трепетное предвкушение.

Эмми потянулась к последней стопке книг и случайно откинула заднюю обложку той, что лежала сверху, старого издания «Прощай, оружие!» Хемингуэя с загнутыми уголками страниц. Когда Эмми нагнулась, чтобы закрыть книгу, по ее коже снова пробежали мурашки, и она поняла с абсолютной уверенностью: что-то должно случиться. В ее вселенной произойдет некий сдвиг, и она ничего не сможет с этим поделать. Она помедлила, остро чувствуя, что достигла такого темного места в своей жизни, о котором постаралась забыть.

Глядя на книгу в тускло освещенной комнате, она затаила дыхание. На внутренней стороне задней обложки находилось изображение чего-то похожего на длинную палку с отростками, воткнутую в землю наподобие дерева. На конце каждой ветки были насажены бутылки разного размера и формы, заштрихованные черными чернилами.

Эмми опустилась на край кровати, держа на коленях раскрытую книгу с рисунком бутылочного дерева. Она ощутила странное желание рассмеяться, но вместо этого вытянулась на кровати, сжимая книгу в руках. С тех пор как мать Эмми дала ей банку с песком, все происходящее приобрело оттенок неизбежности, как будто она поскользнулась на льду и уже не могла восстановить равновесие.

Пора уходить. Эмми не знала, прозвучал ли этот голос у нее в голове или был лишь воспоминанием о голосе Бена. Какое-то мгновение она прислушивалась к тишине, а потом, осмелев, произнесла эти слова вслух. Пора уходить. Она не знала, кто обменивался записками в книгах и кто нарисовал бутылочное дерево, но эти люди окончательно сняли пелену с ее глаз. Они дали ей пищу для размышлений, загадали загадки и обозначили вопросы, на которые, как ей казалось, ответы были даны уже давно. Фолли-Бич оставался для нее неизвестной величиной, но выглядел не хуже любого другого места, где она могла находиться после ухода Бена. Она поступила как человек, раскрутивший глобус и ткнувший пальцем наугад, но не могла избавиться от ощущения, что коробка с книгами направила ее руку к маленькому барьерному острову у побережья Южной Каролины.

Она снова закрыла глаза в надежде услышать шаги, но вместо этого услышала тихие вздохи летнего ветра за стеклом в бутылочном дереве ее матери.

Глава 3

Фолли-Бич, Южная Каролина
Январь 1942 года

Мэгги опустилась на колени перед книжной полкой в задней части магазина «Находки Фолли» и поставила на место атлас, который она брала домой вчера вечером. Она всегда старалась не оставлять отпечатки пальцев на обложке и не сгибать корешки, а поскольку атлас был одной из наиболее дорогих книг в магазине, она была особенно аккуратной. Как правило, она ограничивалась классическими романами, а атлас взяла под влиянием внезапного порыва; ей хотелось побольше узнать о Польше.

Мэгги окинула полку критическим взглядом, отметив, что некоторые книги стоят не на своих местах, и начала их переставлять. Она скрипнула зубами при мысли о том, что Кэт могла сделать это умышленно, чтобы ее не просили снова расставлять книги. А может быть, она действительно была не в состоянии расставить книги в алфавитном порядке по фамилиям авторов?

— Лулу, пожалуйста, открой маленькую коробку за прилавком — ту, которую принесли вчера! — крикнула Мэгги, сидя на корточках. — Там зубная паста и крем для бритья; их нужно выставить на полках.

Лулу сразу не ответила, и Мэгги представила, как она спряталась за стойкой и зарылась в очередную детективную книжку о Нэнси Дрю[1] или же рисует чернилами на внутренней стороне задней обложки. В первый раз, когда Мэгги застала ее за этим занятием, она рассердилась, пока не заметила, как хорош рисунок. Тогда она сдержала свой гнев и предложила Лулу рисовать в блокнотах, но все равно то и дело находила чернильный рисунок, спрятанный под задней обложкой одной из своих драгоценных книг, словно это был автограф Лулу.

---

[1] Нэнси Дрю, девочка-сыщик — издательский проект, созданный в 1930 году и продолжавшийся более 20 лет большим коллективом авторов под общим псевдонимом Кэролайн Кин. Новый всплеск интереса к персонажу начался в XXI веке в виде серии интерактивных игр и сохраняет популярность до сих пор.

— А где их лучше положить? — наконец отозвалась Лулу.

— На передней полке справа, в третьем ряду сверху. Рядом с мылом, если оно еще осталось.

Мэгги услышала, как Лулу испустила преувеличенно громкий вздох, а потом послышался шорох коробки, которую волокли по деревянному полу. Она уже собиралась снова повысить голос и велеть Лулу, чтобы та подняла коробку и не царапала пол, когда ее остановил звук мужского голоса с легким акцентом:

— Могу я предложить свою помощь, юная мисс?

Мэгги ощутила, как заполыхали ее щеки, подняла руки и быстро пригладила волосы. Она покусала губы, чтобы они стали ярче, встала, поспешно развязала передник и сунула его на полку за спиной. Изобразив на лице спокойную улыбку и легкую заинтересованность, она прошла в переднюю часть магазина.

Питер носил синий костюм с аккуратно выглаженным носовым платком в нагрудном кармане. Он как раз поставил коробку на пол и улыбнулся, когда увидел Мэгги, отчего она вспыхнула.

— Маргарет, — произнес он, взял ее руку и поднес к губам в старомодном стиле.

— Питер, — отозвалась она. — Какой приятный сюрприз!

Питер проводил ее домой вчера вечером, поскольку Кэт снова растворилась в воздухе, но когда он поцеловал ей руку и пожелал спокойной ночи, за этим не последовало никаких обещаний, но она и не ожидала их. Большинство мужчин лишь временно находились на Фолли-Бич, и знакомство с Джимом научило ее не заглядывать в будущее.

Он внимательно посмотрел на Мэгги.

— Но вы же рассказали о вашем магазине. Я предположил, что вам хотелось бы, чтобы я заглянул сюда.

Мэгги оценила попытку спасти ее от замешательства и улыбнулась в ответ.

— Да, разумеется. И вы пришли как раз вовремя. Нам только что принесли последний выпуск «Курьера новостей».

Питер оглядел видавший виды дубовый прилавок, который находился здесь еще до того, как Мэгги приобрела магазин. Он оставил без комментариев корзинки со сладостями на полу, короткие полки с сигаретами и спичками, стойки для журналов «Дом и сад» и «Хорошая домохозяйка», шкаф с ледяным охлаждением для бутылок кока-колы.

— Похоже, у вас ни в чем нет недостатка.

— Хотелось бы так думать. Война идет всего лишь два месяца, но у меня есть предчувствие, что скоро все изменится. Мне уже трудно найти подходящий дамский трикотаж. Наверное, весь шелк реквизировали для нужд армии.

Питер немного помолчал, продолжая осматривать полки.

— У вас очень хороший магазин, — произнес он и направился в дальнюю часть, где стояли книжные полки.

Лулу и Мэгги последовали за ним.

— Ага, книги, — он почтительно снял один том с полки и изучил обложку.

Мэгги выглянула из-за его плеча и прочитала название: «Порги и Бесс».

— У автора, Дюбоза Хейуорда[1], был коттедж здесь, на Фолли-Бич, — сказала Мэгги, надеясь произвести впечатление на Питера. — Он пригласил Джорджа Гершвина погостить у него, пока тот писал музыку для оперы, основанной на сюжете книги. Тогда я была маленькой девочкой, примерно в возрасте Лулу, но несколько раз видела его.

Мэгги сознавала, что от нервозности глотает слова, но когда Питер посмотрел на нее, снова приподняв бровь, она восприняла это как знак поощрения и продолжила:

— Когда он только приехал сюда, то выглядел очень официально в двубортном костюме и нью-йоркских туфлях. Правда, ему не понадобилось много времени, чтобы перенять местные обычаи. Уже через месяц он отрастил бороду и стал ходить босиком.

Улыбка Мэгги потускнела, когда она заметила, что Питер не разделяет ее интереса к знаменитому композитору. Он хмурился, медленно перелистывая страницы.

— Я знаком с этой книгой, хотя не могу сказать, что она принадлежит к числу моих любимых, — он

---

[1] На самом деле роман Дюбоза Хейуорда назывался «Порги». Автор также написал либретто к знаменитой опере Дж. Гершвина «Порги и Бесс». (*Прим. ред.*)

повернулся к Мэгги. — Джордж Гершвин еврей, не так ли?

Мэгги широко раскрыла глаза.

— Понятия не имею. Мне нравится его музыка — возможно, потому, что я выросла на ней. Моя мать играла на фортепиано, и «Голубая рапсодия» была одним из ее любимых произведений. А почему вы спрашиваете?

Питер с резким хлопком закрыл книгу, поставил ее на прежнее место и выровнял ряд корешков.

— Это обычное замечание. В Европе все знают, кто такие евреи, но здесь, в Америке, они так ассимилировались в местной культуре, что это не имеет никакого значения.

Мэгги пожала плечами и повернулась к книжным полкам.

— Не скажу за остальных, но мы на Фолли-Бич гостеприимно относимся к приезжим. У нас есть свой маленький «плавильный котел» с людьми разных рас и религий, которые без особого напряжения ладят друг с другом.

Улыбка застыла в уголках его губ, пока он водил указательным пальцем вдоль корешков книг.

— Полагаю, это делает Америку такой привлекательной: ваша концепция «плавильного котла», где все равны между собой.

Мэгги пристально посмотрела на него.

— Но ведь именно поэтому вы оказались здесь; ваших родителей хорошо приняли в Айове и позволили им преуспеть в бизнесе. Здесь о человеке судят по тому, как хорошо он работает, а не по тому, кем был его отец или какую веру он исповедует. Я думала, вам есть чем гордиться.

Лулу, которой явно наскучил этот разговор, вернулась в переднюю часть магазина, и оба посмотрели ей вслед.

— Разумеется, вы абсолютно правы, — мягко проговорил Питер. — Я просто сделал замечание об общественном устройстве. Похоже, война в Европе идет против одной человеческой расы, в то время как здесь это никого не беспокоит. Я горжусь страной, которая приняла мою семью, и очень рад, что мы с семьей находимся здесь, а не там, в Европе.

Тон Питера давал понять, что он покончил с этой частью беседы. Он снова повернулся к книгам. Мэгги смотрела, как он водит пальцем по полкам и молча читает названия. Он немного помедлил возле «Ромео и Джульетты», но в руки книгу не взял. Она все еще гадала о причине его визита и истолковала молчание молодого человека как намерение выбрать что-то подходящее для чтения. Тем не менее она оставалась рядом, убедив себя в том, что не знает, как отойти в сторону, чтобы не показаться неучтивой. Сама она внимательно рассматривала руки Питера и обратила внимание, что его пальцы были длинными и изящными, как и все остальные части тела. Интересно, играет ли он на фортепиано? На безымянном пальце правой руки он носил золотое кольцо с печаткой. Нагнувшись поближе и сделав вид, что она поправляет корешки книг, Мэгги рассмотрела на печатке букву «К». Внезапно Питер обернулся, и она испуганно отпрянула, как будто ее застали за чем-то недостойным.

Его улыбка удивила девушку.

— Это кольцо принадлежало моему деду по материнской линии. Он погиб в Первую мировую войну, я его даже не знал. Но я ношу это кольцо в его честь.

Мэгги подняла свою руку и показала тонкую золотую цепочку с подвеской в виде «песчаного доллара».

— Она принадлежала моей матери. Я ношу ее в память о ней.

Взгляд Питера смягчился.

— Вы были очень молоды, когда она умерла?

— Мне было пятнадцать лет. А моей младшей сестре всего лишь три года.

Он немного помолчал; его лицо оставалось бесстрастным.

— Смерть матери — тяжелая утрата, особенно в таком юном возрасте. Моя мама умерла два года назад, и я до сих пор каждый день тоскую по ней. У нас были одинаковые глаза. Каждый раз, когда я смотрюсь в зеркало, они напоминают мне о ней.

Мэгги испытала замешательство, когда к ее глазам подступили слезы, но голос Питера, наполненный печалью, напоминал ей о собственной утрате, которая не становилась легче.

— Два года — это недолгий срок. В моем случае прошло уже шесть лет, но кажется, будто все случилось только вчера, — она подняла руки и растопырила пальцы, как лучи морской звезды. —

У нас были одинаковые руки, и я унаследовала мамину любовь к книгам. Поэтому я приобрела этот магазин. Мы всегда заходили сюда, когда приехали на Фолли-Бич. Мы с мамой проводили долгие часы на пляже, где читали по утрам. Это были самые счастливые дни в моей жизни.

Мэгги покраснела, когда осознала, что рассказывает о своем прошлом почти незнакомому человеку. Но взгляд Питера, теплый и понимающий, располагал к откровенности.

— Похоже, у нас есть много общего, — тихо сказал он и снова повернулся к книжным полкам. В следующий момент он взял другой том и раскрыл его. Когда Мэгги наклонилась ближе, то увидела название в верхней части титульного листа: «Великий Гэтсби» Ф. Скотта Фицджеральда.

— Ах да, — сказал он. — Трагическая история Джея Гэтсби. Я так и не разобрался, следует ли мне восхищаться им или жалеть его. Тем не менее это одна из моих любимых книг.

Для Мэгги эта книга тоже была любимой, и она снова почувствовала, что краснеет.

— Если хотите, можете взять ее на время.

Он вопросительно изогнул бровь.

— Все эти книги принадлежали моей матери, которые я привезла из дома в Чарльстоне, когда продала его после смерти отца три года назад. У меня мало свободного места в коттедже, но я не хотела расставаться с ними. Книги связывают меня с мамой, напоминают о нашей совместной жизни. Поэтому я храню их здесь и разрешаю людям брать их на какое-то время. На Фолли-Бич есть библиотека, а я просто предлагаю дополнительный выбор. Вместо библиотечных карточек я пользуюсь кофейной банкой.

Мэгги указала на старую банку из-под кофе, стоявшую на нижней полке.

– Когда вы берете книгу, то кладете в банку десять центов, а когда возвращаете ее, то забираете деньги обратно.

— А что, если я захочу купить книгу для собственного удовольствия?

То, как он произнес слово «удовольствие», напомнило Мэгги о манере Кэт выделять голосом определенные слова, чтобы собеседник призадумался об их истинном смысле.

— Тогда вам не нужно платить сейчас, — ответила она. — Оплатите, когда вам доставят заказ на дом.

Кивнув, он раскрыл книгу и стал перелистывать страницы, а потом посмотрел на корешок.

— Эту книгу уже брали раньше?

Несмотря на чрезвычайную аккуратность Мэгги при чтении книг, эта выглядела потрепанной, некоторые страницы были замусолены и с загнутыми уголками — книга пользовалась популярностью у посетителей магазина.

— Да, и я сама читала ее как минимум пять раз. Но поскольку она принадлежит мне, это не в счет, верно?

Питер широко улыбнулся.

— Полагаю, что да.

Он сунул руку в карман, достал десятицентовую монетку и бросил ее в банку: та громко звякнула в тишине.

— Вы уверены, что не хотите взять другую книгу... ту, которую еще не читали? Или что-нибудь поновее?

Питер внимательно посмотрел на Мэгги.

— Не имеет значения, какую книгу я возьму. На самом деле мне нужен лишь предлог, чтобы вернуться сюда.

Мэгги снова вспыхнула, но Лулу, подошедшая сзади, избавила ее от необходимости искать ответ. Девочка с подозрением взглянула на Питера.

— Я закончила раскладывать зубную пасту и крем для бритья. Теперь можно почитать?

Мэгги положила руку на плечо девочки.

— Спасибо, Лулу. Можешь читать сколько угодно после того, как я представлю тебя моему новому другу, мистеру Новаку.

Лулу молча смотрела на него, прежде чем протянула руку и позволила Питеру пожать ее в точности так, как учила старшая сестра.

— Приятно познакомиться, сэр, — угрюмый тон совсем не соответствовал смыслу произнесенных слов. — Вы как-то странно говорите. А почему вы не в мундире?

— Лулу! — Мэгги сжала ее плечо в знак предупреждения, но Питер добродушно улыбнулся.

— Все в порядке. Детей нужно вознаграждать за любознательность, так они лучше учатся. Теперь вернемся к вашим вопросам, юная леди. Я родился в Польше, но эмигрировал в США, когда был мальчиком. И я не служу в армии, потому что болею астмой. Но я стараюсь делать все возможное для фронта, не надевая мундир.

— Джим носил форму морского офицера. Он погиб на Перл-Харборе, защищая нашу страну.

Питер вопросительно посмотрел на Мэгги.

— Джим был мужем Кэт. Мы... мы очень любили его.

Он приподнял бровь.

— Тяжело переносить уход тех, кого мы любим, не так ли? Должно быть, он был превосходным человеком, если завоевал уважение трех красивых и умных женщин.

Выражение лица Лулу немного смягчилось, и Мэгги еще раз сжала ее плечо.

— Да, он был таким.

Питер опустился на колени перед Лулу и пошарил в кармане пиджака.

— Благодаря моим поездкам и моему нынешнему положению я иногда могу приобретать вещи, которые трудновато найти в наши дни. Когда Маргарет сказала, что у нее есть младшая сестра, я понял, что мне нужно принести, если повезет встретиться с вами сегодня.

Он достал кружевную ленту для волос кремового цвета.

— Это ручная работа из Брюсселя, из Бельгии. Я купил несколько таких лент, когда последний раз был в Нью-Йорке и искал новые ткани. И я не могу представить юную леди, которая бы больше заслуживала такого подарка, чем вы.

Увидев, что Лулу замешкалась с ответом, Мэгги подтолкнула ее. Девочка медленно протянула руку и взяла ленту. Осторожно потрогав ее, она с серьезным видом посмотрела на Питера.

— Спасибо, сэр.

Мэгги хотелось, чтобы Лулу вплела ленту в свой конский хвостик в знак настоящей благодарности, но она воздержалась от этого. Лулу всегда трудно сближалась с людьми, если не считать Джима, и некоторым так и не удавалось преодолеть ее замкнутость. Чтобы завоевать доверие девочки, требовалось нечто большее, чем красивая лента для волос.

Питер встал и снова оказался лицом к лицу с Мэгги.

— Надеюсь, я не слишком тороплю события, Маргарет, но я собирался попросить вас поужинать со мной сегодня вечером и, может быть, немного потанцевать после этого.

— Я... — Мэгги начала было подбирать слова для ответа, но Лулу перебила ее:

— Она не может. Ей нужно присматривать за мной по вечерам, потому что мне только девять лет.

Мэгги укоризненно посмотрела на сестру.

— Я бы с радостью, но мне нужно договориться, чтобы кто-то мог остаться с Лулу. Когда вы хотели бы встретиться?

— Может быть, в семь вечера?

— Я закрываю магазин в пять часов, поэтому у меня будет достаточно времени.

— Замечательно. Поскольку вы живете здесь, то я прошу вас выбрать подходящее место.

Все уроки Кэт о правильном обращении с мужчинами и способности прятать свои истинные чувства за выражением лица были забыты в одно мгновение. Даже не пытаясь скрыть свое волнение, Мэгги спросила:

— Вам нравятся жареные креветки? Лучшее местное заведение называется «У Андре». На вид ничего особенного, просто старый каркасный дом, но еда очень вкусная. Это рядом с рекой, и там красивый вид на закате, хотя в это время года солнце заходит рано, вскоре после пяти часов.

Дверь открылась, и на пороге появилась Кэт. Ее щеки раскраснелись от холодного январского ветра, а сияющие глаза приобрели почти такой же оттенок, как ее шерстяное пальто. Но Мэгги видела собственные рыжеватые волосы и бледно-серые глаза, недостаточно яркие, чтобы называться голубыми, и ощутила знакомое разочарование, от которого сжималось сердце. Она отвернулась, чтобы выровнять пачки сигарет и не видеть выражение лица Питера, когда он заметил Кэт.

Кэт сразу же обратила внимание на Питера и лучезарно улыбнулась ему. Медленно закрыв дверь, она прислонилась к косяку в такой позе, которая выставляла ее грудь в наиболее выгодном свете.

— Добрый день. Кажется, нас еще не представили друг другу.

Мэгги хотелось выпалить, что они искали ее на причале вчера вечером, чтобы она могла познакомиться с Питером, но так и не смогли найти, и что сама она лежала без сна до трех утра, пока не услышала шаги Кэт на деревянной лестнице, когда та поднималась в свою спальню. Но тогда Мэгги пришлось бы сказать, что она волновалась за кузину, но это было бы ложью. Лежа той ночью без сна, она могла думать лишь о том, какой живой она чувствовала себя впервые за долгое время и какой теплой была рука Питера на ее талии, когда они танцевали. И, может быть, еще о том, что Лулу права насчет своего бутылочного дерева и что дурные вести наконец-то иссякли.

Не сводя глаз с Кэтрин, Мэгги представила их друг другу:

— Кэт, это Питер Новак, бизнесмен из Айовы. Питер, это моя кузина Кэтрин Брайер, хотя она предпочитает, чтобы ее называли Кэт.

— Очень приятно познакомиться с вами, миссис Брайер, — произнес Питер.

Мэгги заставила себя посмотреть на Питера и заметила, что он не двинулся с места и не протянул руку Кэт. Он просто улыбался, как если бы каждый день встречался с роскошными женщинами и каким-то образом приобрел иммунитет к их красоте. Он заложил руки за спину и слегка наклонил голову.

— Прошу прощения, дамы, но у меня есть срочные дела. Маргарет, надеюсь встретиться с вами в семь вечера.

Мэгги кивнула и посмотрела на Кэт, дождавшуюся последнего момента, чтобы отойти от двери, мимолетно прикоснувшись к руке Питера. Он сделал вид, что не заметил этого, когда повернул ручку и открыл дверь. Обернувшись еще раз, он надел шляпу, подмигнул Лулу и снова попрощался, прежде чем тихо прикрыть дверь за собой.

Удовлетворение Мэгги быстро рассеялось, когда она увидела выражение лица Кэт — выражение хищной птицы, приметившей добычу. Все трое повернулись к окну и наблюдали, как Питер направляется к автомобилю, стоявшему на улице. Когда Мэгги отвернулась от окна, то увидела, как Лулу аккуратно вплетает в волосы кремовую кружевную ленту из Бельгии.

Как только Мэгги разрешила ей уйти, Лулу со всех ног побежала домой. Марта, которая помогала им по хозяйству, убиралась на кухне, когда Лулу влетела в заднюю дверь, оставляя следы на мокром полу, покрытом линолеумом.

Увидев, как Марта уперла руки в бока, Лулу круто развернулась и сбросила туфли на заднем крыльце, а потом прошмыгнула мимо нее, пробормотав «добрый вечер».

Лулу бегом поднялась по лестнице, едва не поскользнувшись в носках, помчалась в свою бывшую спальню и громко хлопнула дверью. Опомнившись, она распахнула дверь, крикнула вниз «Прошу прощения, Марта!» и осторожно прикрыла створку.

Она привалилась к двери, чтобы перевести дыхание, потом поспешила к окну и задернула занавески. Слева от входа стоял комод, к которому она направилась. Хотя она уступила Кэт свою комнату, ее одежда оставалась здесь, поскольку Кэт застолбила за собой шкаф в нижнем коридоре.

Из нижнего правого ящика, где лежало ее белье и ночные рубашки, Лулу извлекла шкатулку для украшений, принадлежавшую ее матери. Она была изготовлена из блестящего темного дерева с маленькими бронзовыми петлями, и родители привезли ее откуда-то из Италии, где они проводили свой медовый месяц. Лулу не помнила свою маму, но хорошо помнила, как заходила в ее комнату в доме на Брод-стрит в Чарльстоне и сидела на кровати, когда никто не знал об этом.

Пустая шкатулка для украшений стояла на туалетном столике. Когда Лулу набралась храбрости открыть ее, то увидела темное пятно на дне. Она сунула нос внутрь и заплакала, потому что там пахло ее мамой. Она забыла звук материнского голоса и прикосновение ее волос, но по-прежнему помнила ее запах. Когда Лулу подросла, она поняла, что ее мать пролила в шкатулку немного духов, но это не имело значения. Все равно, это была частица ее мамы, которая теперь принадлежала ей.

Осторожно достав шкатулку из тайного места, Лулу поставила ее на плетеный коврик между двумя одинаковыми кроватями и откинула крышку. Запах духов почти выветрился, осталось лишь слабое воспоминание, и все-таки к глазам Лулу снова подступили слезы. Она покачала шкатулку из стороны в сторону, чтобы осмотреть сокровища, собранные ею с тех пор, как она стала понимать, какие вещи имеют для нее наибольшее значение. Сначала она прикоснулась к полученной от отца центовой монетке, где был отчеканен год ее рождения — тысяча девятьсот тридцать третий, — и к паре сережек с подвесками в виде крошечных круглых раковин, которые Лулу нашла в нижнем ящике шкафа. Ей нравилось думать, что они тоже принадлежали маме. Она посмотрела на черепаховую пряжку для волос, полученную от Кэт, которую она не стала носить, потому что это был подарок одного из старых ухажеров ее кузины. Значит, пряжка была подарена не от чистого сердца, но вещь была такой красивой, что Лулу сохранила ее и иногда примеривала, если оставалась одна в своей спальне. Кэт никогда не спрашивала ее о своем подарке, и Лулу знала, что она забыла об этом, как только с ним рассталась.

Поковырявшись в шкатулке, Лулу нашла главное сокровище: ключ от роликовых коньков. Она поднесла маленькую вещичку к глазам и улыбнулась. Она каталась на роликах в тот вечер, когда подвернула лодыжку и Джим поспешил ей на помощь. Он отнес ее домой и облегчил ее страдания своей улыбкой и смехом. Единственный раз в жизни ей захотелось стать старше, потому что она прямо тогда решила, что хочет выйти замуж за Джима и будет ждать, сколько понадобится ради того, чтобы он посмотрел на нее так же, как смотрел на Кэт.

Лулу медленно высвободила ленту из волос и обмотала ее вокруг тонкого запястья. Потом она взяла пряжку, закрепила ленту так, чтобы она не размоталась, и положила в шкатулку рядом с ключом от роликовых коньков.

Она положила ленту в шкатулку не потому, что ей так уж понравился Питер Новак. Она была не уверена, что он вообще нравится ей, хотя ей пришлось по душе, что ее сестра краснела, когда тот находился рядом, и как темнели ее глаза, когда он обращался к ней, и она становилась почти такой же красивой, как Кэт. Нет, Лулу спрятала ленту в шкатулку не потому, что это имело отношение к ее сестре, а потому, что лента всегда будет напоминать ей о том, как Кэт впервые оказалась в неловком положении. Лулу ожидала, что Питер предложит Кэтрин присоединиться к нему с Мэгги за ужином, а когда он не сделал этого, у нее появилась причина для приязни к новому знакомому, более основательная, чем его акцент и подарки.

Лулу как раз убрала шкатулку в тайное место, когда услышала, как Марта зовет ее:

— Мисс Лулу, спускайтесь немедленно!

Лулу подбежала к двери и распахнула ее с такой силой, что дверная ручка ударилась о стену. Девочка знала, что лучше не сердить Марту; Мэгги разрешила этой женщине наказывать Лулу, и, судя по всему, это происходило достаточно часто.

Задняя дверь осталась открытой, и Лулу выбежала наружу, едва не врезавшись в широкую спину Марты, чья темная кожа зловеще поблескивала под зимним солнцем. Белье исчезло с веревок, превратив бутылочное дерево в разноцветный маячок на заднем дворе, отдаленно похожий на настоящий маяк на острове Моррис. Лулу опустила голову и с виноватым видом сложила руки за спиной.

— Да, мэм?

— Мне не нужно спрашивать, кто поставил эту штуку здесь, на заднем дворе. Мисс Мэгги слишком много работает, а миссис Кэт слишком ленива, чтобы тратить время на подобные глупости.

Лулу почувствовала палец Марты на своем подбородке, она хотела посмотреть в глаза девочке.

— Мы не балуемся с вещами, в которых ничего не понимаем, слышишь меня? Ты не знаешь, что впускаешь в свою душу, когда играешь с такими дурными талисманами. Это не по-христиански! Этому дереву здесь не место.

Нижняя губа Лулу задрожала.

— Вы плохо думаете об этом дереве. Оно же такое красивое и еще... — она выдержала достаточно долгую паузу, чтобы Марта забеспокоилась.

— Что еще, солнышко?

— И еще оно напоминает мне о Джиме. Он рассказывал о бутылочных деревьях в Луизиане, где он родился. Оно помогает мне думать, что он рядом, и это снова делает меня счастливой.

— Ох, деточка! — вымолвила Марта, и ее голос уже не казался рассерженным. Она обняла девочку и прижала к себе. — Джим был хорошим человеком, и я знаю, что ты скучаешь по нему. Но ты не должна использовать эти языческие символы, чтобы помнить о нем.

Лулу уперлась подбородком в объемистый живот Марты и посмотрела на темнокожее лицо женщины, которую знала с рождения.

— Это единственная вещь, которая у меня осталась от него, Марта. Пожалуйста, не забирай ее! Думаю, я не вынесу, если потеряю еще и это.

Взгляд Марты смягчился, и Лулу поняла, что она победила.

— И если вам будет легче, обещаю сделать крест из двух ветвей, как подобает для христианской памяти о Джиме.

Марта отпустила ее.

— Ладно. Мне кажется, что если ты это сделаешь, то все будет в порядке. Только сделай поскорее, слышишь? До того, как кто-нибудь еще увидит это дерево.

— Да, мэм, — ответила Лулу и прошла на задний двор с опущенной головой. На ее губах играла едва заметная улыбка: она радовалась, что все обошлось. Она отвернулась от Марты, не в силах скрыть свою радость, но улыбка угасла на ее губах, когда она увидела выражение лица женщины: та наблюдала за ней, прищурив глаза, плотно сжав губы и покачивая головой.

Лулу подошла к дереву и опустилась перед ним на колени, изо всех сил желая, чтобы оно все-таки обладало волшебной силой, несмотря на то, что она только что говорила Марте. Все они нуждались в волшебстве, потому что все вокруг как будто вышло из равновесия. Это как будто ты катался на чертовом колесе и застрял на самой вершине: тошнотворное ощущение, которое возникает внутри, когда знаешь, что может случиться, но не в силах остановить происходящее.

Сейчас Лулу испытывала точно такое же ощущение, и никакие молитвы в церкви не помогали избавиться от него. Но бутылочное дерево с цветными бутылками и тихим шелестом ветра внутри успокаивало ее как ничто другое и заставляло верить в немыслимые, казалось бы, вещи. Она сделает так, как обещала Марте, но не перестанет верить. Сидя на корточках, она закрыла глаза, прислушалась к зимнему ветру, поющему в бутылках, и попыталась вспомнить, как выглядел Джим, когда он улыбался.

Глава 4

Фолли-Бич, Южная Каролина
Июль 2009 года

Автомагистрали между штатами Индиана и Южная Каролина были проложены в 1950-х годах по распоряжению президента Эйзенхауэра как часть национальной системы обороны. Эмми знала об этом после многочасового бдения над атласами, которые она нашла в магазине своей матери. Она долго водила пальцами по паутине шоссе и проселочных дорог, проходивших через знакомые окрестности и другие места со странными названиями, такими как Энка-Виллидж и Саут-Конгари, которые как будто принадлежали к другой части света.

Спланировав каждый поворот будущей поездки, Эмми почувствовала себя в центре управления процессом, она уже не казалась себе каменным шариком для детских игр, который упал на пол и покатился в сторону наименьшего сопротивления.

Родители помогли ей загрузить автомобиль — «Форд Эксплорер» Бена, — а отец, поцеловавший ее в лоб на прощание, потянулся закрепить ремень безопасности, словно таким образом он мог защитить свою дочь от любых опасностей на дороге.

— Я хочу, чтобы ты останавливалась каждые два часа и звонила нам по мобильному телефону. Ты не забыла захватить зарядное устройство и запасной аккумулятор на всякий случай?

— Нет, папа. Еще у меня есть деньги, спрятанные в трех разных местах, вода в бутылке и баллончик с перцовым газом.

— И полный бак бензина. Я заправил его сегодня утром.

— Спасибо, папа. Я ценю это.

Отец снова наклонился и легко поцеловал ее в лоб.

— И все же не забывай звонить.

Потом он уступил Пейдж место у открытой двери, но мать не стала наклоняться.

— Ты взяла книги из «Находок Фолли»?

Эмми похлопала по коробке на пассажирском сиденье рядом с собой, словно по плечу старого друга.

— Да, спасибо. И я хочу, чтобы ты позволила мне заплатить за них.

Пейдж улыбнулась.

— Думаю, тебе они нужны больше, чем мне. Считай, что это подарок, — она повернулась, и в ее глазах на мгновение отразилось синее небо. —

Ты кое-что почувствовала, когда прикасалась к ним, правда? Я рада. Не думаю, что это я смогла убедить тебя поехать туда.

Пейдж отступила и с силой захлопнула дверцу; этот жест был выразительнее любых прощальных слов. Эмми дважды сглотнула, прежде чем смогла обрести голос.

— Я оставила твою банку с песком на столе в кабинете. Там, куда я еду, он мне не понадобится.

Она попыталась улыбнуться, но губы задрожали, и улыбка не получилась.

— Мама... — начала она, но Пейдж прервала ее, взявшись обеими руками за опущенное окошко.

— Регулярно звони с дороги, иначе твой папа не сможет заснуть. Будь осторожна.

Прежде чем Пейдж убрала руки, Эмми крепко сжала их.

— До свидания, мама.

Эмми ощутила ответное пожатие и безвольно опустила руки на колени.

— До свидания, дочка.

Эмми включила зажигание и подняла окошко, а потом медленно поехала по гравийной дорожке. Она наблюдала в зеркале заднего вида, как родители машут ей вслед, пока облако пыли не заволокло их очертания. Сосредоточившись на дороге, она включила радио и кондиционер, прислушиваясь к шелесту покрышек по асфальту и стараясь не думать о том, каким долгим будет ее путешествие.

Через тринадцать часов, когда Эмми миновала Чарльстон, небо расцвело красными и пурпурными оттенками заката. Она проголодалась и устала, и у нее болела челюсть от крепко стиснутых зубов, но она была еще не готова остановиться. Эмми приближалась к своей цели и не могла избавиться от ощущения, что если остановится на ночлег, то не найдет в себе сил и мужества для продолжения пути.

Переправившись по мосту через Эшли-Ривер, очерченную пастельной линией горизонта и разорванную церковными шпилями Чарльстона, оставшегося позади, Эмми выключила радио и опустила окно. Она глубоко вдохнула душистый воздух, пахнувший зеленью и сыростью. Запахи были такими же непривычными для нее, как поцелуй незнакомца. Покрышки мерно шелестели по дороге, и она стиснула зубы, подстраиваясь под их ритм.

Она ощутила неясное беспокойство и снова включила радио, покрутила верньер и остановилась на первом четком сигнале. Это была радиостанция для пожилых людей, где играла музыка ушедшей эпохи джазовых оркестров, и Эмми постепенно расслабилась. Хотя ее родители принадлежали к поколению хиппи, они любили танцевать под старую музыку и в специальном шкафу хранили записи, которые они доставали время от времени, чтобы потанцевать медленные танцы в гостиной. Они часто танцевали, обычно после того, как ее отправляли в постель. Но когда до нее доносилось пение труб и тихие жалобы саксофона, она прокрадывалась на вершину лестницы и смотрела, как родители крепко обнимают друг друга, целуются и тихо разговаривают. Это напоминало ей о том, что когда-то мир их семьи состоял только из них двоих.

Какое-то время она наблюдала за ними, потом возвращалась в постель и лежала с комком в горле, то ли от возмущения, что она не была центром их маленького мира, то ли от неясной надежды, что когда-нибудь она найдет человека, которому нравится танцевать в гостиной и который будет смотреть на нее как на самую любимую женщину в мире.

Эмми снова выключила радио, но вдруг безмолвный приступ горя сжал ее сердце. Ей было непонятно, почему за все время поездки она ни разу не подумала о Бене. Она сердилась на себя и в то же время испытывала облегчение при мысли о том, что это, возможно, симптом ее душевного выздоровления, которое все уже давно ей обещали, но которое оставалось неуловимым, как песок на ветру.

Она посмотрела на схему, нарисованную ее отцом и лежавшую у нее на коленях, и повернула налево на Фолли-роуд — длинную прямую дорогу, где ей предстояло пересечь два небольших моста и выехать на маленькую серповидную полоску суши, обозначенную как Фолли-Бич. Автомобиль проезжал мимо церквей, торговых центров с салонами красоты и агентствами недвижимости; попался даже один супермаркет. Эмми немного помедлила, прежде чем проехать поворот на автостоянку перед магазином. Если у нее не будет продуктов и других припасов, ей будет гораздо легче повернуть назад и вернуться в Индиану после того, как она не найдет на Фолли-Бич того, что ищет... чем бы это ни было.

Эмми едва не задремала в нагретом салоне, но ее внимание привлекла ярко раскрашенная деревянная лодка справа от дороги с надписями «Luv Guv»[1] и «Не плачь по мне, Аргентина», нанесенными белым спреем поверх мешанины красок, покрывавших ровную поверхность.

Эмми едва не съехала с дороги, пока изгибала шею, чтобы лучше разглядеть плакатный комментарий местных остряков к внебрачным похождениям губернатора Южной Каролины, недавно попавшим сводки общенациональных новостей. Она была не уверена, нравятся ей подобные выпады или нет, но это совпадало с тем, что ей приходилось слышать о жителях Фолли-Бич, чьи нравы и обычаи находились в прямой зависимости от жарких лучей южного солнца.

Переехав через первый мост, Эмми выпрямилась, чтобы лучше видеть дорогу. Слева в отдалении стояла большая голубая водонапорная башня с аббревиатурой FB[2], выведенной крупными черными

---

[1] «Любвеобильный губернатор» — прозвище губернатора Южной Каролины Марка Сэнфорда, вынужденного развестись с женой в 2009 г. из-за скандальной связи с аргентинской красавицей Марией Белен, так что обе надписи относятся к одному и тому же событию.

[2] Folly Beach *(англ.)* — Фолли-Бич.

буквами внутри белого овала; это означало, что она, по крайней мере, движется в нужном направлении. Движение замедлилось после сужения дороги перед мостом через Фолли-Ривер, а пришвартованные лодки, оборудованные для ловли креветок, свидетельствовали о близости Атлантического океана. Соленый бриз ворвался в салон — новый запах, который был непривычным, но странно знакомым. Возможно, детские воспоминания матери Эмми передались ей еще в младенчестве, как если бы память о теплом песке между пальцами была такой же осязаемой, как материнская близость и забота.

Кусты с красными соцветиями, каких Эмми еще никогда не видела, помахивали ветвями по обе стороны дороги, словно зрители на долгожданном параде. «Край Америки», — подумала она, вспомнив о том, как ее мать называла Фолли-Бич: подходящее место для человека, которому некуда больше идти.

Снова взглянув на карту, Эмми направилась прямо к тому месту, где Фолли-роуд переходила в Сентер-стрит, единственную улицу на острове, оборудованную светофорами. В былые дни, объясняла ее мать, если вы ехали дальше по Сентер-стрит, то упирались прямо в океан. Теперь бетонный монолит «Холидей Инн» вставал на пути и закрывал вид, заставляя автомобили сворачивать направо или налево по Эшли-авеню.

Загорелся красный сигнал светофора, и Эмми остановилась. Пот струился по ее шее и лбу, но она по-прежнему сопротивлялась желанию поднять стекло и включить кондиционер. Голоса туристов и местных жителей наполняли все пространство вокруг, громкие звуки музыки из соседних автомобилей казались саундтреком к ее новому приключению, и она боялась что-нибудь пропустить — упустить из виду важное указание о том, что она поступает правильно. Она повернула налево на Ист-Эшли-авеню. Движение на двухполосной улице в выходной день было особенно плотным, и обочины были заставлены автомобилями, припаркованными бампер к бамперу. Многие были одеты в купальные костюмы, даже малыши в ходунках; переносные холодильники и доски для серфинга были неизменными принадлежностями отдыхающих, которые разгружали свои автомобили, грузовички и минивэны и брели к пляжу.

Эмми проехала мимо старых домов с облупленными фасадами, стоявших бок о бок с более новыми и просторными летними особняками. Большинство домов, как больших, так и маленьких, имели чудные названия, вроде «Банана Кабана» или «Хейт оф Фолли», выведенные краской на деревянных знаках у подъездных дорожек. Все они стояли на сваях, что, очевидно, подчеркивало их общий страх перед морской стихией. Если верить рассказам Пейдж, в былые годы целые улицы были снесены ураганами. Хотя Эмми была не понаслышке знакома с торнадо, она испытывала определенный ужас при мысли о силе смерча в сочетании с мощью океана и гадала, смогут ли деревянные сваи устоять перед таким напором.

Она последний раз посмотрела на карту, где был обозначен адрес дома, который она взяла в аренду, даже не видев его фотографии. Впрочем, все это было сущей ерундой по сравнению с тем, что она согласилась купить бизнес, имея лишь отдаленное представление о нем и ни разу не побывав в Южной Каролине. Она тяжело вздохнула. *Мама, что мы наделали?*

Движение становилось менее оживленным по мере того, как Эмми приближалась к восточной оконечности острова, и она сбросила скорость, отмечая номера домов на столбиках, почтовых ящиках и даже на раскрашенной доске для серфинга, вкопанной во дворе, пока наконец не нашла нужный адрес. Она медленно свернула на дорожку, усыпанную песком и битыми ракушками, и остановилась, глядя на дом через ветровое стекло.

Дом принадлежал сыну хозяйки книжного магазина, Эбигейл Рейнольдс. Ее сын был девелопером в Атланте, он пару лет назад купил этот дом, предназначенный для его невесты. Эбигейл не стала распространяться на эту тему, и Эмми оставалось лишь догадываться, что в основном они жили в Атланте и пользовались домом от случая к случаю, а в остальное время сдавали его внаем.

Не то чтобы Эмми ожидала увидеть роскошный особняк, но когда она увидела строение, которое явно не походило на лачугу, она испытала облегчение. Дом был выкрашен в ярко-желтый цвет, с двумя этажами на сваях и шатровой крышей с обзорной башенкой на одной стороне. Широкое деревянное крыльцо вело к приподнятому первому этажу, где двустворчатая дверь укрывалась под закругленной верандой. На крыльце стояли белые кресла-качалки, и ровный ветер с океана легко раскачивал их, словно приветствуя посетителей. Несколько кучек штакетника лежало на редкой траве; рядом стояли козлы для распилки и циркулярная пила с прядями древесных стружек, подрагивавшими на ветру. Эмми нахмурилась, глядя на эту сцену и пытаясь вспомнить, упоминала ли Эбигейл о строительных работах в доме. Потом она снова посмотрела на парадную дверь, и ее глаза расширились от изумления.

Эмми медленно открыла дверцу автомобиля и вышла наружу. Она сняла солнечные очки и прищурилась, впервые ощутив жаркое прикосновение солнца Южной Каролины как тяжелый шлепок по обнаженным плечам.

Не обращая внимания на жару, она прошла по лужайке и поднялась на крыльцо к тому, что привлекло ее внимание. Дверь была выкрашена в темно-вишневый цвет, но в каждую створку почти по всей длине были вставлены большие стекла, на каждом из которых была выгравирована половина бутылочного дерева. Эмми долго изучала извилистые ветви и силуэты бутылок, убеждаясь в том, что она действительно видит то, о чем подумала, и ощущая знакомое покалывание в затылке.

Жара нанесла новый удар, и перед ее глазами заплясали яркие точки. Наклонившись вперед, она прижалась лбом к прохладному стеклу и увидела не обстановку прихожей, а чье-то отражение. Это была пожилая женщина с двумя длинными косами, уложенными вокруг головы, но образ исчез, как только Эмми осознала, что видит его. Она отпрянула со сдавленным вздохом и поморгала, прежде чем снова прижаться лбом к стеклу. На этот раз она увидела лишь просторную, скудно обставленную и, несомненно, пустую комнату.

Эмми подошла к одному из кресел-качалок и опустилась в него, позволив ветру остудить разгоряченное лицо. Должно быть, она увидела затененное отражение проплывавшего облака. А может быть, это были галлюцинации от жары? Она прикрыла глаза, порыв ветра взъерошил ей волосы и овеял прохладой щеки и шею. И тут же нашлось логическое объяснение существованию призрака за стеклом. Эмми чувствовала себя глупо. Она привыкла к летней жаре и даже к высокой влажности, но здесь все было по-другому, и она чувствовала это так же остро, как уход Бена все эти месяцы. Это место ждало именно ее, и она должна была сюда приехать.

Когда Эмми пришла в себя, то встала и выглянула из-за перил, впервые заметив великолепный вид на океан. Она была слишком далеко, чтобы услышать его шум, но видела гребни волн, очерченные солнцем и тенью, и видела край света, где океан встречался с небом.

Эмми ощутила толчок где-то возле сердца, как будто это новое и незнакомое место что-то для нее значило, как будто тяга к океану была свойственна ей от рождения и она всегда знала эти края. Не имело никакого значения, что раньше она никогда не видела океан; она уже понимала, что такое видеть его со своего парадного крыльца.

Эмми медленно спустилась со ступенек и стала искать тропинку, которая вывела бы ее к задней части дома. Эбигейл сообщила, что ее сын выбрал участок между Фолли-Ривер и океаном. Эбигейл оставила ключ в запертом сейфе у задней двери, и Эмми запомнила комбинацию цифр, многократно повторив ее вслух во время долгой поездки из Индианы.

Она прошла перед домом, где было оборудовано место для стоянки двух автомобилей, и оказалась на зеленой лужайке, где деревянное крыльцо вело к закрытой веранде и, вероятно, к задней двери. Хлопнув по ноге, когда какое-то насекомое укусило ее, она торопливо поднялась по ступеням и открыла сетчатую дверь для защиты от москитов. Очередной сильный порыв ветра вырвал сетку у нее из рук и заставил взглянуть на потемневшее небо. Опустив голову, Эмми впервые обратила внимание на вид, открывавшийся с заднего двора: зеленая лужайка упиралась в заросли высокой травы, похожей на паучьи ноги, а дальше виднелось нечто вроде широкого деревянного причала. Оттенки желтого, бурого и зеленого цветов переходили в свинцово-серую водную гладь с высоким маяком на горизонте. Казалось, что маяк стоит прямо посреди моря; ржаво-коричневые и белые полосы поднимались к фонарю, который сейчас был погашен.

У Эмми снова закололо в затылке, когда она опять взялась за дверь, но остановилась, услышав знакомый звук, доносившийся с лужайки. Ноги сами повели ее к источнику звука — ветру, свистевшему в горлышках стеклянных бутылок. Она остановилась посреди двора, закрыла глаза и прислушалась, а потом направилась в укромный уголок за старой карликовой пальмой. Бутылочное дерево было высотой с Эмми, а его металлический ствол по толщине можно было сравнить с ее предплечьем. Изящные ветви тянулись к небу без видимого порядка; случайное расположение лишь подчеркивало их красоту. На каждую ветку были насажены бутылки разных цветов, позволявшие воздуху свободно проникать в емкости.

Дерево было точно таким же, как и то, которое стояло в саду ее матери, и внезапная тоска обрушилась на Эмми как удар грома. Она протянула руку и прикоснулась к зеленой бутылке, поражаясь ее твердости и реальности и пытаясь заверить себя, что эта частица родного дома не является плодом ее воображения. Эмми обошла вокруг дерева, восхищенная мастерской работой, и наклонилась поближе к ветвям. Глядя на янтарную бутылку с широким горлышком, торчавшую почти под прямым углом к ветке, она увидела нечто, попавшее внутрь.

Эмми легко толкнула бутылку, чтобы проверить, может ли она сдвинуться на ветке. Заглянув снизу, она увидела скатанный в трубочку клочок бумаги. Интерес к старым рукописям и историям преодолел легкие угрызения совести, когда ей удалось подкатить бумагу к горлышку бутылки, а потом освободить из стеклянной темницы.

Бумага отсырела, но не пожелтела, а значит, она была не очень старой. Научное любопытство Эмми окончательно взяло верх над угрызениями совести, она вгляделась в текст и увидела одну-единственную фразу, написанную жирным, размашистым почерком: *Вернись ко мне*.

— Вы роетесь в чужих вещах.

От удивления Эмми выронила записку и обернулась.

— Прошу прощения, — она быстро подняла записку в надежде, что пожилая женщина не может четко видеть через очки, увенчивавшие кончик ее вздернутого носа. Держа бумагу как можно ниже, Эмми начала скатывать ее и заговорила:

— Вообще-то меня зовут Эмми Гамильтон. Я арендую этот дом на несколько месяцев.

— Совершенно верно. Вы арендуете дом, но не это дерево. Не нужно вмешиваться в чужую жизнь.

Колючий взгляд темно-карих глаз не отрывался от рук Эмми, пока она старалась засунуть записку обратно в бутылку.

— Кажется, вам не приходилось слышать пословицу о кошке и любопытстве.

Эмми сделала неловкое движение, и скатанная бумажка снова упала на землю.

— Ох! — воскликнула она и опустилась на корточки. — Мне очень жаль. Я действительно не хотела подглядывать.

— В самом деле? Тогда зачем вы возитесь с вещами незнакомых людей?

Когда Эмми выпрямилась и задумалась в поисках подходящего ответа, она смогла лучше рассмотреть свою визави. Женщина была миниатюрной, вероятно, не выше пяти футов, и, скорее всего, ей уже перевалило за семьдесят. Ее длинные седые волосы были заплетены в две косы, падавшие ей на плечи. Она носила белую блузку без рукавов, заправленную в джинсовые шорты с эластичным поясом. Маленькие ступни, лишенные маникюра на пальцах, были обуты в некрасивые коричневые сандалии. Но эта деталь, как отметила Эмми, вполне сочеталась с общим видом женщины, которая не носила никаких украшений, да и макияж на ее лице отсутствовал полностью. Эмми смутилась и рассердилась одновременно. Но при этом она почему-то испытала облегчение оттого, что способна испытывать нечто иное, кроме горя и печали.

— Послушайте, мисс... — Когда женщина не ответила, Эмми продолжала: — Вы правы, я подсматривала. Думаю, это в моем характере: я специализируюсь на старых документах, и любой клочок бумаги может привлечь мое внимание. Мне действительно жаль, но, как я уже говорила, я арендую этот дом. Полагаю, это относится и к участку, так что на самом деле я не совершила ничего плохого.

Не сказав ни слова, пожилая женщина развернулась и направилась к подъездной дорожке. Эмми поспешила за ней.

— Подождите! Вы Эбигейл?

— Нет.

Эмми помедлила, немного сбитая с толку. Ей и впрямь казалось, что Эбигейл не такая старая.

— Значит, вы невеста ее сына?

Пожилая женщина громко хмыкнула, что в других обстоятельствах можно было бы принять за сдерживаемый смех, и продолжала идти вперед.

Сбившись с дыхания от непривычных усилий, Эмми наконец поравнялась с незнакомкой на подъездной дорожке. Она остановилась, но женщина продолжала идти, и случайная догадка наконец оформилась в слова.

— Подождите... пожалуйста! Бутылочное дерево издает звук, не похожий ни на какой другой. Но точно такой же звук издает дерево, которое стоит на заднем дворе у моей матери. Это вы сделали их?

Женщина остановилась и медленно повернулась, но ничего не ответила, как будто ожидая продолжения.

— Этот звук всегда напоминал мне об океане, хотя до сегодняшнего дня я ни разу его не видела, — сказала Эмми. — Похоже на песню, правда? Грустную, но чарующую и полную воспоминаний... и новых возможностей. Вы именно этого добивались?

Что-то промелькнуло в глазах женщины, но в остальном она оставалась бесстрастной.

— Я Лулу О'Ши. Этот дом принадлежит моему племяннику, — она говорила сквозь плотно сжатые тонкие губы, как будто выдавливая слова. Прежде чем Эмми успела сказать что-то еще, Лулу развернулась и пошла прочь.

Вернись ко мне. Вспомнив скатанную записку, Эмми снова поспешила вслед за пожилой женщиной, которая шла быстрее любого человека ее возраста, которых она знала.

— Подождите. Это ваша записка в бутылке?

На самом деле Эмми так не думала, потому что почерк определенно принадлежал мужчине, но ей не хотелось, чтобы Лулу ушла так быстро.

Лулу оглянулась через плечо.

— Постарайтесь не царапать деревянные полы в доме. Они из бразильской вишни, и мой племянник приложил много усилий для доставки материала.

Тяжело дыша, Эмми наблюдала, как женщина уходит прочь, но потом ее внимание привлек большой пес, тянувший подростка на скейтборде. Мальчишка помахал ей, когда промчался мимо, и Эмми осталась одна в полной тишине, слышался лишь тихий шелест покрышек по асфальту.

Когда девушка открыла багажник, крупная капля дождя упала ей на макушку, и пока она дошла до заднего крыльца со своими чемоданами, то совершенно промокла от внезапно нахлынувшего ливня.

— Добро пожаловать на Фолли-Бич, — процедила она сквозь зубы, поднимаясь по ступеням. Ей удалось с первого раза открыть сетчатую дверь и забросить себя вместе с чемоданами на крытую веранду. Эмми прислушивалась к шелесту дождя, чувствуя себя более одинокой, чем когда-либо раньше, и вдруг поняла, что забыла комбинацию замка на маленьком сейфе, где хранился ключ от дома. Она осела на пол, даже не потрудившись найти стул, и уперлась лбом в колени. Оставалось лишь дождаться, когда пройдет дождь, чтобы побросать чемоданы обратно в багажник и оставить это место далеко позади.

Глава 5

Фолли-Бич, Южная Каролина
Январь 1942 года

Лулу сидела на краешке кровати и смотрела, как Мэгги одевается, готовясь к свиданию с мистером Новаком. Она называла его так даже мысленно, хотя всегда думала о Джиме просто как о «Джиме». В мистере Новаке было что-то взрослое, и она даже не могла представить его маленьким мальчиком. Он был милым, вежливым и все такое, но он просто *не был* Джимом.

Лулу гадала, почему Мэгги предложила встретиться в заведении «У Андре», хотя знала, что оно было любимым местом Мэгги из-за жареных креветок с тех пор, как она была девочкой и родители приводили ее туда по особым случаям. Но Лулу также помнила и о том, что именно в это заведение Джим впервые пригласил Мэгги, и не могла понять, почему сестра хочет отправиться туда с каким-то другим мужчиной.

Лулу решила, что, может быть, Мэгги предложила встретиться в этом месте, просто не успев подумать. Ведь и она сама иногда порой заявляла во всеуслышание, что ей нужно в туалет, а уж потом понимала, что произнесла это вслух.

И все же, когда Лулу увидела, что Мэгги выбрала свое любимое платье вместо самого лучшего, которое она носила, когда встречалась с Джимом, то пришла к выводу, что ее сестра все-таки ни о чем не забыла.

— Ты видела Кэт? — спросила Мэгги, посмотревшись в зеркало и наклонив голову так, как она делала, когда не могла принять какое-то решение.

— Она оставалась в своей комнате с тех пор, как мы пришли домой. Думаю, она на тебя дуется.

Мэгги взглянула на сестру, но не стала развивать эту тему.

— У нее превосходный вкус. Мне на самом деле хотелось бы узнать ее мнение.

Лулу наклонила голову точно так же, как ее сестра, и подумала о том, правда ли человек видит вещи по-другому, когда не смотрит на них прямо. Она видела Мэгги, которую любила всем сердцем и всегда считала очень красивой, но теперь, склонив голову набок, она видела девушку, которую Кэт однажды за глаза назвала «безвкусной домохозяйкой».

— Тебе нужна темно-красная помада, такая же, как у Кэт. С ней ты будешь еще красивее.

Мэгги скорчила рожицу, глядя на свое отражение в зеркале.

— У меня такой нет, — она немного подумала. — Пожалуй, стоит попросить у Кэт.

Их взгляды встретились в зеркале, и, когда Лулу заметила, что серое платье великовато для ее сестры, а ткань больше похожа на простыню, ей в голову пришла одна мысль.

— Пойду спрошу, — сказала она, соскользнув с шениллового покрывала.

Она осторожно прокралась в свою старую спальню и приоткрыла дверь, чтобы заглянуть внутрь. Занавески были задернуты, а Кэт лежала под покрывалом с черной шелковой повязкой на глазах. Стараясь не шуметь, Лулу пробралась к комоду и достала свою заветную шкатулку. Она украдкой взглянула на спящую Кэт и забрала серьги с «песчаными долларами» и черепаховую пряжку для волос, а потом положила шкатулку на место.

Рассовав свои сокровища по карманам, Лулу на цыпочках прошла к туалетному столику, где на кружевной салфетке лежали, как она их любила называть, «тайные зелья» Кэт. Эту салфетку когда-то связала Мэгги, а Кэт уже заляпала ее тушью и губной помадой. Она нашла тюбик губной помады, колпачок от которой валялся рядом.

Лулу очень осторожно взяла помаду и колпачок и тихо направилась к двери. Когда она сунула пальцы в щель, чтобы открыть створку, то услышала за спиной голос Кэт:

— Что ты делаешь?

Лулу повернулась к ней, опустив руки и крепко сжав помаду в кулаке. Кэт полулежала в постели, опершись на локоть. Ее повязка для глаз была сдвинута на лоб.

— Я просто взяла кое-какие свои вещи.

Лулу начала пятиться к двери, но остановилась, когда снова услышала голос Кэт:

— Что у тебя в кулаке?

— Ничего.

Кэт села на кровать и сняла повязку.

— Покажи мне это «ничего».

Зная о том, что если она не раскроет кулак, то Кэт заставит ее сделать это силой, Лулу медленно разогнула пальцы, один за другим, открыв тюбик с губной помадой.

— Надеюсь, ты не собиралась играть в куклы с моей помадой. Это мой любимый оттенок, и я вряд ли смогу найти такой же.

— Я ее не просто так взяла, — обиженно заныла Лулу. Она никогда не играла с куклами, как другие девочки, а предпочитала читать или рисовать. — Я взяла ее для Мэгги, чтобы она накрасила губы перед свиданием с мистером Новаком.

Лулу поняла, что совершила ошибку, рассказывая об этом Кэт.

— Ах ты, маленькая воришка, — почти ласково произнесла Кэт. Она спрыгнула с кровати и быстрым шагом направилась к девочке. — Верни мне помаду. Немедленно!

Она уперлась одной рукой в бедро и протянула другую руку к Лулу ладонью вверх. Лулу снова сжала кулак.

— Но у Мэгги нет помады.

— Значит, это ее проблема, верно? Давай сюда помаду.

Лулу поняла, что ее рука дрожит, когда она выронила помаду в протянутую ладонь Кэт.

— Если ты снова что-нибудь украдешь у меня, я перекину тебя через колено и как следует отшлепаю. Вот увидишь, так и будет. У тебя еще молоко на губах не обсохло, а туда же!

У Лулу горели щеки не только от перспективы быть отшлепанной Кэт, но и от осознания того, что она подвела Мэгги. Чтобы удержаться от слез, она повернулась к двери и взялась за ручку, но помедлила, открыв дверь наполовину. Она тяжело дышала, словно проплыла целую милю, и, не слишком раздумывая, медленно произнесла:

— Ты должна дать мне помаду, Кэт, — она сглотнула, пытаясь быть такой храброй девочкой, какой ее всегда называла Мэгги. Иногда мысль о сестре действительно делала ее смелее. Она продолжала окрепшим голосом: — Или я расскажу Мэг, что видела, как ты целовалась с тем солдатом в беседке, когда еще была замужем за Джимом. Или что ты сказала Джиму, будто он больше не нравится Мэгги и она хочет, чтобы он прекратил встречаться с ней. Я не понимала, что это ложь, пока ты не вышла замуж за Джима, и было уже слишком поздно рассказывать Мэгги об этом. Но готова поспорить: если я расскажу сейчас, она больше не позволит тебе жить в нашем доме.

Наступило долгое молчание, и Лулу слышала лишь звук своего дыхания. Но она чувствовала запах духов Кэт и знала, что та по-прежнему стоит у нее за спиной. Потом она услышала шлепанье босых ног по деревянному полу, скрип пружинного матраса и безошибочный звук чего-то маленького, упавшего на пол и откатившегося в сторону.

Лулу медленно повернулась и встретилась взглядом с кузиной. Глаза Кэт напомнили ей аллигатора, лежавшего на берегу пруда и прикидывавшегося бревном. Кэт улыбалась, но губы были плотно сжаты.

— Ты хорошая сестра, Лулу. Преданная, как и должно быть. И ты ничего не упускаешь из виду, правда?

Лулу пошарила взглядом по полу в поисках губной помады, пока не обнаружила ее у дальней ножки туалетного столика. Она опустилась на четвереньки, протянула руку под стол, схватила тюбик и побежала к двери. Девочка уже выбежала в коридор, когда вспомнила, что Кэт задала ей вопрос. Она остановилась и медленно вернулась в спальню, где Кэт по-прежнему сидела на кровати, некогда принадлежавшей Лулу.

— Да, — сказала она. — И я ничего не забываю.

Потом она вышла и аккуратно закрыла дверь за собой.

Питер пришел точно к семи вечера. Мэгги послала Лулу вниз, когда он постучал. Кэт по-прежнему оставалась в своей комнате. Мэгги собиралась спуститься сама, но Лулу напомнила ей, что дама всегда должна немного опаздывать, чтобы джентльмен подождал. Эти слова были буквальным пересказом одного из бесчисленных уроков, которые Кэт пыталась вдолбить ей в течение нескольких лет, чтобы доказать, что хотя бы одна из сестер О'Ши действительно слушает ее.

Мэгги задумалась о том, почему Лулу с такой покорностью приняла неизбежность ее свидания с Питером. Младшая сестра совсем не упрямилась, даже когда узнала, что весь вечер проведет вместе с Кэт. Честно говоря, Лулу еще не составила никакого мнения о Питере, да и уж, конечно же, не полюбила его — времени-то прошло всего ничего! Но как только Кэт выказала свое неодобрение по поводу нового ухажера Мэгги, Лулу внезапно приняла сторону сестры. Они никогда не были особенно близки из-за разницы в возрасте, но их отношения явно ухудшились с тех пор, как Кэт стала жить вместе с ними. Мэгги точно не знала причину отстраненности, возникшей между ними, но подозревала, что это имеет отношение к тому, что Кэт заняла комнату Лулу и наполнила собой небольшое пространство их общей жизни.

Выждав пять минут и всего лишь пару раз посмотревшись в зеркало, Мэгги вышла в коридор и немного помедлила перед дверью Кэт. Она подняла руку, собираясь постучать, но потом передумала. Ей хотелось получить хоть какое-то одобрение и заодно поблагодарить Кэт за губную помаду. Но она знала, что сейчас кузина находится в таком настроении, когда ее лучше оставить в покое. Когда Кэт так накручивала себя, то говорила обидные вещи. Хотя Мэгги была уверена, что на самом деле она так не думает, ей не хотелось слышать ничего подобного перед свиданием с Питером.

Когда Мэгги начала спускаться по лестнице, то оглянулась на закрытую дверь. В последний раз ее кузина находилась в таком же состоянии сразу же после смерти Джима. Мэгги совершила ошибку, попытавшись утешить ее. Но в ответ ей велели убираться таким отвратительным тоном, какого она никогда не слышала от Кэт. По словам Кэт, она была не в состоянии понять ее чувства, потому что Мэгги, в отличие от кузины, привыкла к тому, что мужчины не обращают на нее внимания. А теперь, когда Кэт стала вдовой, ей уже никогда не выпадет возможность повстречать такого мужчину. Лишь обещание, которое Мэгги дала своей матери, удержало ее тогда от решения немедленно расстаться с Кэт.

Потом выяснилось, что это неправда, но горький осадок остался — не оттого, что Кэт сказала о Мэгги, а оттого, что она имела в виду насчет Джима. Следующие несколько недель Мэгги молилась за Джима в церкви, поскольку его вдова так и не удосужилась это сделать.

Мэгги спускалась по лестнице, чувствуя, как покачиваются серьги с «песчаными долларами», которые она надела, и воображая, как красиво выглядит черепаховая пряжка Лулу. Питер и Лулу находились в маленькой прихожей. Лулу сидела на краю кушетки, а Питер изучал коллекцию ракушек ее матери. Он взял одну раковину своими длинными пальцами и повернулся к Мэгги.

— Вы прекрасно выглядите, Маргарет.

Она вспыхнула, хорошо понимая, что это дежурная любезность, но все равно польщенная, потому что его голос звучал искренне.

— Спасибо, Питер.

Она подошла к соседней полке, ощутив запах его одеколона и отметив ладно скроенный серый костюм. Его шляпа и плащ были сложены на краю кушетки.

— Прошу прощения, что заставила вас ждать.

Его странные янтарные глаза немного прищурились, когда он улыбнулся.

— Ожидание делает встречу гораздо более волнующей. Кроме того, я имел удовольствие находиться в обществе Лулу. Она объяснила мне, что это такое.

Он поднял хрупкую раковину, и свет лампы заиграл на его кольце с печаткой.

— «Песчаные доллары», — сказала Мэгги и осторожно взяла раковину. — Лулу рассказывала вам историю о них?

Питер покачал головой, не отрывая взгляда от ее лица.

— Это история нашей матери, — продолжала Мэгги. — В ней говорится о том, что «песчаные доллары» были оставлены Христом для распространения веры.

Питер приподнял брови.

— Как это?

Немного приблизившись, Мэгги положила раковину на ладонь тыльной стороной и показала ему внутреннюю часть.

— Эти пять отверстий символизируют Христовы раны, а рисунок в центре — цветущую пасхальную лилию, которая окружает Вифлеемскую звезду.

Мэгги подняла голову и увидела, что Питер смотрит на нее, а не на раковину. Она быстро отвела взгляд и вернула ему «песчаный доллар».

— На другой стороне расположена рождественская пуансетия[1], которая напоминает о рождении Христа. Говорят, что, если разбить центр раковины, где-то выпорхнут пять белых голубей, которые будут нести мир и добрые вести.

— Это чудесно, — сказал Питер, но когда Мэгги снова подняла взгляд, он по-прежнему смотрел на нее.

Она повернулась к окну и положила раковину в корзинку вместе с остальными.

— Они принадлежали нашей матери, — сказала она, стараясь, чтобы ее голос звучал ровно. — Мама собирала их здесь, на пляже Фолли-Бич.

— Значит, они обладают для вас особенной ценностью.

Мэгги улыбнулась, когда почувствовала, что Питер действительно понял ее. Ей это очень нравилось, независимо от того, действительно ли искренне он считал ее красивой.

— Вы готовы? — спросил он.

— Да, только нужно надеть пальто и шляпку.

---

[1] «Рождественский цветок» — тропическое растение с красными листьями, похожими на цветы.

Мэгги направилась к платяному шкафу в коридоре, но Лулу опередила ее и вернулась с зеленым кашемировым пальто Кэт и шляпкой, подобранной ему в тон. Тускло-серую шляпку Мэгги Лулу оставила на месте. Это зеленое пальто однажды совершенно неожиданно появилось в доме, а когда Кэт спросили о нем, она заявила, что это подарок от ее поклонника. Она не стала уточнять, какого именно, а Мэгги не хотела настаивать.

Она слегка покачала головой, стараясь встретиться взглядом с Лулу, но все-таки не решилась устраивать сцену перед Питером. Девочка протянула ей пальто.

— На коричневом пуговица оторвалась. Если хочешь, я пришью ее сегодня вечером.

Мэгги пристально смотрела на Лулу, пытаясь понять, почему она лжет и почему для нее так важно, чтобы ее сестра надела пальто Кэт. Питер взял пальто у Лулу и раскрыл его, чтобы Мэгги могла продеть в рукава руки.

— Наверное, мне следовало попросить у Кэт разрешения перед тем, как надевать его, — сказала она и выразительно посмотрела на Лулу.

Девочка невинно улыбнулась, и Мэгги на мгновение показалось, что на ее коричневом пальто действительно не хватает пуговиц.

— Я только что сделала это, и она разрешила.

Мэгги прищурилась, но Лулу побежала в коридор и уже открывала парадную дверь. Она подождала, пока Питер наденет свое пальто и шляпу. Потом он подал руку Мэгги и вывел ее на крыльцо, перед которым стоял его «Форд»-седан последней модели.

Несмотря на то что летних посетителей не ожидалось еще несколько месяцев, в заведении у Андре было довольно многолюдно, в основном это были военные. Мэгги приветствовала знакомых, каждый раз представляя Питера, а потом они устроились в кабинке у окна с видом на болото. Питер прилежно повторял имя каждого человека, с которым его знакомили, словно для того, чтобы лучше его запомнить. Он задавал вопросы и проявлял неподдельный интерес к ответам. Мэгги понимала, что это навыки любого хорошего коммерсанта, но невольно удивлялась тому, как Питер умел располагать к себе ее друзей и соседей.

Краешком глаза она наблюдала, как Питер осматривает широкий деревянный пол, цветные настенные росписи с изображением рыболовных судов и других морских сцен, а также сети, свисавшие с потолка. Она испытала определенное беспокойство, когда увидела все это глазами человека, приехавшего из Европы, который много путешествовал и был более опытным и искушенным, чем большинство ее знакомых на Фолли-Бич. Питер выглядел бы более уместно в лучшем ресторане Чарльстона, чем в пляжном кафе, пусть там и подавали замечательные жареные креветки.

Она подалась вперед и прикоснулась к его руке.

— Если вам здесь не нравится, мы можем пойти куда-нибудь еще. В городке много хороших ресторанов.

Он накрыл ее руку ладонью.

— Нет, здесь замечательно. Я хочу познакомиться с местными вкусами; мне еще не приходилось пробовать жареные креветки. Кроме того, когда находишься в обществе красивой женщины, остальное не имеет значения, правда? Я мог бы есть траву и не замечать этого.

Мэгги улыбнулась, когда он непринужденно рассмеялся, и уверилась в том, что поступила правильно. Откинувшись на спинку стула, она изучала меню, но на самом деле ничего не видела, поскольку старательно подыскивала остроумные темы для разговора. Ей даже захотелось, чтобы Кэт оказалась рядом и нашептывала на ухо нужные слова. Мэгги решительно произнесла:

— Само собой, я рекомендую жареные креветки, но вам нужно попробовать кукурузные лепешки и салат из капусты и моркови под майонезом. Я заказываю это каждый раз, когда прихожу сюда. Наверное, стоит попробовать что-то новое, но я боюсь, что буду разочарована.

Она почувствовала, что слишком много болтает о еде, и покраснела. Питер закрыл меню.

— Тогда я доверюсь вашему опыту и закажу то же самое. Попробую стать туземцем.

Он улыбался, но при этом говорил так серьезно и рассудительно, что Мэгги не удержалась от смеха.

— Что смешного? — спросил Питер, изобразив обиду.

Ее избавила от ответа Робин Хендерсон, старая подруга из школы в Ривер-Хай, которая подошла принять заказ. Робин вышла замуж сразу же после окончания школы и одного за другим родила четверых детей. Ее муж Дейв работал на военной верфи, а сама она устроилась на неполный рабочий день официанткой ради карманных денег на чулки и помаду, так что муж не беспокоился о том, сколько она тратит.

Мэгги посмотрела на Робин, раскрасневшуюся и теребящую свой русый локон во время разговора с Питером, и поняла, что он оказывает подобное воздействие на большинство женщин, даже на Кэт. Но по какой-то причине он выбрал Мэгги. Она попрежнему считала, что если бы Кэт осталась с ней, то Питер не удостоил бы ее и взглядом. Но сейчас Мэгги сидела вместе с ним в кафе, а другие женщины украдкой посматривали на них и удивлялись, почему он выбрал ее.

Бросив последний долгий взгляд на Питера, Робин забрала меню и вернулась на кухню, но дважды оглянулась. Питер как будто не заметил этого.

Когда принесли еду, Мэгги вдруг поняла, как сильно она проголодалась. В предвкушении свидания она весь день почти ничего не ела, и теперь с трудом справилась с желанием взять сразу несколько кукурузных лепешек и запихнуть их в рот. Вместо этого она некоторое время объясняла Питеру особенности принесенных блюд и с веселым интересом наблюдала за его замешательством, когда она растолковывала предназначение разнообразных соусов. Когда Питер взял нож и вилку и разрезал обжаренную в масле кукурузную лепешку, рот Мэгги наполнился слюной от сладкого хлебного аромата. Он слегка подул на лепешку, положил кусок в рот, закрыл глаза и принялся жевать.

— Ну как?

Питер сделал паузу, словно задумавшись над ответом.

— Превосходно, — произнес он и переключил внимание на жареные креветки. Мэгги рассмеялась — то ли потому, что «превосходно»[1] в его устах звучало нелепо, то ли потому, что он собирался есть креветки с помощью ножа и вилки.

Питер остановился и озадаченно посмотрел на девушку.

— Что опять я сделал не так?

— Разве в Айове не едят руками?

Его лицо на мгновение омрачилось. Питер аккуратно положил вилку и нож и улыбнулся ей.

— Ну, разумеется. В Айове мы часто едим кукурузные початки, и конечно же именно руками. Я просто подумал, что креветки могут оказаться слишком горячими, вот и все.

Он ловко подцепил одну креветку и обмакнул ее в красный соус, как делала Мэгги, прежде чем положить в рот и прожевать.

— Изумительно, — заключил он и промокнул салфеткой уголки губ.

— Не «превосходно»?

Питер взглянул на Мэгги.

— Лучше, чем превосходно, вот что это такое.

---

[1] Питер воспользовался жаргонным южным определением.

Мэгги снова рассмеялась, уверенная в том, что все сделала правильно, даже без советов Кэт. Она представила себя сейчас, с накрашенными губами и черепаховой пряжкой в волосах, сидящую напротив Питера и смеющуюся над его шутками точно так же, как делали они с Джимом, когда приходили сюда. Мэгги отогнала эту мысль, когда взяла другую креветку, и сосредоточилась на Питере. Зачем думать о человеке, который никогда ей не принадлежал?

Они вышли из ресторана после девяти вечера. Полная луна освещала болото, колдуя над приливом за зарослями перистой спартины[1], обесцвеченной зимним ветром. Крылатый ночной охотник парил над водой недалеко от их автомобиля, когда Мэгги, кутавшаяся в кашемировое пальто Кэт, смотрела на пар от своего дыхания, растворяющийся в лунном свете. Впервые за долгое время она чувствовала себя сытой и довольной жизнью и не хотела, чтобы вечер заканчивался. Казалось, будто Питер испытывал подобные же чувства: по дороге домой он ехал гораздо медленнее, чем раньше. Мэгги собиралась предложить ему зайти в их дом на чашку кофе, когда он повернулся к ней в темном салоне и луна придала его лицу призрачный голубоватый оттенок.

— Давайте прогуляемся, — эта фраза прозвучала без вопросительных интонаций, и Мэгги даже не ответила, когда он притормозил у одного из до-

[1] Травянистое растение с длинными перистыми листьями; растет в Техасе, Неваде и Южной Каролине, где считается сорняком.

мов на Сентер-стрит и выключил зажигание. Потом Питер открыл ее дверцу, протянул руку и повел вперед. Уши Мэгги покалывало от холода, и теперь ей хотелось, чтобы шляпка Кэт была не просто украшением.

Они направились в сторону причала, повинуясь зову луны, словно маленькие, только что вылупившиеся черепашки, бездумно ползущие на звук прибоя.

Мэгги испытала облегчение, когда Питер повернул направо в сторону от причала и направился к Арктик-авеню — там не было так шумно. Некогда эта улица была прибрежным бульваром, тянувшимся вдоль западного побережья острова, но после урагана 1939 года на западной стороне Арктик-авеню осталось лишь четыре дома, и два из них, ныне заброшенных, почти наполовину уходили под воду во время приливов.

Питер повел Мэгги к первому дому, чьи опоры и островерхая крыша напоминали скелет на фоне зимнего пейзажа. Днем солнце окрашивало просоленную черепицу в серебристый цвет и делало дом волшебным местом для детей, игравших в опустевших комнатах, но ночью заброшенное жилище казалось зыбким отражением луны и океана, окруженное ореолом тайны и неизвестности. Наступил прилив, и вода уже залила дальние опоры, но оставила полоску пляжа перед домом.

Мэгги вздрогнула, когда Питер взял ее за руку и повел к парадному крыльцу, и не стала возражать, когда он открыл незапертую дверь и впустил ее внутрь. В молчании они прошли по старому дому и распахнули противоположную дверь, остановившись на заднем крыльце, над плещущими водами океана. На какое-то мгновение Мэгги почувствовала себя невесомой, как будто ничто не удерживало ее на земле, кроме лунного сияния и ритмичного плеска волн, ударяющих в опоры. Она снова была маленькой, и ее мать была жива, на свете не существовало таких вещей, как бури, война и смерть, и необъятность океана была лишь грезой.

— Мэгги, вы продрогли? Хотите вернуться в автомобиль?

Голос Питера вернул ее на землю, и она почти чувствовала, как воздух ворвался в ее легкие. Она повернулась к нему и осознала, как близко он стоит, по запаху одеколона и шороху щетины на подбородке о воротник его пальто.

— Все в порядке, — почти весело ответила она. — Немного холодно, но ничего страшного.

Питер обнял ее за плечи и привлек поближе к себе; некоторое время они вместе смотрели на океан. Дом был выше соседних, и отсюда открывался хороший вид на коттеджи и рощи карликовых пальм. Они видели сиявшие вдалеке огни причала и желтые маячки фонарей над крылечками домов на западном побережье острова. Голос Питера раздался прямо у нее над ухом:

— Что это за место? Я много раз проходил мимо и часто думал о нем.

Мэгги расслабилась в объятиях Питера, глядя на луну и звезды, как будто никогда не видела их раньше.

— Здесь жила одна семья, но после шторма в позапрошлом году никто сюда не вернулся. Раньше здесь была целая улица, но большая ее часть ушла под воду.

— Значит, у дома больше нет хозяев?

Мэгги пожала плечами.

— Полагаю, что есть, но возвращаться сюда никто не хочет. Когда построили волнорезы для защиты гавани Чарльстона, Фолли-Бич потерял значительную часть своего пляжа. Эрозия особенно усиливается после урагана. Думаю, оставшиеся дома не переживут следующей сильной бури.

Питер задумался. Когда он смотрел вдаль, в его глазах отражался лунный свет.

— Так много огней... Я думал, что после Перл-Харбора на всем побережье будет объявлено затемнение.

Он посмотрел на Мэгги; половина его лица оставалась в тени под полями шляпы.

— Да, но это на Западном побережье, потому что оно гораздо ближе к Гавайям и Японии. А здесь от Европы нас отделяет почти три тысячи миль. У нас есть конные патрули — возможно, мы даже увидим их на пляже, — но думаю, это лишь потому, что люди должны как-то помогать своей стране. Немцы не могут пересечь Атлантику незаметно для нас. Все об этом знают.

— И то верно, — его белоснежные зубы блеснули в лунном свете. — Здесь вы в безопасности, — он немного сильнее прижал Мэгги к себе. — И я чувствую себя лучше, когда знаю, что вам ничто не угрожает.

— Правда? — Она подняла голову и едва не прикоснулась губами к его губам.

— Правда.

Мэгги не знала, когда закончилось слово и начался поцелуй. Она знала лишь, что снова почувствовала себя плывущей во времени и пространстве. Рокот волн внизу и дыхание Питера на ее коже были такими же привычными, как воздух.

Внезапно Питер отодвинулся от нее.

— Прошу прощения. Это просто... — он ненадолго замолчал, но Мэгги чувствовала, что он смотрит на нее. — Я просто не мог остановиться.

Их дыхание смешивалось в тающих облачках белого пара. Глядя на них, Мэгги жалела, что он остановился, но вместе с тем признавала его правоту. Кэт непременно поцеловала бы его в ответ и попросила поцеловаться еще разок, но она была другой.

Мэгги приложила палец, обтянутый перчаткой, к губам Питера.

— Хватит об этом. Просто обнимай меня, продолжай говорить, и все будет хорошо.

Питер снова привлек ее к себе, когда они склонились над перилами.

— Расскажи, что ты видишь отсюда.

Держа его за руку, Мэгги вернулась в дом и указала на большое панорамное окно.

— Это западная часть Фолли-Бич. Названия улиц одинаковы с обеих сторон от Сентер-стрит, но здесь они называются западными, а там восточными. Например, Вест-Эшли и Ист-Эшли: это улица в одном квартале от океана с восточной стороны, но отсюда, где заканчивается Арктик-авеню, она стала прибрежным бульваром.

Питер смотрел на огоньки, мерцавшие во тьме.

— Моя улица, Секонд-стрит, идет перпендикулярно океану. Поблизости, на Вест-Эшли, находится отель, который все называют «Бич-Хаус». Ходят слухи, что береговая охрана собирается использовать его как казарму.

Питер кивнул, и они довольно долго стояли в молчании, прежде чем он заговорил снова.

— Люди, которые живут в этих домах... где они работают? Чем они занимаются?

— У нас есть библиотека, полицейский участок и почтовое отделение, хотя большинство людей работает на верфи в северном Чарльстоне. Но это постоянные жители. Летом приезжает много отдыхающих и население почти удваивается. И, разумеется, теперь здесь много военнослужащих, с тех пор как Чарльстон стал военной базой.

Питер удивил Мэгги, легко прикоснувшись к ее подбородку.

— Умная и красивая. Какое привлекательное сочетание.

Прежде чем она нашлась с ответом, он заговорил снова:

— А что находится на окраинах острова?

Он взял ее руку и указал на дальнюю оконечность Фолли-Бич, между океаном и Фолли-Ривер, где воды океана как будто поглощали свет.

— Ничего, кроме леса. Там остров становится очень узким.

Питер положил подбородок ей на макушку, и она расслабилась в его объятиях, откинув голову ему на грудь.

— Там, наверное, хорошо плавать?

— Да, там есть чудесные пляжи, хотя и не такие хорошие, как на восточном побережье. Отсюда не разглядеть, но там, на острове Моррис, есть маяк. Теперь он работает в автоматическом режиме, потому что со всех сторон окружен водой, но это очень красивое зрелище. Вокруг сильное течение, и нельзя плавать, но во время отлива можно приплыть туда на лодке и подняться на вершину.

Питер немного отстранился и посмотрел на нее.

— Ты когда-нибудь была там?

— На самом верху? — Мэгги отвернулась, вспоминая. — Да. Он выше, чем кажется снаружи.

Она опустила голову, не желая, чтобы он видел ее глаза. Мэгги захлестнули воспоминания о Джиме, которыми она ни с кем не делилась.

— Может быть, однажды ты отвезешь меня туда, — Питер ласково улыбался, как будто понимал, в чем дело.

— Хорошо бы, — она посмотрела на воду, где свет луны отражался от гребней волн. — Нам лучше идти, а то прилив затопит парадный вход.

Питер взял Мэгги за руку и повел к парадной двери.

— Мы немного опоздали, — сказал он, когда выглянул наружу. — Я отнесу тебя.

Он поднял Мэгги на руки, как в ее любимой сцене из «Унесенных ветром», и отнес по мелководью к рыхлому песку на пляже. Там он немного помедлил, держа ее на руках, прежде чем осторожно опустить на землю.

— Спасибо, — прошептала Мэгги, одновременно чувствуя себя невесомой и прочно стоящей на ногах.

Питер взял ее лицо в ладони, наклонился и легко прикоснулся губами к ее губам.

— Спасибо *тебе*, — сказал он, потом отстранился и снова предложил ей опереться на его руку.

Лишь гораздо позже, когда Мэгги лежала в постели рядом со спящей Лулу, она задалась вопросом, за что именно он поблагодарил ее.

Глава 6

Фолли-Бич, Южная Каролина
Июль 2009 года

Рядом раздался какой-то звук, а потом что-то влажное мазнуло по носу и щеке Эмми, но она лежала тихо, не вполне уверенная, что это не сон. Ей не хотелось просыпаться. Она снова услышала шаги, но на этот раз вместо того, чтобы приближаться или отдаляться, они просто замерли, и Эмми полусонно вытянула руку. *Вернись ко мне.*

Запах псины ударил ей в нос, и что-то пощекотало ее руку. Мало-помалу она поняла, что дождь прекратился и что она определенно чувствует на руке чье-то влажное дыхание. Открыв глаза, она увидела большого темно-рыжего пса неопределенной породы. На нем был ошейник с металлическими бирками и кокетливая красная бандана. Рядом с псом стоял мужчина в резиновых шлепанцах, широких рабочих шортах и футболке. Он с задумчивым видом уставился на Мэгги, подобно медведю, обнаружившему непрошеного гостя в своей берлоге.

Эмми резко выпрямилась, едва не свалившись со стула, на котором она, судя по всему, заснула. Потом она кое-как встала и уставилась на незнакомца и собаку, сидевшую у его ног.

— Кто вы? — спросила она, удивляясь своему спокойствию.

Мужчина был высоким, стройным и довольно крупным. В его карих глазах угадывалось скорее замешательство с примесью раздражения, чем какая-либо угроза.

— Вы плакали во сне, — деловито произнес он.

Эмми в замешательстве провела рукой по лицу и повторила:

— Кто вы такой?

Он уперся руками в бедра, возвышаясь над Эмми почти на целый фут. Бен тоже был высоким, и она почему-то испытала иррациональное ощущение безопасности и защиты в обществе этого незнакомца. Она отступила на шаг и скрестила руки на груди.

— Я собирался задать вам такой же вопрос, — ответил он с почти неуловимым акцентом, как будто не часто бывал в южных штатах. А может быть, он приложил немало усилий к тому, чтобы избавиться от южного акцента.

— Я Эмми Гамильтон, — сказала она. — И я арендовала этот дом на несколько месяцев.

Он поднял брови пшеничного цвета, такие же, как и волосы, заметно выгоревшие на солнце. Волосы незнакомца были довольно длинными и почти доставали до воротника рубашки. Когда-то Эмми считала длинные волосы у мужчин привлекательными, но потом встретила Бена с его армейским «ежиком» и с тех пор уже не помнила, что так ее привлекало в длинных волосах. Длинноволосый мужчина, стоявший перед ней, выглядел довольно небрежно.

— Я — Хит Рейнольдс, владелец этого дома. Сегодня я приехал поработать на причале и увидел ваш автомобиль. Я не знал, что дом сдали в аренду.

Эмми моргнула.

— Но это правда. Договор лежит у меня в автомобиле.

Он только отмахнулся.

— Не трудитесь показывать. Моя мама слишком занята продажей книжного магазина и подготовкой к уходу на пенсию. Должно быть, она просто забыла мне сказать.

Эмми уронила руки.

— Значит, Эбигейл — ваша мать.

Он кивнул и засунул руки в задние карманы шорт. Эмми снова была немного раздосадована его небрежностью и подумала, что он выглядел бы гораздо лучше, если бы заправил майку в шорты. *Вы плакали во сне.* В самом деле? И почему он считает нужным об этом говорить? Ее раздражение и замешательство усилились.

— Тогда эта женщина по имени Лулу — ваша тетя, — не раздумывая, выпалила она.

В уголках его глаз появился намек на улыбку.

— Вообще-то «эта женщина по имени Лулу» — моя двоюродная бабушка. Мой отец — сын ее сестры.

Аналитический ум Эмми попытался систематизировать информацию и разложить все по полочкам.

— Значит, ее сестра должна быть вашей бабушкой. Она тоже до сих пор живет на Фолли-Бич?

Эмми представила еще одну коренастую женщину с внешностью и манерами Лулу и понадеялась, что ответ будет отрицательным.

Он покачал головой:

— Нет. Она погибла в 1989 году во время урагана «Хьюго».

Ответ удивил Эмми.

— Я думала, что накануне ураганов проводят всеобщую эвакуацию.

— Так и есть. Но она не покидала острова сорок пять лет и сказала, что очередной шторм — недостаточная причина для отъезда.

Эмми поежилась, не вполне понимая, почему бабушка ее нового знакомого отказалась уехать.

— Должно быть, родственникам было тяжело оставлять ее здесь.

Он оперся на угольный гриль, выглядевший так, словно им никогда не пользовались.

— Мне тогда было одиннадцать лет, так что я мало что помню... Помню только, что радовался оттого, что занятия в школе отменили. Но мама, отец и тетя Лулу были очень расстроены. Они никак не могли убедить ее уехать. Бабушка говорила, что ждет кого-то, и если уедет, то может не вернуться, и тогда этот человек уже не найдет ее. Позже тетя Лулу сказала, что она ждала человека, который не мог приехать никогда.

По шее и затылку Эмми поползли холодные мурашки, когда она вспомнила почти такие же слова, произнесенные ее матерью, — что-то о нестерпимых днях ожидания того, кто ушел навеки.

— Кого она ждала? — Эмми старалась говорить небрежным тоном, словно ответ не имел для нее никакого значения.

— Не знаю. Можете спросить тетю Лулу; наверное, она знает.

Эмми передернула плечами. Она предпочла бы пройтись по стеклу, чем снова обратиться к пожилой женщине. Не в силах удержаться, она продолжила расспросы:

— Но вы ее родственник. Думаю, если бы вы решили поинтересоваться, то получили бы хоть какой-то ответ.

Взгляд его карих глаз мгновенно стал жестким.

— Прежде всего я мужчина. Мы обычно не копаемся в тонкостях поведения кого бы то ни было. Мы просто действуем в соответствии с их поведением, понимаете? Во-вторых, я научился жить, не обращаясь к прошлому. Оно уже миновало, и вы ничего не можете с этим поделать. Я не собираюсь тратить свою жизнь на то, что уже не могу изменить.

Его тон был почти рассерженным, и, хотя он почти сразу же вернулся к прежней беззаботной манере, первое впечатление было испорчено. Эмми видела, как его взгляд переходит с ее заспанных и растрепанных волос на чемоданы и наконец на собаку, по-прежнему сидевшую у ее ног. Он похлопал себя по бедру.

— Иди сюда, Фрэнк. Освободи место для дамы.

Пес побежал к задней двери, а Хит достал брелок с ключами из заднего кармана и отпер ее. Когда он повернулся к Эмми, на его лице играла легкая улыбка, приоткрывавшая белоснежные зубы.

— В доме есть три спальни. Спать на крыльце совсем не обязательно.

Он распахнул дверь, и пес влетел внутрь, словно радуясь встрече со знакомым местом. Эмми нахмурилась и подняла чемоданы, забыв о том, что собралась уехать обратно.

— Я забыла комбинацию сейфового замка. А потом пошел такой сильный дождь, что я решила подождать здесь, а не мокнуть снаружи. Думаю, я просто устала, я ведь целый день провела за рулем, вот и уснула.

Хит сдвинул брови и подошел к Эмми; она снова удивилась, что ничуть не боится его.

— Я возьму чемоданы и принесу все остальное.

Он попытался взять багаж. Эмми продолжала держаться за чемоданы, хотя они казались ей неподъемными.

— Спасибо, но я вполне могу позаботиться о себе.

— Я ничего подобного и не имел в виду. Просто если мама узнает, что я не помог вам отнести чемоданы, она отшлепает меня. Нет, я не шучу.

Он был серьезным, а вот глаза смеялись. Эмми устала и не хотела спорить. Кроме того, было неплохо иметь рядом с собой человека, который мог отнести багаж.

— Прекрасно, если мама так много значит для вас, — она вручила ему чемоданы и первой вошла в дом.

Внутри Эмми сразу же обратила внимание на освещение. Даже в пасмурный день бежевые стены мягко отсвечивали благодаря панорамным окнам, обрамлявшим парадную дверь и зеркально отображавшимся на противоположной стороне дома, выходившей на болото. Открытую планировку первого этажа подчеркивали карнизы с красивой лепниной и темные деревянные полы. Мебель почти полностью отсутствовала. Со стороны это выглядело так, как будто мечта архитектора о свете и открытом пространстве завершилась на этапе конструирования, без реальной проработки интерьеров. Она увидела спиральную лестницу из кованого железа, которая выходила в коридор, деливший пополам главную жилую зону, и, вероятно, приводивший к двум спальням наверху. Третья, главная, спальня находилась на нижнем этаже, и, когда Хит прошел мимо Эмми к двери на другой стороне кухни, она последовала за ним.

Просторная спальня располагалась по всей ширине дома, и оттуда открывался вид на океан и на болота из больших веерных окон в передней и задней части. Обстановка состояла только из двуспальной кровати, комода с зеркалом и туалетного столика, что опять-таки показалось Эмми очень странным. В дальнем углу комнаты виднелся стрельчатый альков, и когда Эмми приблизилась к нему, то поняла, что это и есть башенка, которую она видела снаружи.

Пока Хит пристраивал ее чемоданы по обе стороны от комода, она заглянула в проем и едва не вскрикнула от изумления. Стены внутри, словно цветные полосы на маяке, были опоясаны полками книг по три-четыре ряда в высоту и доходили до застекленного верха, куда можно было подняться по крутой спиральной лестнице. Книги поддерживались креплениями из кованого железа.

— Вы любите книги?

Эмми вздрогнула при звуках голоса Хита и едва не ушибла голову о край полки.

— Можно сказать и так. У меня степень магистра библиографии, и я с детства работала в книжном магазине моей матери.

— Вот как, магистр библиографии? Значит, вы библиотекарь.

Эмми снова скрестила руки на груди.

— Формально говоря, так оно и есть, но я не просто библиотекарь. Моя квалификация позволяет быть музейным куратором и работать с историческими документами, писать статьи для университетов и так далее.

Он кивнул, словно размышляя над ее словами.

— Интересно. Но вместо этого вы работаете в книжном магазине у вашей мамы.

Гнев, застарелое чувство утраты и мысль о том, что он задел ее за больное, — все это разом обрушилось на Эмми, так что она просто смотрела на Хита с открытым ртом, не в силах ответить.

Как будто почувствовав, что он ступил на запретную территорию, Хит снова обратил внимание на книжные полки.

— Это книги из магазина моей бабушки.

Эмми прокашлялась, стараясь обрести голос.

— Из магазина моей бабушки? — в смятении повторила она и подняла руку, словно пытаясь навести порядок в собственных мыслях. — Подождите. Это свекровь Эбигейл, правильно? Она оставила «Находки Фолли» вашей матери после своей смерти. Как ее звали?

— Мэгги. Маргарет О'Ши Рейнольдс, сестра Лулу и моя бабушка.

Эмми кивнула. Ей хотелось покинуть это тесное место, но Хит преграждал выход. Она застряла, глядя на него: пройти мимо и не задеть молодого человека было невозможно.

— Верно. Теперь я понимаю. Значит, это Мэгги погибла во время урагана «Хьюго».

Хит посмотрел вверх, и свет, лившийся из окна башенки, окрасил его карие глаза в желтый цвет.

— Да. А это ее личная библиотека, которую Лулу и моя мать спасли перед началом урагана. Мы сложили книги на чердаке у родителей, у которого каким-то чудесным образом не снесло крышу. Их дом находился дальше от океана, чем дом Мэгги, и они решили, что там будет безопаснее. Когда мы построили этот дом, то перевезли сюда столько, сколько смогли, но все не поместились, поэтому часть осталась у родителей. Моя мама продала несколько коробок на eBay, когда решила отойти от дел, и выставила магазин на продажу, но потом Лулу узнала об этом и остановила ее.

— Почему Лулу не сохранила книги у себя?

Хит посмотрел на Эмми сверху вниз, а потом отступил на шаг, словно осознал, как близко он стоит.

– Лулу живет вместе с моими родителями. Она привыкла жить с тетей Мэгги, но после «Хьюго» переехала к родителям и с тех пор обитает с ними.

— У нее нет своей семьи? — Эмми не представляла человека, который мог бы ужиться с этой пожилой женщиной, но мысль о ее одиночестве почему-то угнетала ее.

Молодой человек покачал головой.

— Она не выходила замуж. Но она всегда была близка к моему отцу, так что все вполне объяснимо.

— Вашей матери не позавидуешь, — пробормотала Эмми, наконец протиснувшись в спальню мимо Хита. Она встала посреди комнаты и осмотрелась. Пес уютно устроился в центре кровати. Хит хлопнул ладонью по бедру; Фрэнк послушно спрыгнул и последовал за ними.

Кухня, столовая и две другие спальни были так же тщательно спланированы и хорошо освещены, как и остальные помещения, но почти лишены меблировки. Единственным украшением интерьера были большие черно-белые фотографии, вставленные в рамки и развешанные на стенах или расставленные в разных комнатах.

Эмми подошла к одной из самых больших фотографий, висевшей на стене за обеденным столом. На ней были запечатлены две женщины и малыш примерно полутора лет. Они сидели на крытом крыльце обшитого вагонкой и потрепанного непогодой маленького дома с двумя мансардными окнами. Все они были одеты в стиле 1940-х годов; женщины носили юбки ниже колена и плотные блузки, застегнутые на все пуговицы, а мальчик красовался в костюме моряка с короткими штанишками и бескозыркой. Они смотрели в камеру, щурясь от яркого солнца.

Мальчик сидел на коленях у более высокой женщины, чье лицо, как решила Эмми после внимательного осмотра, нельзя было назвать хорошеньким, но люди, пожалуй, считали его миловидным. У нее были темные волосы и светлые глаза, а черты ее лица хоть и неприметные, но все же отличались привлекательностью. Может быть, все из-за глаз?

Эмми наклонилась поближе, чтобы лучше рассмотреть фотографию. Нет, это было что-то еще, что-то связанное с выражением ее лица. Она увидела печаль, скрытую в морщинках между бровями, но глаза лучились такой надеждой и ожиданием, что было невозможно видеть их и не верить в лучшее будущее, ожидающее за порогом.

Взгляд Эмми переместился на более молодую и невысокую женщину, сидевшую рядом. Постепенно она поняла, что на самом деле это не женщина, а девочка-подросток. У нее была плохая кожа, а волосы заплетены в две косички с резким и некрасивым пробором посередине. Она не хмурилась и не улыбалась в камеру, как будто все еще не могла решить, какие именно эмоции ей следует изобразить на своем лице. Она была обута в двуцветные кожаные туфли и высокие гетры, плотно облегающие ее полные икры, в то время как ноги другой женщины отличались стройностью. Мальчик в бескозырке держал маленький американский флаг, звезды на котором были смазаны, как будто от сильного ветра.

— Это моя бабушка Мэгги вместе с тетей Лулу и моим отцом. Фотография сделана в день высадки союзных войск в Нормандии в 1944 году. Именно поэтому он держит флаг. Это был их дом на Секонд-авеню, разрушенный во время урагана. Участок сей час принадлежит мне, но до сих пор пустует.

Эмми ощутила комок в горле, глядя на маленький флаг. Каждый раз, когда она видела американский флаг, то вспоминала точно такой же, плотно сложенный и полученный на похоронах Бена, а теперь упакованный среди ее вещей.

— Замечательная фотография, — выдавила она. — Ваш дед воевал?

Хит прищурился, глядя на фотографию.

— Да, он служил на флоте. Он умер еще до моего рождения, и я точно не знаю, как это случилось. Никто не хочет рассказывать подробности о его смерти.

Эмми часто заморгала, понимая, что вот-вот расплачется. После смерти Бена она была подвержена таким странным приступам слезливости даже в обществе почти незнакомых людей.

— Думаю, если бы в вашей семье был ветеран войны, то все бы знали об этом и чтили его память, — тихо произнесла она, повернувшись к Хиту. — Это похоже на неблагодарность, не так ли?

Глаза Хита расширились, и он довольно пристально посмотрел на Эмми. Потом, к удивлению девушки, ответил:

— Возможно, вы правы. Моя мама должна знать. Когда вы встретитесь с ней, чтобы подписать документы, можете ее об этом спросить, — он слегка прищурился. — Она обсудила все, связанное с покупкой магазина?

По спине Эмми пробежал холодок, заставивший ее вздрогнуть.

— Почти все. Я уверена, что мы придем к согласию.

Хит кивнул с таким видом, словно хотел что-то сказать, но передумал, глядя на воинственную позу

Эмми — она стояла со скрещенными на груди руками. Внезапное появление этого молодого мужчины заставило Эмми забыть о своем намерении немедленно уехать обратно, хотя она не до конца была уверена в том, что хочет здесь остаться. В конце концов, покупка магазина не будет оформлена до заключения сделки и выплаты денег; возможно, Эмми лишь проведет отпуск на здешнем пляже.

Тем не менее чувство, возникшее у Эмми при упоминании о магазине, озадачило ее. Оно было бы таким же, как в тот раз, когда она открыла коробку с книгами и увидела записки на полях. Ей нужно посетить «Находки Фолли», и может быть, после этого она будет готова уехать.

Эмми обратила внимание на другую фотографию в рамке размером примерно восемь на десять дюймов, лежавшую на столике за кушеткой. На этой черно-белой фотографии был изображен только один человек: высокая стройная женщина в купальном костюме 1940-х годов стояла в голливудской позе, упершись руками в бедра и держа голову вполоборота к фотографу. На ее губах играла легкая улыбка.

В отличие от двух женщин на другой фотографии, эта была настоящей красавицей. Ее волосы сияли в лучах солнца, словно золотая пряжа, черты лица были безупречными, а изгиб левой брови точно копировал изумленное выражение на лице Скарлетт О'Хара в сцене из фильма «Унесенные ветром». На ее длинных ногах не было ни капли жира, точеные икры, стройные бедра и тонкая талия приковывали взгляд. За треугольником согнутой руки угадывался солидный бюст, а ее кожа казалась почти жемчужной на фоне песчаного пляжа.

Любопытство заставило Эмми потянуться за фотографией. На этот раз она заметила эспадрильи[1] со шнуровкой на лодыжках и узкий браслет с подвеской в виде «песчаного доллара», который женщина носила на левой руке. Она протянула фотографию Хиту.

— Кто это?

— Это Кэтрин, кузина моей бабушки. Больше я ничего о ней не знаю. Эти снимки хранились в одном из бабушкиных альбомов, которые мама взяла с собой во время эвакуации перед ураганом. Это была ее идея — увеличить их, вставить в рамки и развесить повсюду. Она сказала, что в каждом доме нужно иметь свои личные штрихи.

Эмми хотела спросить его, где остальная мебель и почему единственным «личным штрихом» являются семейные фотографии, полученные от матери. Кроме них, в обстановке не ощущалось никакого женского присутствия, и если он построил дом для своей невесты, то почему нет никаких признаков ее пребывания здесь? Тем не менее Эмми была рада этим фотографиям. Все свои фотографии, включая снимки со свадьбы, она оставила дома. Мать предложила ей не брать их с собой, но добавила, что

[1] Эспадрильи — летняя обувь, матерчатые тапочки на веревочной подошве из натуральных материалов. Носятся на босу ногу.

пришлет их, как только Эмми устроится на новом месте.

Хит прервал ход ее мыслей.

— Я пойду и принесу все остальное. Вы оставайтесь здесь, познакомьтесь с домом и не спорьте, пожалуйста. Соседи позвонят моей матери, если увидят, что вы сами тащите что-то внутрь.

Не дожидаясь возражений, он открыл входную дверь и, при дружеской поддержке Фрэнка, принес ее остальные пожитки из автомобиля. Сложив все в центре гостиной, он сказал:

— Знаете, я работаю здесь, на причале. Но я могу не стучать молотком, пока вы здесь будете устраиваться. Звоните в любое время, если вам что-то понадобится, — он протянул визитную карточку.

— Спасибо, хотя, похоже, ваша мать уже обо всем позаботилась. — Эмми осторожно улыбнулась и постаралась не выглядеть слишком довольной его уходом. Но в Хите было что-то, раздражавшее ее, — какая-то неуместность, словно биографическая книга, стоявшая на одной полке с сентиментальными романами.

— Да, если не считать того, что она не сообщила мне о новом жильце, — он поскреб шею. — Что же, тогда я пойду и оставлю вас разбирать вещи.

После повторной благодарности и обмена прощаниями Эмми выпустила его через парадную дверь. Она видела в окно, как он берет велосипед, прислоненный к карликовой пальме, и уезжает прочь в сопровождении Фрэнка, бегущего следом. Эмми на мгновение подумала о том, стала ли невеста Хита его женой и приехала ли она вместе с ним на Фолли-Бич?

Эмми отвернулась от окна и поняла, что до сих пор держит в руке его визитную карточку. Она посмотрела на кусочек картона и впервые увидела выпуклый рисунок бутылочного дерева, точную копию того, которое было выгравировано на стекле парадной двери. Надпись на карточке гласила: *Бутылочные деревья: сооружение и дизайн*. На карточке был указан адрес, в том числе и в Атланте, и два телефонных номера, начинавшихся с регионального кода 404, не совпадавшего с кодом Южной Каролины.

Эмми сунула карточку в задний карман, уже зная о том, что не станет звонить Хиту. Он раздражал ее как песок, набившийся в туфли; не слишком сильно до тех пор, пока не понимаешь, что непременно натрешь мозоль, если не вытряхнешь его из обуви. Она отложила в сторону мысли о бутылочном дереве на заднем дворе, о записках в книгах, о бабушке Мэгги, пропавшей без вести во время урагана, потому что она ждала человека, который никогда не вернется. Но главное, она усердно старалась не думать о том, как много общего оказалось между нею и Мэгги.

Во дворе за «Находками Фолли» Лулу подстригала куст лавровишни секатором. Она отступила назад и полюбовалась темно-зелеными листьями, которые образовывали идеальный фон для алых бутылок на соседнем дереве. Лулу любила этот сад, и ей нравилось возиться с ним, как с собственным ребенком. Во многих отношениях так оно и было. Джон уже давно вырос, как и его сын, но ее сад остался. Живые растения появлялись и исчезали, но ее бутылочные деревья всегда стояли здесь. Туристы и местные жители приходили посмотреть на ее сад, и она довольно неожиданно стала владелицей процветающего бизнеса, основанного на частных заказах: Лулу торговала своими бутылочными деревьями по всему восточному побережью.

Дерево Джима давно пропало, унесенное ураганом «Хьюго» вместе со многими другими вещами, но она до сих пор помнила место на пустующем участке, где оно когда-то стояло. Она по-прежнему приходила туда и каждый раз оставляла пригоршню песка, чтобы Джим знал о ее визитах. Колючие ежевичные лозы поглотили заднюю и боковую сторону ограды старого участка, с каждым годом отвоевывая все больше земли, как она ни старалась сдерживать их напор. Лулу нравились эти лозы и сладкие темные ягоды, и она помнила, как Джим любил ежевичный джем, который они с Мэгги готовили.

Лулу прикоснулась к алой бутылке, надетой на нижнюю ветку, ощущая гудение воздуха внутри, как будто это было живое, дышащее существо. Ей было приятно делать что-то полезное и оставаться на Фолли-Бич, где приливы и отливы океана, приезды и отъезды отдыхающих и смена времен года лишь подчеркивали неизменность окружающего ландшафта. Лулу не любила перемены; они противоречили естественному порядку вещей.

Она поджала губы при мысли о женщине в доме Хита. Ей она не понравилась. Она была незваной гостьей, как и все летние посетители, только эта гостья не собиралась уезжать. Лулу хотелось думать, что здесь ничего личного, и она не возражает против того, чтобы кто-то остался на острове после окончания летнего сезона, но с Эмми Гамильтон дело обстояло иначе. В ней было что-то знакомое — не в том смысле, что в ее лице можно узнать черты старого друга после долгой разлуки, а в том, как можно распознать изменившийся запах воздуха перед грозой. Возможно, печаль воспоминаний, притаившаяся в глазах этой женщины, заставляла Лулу думать о Мэгги, а может быть, это было ее назойливое любопытство и привычка совать нос в чужие дела, наводившие Лулу на размышления о собственной жизни.

Она помнила, как обрадовалась Эбигейл, когда нашла покупателя для книжного магазина и избавилась от необходимости разбирать его и продавать по частям. Но Лулу знала, что воспоминания нельзя разобрать, как складную головоломку. Воспоминания были похожи на опоры свайного дома; если начнешь подпиливать одну из них, то рухнет весь дом.

Она повернулась к подстриженному кусту лавровишни и полюбовалась синими плодами, которые внезапно показались такими же опасными, как ее собственное прошлое. *Да, большинство воспоминаний нужно оставить в покое.* «И еще, — подумала она, когда обрезала длинный стебель с ярко-зелеными листьями и гроздью плодов, упавший к ее ногам в занесенную песком траву, — некоторые тайны лучше держать при себе».

Глава 7

Фолли-Бич, Южная Каролина
Февраль 1942 года

Упершись локтями в прилавок у входа в магазин «Находки Фолли», Мэгги смотрела, как Лулу заканчивает свой завтрак и запивает последние крошки кока-колой из бутылки. Она знала, что в конце концов бутылка окажется в коробке в кладовой, где хранилась растущая коллекция прозрачных и разноцветных сосудов. Лулу изготовила бутылочное дерево для миссис Бейли, матери своей лучшей подруги Эми, и для двух других людей, которые видели ее работу и попросили сделать то же самое. Лулу еще не задумывалась об оплате, если не считать бутылок из-под газировки и других напитков, но Мэгги намеревалась вмешаться, если ей покажется, что люди пользуются художественным талантом ее младшей сестры в своих интересах.

Зазвенел колокольчик над дверью магазина, и Мэгги с улыбкой подняла голову в надежде увидеть посыльного, который каждую неделю приносил галлоновые банки с питьевой водой. На острове не было питьевой воды, поэтому ее отец никогда не оставался здесь больше чем на одну неделю, пока была жива ее мать. По его собственным словам, это же обстоятельство было главной причиной его редких визитов после ее смерти.

Сердце Мэгги забилось чаще, когда она узнала широкие плечи Питера в нарядном полушерстяном пальто с рисунком «в елочку» и его гладко причесанные каштановые волосы под шляпой.

— Рад снова видеть тебя, Маргарет, — он снял шляпу и испытующе посмотрел на нее.

— Питер, — отозвалась она, пытаясь скрыть свою радость при его появлении — еще одно из правил Кэт. Он уезжал на две недели в Айову, на фабрику своего отца, а также во множество других мест, названия которых изгладились из ее памяти, и она тосковала по нему. От радости она даже забыла рассердиться за то, что он не писал ей и не оставил адреса, чтобы она могла черкнуть ему хоть пару строк. Он уехал внезапно и оставил лишь короткую записку о своем отъезде, которую засунул под косяк парадной двери.

Питер положил шляпу и перчатки на стойку, взял ее за руки и ласково сжал их.

— Как поживаешь?

— Теперь, когда ты приехал, уже гораздо лучше, — выпалила она, позабыв о советах кузины. Они встречались лишь четыре раза, но после отъезда Питера ей казалось, что она знала его всю жизнь.

Его взгляд смягчился, и какое-то мгновение Мэгги была уверена, что он наклонится над прилавком и поцелует ее. Но потом Питер заметил Лулу, сидевшую на табуретке и внимательно наблюдавшую за ними. Он отпустил Мэгги и сосредоточил внимание на девочке.

— Вот юная леди, которую я искал, — сказал он и сунул руку за пазуху. — Я был в Нью-Йорке и подумал, что это может тебе понравиться.

Он достал пакет, обернутый в коричневую бумагу, и протянул Лулу. Девочка встала и неуверенно шагнула вперед.

— Что это? — серьезно спросила она.

— Лулу, следи за своими манерами! — Мэгги нахмурилась, размышляя о том, когда упрямство младшей сестры успело превратиться в грубость.

— Спасибо, — быстро добавила Лулу. — Но что это?

Питер рассмеялся, явно очарованный детской непосредственностью.

— Открой — и узнаешь.

Лулу взяла пакет и с подозрением посмотрела на него, но потом сорвала бумагу и бросила на пол. Когда она увидела, что лежало внутри, обычно хмурое выражение ее лица сменилось кривоватой улыбкой.

— «Поиски пропавшей карты», — вслух прочитала она. Потом она протянула книгу сестре и добавила гораздо более громким голосом: — Ну и ну, Мэг! Это же совсем новая книжка про Нэнси Дрю; я ее даже не видела! Можно показать ее Эми?

Она посмотрела на Мэгги с нескрываемой радостью, какую той не приходилось видеть после смерти Джима. Теперь она с легкостью отпустит сестру к подруге и с удовольствием останется наедине с Питером.

— Возвращайся к четырем часам, чтобы успеть сделать уроки до того, как закроется магазин.

Лулу сняла с вешалки темно-синее шерстяное пальто и побежала к парадной двери. Но потом она развернулась, побежала обратно и остановилась перед Питером.

— Спасибо, мистер Новак. Мне очень нравится эта книга.

С этими словами Лулу вылетела за дверь, даже не потрудившись надеть пальто. Мэгги улыбнулась Питеру.

— Спасибо тебе. Я уже давно не видела ее такой счастливой. Ее улыбка — лучший подарок, который ты мог сделать для меня.

Он запустил руку в другой внутренний карман и достал еще один небольшой пакет, тоже завернутый в коричневую бумагу.

— Не стоит делать поспешных выводов.

— Что это? — спросила она, и оба рассмеялись, когда поняли, что она говорит точь-в-точь как Лулу.

— Открой пакет.

Янтарные глаза Питера как будто светились изнутри, и Мэгги невольно поежилась, вспомнив о том, как Кэт рассказывала ей, что мужчина может сделать с женщиной, когда прикасается к ней без одежды. Она подумала, что теперь понимает, о чем говорила Кэт. Она старалась не вспоминать о Питере и его целомудренных поцелуях или о том, что он боялся слишком крепко обнимать ее.

Мэгги достала нож для вскрытия конвертов из каменной чашки с карандашами у кассового аппарата и аккуратно вскрыла пакет, стараясь как можно меньше повредить бумажную обертку. Заглянув внутрь, она увидела сложенную папиросную бумагу. Она осторожно сдвинула край указательным пальцем и замерла. Краска залила ее щеки, когда она встретилась взглядом с Питером.

— Надеюсь, это не слишком интимный подарок, но добрый друг заверил меня, что в такое время для джентльмена абсолютно приемлемо обеспечивать даму полезными вещами, которые она не может найти сама.

Слегка успокоившись, Мэгги снова посмотрела на прилавок, где в развернутых складках папиросной бумаги лежали две пары аккуратно сложенных шелковых чулок. По крайней мере, он не включил в комплект пояс для подвязок, потому что тогда она просто умерла бы от стыда.

— Я уже давно не видела шелковых чулок, — она прижала пакет к груди, чувствуя себя прекрасной блудницей, которую добивается обольстительный красавец. — Спасибо, Питер.

Он уперся локтями в стойку и наклонился к ней.

— К сожалению, это все, что я мог сделать. Благодаря тебе я каждый раз хочу вернуться на Фолли-Бич.

Его глаза потемнели, когда он смотрел на нее, а Мэгги лихорадочно пыталась представить, что могла бы сделать Кэт в такой ситуации, но каждое предположение лишь заставляло ее краснеть еще сильнее.

Питер улыбнулся, словно прочитав ее мысли.

— Ты можешь надеть их сегодня вечером. Я подумал, что мы можем отправиться в Боулинг-центр; мне говорили, что там стоит самый большой музыкальный автомат в городе и сегодня там будут танцы. Буду рад отправиться туда вместе с тобой.

— Я тоже, — Мэгги улыбнулась в ответ и подумала, поцелует ли он ее снова сегодня вечером.

Колокольчик над дверью коротко звякнул, и в комнату ворвался порыв холодного ветра, сопровождаемый высоким, пронзительным смехом. Мэгги подняла голову и увидела Кэт вместе с офицером, чья рука властно лежала на ее бедре. Кэт была одета в зеленое кашемировое пальто, то самое, которое Лулу приносила сестре на каждое свидание с Питером. Мэгги посмотрела на Питера и поняла, что он тоже заметил это.

— Добрый день, лейтенант. Здравствуй, Кэт, — она натянуто улыбнулась, но, когда красивая пара вошла в магазин, ей показалось, что свет неожиданно померк.

По выражению лица Кэт нельзя было судить о ее настроении, и Мэгги поморщилась. Гораздо проще было иметь дело с кузиной, когда она точно знала, чего не следует говорить.

— Вы слышали новости? — тон Кэт был почти легкомысленным. Роберт убрал руку с ее бедра, и оба направились к прилавку.

Питер слегка наклонил голову в сторону Кэт, приветствуя ее.

— Миссис Брайер, — тихо произнес он, и его поза стала более напряженной, хотя со стороны это было трудно заметить.

Представив мужчин друг другу, Мэгги повернулась к кузине.

— Какие новости?

В «Находках Фолли» продавались «Курьер новостей» и «Чарльстон Ивнинг Пост», и она читала их от корки до корки, чтобы быть в курсе событий, хотя Кэт говорила ей, что мужчины недолюбливают женщин, которые знают больше, чем они сами. Газеты были полны сообщений о войне в Европе, но Мэгги знала, что новости Кэт, скорее всего, относятся к местным событиям.

— Родственники Хендерсонов из Северной Каролины, которые приехали к ним на две недели, говорят, что у мыса Гаттерас, где они живут, были замечены немецкие субмарины. Звучит тревожно, не так ли?

Мэгги нахмурилась.

— Но это невозможно. Во всех газетах пишут, что подводные лодки не могут преодолеть такое расстояние.

Ей показалось, что Роберт внимательно посмотрел на Питера, прежде чем заговорить, как будто оценивал, насколько откровенным можно быть в его обществе.

— Вообще-то дело обстоит иначе. Немецкие подлодки вполне способны пересечь Атлантику. Хотя в данный момент еще не ясно, могут ли они добраться до Восточного побережья США.

Кэт протиснулась к прилавку между Питером и Робертом.

— Салли и Кэти Хендерсон говорят, что на берег выносит кучу разного хлама, какой мог бы находиться на кораблях, а рыбаки жалуются на разлившуюся нефть, которая убивает рыбу. Говорят, они даже видели тела людей... Вроде бы немцы планируют высадиться где-то на побережье.

Мэгги повернулась к Роберту.

— Это что, правда?

— Я могу сказать только то, что мне известно. В настоящее время нет реальных доказательств того, что какое-либо судно было потоплено немецкой подлодкой. Идет война, и ходят разные слухи.

Он взглянул на Питера, словно желая найти в нем поддержку: Роберт сомневался, что Мэгги и Кэт достаточно сильны духом, чтобы услышать остальное.

— Мне говорили, что новые немецкие подлодки могут ходить на далекие расстояния, потому что хранят дизельное топливо в цистернах для балласта. Таким образом, у них достаточно горючего, чтобы приплыть сюда и вернуться обратно, — он ободряюще улыбнулся. — Но я уверен, что вам не стоит беспокоиться. А если они появятся, то вы первыми узнаете об этом.

Кэт стиснула его руку и прижалась к нему, но Мэгги заметила, что она искоса взглянула на Питера, наблюдая за его реакцией. Должно быть, она была разочарована: Питер изучал заголовки газет, разложенных перед ним.

Словно почувствовав на себе чей-то взгляд, Питер поднял голову и улыбнулся.

— Думаю, все это досужие разговоры. Недавно в Нью-Йорке я прочитал газетную статью, где людей призывали покончить с распространением слухов. Похоже, по всему Восточному побережью ходят слухи о том, что кто-то видел подводную лодку, но никто не может найти настоящих свидетелей. А здесь нам действительно нечего беспокоиться. За нами присматривает конный патруль, верно?

Он легко прикоснулся к руке Мэгги, словно напоминая ей о вечере на пляже, когда они посетили заброшенный дом, и она невольно покраснела.

Роберт откашлялся.

— Разумеется, нам ничто не угрожает. Ведь здесь расквартировано множество военных, а в Чарльстоне есть база ВМФ и аэродром. Для немцев нет смысла высаживаться на Фолли-Бич. А если они торпедируют суда возле мыса Гаттерас, то это происходит потому, что там проходит морской транспорт, который движется на север, к Гольфстриму. Здесь, в Южной Каролине, течение проходит гораздо дальше от побережья. Но, разумеется, если танкер оказывается зажатым между немецкой подлодкой и хорошо освещенным побережьем, он превращается в легкую мишень для противника.

Питер резко взглянул на него.

— Значит, судя по вашим словам, в этих слухах есть доля истины?

Роберт выглядел немного расстроенным, когда положил руку на плечо Кэт.

— Полагаю, это возможно. Просто никто еще не видел немецкую подлодку, и судя по всему, в Вашингтоне тоже этому верят, поскольку мы не получили официального приказа о затемнении на Восточном побережье.

Питер подался вперед.

— Но вы, конечно же, сообщите нам, если береговая охрана будет усилена, чтобы дамы могли чувствовать себя в безопасности.

Роберт немного помедлил с ответом.

— Мне не положено говорить о таких вещах, сэр, но могу заверить, что военный флот и береговая охрана сделают все возможное для защиты побережья. Эти дамы и их соседи могут спокойно спать по ночам.

— Ну, что ж, хорошо, — Питер отступил назад и прикоснулся к Мэгги, которая едва не задохнулась от внезапно нахлынувших чувств.

Роберт взглянул на свои наручные часы.

— Я отправляюсь во Флориду с новыми рекрутами, так что мне пора идти.

Он взял Кэт за руки и нежно посмотрел на нее. Тихо, так, чтобы слышать могла только она, он добавил:

— Увидимся через две недели.

Так и не поцеловав Кэт, — несомненно, из-за присутствия Мэгги и Питера, — он попрощался и ушел. Кэт грустно посмотрела ему вслед, и Мэгги на мгновение поверила, что ее действительно тяготит разлука с этим человеком.

Кэт снова повернулась к ним и подошла к старому дубовому прилавку.

— Что это? — спросила она и взяла пакет Мэгги, не дожидаясь ответа. Прежде чем Мэгги успела забрать подарок, Кэт раскрыла его и выложила чулки на папиросную бумагу. Прикоснувшись к ним кончиками пальцев и словно желая убедиться, что чулки изготовлены из настоящего шелка, она воскликнула: — Какой чудесный подарок! Не слишком подобающий для джентльмена, но обещаю никому не рассказывать.

Кэт укоризненно взглянула на Мэгги перед тем, как убрать чулки обратно в пакет и положить его на прилавок. Потом она опустила голову и тяжело вздохнула.

— Должно быть, это замечательно — иметь мужчину, который так заботится о тебе, — она посмотрела на Питера, и ее глаза вдруг наполнились слезами. — Не знаю, как я буду обходиться без Роберта. Он на самом деле помогал мне отвлечься от горя.

Она нахмурилась, сведя брови к переносице, но даже так выглядела хорошенькой.

— И он обещал починить мне окно, но так и не успел. Теперь мне придется пытаться сделать это самой, надеюсь, я себя не изувечу.

Питер оставался невозмутимым и не поддался на уловку, несмотря на то, что Кэт положила ладонь на его руку.

— Разве вы не можете подождать, пока он не вернется?

Она фыркнула:

— Конечно, могу! Но в теплые дни в моей комнате становится так душно, что я начинаю задыхаться и у меня болит голова. Как после этого я буду помогать Мэгги?

Оба посмотрели на Мэгги, которая чувствовала себя так, как будто находилась в лодке, которая вот-вот готова закружиться в водовороте.

— Ты можешь спать в моей комнате, Кэт, — по крайней мере, до возвращения Роберта или до тех пор, пока я не найду кого-нибудь, кто починит тебе окно. Уверена, Лулу не будет возражать, если я предложу ей вернуться в ее старую комнату.

Кэт покачала головой.

— Я не могу так поступить с бедняжкой Лулу. Ей тоже нужен свежий воздух.

Она взглянула на Питера из-под густых черных ресниц.

— Я надеялась, что Питер мне поможет. Ведь вы могли бы уделить мне час-другой, правда?

Мэгги хотелось крикнуть «Нет!», взять Питера в охапку и убежать как можно дальше от Кэт. Но она больше не была подростком и не могла вести себя как девочка. К тому же, если она не может доверять Питеру, не лучше ли расстаться с ним сразу? Она старалась не думать о Джиме и о том, что тоже доверяла ему.

В конце концов она обнаружила, что согласно кивает.

— Разумеется. Так или иначе, мне нужно распаковать несколько коробок, которые принесли сегодня.

С разочарованным видом, от которого у Мэгги сразу же полегчало на сердце, Питер повернулся к ней.

— Хорошо. Но я заберу тебя в шесть часов, ладно?

— Отлично, — с наигранной бодростью ответила Мэгги. Она старалась контролировать свое дыхание, пока наблюдала, как Питер идет к выходу в сопровождении Кэт. Звякнул колокольчик, и дверь захлопнулась.

Лулу изо всех сил бежала по грязным улицам, усыпанным песком и ракушками, к дому своей подруги Эми на Сод-стрит. Ее легкие болели от холодного воздуха, но спина была потной, несмотря на прохладную погоду. Она крепко сжимала книгу, предвкушая уединение в одной из комнат, где уже убралась Марта и где она смогла бы погрузиться в книгу, ни на что не отвлекаясь.

Но сначала Лулу нужно было показать книгу Эми хотя бы для того, чтобы подруга немного позавидовала ей, и обещать, что она даст ее почитать, как только закончит сама.

Она бегом поднялась на скрипучее парадное крыльцо и постучала во внешнюю дверь с москитной сеткой, большей частью порванной и прогнившей. Когда никто не ответил, Лулу заколотила по второй деревянной двери с такой силой, что хлопья облупившейся краски посыпались на пол.

— Эми! — крикнула она и отступила назад, чтобы ее голос донесся до спальни подруги. Не заметив никакого движения за верхними окнами, она посмотрела ниже и увидела, что кто-то заменил голубую звезду в окне гостиной на такую же звезду, но только золотого цвета.

Лулу осторожно закрыла внешнюю дверь, подошла к окну и подняла руку к стеклу. В горле стоял комок. Разумеется, она знала, что это такое: у них была такая же звезда, которую Мэгги вывесила в окне после гибели Джима. Тогда Лулу даже не пришло в голову поинтересоваться, почему Кэт сама не сделала это.

Она медленно спустилась по ступеням, потом повернулась и посмотрела на опустевший дом. Вернется ли Эми когда-нибудь? Лулу обошла вокруг дома и направилась на задний двор, где стояло бутылочное дерево, подаренное миссис Бейли.

Они с Эми учредили клуб, для которого еще не придумали названия, но уже начали оставлять друг другу секретные записки в бутылках, где обсуждали свои тайные встречи, идеи и даже имена других девочек, которых они могли бы пригласить стать членами клуба.

Когда Лулу завернула за угол, то замерла как вкопанная. Дерево лежало на земле, по-видимому, опрокинутое сильным ветром; бутылки раскатились в разные стороны, но остались целыми. Лулу подошла ближе, почти радуясь тому, что дерево нельзя винить в смерти мистера Бейли. Если бы оно осталось стоять, то могло бы заманивать злых духов в бутылки своим пением. Когда она думала о своих бутылках, то воображала Иону в чреве кита. Бутылочное дерево не может приносить зло, если заставляет вспоминать истории из Библии[1].

Лулу аккуратно положила новую книгу на землю и стала приводить в порядок бутылочное дерево, утрамбовывая почву у основания ствола. Потом она насадила бутылки и торчащие ветви. Ей нравилось видеть, как меняется дом и двор, когда она смотрит на них через бутылочное стекло, как будто она попадала в далекое место, где люди, которые уходят на войну, всегда возвращаются домой.

Она отступила на шаг, чтобы полюбоваться своей работой, и с запозданием осознала, что это уже не то дерево, которое она изготовила раньше. Но может быть, так даже лучше, потому что дом Бейли и члены его семьи теперь тоже стали другими.

Лулу положила пальто на землю, опустилась на колени и пошарила в карманах, пока не нашла огрызок карандаша, который она подобрала на школьной площадке для игр. Она немного подумала, раскрыла книгу о Нэнси Дрю и очень аккуратно вырвала пустую страницу перед задней обложкой. Ей было неприятно это делать, но ничего другого не оставалось, поскольку она собиралась предпринять кое-что важное. Положив бумагу на колено, она нацарапала записку для Эми:

---

[1] Библия. Ветхий Завет. Малые пророки. Книга пророка Ионы. Гл. 1–2. *(Прим. ред.)*

«Мне жаль твоего папу. Он мне очень нравился, и я знаю, что ты будешь тосковать по нему так же, как я тоскую по Джиму. Бутылочное дерево помогает мне помнить о нем, и я надеюсь, что если ты вернешься сюда, то, глядя на дерево, будешь вспоминать своего папу. Если хочешь, наш клуб можно назвать «Клубом воспоминаний Бутылочного Дерева».

Надеюсь, ты вернешься. Мне подарили новую книжку про Нэнси Дрю, и я дам тебе ее почитать столько раз, сколько захочешь».

Умышленно оставив записку без подписи (какой же это тайный клуб, если она будет везде оставлять свое имя?), Лулу скатала листок в трубочку и засунула в бутылочное горлышко, а потом убедилась, что бумага не выпадет наружу.

Лулу взяла свое пальто и книгу и медленно побрела домой. По пути она пинала большие ракушки и камни и только потом задумалась о том, как рассердится Мэгги, когда увидит сбитые мыски новых кожаных туфель. Завернув за угол, она остановилась в удивлении.

Она увидела кузину Кэт, идущую вихляющей походкой, как она всегда делала в обществе мужчины, и двигающую бедрами так, чтобы платье обвивалось вокруг ее ног. Лулу нырнула за карликовую пальму, чтобы ее не заметили, и продолжала наблюдать за Питером и Кэт, которые приближались к двери ее дома. Вдруг Кэт захромала и привалилась к Питеру, а потом он взял ее на руки, как и Джим Лулу, когда она упала на катке.

Лулу огляделась по сторонам в поисках Мэгги, но не заметила ее. Она и не думала, что это случится, иначе Кэт не вела бы себя так с Питером. Выглянув из-за ствола, она увидела, как Питер возится с дверной ручкой, продолжая держать Кэт, которая обвила руками его шею и что-то шептала ему на ухо.

Питер наконец открыл дверь и вошел в дом, но не раньше, чем Кэт подняла голову и посмотрела туда, где пряталась Лулу, как будто знала, что кто-то наблюдает за ней. Девочка нырнула за дерево и не выглядывала наружу, пока не услышала, как захлопнулась входная дверь. Потом она привалилась к основанию ствола и начала читать, но перед этим убедилась, что сможет увидеть любого, кто входит в дом или выходит оттуда. Хотя Кэт ошибалась во многих вещах, кое в чем она была права: Лулу ничего не упускала из виду.

Глава 8

Фолли-Бич, Южная Каролина

Июль 2009 года

Светящийся циферблат часов на ночном столике показывал 03.28, когда Эмми внезапно проснулась. Она не знала, что разбудило ее; вокруг было тихо и темно, как и в доме ее родителей. Но лежа в постели и глядя в потолок, она подумала о том, что все дело в непривычном воздухе и высокой влажности, ведь дом был расположен между болотистой речной низиной и океаном. Ей было как-то тревожно, как будто свайные опоры были всего лишь спичками, а вода — крадущимся тигром.

Эмми закрыла глаза и ощутила запах незнакомого стирального порошка, исходивший от постельного белья, крахмальная белизна которого подтверждала, что она первая, кто лег на застеленную свежим бельем постель. Она выпрямилась, понимая, что больше не заснет, и выскользнула из постели. Ночное небо прояснилось, и полная луна сияла в окнах, выходивших на океан, заливая комнату призрачным светом. Эмми медленно подошла к двери, выходившей на задний двор, и открыла ее.

Она глубоко вдохнула соленый воздух, приправленный каким-то более необычным запахом, напоминавшим ей о банке с песком, которая осталась у ее матери. Воздух был плотным и наполненным чем-то таким, чего она не могла уловить, но это казалось такой же частью ее воспоминаний, как лицо матери.

Сильный порыв влажного ветра пронесся мимо нее и с шелестящим звуком ворвался в дом. Эмми обернулась и заметила раскрытую коробку с книгами, которую Хит внес в помещение. В скором времени она собиралась отвезти книги в «Находки Фолли», но не хотела оставлять их в машине, где жара и влажность могли повредить хрупкие страницы.

Она вернулась обратно, заперла дверь, отгородившись от непривычных и будоражащих ночных запахов, и отнесла коробку в свою спальню. Потом включила ночную лампу, опустилась на колени рядом с коробкой и снова начала вынимать книги, разложив их на три отдельные стопки: те, которые она уже просмотрела и не обнаружила заметок на полях, книги с заметками на полях и те, которые она еще не проверила. Она положила последнюю стопку на кровать, забралась на покрывало и оценила масштаб предстоящей работы.

Ее взгляд остановился на знакомой серовато-синей обложке в середине стопки. Эмми забыла о ней, когда нашла загадочные послания, но теперь с новым интересом вынула книгу из стопки.

— «Поиски пропавшей карты», — прочитала она вслух. Мать подарила ей всю коллекцию книг о Нэнси Дрю, в основном первые издания, но Эмми была вполне уверена, что не видела первого издания этой книги.

С легким волнением она раскрыла книгу на титульной странице, чтобы посмотреть дату издания, и замерла. Там была дарственная надпись, почти неразборчивая, словно человек писал в спешке широким, размашистым почерком.

«Для Лулу.

Пожалуйста, прими этот маленький подарок и оставайся такой же доброй и милой, как всегда.

Питер».

Лулу? Милая? Конечно, это не могла быть та самая Лулу. С другой стороны, ее сестра была хозяйкой магазина. И кто такой Питер? Почерк был необычным, с нажимом на заглавных буквах и прописной «ж» как в шрифте пишущей машинки.

Эмми быстро посмотрела на дату и увидела, что книга действительно была первым изданием. Ее состояние было превосходным, как будто ее читали очень аккуратно и заботливо хранили. Радость открытия немного потускнела для Эмми, когда она поняла, что ей придется спросить Лулу, не хочет ли та взять эту книгу себе, прежде чем она решит ее продать или сохранить в своей личной коллекции.

Эмми с любопытством перелистала страницы, надеясь обнаружить новые записки на полях, но не удивилась, когда ничего не нашла. Книга была издана в 1942 году, и, судя по расчетам Эмми, Лулу тогда было около десяти лет — слишком юный возраст для любовных посланий. Эмми дошла до последней страницы и остановилась, когда заметила, что примерно одна треть снизу ровно оторвана. Это явно было сделано специально, но выглядело странно, с учетом хорошего состояния книги.

Эмми положила книгу на ночной столик, смирившись с тем, что ей придется поговорить с Лулу. Она даже подумала, что хорошо бы попросить сделать это Хита, но потом отказалась от этой мысли — ей не хотелось общаться с ним.

Вернувшись к стопке, она начала изучать каждую книгу, тщательно проверяя страницы в поисках любых пометок, и дошла до половины без каких-либо результатов. Раздосадованная, она встала и потянулась, потом взяла блокнот из кучки своих вещей, сложенных в углу, и начала составлять список уже просмотренных книг. По крайней мере, так она чувствовала, что занимается чем-то полезным.

Покончив со списком, Эмми встала, снова потянулась и зевнула. Снаружи по-прежнему было темно, и до рассвета оставалось несколько часов, поэтому она решила, что может хотя бы немного поспать. Но когда она начала складывать остальные книги, то невольно задумалась. Книг осталось совсем немного, и было бы глупо не закончить работу. Тогда она сможет лучше подготовиться к завтрашней встрече с Эбигейл в «Находках Фолли».

Эмми опустилась на кровать и потянулась за первой книгой. Как и раньше, она методично просматривала внутреннюю часть обложек и каждую страницу в поисках любых рукописных заметок. Подборка книг выглядела эклектичной, но все они имели отношение к путешествиям, романтическим увлечениям или к тому и другому: Шелли, Китс, Вордсворт, Д. Г. Лоуренс, Генри Джеймс, Гюго, Жюль Верн, Киплинг. Все эти имена были давно ей знакомы, и возможность держать книги в руках и перечитывать любимые фрагменты напоминала встречу со старыми друзьями. Она ощущала внутреннее родство с человеком, собравшим эту коллекцию, и гадала, что еще общего они могут иметь.

Эмми почти достигла конца стопки, прежде чем обнаружила первую записку. Она находилась внутри книги Толстого «Анна Каренина» в кожаном переплете, корешок которой сильно истрепался от частого использования. Эмми внутренне улыбнулась, вспомнив, как впервые прочитала эту книгу в десятом классе, вынужденная сделать это тайно, чтобы избежать насмешек со стороны одноклассников. Она снова подумала о безымянной составительнице коллекции. Чувство внутреннего родства с ней укреплялось с каждой книгой, которую она просматривала.

На 623-й странице она прочитала:

«Души встречаются на губах влюбленных».

Знакомые слова Перси Биши Шелли стряхнули остатки сна. По коже поползли мурашки, и она вновь почувствовала себя человеком, подсматривающим за чужими тайнами. Слова были написаны женщиной; штрихи и петли курсивного почерка были легкими и изящными. Эмми удивилась тому, как болезненно сжалось ее сердце, словно напоминая о том, что разбитые сердца не имеют возраста и не являются ее личной прерогативой.

Желая увидеть ответ мужчины, она быстро перелистала остальные страницы, но ничего не обнаружила. Эмми торопливо пролистала еще две книги, прежде чем обнаружила кое-что еще. Это было одно-единственное слово, написанное карандашом с таким нажимом, что отпечатки остались на следующих двух страницах. Заглавные буквы были обведены столько раз, что трудно было сказать, кто писал, мужчина или женщина:

«КОГДА???»

Эмми просмотрела три оставшиеся книги почти без надежды на успех, пока не взяла самую последнюю, позднее издание «Мадам Бовари». С первого взгляда ей стало ясно, что это послание было написано той женщиной, которая оставила остальные записи:

«В нашем морском доме время ждет в бутылке».

Сначала Эмми показалось, что автор имел в виду название какой-то более современной музыкальной композиции, но она не была вполне уверена в этом. Предполагалось, что эти книги были вывезены из «Находок Фолли» в 1989 году и с тех пор хранились на чердаке у Эбигейл. Хотя все издания относились к 1940-м годам или даже более ранним, нельзя было исключать, что кто-то сравнительно недавно оставил на полях новые записи.

Эмми смотрела на слова, снова и снова повторяя их и пытаясь разгадать смысл. Она не узнавала фразу и не могла догадаться, какому известному автору она принадлежит, если такой человек вообще существует. С глубоким зевком она положила книгу и список рядом с остальными книгами, а потом заползла под одеяло и выключила свет. Довольно долго она лежала без сна, разбираясь в посланиях, которые она прочитала. В них не прослеживался порядок или строгая последовательность, но, судя по тому, что она обнаружила, не оставалось сомнений, что обмен записками, включавший тайные свидания, продолжался довольно долго. Разумеется, у Эмми не было доказательств тайной связи, но она полагала, но если двое людей переписывались друг с другом таким странным образом, у них были причины скрываться от чужого внимания.

Она смотрела, как небо над болотом постепенно светлеет и начинает освещать стены спальни, наполняя все вокруг жемчужным сиянием, словно внутри раковины. Когда взошло солнце, Эмми закрыла глаза, встретив свой первый рассвет на Фолли-Бич, и за несколько мгновений перед тем, как окончательно провалиться в сон, она успела задуматься: придется ли ей остаться здесь достаточно долго, чтобы узнать, кем были загадочные влюбленные и кто собрал книжную коллекцию, совпадавшую с ее собственными вкусами? Имя Лулу болезненно всплыло в памяти, едва не разбудив ее, но потом она крепко заснула, лежа на новой кровати без Бена.

На следующее утро Эмми привела себя в чувство с помощью нескольких чашек кофе, надела юбку и блузку, погрузила коробку с книгами в «Форд Эксплорер» и отправилась в «Находки Фолли».

Она с облегчением обнаружила, что после выходных большинство автомобилей, стоявших по обе стороны Ист-Эшли, бесследно исчезли, оставив после себя мусорные баки, до краев заполненные пивными банками, винными бутылками и другими свидетельствами пляжного отдыха.

Перед отъездом она прогулялась до конца подъездной дорожки, где ожидала увидеть почтовый ящик, чтобы отправить домой открытку из Южной Каролины, которую приобрела на последней заправке перед приездом на Фолли-Бич. На открытке были изображены карликовые пальмы, величавые дома и побережье, которое она еще не видела. Но ей хотелось, чтобы родители почувствовали, где она находится. Она даже представила, как отец достает открытку из пачки ежедневной утренней почты и прикрепляет ее к дверце холодильника, где когда-то висели ее рисунки.

Эмми тщетно искала почтовый ящик на своей стороне улицы, а потом на другой стороне, и даже обошла вокруг дома в надежде увидеть пропущенный ящик где-то сбоку, но все усилия оказались напрасными. Немного расстроившись, она положила открытку в бардачок автомобиля и поехала на Сентер-стрит.

Когда Эмми спросила у Эбигейл точный адрес магазина, та посоветовала ей двигаться по Сентер-стрит, повернуть направо на Ист-Эли у ресторана «Планета Фолливуд», проехать около квартала и снова повернуть направо у бара «Крабовая хижина». На всякий случай Эмми захватила карту.

Все оказалось гораздо проще, чем она ожидала, и уже через пять минут автомобиль подъехал к дому, отделанному розовой штукатуркой. Эмми заняла одно из четырех мест на заросшей травой стоянке перед магазином, гадая о том, как будет выезжать отсюда, если пойдет сильный дождь.

Очевидно, магазин когда-то был жилым коттеджем, судя по большому эркерному окну, за которым были выставлены разные книги, и единственной входной дверью с небольшим навесом и простыми колоннами по обе стороны. Под ржавым навесом стоял древний «Фольксваген»-«жук» с едва различимыми остатками желтой краски. Выцветшая наклейка на бампере, едва ли намного младше самого автомобиля, гласила: «Где здесь пляж?» Эмми предположила, что эта фраза, скорее всего, относится к визиту урагана «Хьюго», случившегося более двадцати лет назад. На другой стороне проржавевшего бампера была приклеена более современная наклейка, заставившая Эмми улыбнуться: «Жизнь начинается на Фолли-Бич». Она уже собиралась отвернуться, когда обратила внимание на номерную табличку штата Южная Каролина с надписью MRSDCY.

Эмми немного отошла в сторону, чтобы лучше рассмотреть магазин. Как и все, что она до сих пор видела на Фолли-Бич, он казался довольно обшарпанным, как будто владельцу было все равно, что подумают люди. На деревянной вывеске над дверью ярко-оранжевыми буквами было написано «Находки Фолли» и «Добро пожаловать без обуви и рубашки», а по обе стороны от двери располагались большие горшки с цветущими растениями. Клумбы перед коттеджем были усеяны какими-то незнакомыми цветами, которые давно вырвались за обозначенные границы и буйным ковром расположились на узком дворе и вокруг парадного крыльца. Недавно выкрашенные ставни обрамляли панорамное окно, за которым виднелись цветные ленты, пляшущие в потоках воздуха от кондиционера. Несмотря на первоначальное впечатление неухоженности, после более тщательного осмотра Эмми подумала, что магазин больше похож на любимого плюшевого мишку, который гордится своей вылезшей набивкой.

Она поднялась на две ступени к парадной двери и ненадолго остановилась, чтобы прочитать наклейки на стеклянной двери: «Чтение сексуально» и «Ешь, читай, спи». У ее матери в магазине «Страницы Пейдж» были точно такие же наклейки, и Эмми одновременно ощутила тоску по дому и встречу с чем-то хорошо знакомым. Сделав глубокий вдох, она повернула ручку и открыла дверь.

Наверху звякнул колокольчик, и до нее донесся приятный аромат от большой свечи, стоявшей на соседнем столике. На широком прилавке в дальнем правом углу магазина были разложены книги, разные мелочи для продажи и газеты. Эмми направилась к темноволосой женщине лет пятидесяти с небольшим, в круглых очках на цепочке, которая только что оторвалась от компьютера.

Пожилая женщина тепло улыбнулась и вышла из-за прилавка, оставив очки болтаться на цепочке у нее на груди.

— Вы, должно быть, Эмми, — сказала она и в следующий момент заключила ее в объятия. Удивленная, Эмми какое-то мгновение стояла неподвижно, а потом подняла руки и слегка похлопала женщину по спине.

— Вы Эбигейл? — осторожно спросила она, вспомнив о том, как задала такой же вопрос Лулу.

Женщина отступила от нее.

— Совершенно верно, — ответила она с протяжным южным акцентом. — И, кажется, я единственная, кто еще не встретился с вами.

На ней был сарафан и пляжные сандалии, а ее бронзовое лицо говорило о годах, проведенных на солнце.

— Хитклифф сказал, что обнаружил вас спящей на крыльце, — выражение ее лица стало более серьезным, и Эмми заметила бледные полоски в уголках глаз, оставшиеся незагорелыми — было похоже, что Эбигейл часто и много улыбалась.

— Хитклифф?

Улыбка вернулась на ее лицо, и бледные полоски исчезли.

— Мой муж, благослови его Бог, назвал нашего единственного сына в честь моего любимого книжного героя[1]. Но все, кроме меня, зовут его Хитом.

— Он не упоминал об этом.

— Нет, и не стал бы.

Эмми заметила маленький столик возле прилавка, на котором лежали книги сестер Бронте и Джейн Остин.

— Думаю, ему еще повезло, что вы не назвали его Фицуильямом, — сказала она, указав на экземпляр «Гордости и предубеждения». Потом она указала на томик «Грозового перевала» в кожаном переплете и добавила: — А моя мать назвала меня в честь Эмили Бронте.

---

[1] Хитклифф — главный действующий персонаж романа Эмили Бронте «Грозовой перевал». (*Прим. ред.*)

Эбигейл хлопнула в ладоши.

— Разве не замечательно? Я знала, что мы с вашей мамой — родственные души.

Эмми пристально посмотрела на нее.

— Я не предполагала, что вы хорошо знакомы друг с другом.

— По правде говоря, мы не встречались, хотя она ходила в одну школу с моим мужем. Но мы довольно много разговаривали по телефону после того, как она приобрела у меня коробку книг и решила, что будет еще лучше, если вы купите магазин.

Не ожидая дальнейших вопросов от Эмми, Эбигейл взяла ее за руку.

— Давайте я все покажу вам, чтобы представляли себе, во что ввязываетесь.

Она провела Эмми через небольшой альков на другую сторону магазина.

— Это «Детская площадка Фолли», наша маленькая кофейная лавка, которую я соорудила лет пять-шесть назад. У нее даже есть свой боковой вход. Я сдаю ее Джанелл Стивен, которая ведет все дела в кофейне, так что вам не придется о чем-либо беспокоиться, и я надеюсь, что вы продлите срок аренды. У нас хороший поток посетителей, солидная база местных книголюбов, много и сезонных туристов, потому что мы находимся рядом с Сентер-стрит.

Высокая стройная женщина открывала большую коробку за прилавком, но выпрямилась при появлении посетителей.

— Эмми, разрешите познакомить вас с Джанелл. Мисс Джанелл, это новая хозяйка «Находок Фолли».

Джанелл дружелюбно улыбнулась, и улыбка отразилась в ее зеленых глазах, когда она пожала руку новой знакомой. Эмми сразу же обратила внимание на ее красивые серьги в виде квадратных хрустальных подвесок и ожерелье в виде хрустальных бусин на тонком кожаном ремешке. Ее короткие каштановые волосы служили превосходным фоном для украшений, и Эмми заметила другие серьги, браслеты и кольца, разложенные на прилавке.

— Приятно познакомиться, Джанелл. Мне очень нравятся ваши украшения.

— Спасибо, мне тоже очень приятно, — она указала на маленький стенд с ожерельями, установленный на прилавке. — Вообще-то я сама их делаю. Раньше это было мое любимое хобби, но я стала получать так много заказов от разных людей, что решила превратить его в бизнес. Эбигейл получает небольшой процент от всего, что я продаю, и надеюсь, мы с вами сохраним эту договоренность. Во всяком случае, я хочу, чтобы вы что-нибудь выбрали для себя и носили каждый день в качестве наглядной рекламы. Эбигейл говорит, что возможность выбрать что-нибудь прямо здесь всегда сокращает ее процедуру подготовки к выходу в свет с шести минут до пяти.

— Ох, перестань! — Эбигейл со смехом шлепнула Джанелл по руке. Повернувшись к Эмми, она добавила: — Скоро вы кое-что узнаете. Местные жители подумают, будто вы собираетесь на похороны или на встречу с губернатором, если вы наденете что-нибудь посерьезнее пляжных туфель.

Окинув взглядом юбку и блузку Эмми, она добавила:

— Не беспокойтесь, вы быстро научитесь. Для этого здесь я.

— И я тоже, — сказала Джанелл и вернулась к коробке, которую она разбирала. Эбигейл продолжила знакомить Эмми с необыкновенным магазином. Там была небольшая детская секция, стол для новых изданий и букинистический отдел для книг, вышедших из обращения. Стены, не закрытые полками, были расписаны разноцветными цитатами знаменитых авторов, золотыми звездами и причудливыми книжными томами в виде ковров-самолетов. Эмми восхищенно разглядывала их.

— Вы сами это сделали?

— Вообще-то это работа Лулу. У нее художественный талант.

— Лулу? Двоюродная бабушка Хита?

Эбигейл снова рассмеялась, и Эмми поняла, что не ошиблась: Эбигейл действительно часто смеялась.

— Другой у него нет. Она может показаться странной, но ей просто нужно время, чтобы привыкнуть к незнакомым людям. Но, как я говорила вашей матери, когда вы будете работать вместе, то научитесь ладить друг с другом.

Эмми остановилась.

— Простите, что вы сказали?

Эбигейл прошла мимо нее к стойке с книгами для подростков и стала поправлять их.

— Не думайте, что вы сразу же во всем разберетесь, — продолжала Эбигейл, словно не расслышав Эмми. — Я объяснила вашей матери, что останусь с вами в качестве сотрудницы на две-три недели, больше или меньше, в зависимости от вашего желания. Я познакомлю вас с местными жителями и удостоверюсь, что вы хорошо ориентируетесь в окрестностях.

— Спасибо, я ценю это. Но что вы говорили о том, что мы с Лулу будем работать вместе?

— Идите сюда, — попросила Эбигейл и указала на дверь в задней части магазина. — Разрешите вам кое-что показать.

Нахмурившись, Эмми последовала за ней. Эбигейл распахнула дверь и вышла на ярко освещенный задний двор. Эмми оказалась на маленьком деревянном крыльце с двумя ступеньками и увидела небольшой двор, преображенный самым волшебным образом. Она зачарованно остановилась, уверенная в том, что теперь знает, как чувствовала себя Алиса, когда провалилась в кроличью нору.

Металлические бутылочные деревья разной высоты и ширины стояли рядами по струнке, словно шеренги солдат; яркие разноцветные бутылки напоминали пышные эполеты. Все пространство вдоль деревянного забора и между бутылочными деревьями было занято цветущими кустами и всевозможными растениями, что делало ландшафт похожим на пестрый ковер.

— Все это сделала Лулу, — сказала Эбигейл.

Эмми продолжала смотреть на двор, не в силах сформулировать вопрос. Словно почувствовав ее смятение, Эбигейл добавила:

— Ее история во многом похожа на историю Джанелл. Сначала она сделала несколько деревьев для членов семьи; потом другие люди обратили на них внимание и стали делать заказы, так что слухи о ее таланте быстро распространились. Она прилично зарабатывает на этом, а я беру небольшой процент с продаж в обмен на свободное место. Как я объяснила вашей матери, эта договоренность не подлежит пересмотру, но ее выгода очевидна. Лулу приносит довольно большой доход. И она на самом деле замечательный человек, если с ней получше познакомиться.

— Моя мать знает о Лулу?

Эбигейл повернулась и посмотрела Эмми в глаза.

— Мы с Пейдж провели много времени за телефонными разговорами, пока вы готовились к отъезду. Хотя раньше мы не были знакомы, но принадлежим к одному поколению и хотим для своих детей одного и того же.

Ее лицо снова стало серьезным. В уголках глаз появились обычно скрытые белые линии, и Эмми впервые заметила скрытую печаль.

— Она знает, что этот магазин — та самая возможность, в которой вы сейчас нуждаетесь. Но она также понимает, что я не могу уйти на покой и оставить Лулу без всякой поддержки, — Эбигейл снова улыбнулась и обвела взглядом сад бутылочных деревьев. — Она создает такую красоту, на которую способны только люди, познавшие большое горе. Думаю, этот клочок земли нужен ей не меньше, чем вам.

Эмми открыла рот, собираясь объяснить Эбигейл, что у нее достаточно своего горя и она не нуждается в бремени чужих скорбей, но остановилась, когда Эбигейл накрыла ладонью ее руку.

— Вам не нужно принимать решение прямо сейчас. Я позвоню юристам и отложу нашу встречу до завтра, чтобы у вас было время подумать об этом, — она подмигнула. — Но ваша мама рассказала, какая вы умная девочка, и думаю, вы примете правильное решение.

Эбигейл распахнула дверь.

— Пойдемте, не надо стоять на жаре. Когда мозги плавятся от солнца, в голову не приходит ничего хорошего.

Эмми вошла первой, прикрыв глаза от порыва холодного кондиционированного воздуха. Ее блузка прилипла к коже, и она начала понимать, что здесь в самом деле лучше носить свободную одежду из хлопка.

Старомодный колокольчик над входной дверью зазвенел, и Эмми заметила силуэт человека, стоявшего в дверях.

— Ну вот, легка на помине. Мы как раз говорили о тебе, — сказала Эбигейл, проходя мимо Эмми, чтобы обнять Лулу и поцеловать ее морщинистую щеку. Эмми с удивлением смотрела, как Лулу обнимает ее в ответ и даже улыбается.

Эбигейл отступила назад и указала на Эмми.

— Мы только что восхищались твоим садом. Ты помнишь Эмми Гамильтон, не так ли? Она остановилась в доме Хитклиффа.

Лулу выглядела точно так же, как вчера, если не считать застегнутой на все пуговицы блузки в бело-синюю клетку, которую она надела сегодня. Она без улыбки посмотрела на Эмми.

— Вы были осторожны с деревянным полом, как я и просила?

— Да. То есть я не сделала ничего такого, чтобы поцарапать его, если вы это имеете в виду.

Эмми не понимала, почему в обществе этой женщины она чувствовала себя провинившимся подростком.

— Как думаешь, она похожа на Джолин? Правда, Джолин покрасивее, и грудь у нее побольше.

Эмми уставилась на пожилую женщину, пытаясь понять, как нужно реагировать на такое открытое оскорбление.

Лулу направилась мимо них к задней двери.

— Надеюсь, вы ни к чему там не прикасались и ничего не испортили. Если вы собираетесь работать здесь, не забывайте держаться подальше от моего сада. Не выношу незваных гостей.

Эмми посмотрела ей вслед.

— Что значит, «если я собираюсь работать здесь»? — спросила она.

Вместо ответа дверь хлопнула ей в лицо. Эбигейл прикоснулась к ее руке.

— Мне очень жаль, Эмми. Иногда на нее находит, но я обещаю, что она далеко не всегда будет такой. Знаю, вам трудно этому поверить, но Лулу — одна из самых верных и надежных людей, которых я знаю. Она без размышлений отдаст жизнь за тех, кого любит, — Эбигейл ободряюще улыбнулась. — Она с подозрением относится к незнакомым людям, только и всего. Но вы недолго останетесь незнакомым для нее человеком.

Если мне повезет, то так и будет. При мысли о том, что ей снова придется говорить с этой женщиной, Эмми содрогнулась от отвращения.

— У меня в машине есть одна вещь Лулу, которую я нашла в коробке с книгами. Сейчас я принесу ее.

Эмми не хотелось больше встречаться с Лулу.

Эмми вышла к автомобилю и взяла «Поиски пропавшей карты». Ее волосы мгновенно стали влажными от пота и прилипли ко лбу, когда она вернулась в магазин. Эбигейл и Джанелл куда-то пропали, и на мгновение Эмми показалось, что будет лучше оставить книгу на прилавке в надежде, что кто-нибудь почитает дарственную надпись и вручит ее Лулу.

Но будучи организованным и методичным человеком, она знала, что потеряет покой и сон, если сделает это. Эмми решительно стиснула книгу в руке и вышла через заднюю дверь, где яркий солнечный свет сразу же заставил ее прищуриться.

Она увидела пожилую женщину, присевшую у забора возле пышной лозы, увешанной ягодами. Эмми помедлила, изумленная тем, какими нежными и точными были движения коротких пальцев с квадратными ногтями: Лулу аккуратно раздвигала высохшие стебли с заботливостью матери, причесывающей ребенка.

Продолжая щуриться, Эмми спустилась с крыльца и направилась к Лулу.

— Я нашла вещь, которая принадлежит вам, и хотела узнать, хотите ли вы взять ее себе.

Пожилая женщина медленно выпрямилась и уперлась руками в бедра; ее ореховые глаза за толстыми стеклами очков казались неестественно большими. Желая как можно быстрее разделаться с этим, Эмми протянула книгу о Нэнси Дрю.

— Я нашла ее в коробке со старыми книгами, которую Эбигейл прислала в магазин моей матери. Там есть дарственная надпись для Лулу, и я подумала, что это вы.

Лулу довольно долго смотрела на книгу, прежде чем взять ее обеими руками и прижать к груди, как будто она боялась, что Эмми заберет ее обратно.

— Да, это мое. — Ее голос звучал робко, почти как у девочки, а черты лица странно смягчились, словно все складки и морщины разгладили горячим утюгом. Это напомнило Эмми о том, что Лулу тоже когда-то была молодой, пока ее не настигли обиды и разочарования зрелого возраста.

— Это первое издание, — добавила Эмми, стараясь отвлечься от возникшей симпатии к Лулу. —

У меня есть целая коллекция книг о Нэнси Дрю, поэтому я и хотела бы знать, нужна ли она вам? Если нет, могу предложить хорошую цену.

— Она мне нужна, — тихо ответила Лулу, не поднимая головы. Она немного помедлила, как будто следующие слова дались ей с особым трудом. — Спасибо, что вернули книгу. Большинство людей не потрудились бы это сделать.

Их взгляды встретились, и Эмми впервые не ощутила враждебности, исходившей от пожилой женщины.

— У меня большой опыт работы с библиотеками, и я знаю, как жалко, когда пропадает любимая книга.

Эмми показалось, что она видит в глазах Лулу намек на улыбку. Она повернулась, готовая расстаться с этой странной женщиной, ее странным садом и, как она уже решила, с книжным магазином и островом, когда голос Лулу вернул ее обратно:

— Где ваш муж?

Эмми обернулась и увидела, что Лулу смотрит на золотое обручальное кольцо, которое она до сих пор носила на левой руке. Сначала она не хотела отвечать на этот вопрос, но потом ощутила знакомое покалывание на коже головы — предупреждение, которое она всегда получала перед тем, как узнать что-то важное для себя.

— Он погиб, — ответила она, вздернув подбородок. — В Афганистане.

— Солдат?

Эмми медленно кивнула, удивленная интересом Лулу. Лицо пожилой женщины снова смягчилось, и за внешней хмуростью проступило сострадание.

— Война всегда тяжела, особенно для женщин, которые остаются дома, — она отмеряла слова, словно муку для выпечки пирога. — За такую храбрость не дают медалей.

Ее взгляд стал отрешенным, как будто она погрузилась в другую реальность, и на мгновение Эмми показалось, что Лулу забыла о ее присутствии. Но потом Лулу резко повернулась к ней и поджала губы.

— Сочувствую вашей утрате.

Эмми стояла перед ней, часто моргая и стараясь не расплакаться. Она начала сознавать, что эта женщина, с которой она не имела никакой связи и к которой даже не испытывала приязни, понимала ее утрату и действительно сожалела о гибели Бена. И еще она сочувствовала ее одиночеству.

— Спасибо, — Эмми вытерла глаза.

Лулу наклонилась, подхватила очередную гроздь ягод и молча принялась за работу. Эмми уже собиралась уйти, когда она снова заговорила:

— Если хотите, можете остаться здесь и работать в «Находках Фолли». Мне это не нравится, но я не буду возражать.

Эмми хотелось рассмеяться от нелепости этих слов, как будто Лулу имела право выбора. Но что-то в пожилой женщине глубоко интересовало ее — что-то связанное с их общей любовью к книгам, и может быть, даже то, что обе они оставили в прошлом. Кроме того, Лулу назвала ее храброй, о чем никто раньше не говорил.

Здесь была какая-то история, как и в любой книге. Если Эмми уедет сейчас, то никогда не узнает эту историю и не поймет, как она началась или закончилась. Она не узнает и о злых духах, которые Лулу пыталась отогнать с помощью своих бутылочных деревьев.

— Спасибо вам, — без тени сарказма сказала Эмми, обращаясь к затылку Лулу, пока пожилая женщина продолжала обрезать засохшие грозди.

Когда Эмми снова вошла в магазин, Эбигейл вернулась и выжидающе посмотрела на нее.

— Я позвонила юристам и отложила нашу встречу. Они хотят знать, устраивает ли вас, если мы встретимся завтра в десять утра.

Эмми наклонила голову, стараясь не слишком усердно думать о том, что собирается сказать.

— Позвоните им и сообщите, что мы придем. Я приняла решение. Я покупаю «Находки Фолли», и Лулу может продавать свои деревья на заднем дворе так долго, как она захочет.

— Вы уверены?

Эмми кивнула.

— Да, так и будет.

Пока Эмми смотрела, как Эбигейл берет мобильный телефон и начинает набирать номер, кожу на голове снова начало покалывать. Внезапно у нее перехватило дыхание, и потребность в свежем воздухе снова выгнала ее через заднюю дверь в причудливый маленький сад. Она привалилась к косяку и сделала несколько глубоких вдохов. Потом открыла глаза и с удивлением обнаружила, что осталась одна и Лулу нигде не видно.

Эмми спустилась с крыльца и направилась к первому бутылочному дереву в ближнем ряду. Наклонившись вперед, она изучила изящно изогнутые металлические ветви и обратила внимание, что большинство бутылок было снабжено металлическими кольцами на горлышках, которые плотно удерживали их на ветках. Но одна бутылка цвета весенней травы свободно болталась на короткой ветке, удерживаемая лишь силой тяготения. Удобное место для того, кто хочет спрятать записку. Когда Эмми осмотрела соседние деревья, ей стало ясно, что на каждом из них есть свободная бутылка. Она улыбнулась про себя и подумала о том, что это фирменный знак Лулу.

Она уже собиралась вернуться к Эбигейл, когда заметила книжку о Нэнси Дрю на верхней ступени крыльца, аккуратно положенную в углу, как будто для того, чтобы Эмми могла увидеть ее. Она наклонилась и подняла книгу. Рассеянно листая страницы, она блуждала взглядом среди бутылочных деревьев в поисках Лулу. Потом ее пальцы замерли на обложке, и она посмотрела вниз. Первая страница — та самая, где было написано посвящение Лулу от Питера, — бесследно исчезла, явно вырванная с корнем.

Эмми снова поискала взглядом Лулу, потом тихо закрыла за собой дверь и вернулась в магазин.

Глава 9

Фолли-Бич, Южная Каролина
Март 1942 года

Кэт сидела за кухонным столом, скрестив ноги, и качала на носке снятую туфлю. Мэгги наблюдала, как она листает каталог «Сирс» с ручкой в руке и обводит кружками товары, которые ей приглянулись. Недавно Мэгги простилась с Мартой, которая в третий раз предупредила ее, что перестанет убираться в спальне Кэт, если та и дальше будет запирать дверь.

Мэгги подошла к кузине и заметила, что она обводит черными чернилами целый раздел каталога. Наклонившись поближе, она увидела пальто из чернобурки, которое явно понравилось Кэт.

— Семьдесят четыре с половиной доллара! Где ты найдешь такие деньги?

— Не беспокойся обо мне, — отозвалась Кэт, постукивая ручкой по странице. — У меня есть военная пенсия Джима и некоторые другие... источники.

Мэгги внутренне содрогнулась при мысли о том, что это за «источники». Было ясно, что благоразумная вдова не стала бы искать подобные источники дохода.

— Надеюсь, ты чтишь память о Джиме и не станешь унижаться ради красивых вещей.

Кэт презрительно фыркнула.

— Так поступают все хорошенькие девушки, Мэг. Флотские офицеры и люди из береговой охраны шастают повсюду в поисках женского общества. Почему бы не вознаградить себя за их внимание?

— А как насчет Роберта? Мне казалось, что вы теперь вместе.

Кэт пожала плечами и перевернула страницу.

— Он мне нравится, но иногда он бывает страшным занудой. Его отец владеет бумажной фабрикой в Саванне, и он собирается помогать ему в управлении после окончания войны. С другой стороны, он не просит подачек у отца и живет на свое военное жалованье, а мы обе знаем, что это ничтожно мало.

— Тогда он определенно не может купить меховое пальто.

— Вот именно, — продолжая говорить, Кэт обвела кружком другое пальто за пятьдесят два с половиной доллара. Она перешла на другую страницу и постучала пальцем в нижнем правом углу. — Я собираюсь заказать этот лосьон для ног. Смотри, это «Макс Фактор». Здесь написано: «Используется звездами Голливуда для большей привлекательности; придает вашим ногам гладкий и шелковистый вид. Легко и быстро наносится, не оставляет следов на шелковых чулках». Меня просто бесит, что я не могу достать себе нормальные чулки. И еще говорят, что власти собираются ввести нормирование на сахар и бензин.

— Где ты это слышала?

Кэт снова принялась качать туфлю на носке ноги.

— Сегодня на почте. Там было много людей, и я услышала массу новостей, в том числе о наших общих знакомых.

Мэгги удержалась от поспешных вопросов, зная о том, что ее интерес будет обратно пропорционален времени, в течение которого Кэт будет тянуть с ответом. Она с небрежным видом устроилась на стуле напротив кузины и облокотилась на стол.

— Что ты слышала?

Кэт продолжала делать пометки в каталоге, каждый раз слюнявя палец перед тем, как перевернуть страницу.

— Там была сестра Фредди Джемисона, — наконец ответила она. — Она ходила с выпученными глазами и рассказывала, что Фредди на прошлой неделе погиб. Он служил на побережье где-то на севере — кажется, в Нью-Джерси, — и говорят, что эсминец был торпедирован немецкой подлодкой.

Мэгги смотрела на свои руки, вспоминая застенчивого молодого человека, который всегда приходил в магазин за книгами о приключениях и который дал ей первую (и единственную) сигарету, когда ей исполнилось тринадцать лет. Тогда дым обжег ей горло и заставил так сильно раскашляться, что она побежала домой к отцу за помощью, а в результате у них обоих были неприятности. Фредди поступил на флот сразу после окончания школы, и время от времени она получала от него открытки. Он всегда ставил внизу свое имя и рисовал сигарету, что вызывало у Мэгги улыбку.

— Поверить не могу. Он был здесь на Рождество. Я видела его в церкви, и он сказал, что встречается с девушкой в Норфолке и собирается сделать ей предложение.

Кэт ненадолго оторвалась от каталога.

— Скоро вокруг вообще не останется нормальных мужиков. Лучше поторопись, Мэг, иначе останешься старой девой.

Во взгляде Кэт читался вызов, словно она ожидала, что Мэгги скажет что-нибудь о Питере. Ей хотелось рассказать, как Питер поцеловал ее, а потом крепко обнимал, словно не хотел отпускать. Тем не менее она была не уверена, что хочет знать реакцию Кэтрин.

Вместо этого Мэгги начала поправлять фрукты, лежавшие в миске на столе.

— А это точно были немцы?

— Выжившие утверждают, что видели подлодку, но в газетах пишут, что это были мины. У миссис Эллсуорт на почте полно газетных вырезок, которые ей присылают друзья. В одной вырезке из Норфолка в штате Виргиния говорится, что сообщения о немецких подлодках — обычные слухи и тех, кто их распространяет, нужно сажать в тюрьму до конца войны.

Мэгги нахмурилась.

— Жаль, что здесь нет Роберта. Он бы знал, правда?

— Наверное. Но он уехал во Флориду и не знает точно, когда вернется. Еще говорят, что нам придется устраивать затемнение после заката и закрашивать нижнюю половину фар на автомобилях, чтобы свет нельзя было увидеть с немецких подлодок, — ее губы изогнулись в лукавой улыбке. — Сейчас идет набор в службу наземных наблюдателей для предупреждения воздушных атак. Думаю, мне стоит пойти добровольцем. Это значит, что я больше не смогу помогать тебе в магазине, но, пожалуй, мне пора что-то сделать для войны.

Удивленная энтузиазмом Кэт, Мэгги кивнула.

— Пожалуй, мы обе могли бы стать добровольцами. Так у нас появится возможность подменять друг друга.

По лицу Кэт пробежала тень раздражения, а потом она продолжила рассматривать каталог.

— Возможно, хотя тебе придется кого-то найти, чтобы присматривать за Лулу, — она перевернула страницу. — Ох, я же принесла почту. Она лежит на прилавке у кофейника.

С радостным волнением Мэгги повернулась туда, уверенная в том, что Питер уж точно прислал ей письмо. На этот раз он не забыл попрощаться и поздно вечером, уже лежа в постели и закрывая глаза, она до сих пор ощущала вкус его поцелуя. Поцелуи Джима были нежными — такими нежными, что, когда он целовал ее, Мэгги никогда не закрывала глаза, но Питер целовал ее иначе: чтобы раствориться в его поцелуях, она предпочитала закрывать глаза.

Мэгги заметила пачку корреспонденции, в основном счетов и немногочисленных писем, уложенных на небольшом пакете из коричневой бумаги. Когда она взяла пакет, новенькая книга, еще пахнувшая клеем для бумаги, выскользнула из открытого конца, так что она едва успела поймать ее. Мэгги провела рукой по корешку с названием «Великий Гэтсби» и вспомнила, как Питер говорил ей, что это его любимая книга, и как он позаимствовал ее собственный потрепанный экземпляр.

Она обратила внимание на пакет и нахмурилась, вдруг осознав, что кто-то аккуратно перерезал бечевку и вскрыл посылку с одного конца.

— Ты не знаешь, почему ее открыли? — Мэгги повернулась к Кэт и показала пакет с перерезанной бечевкой.

— Это я открыла, — отозвалась Кэт, не поднимая головы.

Мэгги сделала шаг вперед, но промолчала, ожидая, что Кэт посмотрит на нее. Но Кэт по-прежнему сидела, уткнувшись в каталог. Тогда Мэгги спросила:

— Но почему? Посылка адресована мне.

Кэт наконец подняла голову; ее зеленые глаза ярко сияли в косом свете, проникавшем через окно кухни.

— Потому что Питер мог прислать что-то для меня и положить в эту посылку. Я просто хотела проверить.

По спине Мэгги пробежал ледяной холодок. Мама однажды сказала ей, что когда ты испытываешь такое ощущение, это значит, что кто-то прошел над твоей могилой, и только теперь она впервые поняла, что это значит.

— Почему он должен посылать что-то для тебя? — Мэгги не хотела спрашивать об этом, но теперь было уже поздно.

— Потому что он и мой друг тоже, Мэг. Ты не можешь присвоить его только потому, что первой нашла его. Кстати, это он решил, что из меня выйдет хороший наблюдатель.

— Когда ты разговаривала с ним?

Кэт пожала плечами, но не стала скрывать своего удовлетворения.

— Полагаю, когда ты работала в магазине. Он как раз направлялся туда, когда я заметила его и попросила помочь перенести в автомобиль вещи Джима. Я наконец решила избавиться от его одежды — ты же знаешь, как у нас мало места, — но мне были нужны сильные руки, поэтому я попросила Питера помочь мне.

Перед мысленным взором Мэгги промелькнуло воспоминание о Джиме; это был день его свадьбы, и Мэгги встречала его у входа в церковь вместе с остальными приглашенными. Она протолкалась вперед и поцеловала его в щеку, удивившись тому, что она такая же холодная, как и ее руки, несмотря на жаркий день. Когда она отодвинулась, он сжал ее руки, а выражение его лица было похоже на выражение лица человека, который только что обнаружил, что новые дорогие туфли оказались слишком узкими.

Мэгги откинулась на спинку стула и вцепилась в пакет с такой силой, что побелели ногти.

— Нет, Кэт. Пожалуйста, не надо.

— Что не надо?

Кэт отвела глаза и вернулась к раскрытому каталогу. Мэгги положила книгу на стол, потянулась и взяла Кэт за руки, не позволяя ей уклониться от разговора.

— Ты член моей семьи, Кэт. Я люблю тебя. Джим любил тебя. Разве этого не достаточно?

Кэтрин ответила не сразу, и Мэгги продолжала сжимать ее руки, не желая сдаваться. Наконец Кэт шмыгнула носом, и Мэгги увидела слезинку, упавшую на страницу каталога, маленькую каплю, которая расползлась жадными потеками и изуродовала лицо одной из моделей, облаченной в меха. Кэт тряхнула головой, как будто хотела прояснить мысли, и когда она снова встретилась взглядом с Мэгги, на ее лице отразилась странная смесь раскаяния и самоуверенности.

— Нет, не достаточно. И никогда не будет достаточно.

Мэгги отпустила руки Кэт, когда ее кузина с силой отодвинулась от стола и выбежала из комнаты. Проглотив комок в горле, она подумала: а ведь Кэт права.

— Мэгги?

Она повернула голову и увидела Лулу, стоявшую у задней двери и державшую в руках темно-желтую бутылку с узким горлышком из-под какого-то тоника. Лицо Лулу, как обычно, было непроницаемым, и Мэгги не могла понять, слышала ли она их разговор с Кэт. Она заставила себя улыбнуться.

— Да, Лулу?

Девочка протянула сестре бутылку.

— Думаю, Эми оставила мне записку, но я не могу достать ее.

Мэгги взяла бутылку, поднесла ее к свету и увидела уголок оторванного листа, засунутого в горлышко.

— Откуда ты знаешь, что эта записка от Эми?

— Я положила свою записку в бутылку на дереве Эми, так что это должен быть ее ответ. Сегодня я снова ходила туда, и сосед сказал, что они два дня назад приезжали всего лишь на несколько часов, чтобы забрать оставшиеся вещи, а потом снова уехали. Наверное, у Эми не было времени встретиться со мной и она сунула записку в эту бутылку, но не скатала ее, как сделала я, поэтому я не смогу ее вытащить.

Мэгги аккуратно положила бутылку на стол.

— У меня есть пинцет в медицинском шкафчике в ванной. Сбегай туда, и тогда мы посмотрим, что можно сделать.

Лулу вернулась с пинцетом, и Мэгги без труда извлекла клочок бумаги из перевернутой бутылки, вручила записку младшей сестре и подождала, пока та не прочитает ее про себя. Потом Лулу медленно подняла голову и вернула записку. Прищурившись, чтобы разобрать крошечные буквы, густо покрывавшие листок, Мэгги прочитала:

«Мы собираемся жить с дедушкой в Гринвилле. Может быть, это уже навсегда. Мне хотелось бы почитать твою книгу, и еще я хочу, чтобы мы остались на Фолли-Бич. Я хочу, чтобы мой папа был жив. Но мама говорит, что желать такое — все равно что вычерпывать лодку наперстком, поэтому мне бы лучше успокоиться. Я скучаю по тебе. Мама разрешила мне увезти бутылочное дерево, поэтому я буду помнить тебя точно так же, как ты помнишь Джима благодаря дереву. Твоя лучшая подруга Эми».

Мэгги ласково сжала руку Лулу.

— Мне очень жаль, Лулу. Эми была замечательной подругой.

Девочка смотрела на нее: ее темно-карие глаза были сухими и серьезными.

— Ты не шутила, когда сказала, что любишь Кэт?

Мэгги удивленно кивнула, изо всех сил стараясь отделить обязательства от истинных чувств.

— Наверное, да, — она немного помедлила, когда задумалась о том, как объяснить девятилетней девочке свои сложные чувства по отношению к Кэт. — Мы с ней росли скорее как сестры, а не кузины, потому что моя мама воспитывала нас обеих. И мама учила меня, что я могу любить человека, даже если мне не всегда нравятся его поступки.

Мэгги уселась на стул, довольная ответом, и решила не рассказывать Лулу о том, как Кэт была похожа на свою мать, или о том, что Кэт позволила ей плакать и биться в истерике после смерти собственной матери, а ведь она прекрасно понимала состояние Мэгги. Или о том, что Кэт когда-то была другой, но изменилась после смерти матери и стала вести себя так, словно ее бросили одну посреди океана. Мэгги читала истории о выживших на море и о том, как моряки становились людоедами, цепляясь за жизнь. Образ Кэт, цеплявшейся за все подряд, чтобы выжить, напоминал эти истории.

И все же Мэгги дала своей матери обещание, что она будет заботиться о Кэт. Она понимала, что Кэт отличается от большинства людей и заслуживает любви, даже если кажется, что она не способна любить сама. Но, главным образом, Мэгги дала обещание матери потому, что у Кэт, кроме нее, никого не было.

Лулу долго смотрела на нее, но наконец отвернулась и взяла записку со стола.

— Тогда я пойду собирать металлический лом, — сказала она и направилась к выходу, но потом остановилась и повернулась к Мэгги. — Если ты разлюбишь Кэт, то скажешь мне об этом?

Мэгги смотрела на младшую сестру как на незнакомку: коренастое тело, волосы мышиного оттенка и скорбные глаза. Уже не впервые она задумалась о том, как скажутся многочисленные утраты на Лулу, когда она станет взрослой женщиной. В такие моменты Мэгги больше всего тосковала по матери, желала хотя бы ненадолго вернуть ее и спросить, все ли она делает правильно. Но от таких желаний не было толку, как справедливо заметила мать Эми.

Мэгги выпрямила спину и произнесла:

— Лулу, нам не приходится выбирать, кого любить. Это не подарок, который можно вручить, а потом забрать обратно. Любовь просто есть, и все.

Лулу по-прежнему смотрела на сестру своими странными глазами, которые казались слишком взрослыми для ее лица. Наконец она кивнула и отвернулась.

— Я буду к ужину.

Мэгги повернулась к пустой бутылке на столе. Она вспомнила о записке внутри, подумала о бедной Эми и ее матери, о Кэт и о том, что только не делают люди, чтобы выжить.

Глава 10

Фолли-Бич, Южная Каролина
Июль 2009 года

Когда Эмми остановила свой «Форд Эксплорер» на подъездной дорожке перед домом, то услышала мерный стук молотка, доносившийся с заднего двора. Она откинулась на подголовник и закрыла глаза. Ей не хотелось никого видеть и ни с кем разговаривать. Сегодня днем она уже общалась со многими людьми, пытаясь освоиться в магазине и разобраться в системе управления, не считая знакомства со старинным кассовым аппаратом, который, по словам Эбигейл, находился в магазине с момента его открытия в 1920-х годах. Эмми пообещала себе, что одной из первых вещей, которые она сделает, будет замена кассового аппарата на систему компьютерного учета.

Эмми устало захлопнула дверцу автомобиля и направилась туда, откуда доносился стук. Она немного постояла у бутылочного дерева, восхищаясь мастерской работой и представляя, как Лулу сгибает каждую металлическую ветку и размещает цветные бутылки в последовательности, приятной для глаз и радующей сердце. Эмми до сих пор не могла примирить образ Лулу О'Ши, которую она знала лично, с создательницей этой вдохновенной красоты.

Она заметила янтарную бутылку и опустила голову, чтобы заглянуть внутрь. Скатанная записка оставалась возле горлышка, где она оставила ее. *Вернись ко мне.* Эмми вздрогнула, сама не зная почему, потом подняла голову и поняла, что стук молотка прекратился.

Хит стоял на частично отремонтированном причале в пляжных тапочках, носках и шортах — другой одежды на нем не было. Он держал молоток и выжидающе смотрел на Эмми, не обращая внимания на пот, заливавший его лицо, загорелую грудь и мускулистый торс, невольно привлекший внимание Эмми. Она заставила себя посмотреть ему в лицо и не думать о том, что мать назвала его в честь Хитклиффа из романа Эмили Бронте. Он переводил взгляд с нее на бутылочное дерево. Эмми покраснела и пробормотала:

— Я не хотела вас беспокоить. Мне просто нужно было зайти в дом...

Он бросил молоток на деревянные доски.

— Вы меня не потревожили. Сейчас это ваш дом, и раз уж вы вернулись, то я перестану шуметь.

Хит взял полотенце и вытер лицо.

— С вашего разрешения, я немного искупаюсь и остыну. Тогда мы сможем обсудить какое-нибудь расписание, чтобы я не слишком часто нарушал ваш покой.

— Вы хотите искупаться прямо сейчас? Разве вам не нужны плавки?

Хит улыбнулся, и морщинки в уголках его глаз напомнили Эмми о его матери.

— Нет, не нужны, — он прошел мимо, но остановился, когда понял, что она осталась стоять на месте.

— Я подожду здесь.

— Обещаю, что не буду снимать шорты.

Эмми нахмурилась, скрывая замешательство.

— Дело не в этом. Э-ээ... просто у меня нет купальника.

Он едва не рассмеялся.

— Я не предлагаю вам прыгать в воду вместе со мной. Мы можем прогуляться и поболтать. Но раз уж вы упомянули об этом, то для вас будет полезно чаще бывать на пляже. У вас кожа библиотекаря.

Не ожидая ответа, он снова пошел по дорожке на улицу мимо своего велосипеда, прислоненного к дереву. Эмми поравнялась с ним у дальнего края дорожки.

— Я уже говорила, что не считаю себя библиотекарем.

— Правильно, говорили.

Порыв ветра, налетевший с океана, взъерошил его волосы и приоткрыл прямой белый шрам, начинавшийся от виска и исчезавший за линией волос. Когда Хит заметил, что она смотрит на шрам, его улыбка потускнела и он двинулся дальше.

— Вы идете?

Его пес Фрэнк, дремавший в тени у парадного крыльца, подбежал к Эмми и затрусил рядом с ней, когда они пересекли улицу и приблизились к песчаной тропинке, ведущей к пляжу. Услышав шум океана и крики незнакомых птиц, Эмми остановилась.

— Подождите!

Хит тоже остановился, но Фрэнк побежал еще быстрее.

— Я еще никогда не видела океан.

Он вопросительно посмотрел на Эмми, словно ожидая объяснений.

— Там... — выдавила она и снова почувствовала себя глупо. — Я хочу сказать, мне следует опасаться аллигаторов или чего-то еще?

Хит улыбнулся и подошел к ней, но его улыбка не была язвительной.

— Аллигаторы не любят соленую воду, поэтому на пляже им делать нечего, — он посмотрел на ее туфли-лодочки на низком каблуке. — Вам лучше снять обувь; возле дюн песок довольно глубокий.

Он подождал, пока Эмми сняла туфли, и снова двинулся вперед. По пути он оглянулся и добавил:

— Эй, послушайте: если бы я оказался на кукурузном поле в Индиане, то, наверное, боялся бы ворон-убийц или чего-нибудь еще.

Эмми закусила губу, чтобы удержаться от смеха.

— Да, похоже на то.

Вскоре они остановились на вершине дюны, где начиналась деревянная лесенка, помогавшая купальщикам спускаться к воде.

— Но у нас есть акулы, — крикнул Хит, когда они с Фрэнком побежали к линии прибоя, разбрасывая песок, пока не оказались на краю океана, а в следующее мгновение оба исчезли под волнами.

Эмми затаила дыхание, пока две головы, мокрые и блестящие, не появились на поверхности, словно головы резвящихся морских котиков. Хит помахал ей, приглашая присоединиться к ним, но Эмми все еще колебалась. Она видела океан в кино и на фотографиях своей матери, но теперь, стоя на краю великой Атлантики, она чувствовала биение волн, ощущала силу и необъятность воды, простиравшейся до самого горизонта, вечную и жидкую, словно кровь самой Земли. Ощущение жизни здесь было совсем иным, нежели на плоской равнине под широким небом у себя дома. Когда она смотрела на темно-синий простор, то казалось, будто ее вены пульсируют вместе с древним ритмом прибоя, создавая ощущение родства с каждым человеком, когда-либо жившим у воды, и вместе с тем порождая острое сознание собственной ничтожности.

Эмми пошла вперед по горячему песку, обжигавшему ступни, глядя на редкие зонтики, разбросанные по пляжу, словно разноцветные морские звезды. Дети с ведерками и лопатками сидели группами, украшая песчаные курганы ракушками и другими пляжными обломками. Практически обнаженные купальщики с бронзовой или красной, как панцирь вареного лобстера, кожей лежали, развалившись в шезлонгах или на полотенцах, словно ритуальные жертвы солнечного божества. Эмми посмотрела на собственную бледную кожу и вспомнила, как Бен любил прикасаться к ней, восторгаясь ее безупречной белизной, не знавшей жаркого прикосновения солнца. Постепенно она начала гордиться тем, что некогда презирала, и тщательно ухаживать за своей кожей с помощью дорогих кремов и лосьонов от солнца. Она по-прежнему делала это в силу привычки и теперь скрестила руки на груди, пытаясь спасти обнаженную кожу от солнечных лучей.

Эмми остановилась там, где песок стал ровным и влажным, но до волн она не дошла. Ей хотелось верить, что если она почувствует океан, то поймет, что любила ее мать и чего ей не хватало все эти годы. Вместе с тем она не хотела, чтобы что-то связывало ее с этим незнакомым местом, где они с Беном никогда не бывали.

Хит и Фрэнк вышли из воды, синхронно тряся головами и разбрызгивая воду друг на друга и на Эмми тоже. Она отступила и вытерла с лица капли воды.

— Осторожнее!

— Извините, — сказал Хит, хотя его улыбка говорила, что он ничуть не сожалеет. — Вода очень хорошая. Вы бы окунулись.

— Мне нужно вернуться в дом и найти шляпу или крем от солнца. Моя кожа не привыкла к такой жаре.

Мелкие капли воды прилипли к его ресницам, отчего глаза казались более яркими.

— Пляж особенно хорош на закате, когда большинство туристов собирают вещи и уходят домой. Вам стоит попробовать, — он сделал паузу, внимательно глядя на Эмми, как будто не был уверен, что она придет сюда по своей воле, но хотел, чтобы она полюбила это место. — Когда-нибудь я приведу вас сюда вечером.

Эмми не знала, что ответить, поэтому спросила:

— Вы серьезно говорили про акул?

Хит двинулся вдоль пляжа, и она держалась рядом, следя за тем, чтобы он оставался между нею и океаном, а ее ноги оставались сухими.

— Да, я даже поймал несколько штук на причале. Приходится выбрасывать обратно в океан самых маленьких, но можно оставить себе тех, что побольше. Раньше здесь водились бычьи акулы и акулы-молоты, но их уже лет двадцать никто не видел. Теперь это в основном черные и длиннорылые акулы, да изредка встречаются тигровые.

Эмми с беспокойством посмотрела на воду.

— Они едят людей? — Перед ее мысленным взором промелькнули сцены из фильма «Челюсти»[1], и, судя по добродушному выражению на лице Хита, он как будто читал ее мысли.

— Некоторые, — ответил он.

---

[1] Триллер режиссера Стивена Спилберга (США, 1975). Экранизация одноименного произведения Питера Бенчли. Фильм стал обладателем трех премий «Оскар». В главных ролях Рой Шайдер, Роберт Шоу, Ричард Дрейфусс. (*Прим. ред.*)

По мере того как они продолжали идти вдоль берега, напряжение усиливалось и Эмми едва не бежала, чтобы поспеть за размашистым шагом Хита.

— Но, как правило, они оставляют людей в покое. Знаете, у вас гораздо больше шансов угодить под молнию в открытом поле, чем быть съеденной акулой.

Эмми приподняла брови, но продолжала наблюдать за прибрежными водами, надеясь увидеть острые плавники.

— Спасибо, это утешает.

— Без проблем.

Соленый бриз освежал и дарил долгожданную прохладу. Фрэнк убежал дальше, время от времени заходя в воду или подбегая к людям на пляже, которые приветствовали его по имени, чесали за ухом и давали что-нибудь вкусненькое.

Они миновали несколько человек, прогуливающихся со своими собаками, которых они держали на поводках.

— А здесь существуют какие-то правила относительно того, как следует содержать собак на пляже?

— Да, конечно. С десяти утра до шести вечера собак разрешается выгуливать только на поводке.

Эмми увидела, как Фрэнк подбежал к группе отдыхающих, расположившихся на одеялах и, очевидно, собиравшихся пообедать на свежем воздухе. Они приветствовали пса легким похлопыванием и предложением всяких вкусностей, а Хит помахал им и выдал Эмми целый список имен и профессий, как будто она могла запомнить их всех. Имена из перечня, которые она услышала утром от Эбигейл, уже почти изгладились из памяти.

— А Фрэнк — исключение из правил?

Хит искоса взглянул на нее.

— Полагаю, до тех пор, пока кто-нибудь не пожалуется на него. На самом деле это очень воспитанный пес, и он подходит только к тем людям, которых хорошо знает. В остальных случаях он делает вид, будто находится на поводке, и держится рядом со мной.

Эмми скрыла улыбку, когда они перебирались через ряды каменных выступов, тянувшихся, словно пальцы, от побережья в океан. Хит объяснил, что это были волнорезы, установленные задолго до урагана «Хьюго» для предотвращения эрозии пляжной зоны.

— Молы в гавани Чарльстона и эти волнорезы, наверное, причинили больше ущерба экологической системе, чем защитили побережье. Сейчас у нас есть проект реконструкции пляжа, когда каждые восемь лет на мелководье закачивают большое количество песка, но это лишь временная мера. И, к сожалению, это приводит лишь к новой жилой застройке.

— Мне казалось, что вы, как владелец недвижимости, должны только радоваться этому.

— Да, можно подумать и так. Но Фолли-Бич был нашим родным гнездом в течение нескольких поколений. Досадно видеть, как пейзаж так резко меняется из-за приезжих. — Он пожал плечами и добавил: — Полагаю, в последние несколько лет я начал думать немного иначе, чем раньше, — можно сказать, сместил фокус внимания. Именно поэтому я провожу больше времени на Фолли-Бич, чем в Атланте.

Эмми хотела спросить, что послужило причиной такой перемены, но Хит двинулся вперед, как будто умышленно избегая любых расспросов. Его слова больно задели ее: она снова вспомнила о Бене, о его чувстве долга и любви к стране. Это чувство послало его на другой край света и навеки разлучило с ней.

Эмми все еще предавалась воспоминаниям, когда они развернулись в обратную сторону и Хит спросил:

— Так почему же вы здесь — специалист по музейным рукописям со степенью магистра библиографии?

Эмми повернулась к нему и снова увидела ровный загар, длинные волосы, небрежный разворот широких плеч, которые никогда не оттягивала винтовка. Этот мужчина не знал, что такое передвигаться в конвое по заминированным дорогам. Все его жизненные устремления, судя по всему, были сосредоточены на пляжном отдыхе. Она не хотела, чтобы он, как будто созданный из моря, солнца и песка, интересовался ее жизнью. Но его взгляд был добрым, а не насмешливым, и Эмми ответила ему очень просто:

— Моя мать любила этот пляж. — Эмми поняла, как глупо это прозвучало, и попыталась объяснить: — Она выросла здесь и любила Фолли-Бич, хотя я этого до сих пор не понимала. Кроме того, она, когда была маленькой девочкой, любила «Находки Фолли». По его образцу она устроила собственный книжный магазин в Индиане.

Хит остановился, и Эмми остановилась вместе с ним.

— Но что заставило вас приехать сюда?

Эмми смотрела мимо него на океан, ощущая притяжение отлива, как будто поток собирался унести ее в какое-то чужое место, где она не хотела оказаться.

— Недавно я потеряла мужа, и мама решила, что здесь мне будет хорошо, — с глубоким вздохом ответила она.

Они повернулись на резкий птичий крик за спиной и какое-то время наблюдали за чайкой, кружившей над чем-то темным и неподвижным в песке. Чайка опустилась и быстро заработала клювом, а потом снова взмыла в воздух с протяжным криком. Это напомнило Эмми о ее горе, о том, что она продолжает жить, дышать и есть, но черная тень регулярно возвращается и приносит скорбную весть.

— Мне очень жаль. Вы знали, что это произойдет?

Эмми повернулась к Хиту.

— Он был солдатом. Полагаю, с моей стороны было бы наивно не думать о том, что он каждый день рискует своей жизнью, но на самом деле мне не приходило в голову, что я больше никогда не увижу его.

Хит наклонился и поднял плоскую раковину, а потом размахнулся и со всей силы запустил ее в волны, набегавшие на берег.

— Надеюсь, вы найдете здесь то, что ищете. Думаю, так и будет.

Его голос звучал так уверенно, как будто он знал, в чем она нуждается. Воспоминание о записке на бутылочном дереве снова промелькнуло в сознании Эмми. *Вернись ко мне.* Удерживаться от вопросов, когда хочешь получить ответы, было не в ее правилах, но Хит Рейнольдс поколебал ее решимость. Но вскоре стало уже поздно вспоминать об этом, потому что он наклонился, достал что-то из песка и протянул ей на ладони. Эмми подошла ближе и увидела нечто похожее на темно-коричневый орешек с двумя тонкими отростками сверху и снизу, похожими на антенны.

— Их называют «блокнотами дьявола», хотя на самом деле это мешочки, в которых скаты мечут икру. В мае они разбросаны по всему пляжу.

Эмми взяла мешочек и ощутила скользкую, наполненную водой оболочку.

— Здесь, в песке, можно найти разные сюрпризы. Когда я был мальчиком, мама говорила мне, что любая интересная вещь на пляже служит напоминанием, что мы в этом мире не одни. Если ищешь как следует, всегда находишь то, что тебе нужно.

Эмми двинулась дальше, не в состоянии ответить из-за знакомого легкого покалывания кожи на затылке. Они миновали пожилую женщину в бикини и бейсболке с двумя длинными седыми косами, свисавшими по обе стороны головы. На мгновение Эмми показалось, что это Лулу, но все, что ей было известно об этой женщине, противоречило беззаботному пляжному отдыху. Продолжая думать о Лулу, она повернулась к Хиту.

— Я хотела спросить вашу мать, но полагаю, вы знаете не хуже ее... Лулу когда-нибудь была замужем?

— Определенно нет, — с легкой улыбкой ответил он. — Наверное, на свете не нашлось мужчины, который был бы достаточно хорош для нее.

Эмми окинула его взглядом, не вполне уверенная в том, что он не шутит.

— Думаю, она влюбилась, когда была молодой, но что случилось потом, я не знаю, — продолжал Хит.

— Вам известно, что его звали Питером?

Он на секунду задумался и покачал головой:

— Нет, раньше я не слышал этого имени. Впрочем, вы можете спросить у Лулу.

— Предпочла бы не спрашивать, — не задумываясь, выпалила Эмми. Она украдкой взглянула на Хита, не обиделся ли он, и с облегчением увидела его улыбку.

— Где вам встретилось это имя?

— В коробке книг, которую ваша мать прислала в Индиану. Там было издание детектива из серии о Нэнси Дрю 1942 года, а внутри какой-то Питер написал посвящение для Лулу со словами «оставайся такой же доброй и милой, как всегда». Сегодня я отдала книгу Лулу, но она вырвала страницу с посвящением, а книгу вернула. Мне это показалось странным, но ее вид не располагал к вопросам.

— Если хотите, я сам могу спросить ее.

Эмми хотелось ответить отказом и отгородиться от дальнейшего участия этого мужчины в своей жизни. Но альтернатива выглядела еще менее привлекательной, поэтому она кивнула.

— Если вы не возражаете. И у меня есть еще одна просьба... обещаю, что последняя. Книги в вашем доме — те, которые принадлежали вашей бабушке Мэгги, — могу ли я разобрать их и навести хоть какой-то порядок? Они выглядят так, словно их в спешке распихали по полкам, и я подумала, что, может быть, вы захотите знать, какими сокровищами обладаете.

Он широко улыбнулся.

— Это и в самом деле беспокоит вас, не так ли?

— Да, — призналась она, не моргнув и глазом.

— Тогда добро пожаловать. А если вы найдете что-нибудь действительно ценное или привлекательное, то оно ваше.

— Только если это не дорогая книга. Я буду рада заплатить честную цену за все, что найду.

— Нет, мне на самом деле все равно. Можете забрать хоть все, если хотите. Или продайте их в магазине — для меня это не имеет значения. Я научился больше не цепляться за вещи. В конце концов, это всего лишь предметы.

Эмми резко остановилась, когда вспомнила о плотно сложенном флаге и почетной медали Бена, которую она хранила в тумбочке у кровати, об одежде Бена, по-прежнему висевшей в шкафу в спальне ее родителей. Если бы сейчас она имела при себе сумочку, то могла бы показать Хиту маникюрные ножницы, принадлежавшие Бену, и армейские жетоны, которые он носил, когда снаряд взорвался на дороге рядом с его конвоем. Да, после Бена осталось немного вещей, но они были всем, что осталось от ее прошлой жизни.

— Не говорите так, — у Эмми перехватило дыхание, и она по капле выдавливала слова, готовая упасть в обморок. — Не надо. Вы не знаете... — она сглотнула и попыталась впустить в легкие горячий, влажный воздух. — Вы не понимаете, что это такое.

Его лицо расплывалось и мерцало перед ней, словно мираж.

— Иначе вы бы знали, какими драгоценными бывают обычные вещи, — закончила она.

Ветер снова взъерошил его волосы и приоткрыл шрам. Эмми ждала, что он будет возражать и скажет, что она не права, но он лишь смотрел на нее печальными карими глазами.

— Может быть, — только и сказал Хит и повернулся к океану, где волны все чаще накатывали на берег и каждый пенистый отросток захватывал больше песка, чем раньше.

— Я знаю, как найти дорогу отсюда, — быстро сказала Эмми, выбравшись на плотный песок. Ее не беспокоило, что они так и не обсудили расписание его работы на причале. — До свидания.

Эммы не обернулась, когда направилась к дороге по первой же тропе, какую смогла найти. Она прошла мимо той чайки, которую они видели раньше, все еще кружившей в зловещем танце над своей находкой в песке. Внезапно она вспомнила слова матери Хита о сокровищах, которые можно найти на пляже. *Если ищешь как следует, всегда находишь то, что тебе нужно*.

Она отвернулась и направилась к дюнам, чьи плоские вершины были покрыты чахлой травой, а крик чайки издевательски звучал у нее за спиной.

Глава 11

Фолли-Бич, Южная Каролина
Август 2009 года

Во второй половине дня в воскресенье небо потемнело и полил дождь, превративший окрестности дома в настоящий водный мир и создавший оазис прохлады, который Эмми не хотелось покидать. Большую часть утра она выносила книги из башенки, снова и снова поднимаясь по спиральной лестнице и аккуратно доставая плотно сложенные тома, чтобы не пропустить ни одной книги для составления каталога. Потом она разложила книги в гостиной стопками и башнями разной высоты, создав миниатюрный город из кожи и бумаги.

Сначала Эмми намеревалась покончить с работой за неделю, но вскоре обнаружила, что у нее далеко не так много свободного времени, как ей казалось. Хотя подсобная работа в магазине «Страницы Пейдж» во многом подготовила ее к «Находкам Фолли», ответственность, возложенная на фактическую хозяйку магазина, намного превосходила ее былые обязанности. Ведение повседневных дел и необходимость общения с Джанелл, Эбигейл, туристами и местными жителями иногда оставляли ее совершенно обессиленной. От природы она была гораздо более сдержанной и замкнутой, чем требовалось для работы в магазине на Фолли-Бич. Она радовалась тому, что, по крайней мере, никто не расспрашивал ее о Бене, и полагала, что обязана этим Эбигейл.

Эмми стала часто звонить матери и обращаться к ней за советами о ведении дел в книжном магазине. Во всяком случае, их разговоры неизменно начинались с этого, но потом они беседовали о других вещах: об урожае кукурузы в Индиане, о хороших книгах, которые они недавно читали, или о здоровье ее отца. Странно, но эти темы никогда не обсуждались, пока Эмми жила с родителями, как будто линии связи между матерью и дочерью проходили по минному полю и легко могли оказаться разрушенными. Теперь Эмми начала рассказывать матери о Фолли-Бич и местных жителях, а Пейдж слушала и задавала вопросы с настойчивостью изгнанника, оказавшегося вдали от дома.

К счастью, Эмми не приходилось общаться с Хитом, который, по словам Эбигейл, на несколько недель уехал в Атланту по своим делам. Эмми забыла, что он был строителем и архитектором в Атланте, и находила любопытным, что он проводит так много времени на Фолли-Бич, так далеко от центра своего бизнеса. Она часто вспоминала об их перепалке во время последней встречи и каждый раз хотела испытать гнев, который чувствовала тогда. Но вместо этого она видела шрам на виске Хита и выражение сдержанной отстраненности в его взгляде, наводившее ее на мысль о кривых зеркалах, где все отражения предстают в искаженном виде.

Но была и радость: Лулу вела себя тихо и незаметно входила в сад бутылочных деревьев на заднем дворе, волшебным образом появляясь каждый раз, когда в магазин входил один из ее потенциальных клиентов. Эмми поражалась тому, как много людей приходило в «Находки Фолли» только для того, чтобы купить бутылочное дерево. Приходило также очень много писем с заказами со всей страны.

Эмми выпрямилась и потерла спину, болевшую от постоянных наклонов. Не слишком ли она молода, чтобы испытывать желание вздремнуть во время рабочего дня? Она обвела взглядом опустевшие полки и задумалась о следующем шаге, включавшем влажную уборку и внутреннюю оклейку полок лентами бескислотной антикоррозийной бумаги, которые она заказала по Интернету.

Эмми попятилась назад из алькова и вышла из спальни, закрыв за собой дверь, чтобы уберечься от искушения. Она вернулась в гостиную, вполне уверенная в том, что лестница и книжные полки останутся на месте до тех пор, пока она не разберется с книгами.

Перед началом работы Эмми включила стереопроигрыватель и вставила диск с записью Гленна Миллера. Она удивилась, когда увидела его среди дисков «РЭМ», «Фу Файтерз», «Роллинг стоунз», но старая оркестровая музыка вполне соответствовала ее настроению. Возможно, ее вдохновляли фотографии 1940-х годов на стенах, но едва раздались звуки вступления к «Нитке жемчуга», Эмми открыла свой ноутбук, где каталожные сведения о книгах из коробки уже были занесены в таблицу Excel, и включила его, устроившись на полу перед первой стопкой книг.

Как и раньше, она начала сверху, снимая книги по очереди и скрупулезно перелистывая страницы в поиске любых записей на полях. В спальне уже лежала кучка книг с посланиями, обнаруженными раньше, и она намеревалась добавить к ним новые. Эмми пришло в голову, что послания могут стать более осмысленными для нее, если она обнаружит хоть какое-то подобие порядка, и она уже завела электронный документ, где попыталась систематизировать найденные записи. Она довольно долго изучала их, но единственный вывод заключался в том, что было известно с самого начала: записки представляли собой обмен любовными посланиями между мужчиной и женщиной. Тайный аспект этого любовного романа оставался гипотезой, но Эмми надеялась найти новые доказательства в книгах Хита хотя бы потому, что они происходили из того же источника — чердака его матери.

Она дошла до четвертой книги, прежде чем обнаружила первую записку. Это было позднее издание «Робинзона Крузо», а слова были написаны синими чернилами уже знакомым женским почерком: *Я тоскую по тебе. На улице холодно, и павильон стоит пустой*.

Удовлетворенная новым доказательством в поддержку гипотезы о тайном романе, Эмми положила книгу рядом с собой и потянулась к следующей. Прошел почти целый час, пока она не обнаружила вторую записку в потрепанном экземпляре «Франкенштейна» Мэри Шелли. Слова были написаны размашистым мужским почерком:

«Он не исчез и не пропал, / Но пышно, чудно превращен / В сокровища морские он»[1].

Эмми узнала слова из шекспировской «Бури», но задумалась об их смысле в послании. О каком превращении шла речь? И кто такой «он»? Она перевернула страницу и увидела отпечатки букв на следующем листе, как будто писавший сильно волновался.

Компакт-диск перестал играть; Эмми заменила его на альбом лучших хитов Томми Дорси и под первые звуки «Вечернего блюза» налила себе бокал вина. Ее мать всегда говорила, что музыка — это подсознательное приглашение к танцу, и Эмми начала кружиться по комнате, огибая стопки книг и вспоминая танцевальные па своих родителей.

Она провальсировала в столовую, куда еще не заглядывала, предпочитая есть на высоких барных табуретах у гранитного «островка» в центре кухни. Отвернувшись от окон, она впервые увидела еще четыре старые фотографии в одинаковых деревянных рамках и остановилась. Эмми шагнула вперед, сделала глоток вина и принялась изучать людей на фотографиях, навеки зафиксированных во времени

---

[1] У. Шекспир. «Буря». Акт I, сцена 2. *Перевод Т. Щепкиной-Куперник.*

и обрамленных в рамки под стеклом, словно редкие бабочки.

Вверху слева располагалась свадебная фотография с невестой и женихом, стоявшими на деревянном помосте на фоне океана. Мужчина был одет в белый мундир военно-морского флота, темные туфли и узкий галстук. Он был высоким и светловолосым, и хотя Эмми не назвала бы его красавцем, но его улыбка была чарующей, а глаза, немного скошенные в уголках, придавали его лицу смешливое выражение, даже когда он был серьезен.

Невеста казалась знакомой, и после более внимательного осмотра Эмми поняла, что это та же самая женщина, которая была изображена в купальнике на фотографии в гостиной. Кэтрин, двоюродная бабушка Хита. Она была прекрасна в купальнике и еще более очаровательна в день своей свадьбы, в белом кружевном платье и с большим букетом белых роз в руках. Но если лицо жениха было открытым и улыбчивым, в выражении лица женщины сквозила неуверенность; торжествующий изгиб бровей не вязался с глазами, которые казались скорее удивленными, чем радостными. Ее облик как-то не вязался с торжественностью момента, да и сами жених и невеста казались какими-то чужими друг для друга.

Взгляд Эмми остановился на следующей фотографии, где женщина, которую она распознала как Мэгги, стояла перед магазином, чрезвычайно похожим на «Находки Фолли». На черно-белой фотографии было трудно определить цвет фасада, но он был явно светлее нынешнего розового оттенка, а на старой двери с двумя большими стеклами не было никаких наклеек.

На Мэгги были легкие туфли с открытым носком и чопорное клетчатое платье, застегнутое на все пуговицы. Как уже заметила Эмми, она не была красавицей, но ее лицо привлекало к себе внимание благодаря выразительным глазам, как будто светившимся изнутри. В отличие от Кэтрин, Эмми с радостью познакомилась бы с Мэгги хотя бы для того, чтобы понять, как человек может остаться один, зная о подступающем урагане.

На третьей фотографии был изображен маленький мальчик, который, по словам Хита, был его отцом, Джоном. Он стоял в курточке, шортах и полосатой рубашке и держал леску с крошечной рыбкой, свисавшей на конце. На его лице сияла улыбка; судя по всему, мальчика совершенно не интересовал размер его добычи.

Последняя фотография заставила Эмми сделать паузу и отпить глоток вина. Мужчина в темном костюме с галстуком вопросительно смотрел на фотографа, как будто удивляясь, почему его снимают. Он сидел за столиком, а за его спиной танцевали люди. В одной руке он держал сигарету, а в другой бутылку пива «Пабст». Его голова была слегка повернута в сторону, как будто фотограф застал его врасплох. На его пальце красовалось золотое кольцо с печаткой, но буква на ней оказалась размытой, словно он находился в движении. Он был молод, на вид не более тридцати лет, и неоспоримо красив в старомодном смысле этого слова. Но особенно привлекали внимание его глаза: светлые и пронизывающие, они сообщали наблюдателю нечто гораздо большее, чем удивление. Это были глаза человека, одновременно сомневающегося и уверенного в себе; сочетание, которое могло поставить в тупик его собеседника.

Эмми довольно долго смотрела на фотографии и мысленно напомнила себе о необходимости расспросить о них Эбигейл. Потом она налила себе второй бокал вина и вернулась к книгам. Усевшись на уже привычное место на ковре, она потянулась к следующему тому.

Потоп снаружи продолжался, и Эмми дважды подходила к окну, чтобы проверить уровень воды на болоте, где высокая трава все глубже уходила под волнистую поверхность, исполосованную струями дождя. В конце концов, дождь перешел в мелкую морось, но причал все еще находился над водой.

Почти два часа Эмми сортировала и каталогизировала книги, перелистывая их в поисках новых записок, и постепенно перешла с вина на невыносимо сладкий чай, который прислала Эбигейл. Эмми заверили, что она привыкнет к этому вкусу, но она в этом сомневалась. Ее мать всегда готовила отцу чай без сахара, и ей оставалось лишь гадать, на какие еще жертвы пошла Пейдж, когда уехала из Южной Каролины.

Время приближалось к семи вечера, когда желудок Эмми дал знать о себе, и она поняла, что с утра ничего не ела. Она со вздохом выпрямилась и оценила свои успехи. Она занесла в каталог семьдесят пять книг из примерно пятисот, и лишь три из них были первыми изданиями и представляли собой относительную ценность. Кроме того, она нашла еще три книги с записками на полях — две от мужчины и одну от женщины. Она решила снова спросить Хита о первых изданиях и предложить деньги, или, по крайней мере, процент от продажи. У нее возникла идея перенести раздел редких книг и документов в онлайн-продажу, эти три тома хорошо бы смотрелись на главной странице.

Эмми взяла ноутбук, открыла файл и начала печатать:

«Моль Флендерс», стр. 105, женщина. — Сегодня я видела тебя на почте. Я ждала на другой стороне улицы, пока ты не вышел, чтобы остальные не заметили, как я смотрю на тебя. Она жаловалась мне, что ты редко бываешь дома по ночам, но я сказала, что она должна гордиться твоей службой. По крайней мере, я горжусь тобой и хочу видеть тебя.

«Гекльберри Финн», стр. 34, мужчина. — *Прости меня.*

«Кентерберийские рассказы», стр. 222, женщина. — Да, да, да. Ты сделал так, что я больше не могу сказать «нет» и не сожалею о последствиях. В любви и на войне все честно, и теперь я понимаю всю правду этих слов.

Эмми сохранила документ и медленно закрыла крышку ноутбука. Она хотела продолжения, но понимала, что эта охота за отношениями двух неизвестных людей не должна превратиться в одержимость. Эмми положила ноутбук на столик у кушетки и встала, с трудом распрямив ноющие колени. Когда она потянулась, то заметила книгу, лежавшую в середине соседней стопки. Наклонившись, Эмми аккуратно извлекла ее и раскрыла обложку «Великого Гэтсби» Ф. С. Фицджеральда.

Когда она перевернула титульный лист, то увидела слова, написанные тем же почерком, какой она встретила в книге о Нэнси Дрю, подаренной Лулу:

«Маргарет, женщине безграничной красоты и глубокого ума. Всегда твой, Питер».

Эмми довольно долго смотрела на эту надпись, прежде чем взять экземпляр «Гекльберри Финна» для сравнения почерка. Собственное разочарование изумило ее и заставило понять, что, наверное, уже слишком поздно бороться со своей одержимостью. Конечно, она не была специалистом по почерку, но было совершенно ясно, что послания на полях не были оставлены загадочным Питером. Неизвестный мужчина писал таким же размашистым почерком, как Питер, но слова были наклонены влево, а не вправо, с петельками в прописных буквах «а» и «т». Эмми уже собиралась закрыть книгу, когда заметила одно сходство: в буквах «п», «б» и «д» нижние части стояли отдельно и не пересекались со связующими кривыми.

И все же оба почерка имели достаточно различий, чтобы убедить ее в том, что они принадлежат разным людям. По крайней мере, теперь у Эмми появилось имя, и она сделала еще одну мысленную пометку для предстоящего разговора с Эбигейл.

Эмми медленно закрыла книгу и положила ее на столик, чтобы потом рассмотреть поподробнее. Она прошла на кухню, чтобы поставить замороженный обед в микроволновку, когда услышала характерный звук ключа, поворачивавшегося в замке парадной двери.

Она лихорадочно искала какое-нибудь оружие, когда на кухню вошла высокая, стройная женщина. Они застыли, глядя друг на друга, и Эмми не знала, кто из них больше удивился.

— Я могу вам чем-то помочь? — спросила она.

— Я собиралась задать вам тот же вопрос.

Голос женщины был хрипловатым, с южным акцентом. Она вертела на пальце брелок с ключами от автомобиля и, когда они упали на пол, даже не наклонилась за ними.

Эмми едва сдержала улыбку, когда вспомнила почти такой же диалог с Хитом в первый день после своего приезда.

— Меня зовут Эмми Гамильтон. Я арендую этот дом у Хита Рейнольдса на несколько месяцев.

Женщина приподняла изящные рыжеватые брови идеальной формы над большими зелеными глазами. Эмми отметила ее невероятную красоту, но в то же время ощутила запах алкоголя. Речь женщины была внятной, и Эмми пришла к выводу, что, должно быть, она имеет большой опыт в употреблении спиртных напитков.

— Он явно не тратил времени зря. Он здесь?

— Прошу прощения?

Не обратив внимания на вопрос Эмми, женщина прошла в главную спальню и посмотрела на аккуратно заправленную постель и стопки книг, которые Эмми еще не перенесла в гостиную.

— Если вы имеете в виду Хита, то его здесь нет, — сказала Эмми. — Могу я поинтересоваться, кто вы такая и почему вы здесь?

Женщина посмотрела на Эмми сверху вниз, намеренно преувеличивая разницу в росте. Потом она сбросила сандалии на высоком каблуке и босиком прошла на кухню. Эмми невольно обратила внимание, что ее ноги тоже выглядели безупречно, с ярко-красным лаком на ухоженных ногтях.

Женщина открыла шкафчик и достала бокал для вина, потом вернулась к бару в гостиной и налила себе из открытой бутылки.

— Я Джолин Куинн, — сказала она после того, как сделала глоток. — Этот дом был построен для меня.

— Ох, — выдавила Эмми, глядя на то, как Джолин изучает разбросанные книги, скудную меблировку и фотографии в рамках, висевшие на стене. Она вспомнила слова Лулу о Джолин: они с ней якобы похожи, но Джолин «покрасивее, и грудь у нее побольше».

— Мне нравится, что вы сделали с этим местом, — произнесла Джолин, отпив еще глоток. — Что это, ранний библиотечный период?

— Вообще-то я ничего здесь не меняла, — с вызовом ответила Эмми. — Мебель и книги принадлежат Хиту, а Эбигейл вставила фотографии в рамки и развесила их по всему дому, — она с трудом удержалась от объяснений по поводу разбросанных книг. — Знаете, мне кажется, вы не должны здесь находиться. Я уже сказала, что арендую этот дом.

Джолин некрасиво фыркнула и пошатнулась, расплескав красное вино из бокала.

— Как это может быть? Ведь это мой дом!

Эмми осторожно взяла бокал и поставила на столик возле кушетки, а потом усадила Джолин.

— Я хочу, чтобы вы посидели здесь и немного отдохнули, пока я вызову кого-нибудь, кто бы отвез вас отсюда.

Она не ожидала протестов и сомневалась, что Джолин сможет самостоятельно подняться с кушетки.

Эмми набрала мобильный номер Эбигейл и удивилась, когда Хит принял звонок.

— Это Эмми. Я пыталась связаться с вашей матерью.

— Она здесь, только что забрала меня из аэропорта. Она сейчас за рулем, поэтому я ответил на ваш звонок. Вам нужна какая-то помощь?

Эмми немного подумала, пытаясь сформулировать ответ.

— В общем-то, да, — она выглянула из-за угла и увидела, что Джолин вытянулась на кушетке, а рыжие волосы рассыпались по лицу. Глаза ее тоже были закрыты, и она тихо похрапывала.

— Здесь ваша невеста. Она заснула на кушетке. У вас есть какие-нибудь предложения по этому поводу?

Хит сдавленно выругался.

— Я скоро буду. Мама высадит меня, а потом я отвезу Джолин домой. Полагаю, ее автомобиль стоит перед домом?

— У нее были с собой ключи от автомобиля, когда она вошла в дом.

— Я буду через сорок пять минут. Позвоните мне, если она проснется раньше.

Эмми повесила трубку и вернулась в гостиную, чтобы присматривать за Джолин. Она села на кушетку напротив той, где лежала Джолин, и впервые заметила кольцо с превосходным сапфиром овальной формы, который она носила на левой руке. Это был камень старинной прямоугольной огранки со скругленными краями, как кольцо ее собственной бабушки, и она подумала, что эта вещь тоже могла передаваться по наследству. Эмми взглянула на лицо Джолин. Через мгновение та открыла глаза и воззрилась на нее.

— Знаете, он был не таким гадким до облучения, — произнесла Джолин, не поднимая головы. Эмми подалась вперед, с внезапной ясностью представив шрам на виске Хита.

— Какого облучения?

Но Джолин уже закрыла глаза и снова начала похрапывать.

Хиту понадобилось тридцать пять минут, чтобы доехать до дома, и каждую минуту Эмми мучительно пыталась вспомнить слова, которые она сказала ему на пляже. Когда она услышала звук подъезжающего автомобиля и хлопнувшей дверцы, то побежала к парадной двери и открыла ее еще до того, как он успел постучать.

— Джолин еще спит, — прошептала Эмми, приложив палец к губам.

Когда Хит вошел в дом, Эмми увидела, что он надел костюмные брюки и деловую рубашку с длинными рукавами. Воротник был расстегнут, как будто он торопился избавиться от галстука.

Хит выглядел бледным и сосредоточенным, как будто пребывание вдали от пляжа было для него тяжким бременем. Он бросил взгляд на спящую Джолин и без особого удивления посмотрел на бокал с недопитым вином, который стоял на столе.

— Почему она здесь? — устало спросил Хит, а Эмми старательно отводила взгляд от его шрама.

— Я надеялась, что вы мне объясните. Она заявила, что этот дом был построен для нее.

Хит со скрипом потер щетину на подбородке.

— Так оно и есть. Но я построил дом, когда мы были обручены, — он тяжело вздохнул. — У Джолин проблемы с алкоголем. Думаю, у многих людей возникают проблемы, когда жизнь круто меняется.

Эмми вздернула подбородок, но тут же потупилась, когда Хит провел пальцами по волосам, обнажив шрам. Ей хотелось спросить об этом, но она сдержалась, неуверенная в том, что он будет с ней откровенен. Возможно, оставлять записки в бутылках было похоже на разговор с самим собой в пустых комнатах: бесплодное общение с призраками прошлого.

— Если хотите, она может переночевать здесь. Я не возражаю, и кроме того, она уже спит.

Хит покачал головой:

— Нет, мама велела привезти ее к себе домой; она уже постелила чистое белье в спальне для гостей.

Они посмотрели на спящую женщину, чьи каштаново-рыжие волосы разметались по запрокинутой руке, отчего она стала похожа на сказочную принцессу.

— Я принесу ее туфли и ключи от автомобиля и открою дверь, чтобы вам было удобно вынести ее, — сказала Эмми.

Когда она собирала вещи Джолин, то услышала голос Хита:

— Я спросил Лулу, кто такой Питер.

Эмми выпрямилась, держа в руке сандалии на высоком каблуке.

— Что она ответила?

— Она не ответила, — он едва заметно улыбнулся. — Когда вы знакомитесь с тетей Лулу, то начинаете понимать смысл ее безмолвных взглядов. Тот, которым она наградила меня, явно означал: «не твоего ума дело». Возможно, если вы сами спросите, то вам больше повезет.

Эмми с сомнением покосилась на него.

— Почему вы так говорите?

— Ну, она ничего не имеет против вас... Но некоторым тяжело вспоминать о событиях прошлого.

Эмми невольно улыбнулась.

— Понятно. И все-таки мне нужно подумать.

Хит как будто впервые заметил стопки книг, разложенные на полу.

— Как идут дела?

— Неплохо. Это длительная работа, но я получаю от нее удовольствие, — Эмми взглянула на Джолин и убедилась, что та по-прежнему спит. — Я вот думала, видел ли кто-нибудь еще записки на полях книг? Их довольно много, и мне интересно, кто мог их оставить.

— Записки? — Хит приподнял брови и покачал головой. — Не знаю, о чем вы говорите... Эти книги забрали из магазина моей бабушки в 1989 году, и с тех пор они двадцать лет пролежали на чердаке. Единственный человек, который может что-то о них знать, — это Лулу.

Эмми поморщилась.

— Я боялась, что вы так скажете. Едва ли мне стоит ее беспокоить, разве что... — Она замолчала, когда поняла, что вот-вот расскажет ему о голосах из прошлого, которые были главной причиной ее бессонных ночей с тех пор, как она обнаружила первую записку. Эти неизвестные влюбленные пробудили в ней чувства, которые она считала давно умершими.

Хит серьезно посмотрел на нее, и Мэгги снова показалось, будто он знает, что она собиралась сказать.

— Записки из прошлого — это как раз по вашей части. Вроде разговора с призраками, не так ли?

Ее мать говорила то же самое. Но призраки Пейдж были не мертвецами, а духами грядущих событий. Когда-то Эмми верила, что призраки ее младших братьев преследуют Пейдж не потому, что они умерли, а потому, что они символизировали конец той жизни, о которой она мечтала для себя.

Хит остановился возле кушетки, где лежала Джолин.

— Я не верю в призраков, — тихо сказал он, глядя на девушку.

Эмми отвернулась и пошла за ключами от автомобиля, лежавшими у двери, где Джолин выронила их. Хит осторожно взял свою бывшую невесту на руки и последовал за Эмми к седану «Ауди», стоявшему на улице. Он уложил женщину на заднее сиденье и постелил ей под голову сложенный пиджак, потом тихо закрыл дверцу.

— Спасибо, — с серьезным видом произнес он, и Эмми усомнилась в том, что он на самом деле не верит в призраков.

— Всегда пожалуйста, — ответила она и открыла дверцу со стороны водителя. Хит включил зажигание, помахал ей и выехал на улицу; покрышки громко шелестели по мокрой мостовой. Когда автомобиль скрылся из виду, Эмми побежала в дом и включила прожекторное освещение, а потом сняла туфли и вышла на задний двор.

Незнакомые звуки, которые раздавались на болоте, напоминали колыбельную на иностранном языке, с узнаваемой мелодией, но непонятными словами. Эмми направилась к бутылочному дереву, и ее ноги утопали во влажной траве.

Хит и Джолин все больше интересовали ее, и Эмми почувствовала странное возбуждение.

Эмми подошла к дереву и взяла бутылку, в которой лежала записка. Она встряхнула ее, но было очевидно, что внутри ничего нет.

Вернись ко мне. Она заплакала, вспомнив слова, которые говорила спустя долгое время после гибели Бена, преследуемая тенью жизни, которую они так и не прожили.

Она поставила бутылку на место и долго стояла во влажной, занесенной песком траве под звездным небом. Ночные болотные запахи окутали ее, словно теплая шаль, когда она созывала своих призраков, еще не готовая распрощаться с ними.

Глава 12

Фолли-Бич, Южная Каролина
Март 1942 года

Мэгги искала достаточно большие камни и раковины, чтобы удержать углы одеяла, которое она расстелила на пляже подальше от прибоя. Она нашла уютное место за скалами и редкими кустами, усеивавшими наименее обитаемую часть Фолли-Бич, откуда можно было видеть маяк на острове Моррис.

В уединении не было особой необходимости. Ни время года, ни сильные течения возле этой оконечности острова не могли привлечь купальщиков или отдыхающих, поэтому весь пляж находился в их распоряжении. Высокие волны разбивались о берег на жалких остатках острова Моррис, где когда-то располагался не только маяк, но домик смотрителя и другие постройки.

Длительная эрозия уже давно отделила остров Моррис от Фолли-Бич, оставив узкую бухту между двумя островами при отливе, но когда начинался прилив, бушующие воды поглощали песчаные отмели и от острова Моррис оставался клочок суши, лишь ненамного больший, чем основание маяка.

Смотритель уехал, а другие строения были разобраны после того, как в 1938 году маяк был переведен на автоматическое управление. Специалисты инженерных войск возвели опорную стену вокруг фундамента для защиты от водной эрозии. Это было уединенное место, и Мэгги нравилось здесь бывать: всегда можно было посидеть в одиночестве и подумать, зная о том, что тебе никто не помешает. Местные жители не купались в окрестных водах из-за сильных течений, но летом, когда приезжало много отдыхающих, все равно иногда поступали сообщения об утонувших. Мэгги выросла с убежденностью в том, что неумолимая сила морских течений напоминает всем, кто умеет слышать, что человеческая плоть бренна, а океан вечен.

Она наблюдала, как песчаные крабы шевелятся в набегающих волнах и исчезают в крошечных норках, словно миниатюрные фокусники. В детстве, когда они с матерью искали морские стеклышки, яйца черепах и другие маленькие сокровища, оставленные морем, она часто наблюдала за причудливо-элегантными водорезами[1] с красно-черными клювами. В этом месте воспоминания о матери буквально обрушивались на нее, а приливы напоминали материнское дыхание. Звуки океана были такой неотъемлемой частью ее жизни, что она не могла представить себя живущей где-то еще.

Именно поэтому она хотела устроить Питеру пикник на пляже. Из-за своей работы он все время переезжал из одного штата в другой, рекламируя товары, изготовленные на заводе его отца для гражданских и военных целей. Он регулярно присылал ей книги, к которым постепенно добавились длинные письма, где он рассказывал о том, куда они могут отправиться после окончания войны. Его слова завораживали Мэгги, заставляли ее задумываться о будущем, когда война уйдет в прошлое и мальчики, которых она знала с детства, перестанут погибать на полях сражений в Европе и на Тихом океане. Она устроила этот пикник не только в честь приезда Питера, но и для того, чтобы он смог полюбить Фолли-Бич и понять, что, как бы далеко они ни уехали, ее дом всегда останется здесь.

---

[1] Водорезы (*лат.* Rynchops) — род морских птиц из семейства водорезовых отряда ржанкообразных.

Мэгги поежилась и подняла отворот свитера. День выдался теплым не по сезону, но здесь, на пляже, где порывы ветра налетали из-за края острова, было намного холоднее. Как раз в тот момент, когда она укладывала последний камень, она услышала, как кто-то произнес ее имя. Резко повернувшись, она увидела Питера с туфлями и пиджаком в руках.

Мэгги направилась к нему сначала медленным шагом, но потом, не удержавшись, побежала. Питер широко улыбался, а в его волосах блестело солнце. Он тоже бросился навстречу Мэгги, бросил туфли на песок и крепко обнял ее. Их поцелуй был долгим и сладостным; его язык проскользнул между ее губами, а руки притянули ее ближе. Потом Мэгги почувствовала, как его пальцы прикасаются к ее лицу, губы ласкают ее глаза, щеки и шею, и поняла, что никогда не отпустит этого человека.

— Почему ты плачешь? — спросил Питер.

Мэгги удивленно распахнула глаза.

— Я... я не знаю. Наверное, потому, что счастлива видеть тебя.

Она уткнулась лицом в шею Питера и услышала его вздох, когда он притянул ее к себе.

— Я тосковал по тебе.

Обняв друг друга, они побрели к одеялу, не обращая внимания на порывы ветра, хлеставшие в лицо. Мэгги застенчиво улыбнулась.

— Я была не уверена, что ты придешь. В письме ты сказал, что будешь на Фолли-Бич к полудню, но поскольку я не могла связаться с тобой, то понадеялась на лучшее и оставила у твоей домохозяйки записку, что буду здесь.

Когда он наклонился и поцеловал Мэгги, ей снова захотелось заплакать.

— И вот я здесь, — он посмотрел на большую плетеную корзинку для пикника. — Надеюсь, тут достаточно еды, потому что я голоден как волк. Я совсем обессилел, тоскуя о тебе.

Мэгги снова улыбнулась, прикусив нижнюю губу, потом опустилась на колени и начала распаковывать корзинку.

— Я принесла жареную курицу и кукурузный хлеб, но он не сладкий — сахара теперь не достать. Да и кока-колы не нашлось. Но я сделала ежевичный чай, думаю, очень вкусный, если это не покажется тебе нескромным.

Питер взял ее руку и поднес к губам для поцелуя.

— Если ты изготовила его собственными руками, то для меня он будет самым сладким.

Мэгги рассмеялась над его церемонностью и протянула тарелку с курицей и кукурузными лепешками, а потом стала наблюдать, как он ест, оставив собственную тарелку нетронутой. Она не верила, что Питер снова был рядом с ней после долгой разлуки. Он перестал жевать и отпил глоток чая.

— Разве ты не голодна?

Она кивнула, проглотила кусочек цыпленка и запила его чаем, не ощутив вообще никакого вкуса. Когда они покончили с трапезой, Питер скатал свой пиджак наподобие подушки, лег на спину и притянул ее к себе. Он поцеловал ее в затылок, и Мэгги показалось, что сейчас она умрет от удовольствия. Она крепко сжала его руку, лежавшую у нее на талии.

— Пожалуйста, не уезжай больше. С каждым разом переживать разлуку с тобой становится все труднее.

— Я знаю. И я не хочу расставаться с тобой, но идет война, и каждый должен заниматься своим делом. Хотя теперь я уверен, что война скоро закончится.

Мэгги повернулась к нему лицом.

— Ты говоришь так уверенно...

Он пожал плечами.

— Теперь, когда США сражаются вместе с Англией и ее союзниками, мне трудно представить, что дело затянется надолго.

— Надеюсь, что ты прав. Мне очень хочется, чтобы так и было.

Наклонившись, Питер поцеловал ее в нос и откинулся на одеяло.

— Расскажи мне здешние новости. Ничего не упускай: я хочу все это пережить вместе с тобой.

Мэгги с улыбкой уткнулась ему в грудь.

— Я ужс говорила о том, что введены определенные нормы на покупку сахара, и боюсь, скоро дело дойдет до бензина. После полуночи нужно выключать свет, и в каждом доме повесили обязательные шторы для затемнения. Мы даже стали закрашивать верхнюю половину автомобильных фар, чтобы свет нельзя было увидеть со стороны океана.

Он положил подбородок ей на плечо.

— Неужели все так серьезно воспринимают немецкую угрозу?

— Да. Из Северной Каролины и Флориды приходили сообщения о людях, которые своими глазами видели, как немецкие подводные лодки подрывают грузовые суда. Потом на пляж выносило обломки. На месте затонувших судов остаются лишь нефтяные пятна.

— Береговая охрана что-нибудь предпринимает?

— Я знаю лишь то, что слышу по радио или читаю в газетах, а это совсем немного, потому что я не могу долго слушать плохие новости. Но, судя по всему, для борьбы с подводными лодками у нас есть лишь несколько недостаточно снаряженных катеров береговой охраны — весь американский флот сейчас сосредоточен на Тихом океане — воюют с японцами.

— Катера береговой охраны против немецких подлодок?

— Не знаю, есть ли в этом смысл. Миссис Эллсуорт на почте говорит, что этого слишком мало, поскольку немцы каждый день топят наши нефтяные танкеры. Мистер Айкс — он министр внутренних дел и отвечает за топливные ресурсы — считает, что если мы будем терять нефть такими темпами, как сейчас, то Соединенные Штаты окажутся в отчаянном положении. Это странно, ведь в газетах пишут, что танкеры перевозят лишь незначительное количество нефти и ее потеря может лишь незначительно повлиять на отдельные районы страны.

Питер снова поцеловал ее в затылок.

— Трудно разобраться, кому можно верить.

— Но в Чарльстоне серьезно относятся к угрозе нападения с воздуха, — со вздохом продолжала она. — Власти укрепили крыши гостиниц мешками с песком и опубликовали в газетах адреса центров для беженцев и эвакуации раненых. Даже определили места для гражданских бомбоубежищ — и это в Чарльстоне! Даже здесь, на Фолли-Бич, каждую субботу во второй половине дня включается сирена воздушной тревоги, чтобы люди знали, что нужно делать в случае воздушного налета. Все это очень неприятно.

Питер немного помолчал.

— Такие серьезные меры... Но есть ли серьезный повод? Кто-нибудь на самом деле видел что-то угрожающее?

— Ничего такого, о чем я могла бы знать. Несколько человек действительно видели, как что-то взорвалось в море, но мы так и не выяснили, что это было, хотя на флоте говорят, что ведется расследование. Думаю, все считают, что лучше подготовиться заранее, чем пожалеть потом.

Над ними пролетела пара песчанок, чьи белые брюшки позволяли легко отличить их от других прибрежных птиц.

— Кэт ходит на курсы подготовки дежурных для корпуса наземного наблюдения. Думаю, что для нее это хорошо, в ее жизни появилась хоть какая-то цель. Она была такой... потерянной, когда умерла ее мать. А после гибели Джима все стало только хуже. Я просто...

Питер сжал ее руку.

— Просто что? — Его голос был ровным и обнадеживающим, как будто побуждая ее признаться в чем-то, что она не хотела признавать даже перед собой.

— Я хочу, чтобы она занялась чем-то полезным. Чтоб это не стало для нее позором или гибелью. Это не касается... тебя, — Мэгги закрыла глаза, радуясь тому, что успела вовремя отвернуться.

— Меня?

— Кэт очень красивая.

Питер наклонился к ее уху.

— Какое отношение это имеет ко мне?

Мэгги сглотнула, но не открыла глаза.

— Мужчин сильно влечет к ней. Они как будто ничего не могут с собой поделать.

Она почувствовала легкое давление на подбородке, когда Питер повернул ее лицо к себе, и открыла глаза.

— Милая Маргарет, неужели ты настолько слепа, что не замечаешь собственную красоту? Я практически не обращаю внимания на Кэт, когда ты находишься рядом. В моем сердце только ты, и там нет места для кого-то еще. Ты можешь мне поверить, Маргарет? Можешь?

Она кивнула, не в состоянии ответить: в горле стоял ком. Питер вытер ей щеки ладонью и нежно поцеловал в губы. Потом лег рядом, и Мэгги вздохнула, растворившись в теплоте его тела.

— Я тоже подумывала о том, чтобы записаться в корпус наблюдения, хотя бы для того, чтобы чем-то заниматься и не так сильно скучать по тебе.

Она почувствовала, как судорожно сжались его пальцы.

— Понимаю, я не имею права это говорить, но не хочу, чтобы ты подвергала себя опасности. Когда я уезжаю, я хочу быть уверен, что ты находишься дома или в своем магазине, окруженная книгами. Не знаю, как я переживу, если буду знать, что ты рискуешь своей жизнью.

— Но я думаю, что никакой опасности нет. Ведь никто не видел немецкие подлодки или самолеты, правда?

Он снова сжал ее руку.

— Пожалуйста, Маргарет. Я прошу лишь о небольшом одолжении, чтобы я мог продолжать свою работу, не беспокоясь о тебе.

Она была искренне тронута его заботой.

— О, Питер, если ты действительно так считаешь, я найду другой способ послужить своей стране.

— Ты делаешь скидки военным, которые делают покупки в твоем магазине?

Мэгги кивнула.

— Значит, так ты служишь своей стране. Кроме того, разве Лулу не нуждается в твоей помощи? Она милая девочка, но даже мне понятно, как ей нужна твоя забота. Мы оба знаем, как трудно жить без матери.

В его словах присутствовала определенная логика, и Мэгги была готова согласиться. Ей было так хорошо в объятиях Питера, что она не хотела спорить и портить настроение. Должно быть, Питер чувствовал то же самое, потому что он снова обнял ее и спросил:

— Тебе что-нибудь нужно? Что-то такое, чего ты не можешь купить здесь, а я могу привезти тебе в следующий раз?

Мэгги немного подумала и покачала головой. Нежность и внимание Питера делали ее уверенной в себе и придавали смелости.

— Мне нужен только ты, — ответила она, улыбаясь собственным словам.

Питер рассмеялся.

— Ты сохранила старые газеты? Я хотел почитать их, чтобы узнать новости, которые пропустил.

— У меня их довольно много. Лулу собирает коллекцию бутылок для своих деревьев и оборачивает их газетами, чтобы они не разбились. — Мэгги повернулась к Питеру и серьезно добавила: — Я все время болтаю, а ты почти ничего не сказал. Расскажи обо всем, чем ты занимаешься. О тех местах, где ты бывал. Я хочу представить, как ты жил, пока мы были в разлуке. Так будет казаться, будто мы вообще не расставались.

Питер тяжело вздохнул и притянул ее к себе.

— Все это очень скучно, и если я буду рассказывать подробно, то утомлю тебя до слез, а сам засну от усталости. Достаточно сказать, что я отправился домой в Айову, где встретился с отцом и обсудил новые поставки — не только для военных, но и для гражданских. Сейчас открылся огромный рынок для штор затемнения, и он хочет, чтобы я разобрался с тканями и сделал подходящий выбор. Все остальное происходит как во сне: я сажусь в автомобиль и еду из города в город, просматриваю отчеты, беседую с бухгалтерами и задаю массу вопросов.

Он поцеловал ее в затылок.

— Маргарет, мы определенно можем придумать что-то получше, чем разговоры о скучных вещах.

Мэгги улыбнулась, наслаждаясь очередным долгим поцелуем, а потом поняла, что больше не чувствует ветра и холода. Питер сел, опираясь на локоть, и посмотрел на старый маяк, возвышающийся над окрестностью.

— Где живет смотритель маяка?

— Там больше нет смотрителя. Четыре года назад маяк автоматизировали и разобрали все окрестные постройки, чтобы строительный мусор не мешал швартующимся катерам. Грустно, что там теперь никого нет, правда?

Питер довольно долго рассматривал полосатое сооружение, прежде чем снова обратиться к ней:

— И ты говоришь, что можно до сих пор попасть внутрь?

— Конечно, но только во время отлива, иначе останешься внутри надолго. Хотя это не разрешается, но можно подняться на самый верх.

— Ты давно туда поднималась?

Мэгги закрыла глаза, радуясь тому, что отвернулась от Питера. В детстве она много раз приходила к маяку, поскольку одна из дочерей смотрителя была ее подругой, но когда выросла, то лишь один раз навестила маяк... вместе с Джимом. Он хотел посмотреть на океан с вершины маяка, и она отвезла его на остров Моррис. Они бегом поднялись по спиральной лестнице из кованого железа и вышли на смотровую площадку, тяжело дыша и смеясь над своим абсурдным ребячеством, из-за которого они едва не переломали шеи на крутой лестнице.

— Да, — ответила она. — Около года назад.

— Там все еще безопасно?

— Полагаю, что так. Раз в месяц к маяку причаливает катер, чтобы мастер мог проверить линзы и работу механизма, а для этого нужно подняться наверх. Сейчас дверь заперта, но последний раз я приезжала туда вместе с Джимом... с мужем Кэт. Это было еще до того, как он познакомился с ней, и мы... теперь это не имеет значения. Так или иначе, его отец изготавливал замки в Луизиане, и он мог вскрыть практически любой замок.

Мэгги перекатилась на спину и посмотрела на Питера. Его лицо заслоняло ее от солнца, он задумчиво смотрел на нее.

— Ты любила его?

Мэгги заглянула ему в глаза, которые сначала показались ей такими странными и которые теперь являлись ей во снах. Она медленно кивнула и, не сдержавшись, добавила:

— Но не так сильно, как люблю тебя.

Небо потемнело, когда облако закрыло солнце, а Питер продолжал смотреть на Мэгги сверху вниз с непроницаемым выражением лица.

— Любишь ли ты меня достаточно сильно, чтобы дождаться?

Она села и оперлась на локоть.

— Что ты имеешь в виду? Ты снова уезжаешь?

Питер отвернулся и покачал головой.

— Не сейчас. Но возможно, потом мне придется уехать в спешке, и у меня какое-то время не будет возможности переписываться с тобой. Но я хочу быть уверен, что ты дождешься моего возвращения.

Мэгги нервно улыбнулась.

— Не понимаю. Как твой бизнес может помешать нашей переписке?

Он накрыл ее щеку ладонью и провел пальцами по волосам.

— Если я смогу заключить правительственный контракт на поставку стратегически важных товаров, то мне не разрешат говорить об этом и не позволят кому-либо знать, где я нахожусь. Так будет безопаснее для тебя.

Мэгги снова опустилась на одеяло, закинула руки ему за голову и привлекла к себе.

— Обещаю, Питер, я буду ждать тебя. Если понадобится, буду ждать вечно, но дождусь твоего возвращения.

Он прильнул к ее губам и медленно опустился на нее. Ветер и песок сомкнулись вокруг них, а побережье ожило, подстраиваясь под ровную пульсацию океана.

Сидя в туалете с книгой, Лулу включила фонарик, чтобы лучше было видно, когда услышала скрип половиц в коридоре. Кэт сегодня должна была дежурить в группе наземного наблюдения. Кто же это? Держа фонарик в руках, Лулу приоткрыла дверь туалета и на цыпочках вышла из спальни, чтобы не разбудить Мэгги. Она остановилась на верху лестницы и подождала, пока не услышала, как тихо закрылась парадная дверь, а потом направилась вниз, стараясь не скрипеть. Быстро сняв пальто с вешалки, она выскользнула на улицу, и холодный вечерний воздух сразу же обжег ее босые ноги. Лулу увидела, что Кэт ушла далеко вперед, и поняла, что уже не успеет обуться.

Она определила направление по тусклому свету луны и побежала следом, стараясь не вскрикивать каждый раз, когда натыкалась на что-нибудь острое или ушибала палец. Кэт держала фонарик прямо перед собой и низко опустила его, как будто освещая себе путь. Она пересекла Вест-Эшли, а потом направилась к Арктик-авеню, и Лулу поняла, что они направляются к причалу и павильону. Было уже слишком поздно для танцев, и это лишь усилило ее подозрения.

Они миновали случайного прохожего, и Лулу увидела, как Кэт отступила в тень, чтобы ее не заметили, и сделала то же самое, не понимая почему. Она не знала этого человека, что не удивило ее, хотя когда-то Лулу знала в лицо всех местных жителей. Летом на Фолли-Бич всегда появлялись незнакомцы, но сейчас на пляжах было слишком холодно и ветрено.

Когда Кэт приблизилась к Вест-Арктик-авеню, то замедлила шаг и выключила фонарик. Лулу поступила так же и сразу же оступилась в темноте, невольно вскрикнув при этом. Кэт остановилась и оглянулась, но Лулу успела нырнуть за карликовую пальму. Она сдерживала дыхание, пока не услышала шаги Кэт, различимые по хрусту песка и мелких камешков.

Кэт наконец остановилась на пляже перед заброшенными домами, и Лулу последовала ее примеру. Обе замерли как статуи, и постепенно Лулу начала дрожать; ее ноги так замерзли, что даже в темноте она могла представить, какими синими они стали. Она опустилась на корточки, не сводя глаз с Кэт, а потом села на землю, чтобы спрятать ноги под пальто и хотя бы немного согреть их. По расчетам Лулу, сейчас было около пяти утра, и ей жутко хотелось спать, но она крепилась изо всех сил. Нэнси Дрю никогда не засыпала, когда за кем-нибудь шпионила.

Спустя некоторое время что-то быстро вспыхнуло, как будто зажгли и погасили спичку, а потом до нее донесся запах сигаретного дыма. Лулу нахмурилась, когда подумала о том, как расстроится Мэгги, если узнает, что Кэт курит. Ее сестра давала Кэт жевательную резинку каждый раз, когда той хотелось закурить, но теперь в «Находках Фолли» не было даже жевательной резинки, потому что все шло на нужды армии.

Лулу пошарила вокруг застывшими пальцами, пока не нашла камень подходящего размера. Она сунула камень под бедро, рассудив, что это помешает ей заснуть, и продолжала наблюдать за Кэт, стоявшей у ограды и курившей очередную сигарету.

Несмотря на камень, Лулу все-таки задремала, потому что внезапно пришла в себя с таким чувством, будто что-то изменилось. Она посмотрела туда, где стояла Кэт, и поняла, что ее на прежнем месте нет.

Кое-как встав на ноги, скорее всего, уже обмороженные, Лулу побрела в темноте, но не решилась включить фонарик и шла, ориентируясь в лунном свете, стараясь отыскать дорогу и в то же время оставаться в тени. Она заметила Кэт у линии прибоя: она стояла и смотрела на первый заброшенный дом у пляжа. Это зрелище встревожило ее. Она тайно прочитала «Анну Каренину» из библиотеки Мэгги и знала, как может поступить женщина, когда ей не удается быть вместе с любимым мужчиной. Не то чтобы Кэт сильно горевала после смерти Джима, но, может быть, Мэгги была права, и ее видимая беспечность была лишь представлением, которое она устраивала каждый раз, когда появлялась на людях.

Лулу резко остановилась; ее мысли вращались по кругу. Что, если Кэт решила утопиться? Что, если все на самом деле так плохо? Кэт была нехорошим человеком и часто расстраивала Мэгги. Лулу тяжело дышала, и пар от ее дыхания облачками поднимался в воздух. Она стояла неподвижно и смотрела, как Кэт снимает туфли.

Но потом Лулу вспомнила, как Мэгги говорила, что мы не выбираем тех, кого любим, и что она сама любит Кэт как родную сестру. Лулу поняла, что она не может допустить, чтобы Кэт покончила с собой. Она начала возиться с фонариком, но ее пальцы так закоченели, что свет никак не включался. Потом она покачнулась, выронила фонарик и услышала звон разбившегося стекла, когда он ударился обо что-то твердое.

Нагнувшись, Лулу подняла фонарик, спрятала его под пальто и надавила на переключатель двумя большими пальцами, но свет так и не включился. Она поняла, что скорее всего разбила лампочку и толку от фонарика уже не будет.

Лулу уже приготовилась окликнуть Кэт, но остановилась, когда на верхнем балконе первого дома вдруг вспыхнул свет. Это был лишь небольшой яркий кружок, который исчез почти сразу же после того, как она увидела его. Лулу уставилась в темноту, изумляясь тому, как Кэт успела так быстро попасть в дом, пока не увидела ее на пляже, стоявшую неподвижно, как будто она тоже следила за вспыхнувшим светом.

На балконе снова вспыхнул свет, но на этот раз Лулу смотрела прямо туда и смогла увидеть больше, чем раньше. Кто-то стоял в доме у окна с фонариком, включая и выключая его с неравномерными интервалами.

Ее взгляд переместился на Кэт, двигавшуюся по темной линии прибоя к заднему крыльцу дома. Лулу тоже двинулась вперед, подкрадываясь поближе, ведь шум океана заглушал звук шагов. Ее ноги едва ощущали холодную воду, когда она стояла по щиколотку во влажном песке и смотрела, как Кэт поднимается по ступеням крыльца. Кэт ненадолго остановилась на крыльце и огляделась, перед тем как войти в дом с той стороны, где время от времени появлялся свет.

Вскоре Лулу смогла различить в оконном проеме силуэты двух людей, стоявших лицом друг к другу. Какое-то мгновение они оставались неподвижными, а потом начали двигаться, словно танцующие тени. Они как будто разговаривали, но плеск волн заглушал любые слова. А потом они внезапно задвигались вместе, создав одну общую тень. Они на мгновение исчезли, скрывшись в темноте, а потом снова появились у перил балкона.

Лулу прищурилась, пытаясь рассмотреть, что происходит. Потом тень неожиданно снова разделилась надвое, и одна половинка направилась к двери и открыла ее. Две фигуры снова слились в одну, прежде чем окончательно исчезнуть в доме. Лулу вообразила, что услышала стук захлопнутой двери, когда они ушли с балкона, и все вокруг снова стало темным и безжизненным.

Согревая ладони дыханием, как Джим однажды посоветовал ей, Лулу развернулась и побежала домой в надежде вернуться в постель до того, как проснется Мэгги. Она уже решила не рассказывать сестре о том, что видела — не потому, что Лулу догадывалась о том, что именно она видела. Но она уже знала, что иногда лучше вести себя тихо, слушать и ждать, пока не придет время рассказать о том, что знаешь.

Она продолжала бежать в темноте, прислушиваясь, не идет ли Кэт следом за ней, и размышляя об огнях во тьме и о тайнах, которые прячутся в ночи.

Глава 13

Фолли-Бич, Южная Каролина
Август 2009 года

Эмми вышла из заднего офиса «Находок Фолли» с пачкой оплаченных счетов, которые нужно было отправить по почте. Она не собиралась так долго скрываться в рабочем кабинете, но ей пришлось подождать, пока мешки под глазами хотя бы немного не сойдут. Вчера ночью она снова слышала шаги, но на этот раз они кружили вокруг нее, отчего ее одиночество стало еще более нестерпимым. Она провела остаток ночи лежа без сна, прислушиваясь к ночным звукам вокруг дома и ожидая, когда шаги вернутся и укажут ей верный путь.

Эмми приподняла волосы, падавшие на шею, и тяжело вздохнула. Было лишь девять утра, но она уже вспотела, несмотря на кондиционер. В Индиане летом тоже бывало жарко, но это совсем не напоминало влажную, удушливую жару низменностей Южной Каролины. Она поправила воротничок хлопковой блузки с короткими рукавами и одернула пояс юбки в надежде вздохнуть посвободнее.

Она заметила Джанелл за стойкой на «площадке для игр», где та подавала кофе с пирожными группе местных завсегдатаев, чьи имена и лица наконец приобрели для Эмми некоторый смысл. Пожилой мужчина в свободной рубашке с цветочным рисунком, широких пляжных шортах, темных носках до колен и сандалиях, помахал рукой, приветствуя ее.

— Доброе утро, мисс Гамильтон. Похоже, нам предстоит еще один жаркий денек.

— Боюсь, вы правы, мистер Бивенс. Мне еще никогда не бывало так жарко.

Его жена в сарафане с открытыми плечами и пляжных тапочках подошла к ней с двумя чашками в руках.

— Вам нужно одеться во что-то более легкое, милочка. Говорят, что здесь, на Фолли-Бич, если вы хотите одеться, как местный, то одевайтесь, как турист.

Она рассмеялась собственной шутке, и Эмми тоже улыбнулась, признавая истину ее слов.

— Почтальон уже приходил? — спросила она, повернувшись к Джанелл. — Вот пачка счетов, которые я хотела бы отправить сегодня.

Джанелл как-то странно посмотрела на нее.

— Положите их на прилавок, как вы обычно делаете. Я позабочусь о том, чтобы их отправили по адресу.

— Мне неприятно, что я перекладываю на вас эти хлопоты. Если вы просто скажете, где почтовый ящик, я все сделаю сама.

Джанелл рассмеялась, и ее серьги с длинными подвесками мелодично звякнули.

— Здесь у нас нет почтовых ящиков, Эмми. Мы всегда ходим на почту и забираем свою корреспонденцию. Несколько лет назад на Фолли-Бич провели голосование, чтобы выяснить, много ли людей хотят получать почту на дом. Оказалось, что таких практически нет. Поэтому мы сами ходим на почту. Кроме всего прочего, это лишний повод пообщаться.

Эмми с недоумением уставилась на нее.

— Извините, я и представить не могла... Просто я думала, что все время пропускаю почтальона, — она откинула волосы со лба. — Должно быть, от жары у меня мозги расплавились. Тогда скажите мне, где почта, и сегодня я все отправлю.

Джанелл улыбнулась и толкнула какой-то пакет по прилавку к Эмми.

— Сегодня я уже была там, но вы можете зайти потом, если хотите. Это короткая прогулка, по Ист-Индиэн и направо за католической церковью. Не приходите в полдень — они закрываются на ланч на полтора-два часа, как придется.

Эмми покачала головой.

— Обещаю, что теперь буду сама отправлять корреспонденцию. Просто не могу поверить, что до меня до сих пор не дошло. Я пыталась отправить открытку своему отцу уже давно, как только приехала сюда, но стеснялась признаться, что не могу найти почтовый ящик.

— Вообще-то вам предстоит отстаивать право посещать почту в борьбе со мной. На почте мы узнаем все последние новости, если вы понимаете, о чем я. Когда выдается скучный денек, это мое главное развлечение.

— Понимаю. Ладно, тогда, может быть, будем ходить туда по очереди.

Джанелл снова рассмеялась и поздоровалась с посетителем, вошедшим в магазин. Извинившись, Эмми взяла пакет и отнесла его за прилавок. Она с некоторым сомнением прочитала обратный адрес и с удивлением задумалась, что мать могла прислать ей.

Она разрезала упаковку, раскрыла коробку и увидела белую подарочную сумку из бутика Зои в Фишерсе, штат Индиана. К нему была приклеена записка от Пейдж. Осторожно отклеив бумагу, чтобы не разорвать ее, Эмми развернула записку и прочитала:

«Я увидела это и вспомнила о тебе — маленький подарок, который поможет тебе справиться с жарой и, возможно, стать больше похожей на местных жителей.

С тех пор как ты уехала, отец потерял покой и завел разговоры о путешествиях. Не уверена, сколько будет продолжаться наша поездка, но, может быть, мы заедем на Фолли-Бич».

Письмо не было подписано, но внизу стоял постскриптум:

«P.S. *Не забывай пить больше воды и пользоваться лосьоном от солнца*».

Отложив записку в сторону, Эмми достала сумку из коробки. Она развязала ленту, скреплявшую веревочные ручки, сдвинула в сторону оберточную бумагу и обнаружила легкое бледно-желтое платье с крошечными бретельками и шляпу в тон с широкими полями и завязками под подбородком. Когда она достала платье, то увидела внутри какой-то темный кулечек. Заинтригованная, она положила платье на прилавок и, развернув сверточек, поняла, что держит в руках невероятно маленькое черное бикини. Эмми быстро скомкала его в руках и огляделась в надежде, что никто ее не видел. В этот момент в магазин вошла Эбигейл.

— Доброе утро, дорогая! — крикнула она от двери и направилась к Эмми, облаченная в обычную униформу жителей Фолли-Бич: безрукавку с круглым вырезом, шорты и пляжные сандалии.

— Сегодня я ношу красное, — сказала она, обратившись к Джанелл. — Дай знать, если у тебя есть что-нибудь подходящее для этого цвета.

Эбигейл остановилась перед прилавком и заглянула Эмми в лицо, потом прикоснулась рукой к ее щеке, как делала Пейдж, когда Эмми была маленькой и лежала в постели с высокой температурой.

— Бен снова посетил тебя, верно?

Эмми распахнула глаза от удивления, а Эбигейл заправила ей за ухо выбившуюся прядь волос.

— Он будет здесь до тех пор, пока ты будешь нуждаться в нем, — она опустила руку. — Мэгги тоже некоторое время оставалась со мной. Думаю, это потому, что она очень беспокоилась, как буду управлять магазином без нее. Но как только я стала чувствовать себя более уверенно, она перестала приходить.

— Я не... — Эмми покачала головой. — Я не верю в призраков. Это лишь дурные сны.

Эбигейл похлопала ее по руке.

— Вот и хорошо. Кажется, я тоже не верю в призраков. Но все, что создает наш разум, чтобы мы могли пережить трудное время, идет нам на пользу, — ее улыбка немного померкла. — Когда Хит сильно болел, я почувствовала, что Мэгги снова оказалась рядом и помогла мне пережить это. Она была второй матерью для него, поэтому естественно, что мои мысли обратились к ней. Это позволяло мне чувствовать себя не такой одинокой. Дело не в том, что друзья и члены семьи отвернулись от меня. Просто я мать Хита, вот и все. Для матери тяжелее всего видеть, как страдает ее ребенок.

Она внимательно посмотрела на Эмми, и та невольно подумала, не знает ли Эбигейл о ее умерших братьях и о том, какой утратой это было для ее собственной матери. Пейдж было не к кому обратиться и не с кем поговорить, когда на нее обрушилось это горе.

— Я знаю, что Хита облучали. Простите мою бестактность, но я хотела бы знать: что с ним случилось?

— У него развилась опухоль мозга, — деловито ответила Эбигейл. — По счастливой случайности мы обнаружили это на очень ранней стадии. Хит катался на велосипеде — разумеется, без шлема, как все глупые мальчишки, — а потом упал и ударился головой. Он утверждал, что все в порядке, но я настояла на консультации с врачом, и тот рекомендовал провести томографию. Так они нашли опухоль. Не больше горошины, но она уже начала расти.

— Это была злокачественная опухоль?

— Да. Врачи смогли удалить ее, но ему пришлось пройти курс лучевой терапии. Это случилось почти два года назад, чему трудно поверить, если посмотреть на него сейчас. Правда, он приобрел шрам и лишился невесты.

Эмми представила, как ее мать закатывает глаза при виде того, что ей самой нравилось считать интеллектуальной проницательностью, а Пейдж почти всегда называла неуемным любопытством. Эмми спросила:

— Значит, Хит разорвал помолвку, когда узнал, что болен?

Эбигейл покачала головой и плотно сжала губы:

— Нет. Джолин терпеть не может, когда кто-то болеет. Ее мать умерла от рака груди, когда ей было двенадцать лет, и Лулу говорит, что сама мысль о болезни Хита была для нее невыносима. Иногда мне кажется, что Джолин просто не могла пережить тот факт, что ее идеально устроенная жизнь, которая двигалась по накатанной колее, вдруг наткнулась на булыжник. Знаете, бывают такие люди: они опускают руки при встрече с первой преградой, вместо того чтобы искать способы обойти ее.

Вернись ко мне. Смысл записки в бутылке стал гораздо более ясным для Эмми.

— Но он по-прежнему хочет вернуть ее?

Эбигейл покачала головой:

— Больше нет. Хит никогда не был человеком, который может жить среди сломанных вещей. Даже если как-то все склеить, он все равно будет видеть трещины. Впрочем, может быть, он по-прежнему любит ее, иначе он попросил бы вернуть обручальное кольцо. Оно принадлежало Мэгги и должно оставаться в семье.

Она стала рассеянно поправлять стопки с журналами на прилавке и покосилась на посылку от матери Эмми.

— До недавних пор Джолин все время проводила в Атланте, но последние несколько месяцев она приезжает сюда на выходные. Наверное, надеется на то, что Хит изменит свое решение. Это тяжело для всех нас.

— Хиту не нравится, что она пьет? — Эмми прикусила язык, но было уже слишком поздно брать слова обратно.

— В том числе, — Эбигейл придвинула посылку к себе, достала бикини из оберточной бумаги и с веселым удивлением подняла брови. — Я собиралась предложить вам купить кое-какую новую одежду, но такого я не ожидала.

— Это прислала моя мама, — смущенно объяснила Эмми. — У меня даже нет купальника, но если бы и был, то не такой, как этот. Вот что еще она прислала.

Она достала желтое платье и расправила его. Судя по всему, размер был подходящим.

— И то, и другое выглядит замечательно, Эмми. Не стоит так быстро отказываться от бикини, — Эбигейл подмигнула. — У вас хорошая фигура, хотя трудно судить из-за всех этих одежек, которые вы носите.

Эбигейл зашла за прилавок и положила свою сумочку в выдвижной ящик.

— Итак, что у нас намечается на сегодня?

Эмми улыбнулась пожилой женщине, радуясь тому, что вопрос об уходе Эбигейл не возникал с тех пор, как она приобрела магазин. Каждые две недели Эмми подписывала зарплатные чеки, а Эбигейл улыбалась и благодарила ее. Казалось, что они обе нуждались в «Находках Фолли» по разным причинам, и они молчаливо соглашались с существующим положением вещей.

Эмми зашла за прилавок.

— Рада, что вы спросили. Я разделяю наши продажи на категории и анализирую, какие отделы приносят больше или меньше прибыли. Вон та стена целиком посвящена картам и путешествиям. Это один из моих любимых разделов, но продажи слишком малы по сравнению с площадью, которую он занимает. Я бы существенно уменьшила его — возможно, до трех нижних полок, где мы держим классику, — и использовала свободное место для букинистического отдела, и, возможно, для секции местных авторов или интересных сувениров. При этом мы также можем увеличить детскую секцию и сделать более просторным уголок для читателей. Что вы об этом думаете?

Эмми затаила дыхание, сама удивляясь тому, насколько важным было для нее одобрение Эбигейл. Пожилая женщина уперлась руками в бедра и подошла к полкам, изучая их. Она прищурилась, словно представляя картину нововведений. Спустя некоторое время она повернулась к Эмми.

— Совершенно с вами согласна. Думаю, мы так долго сохраняли этот большой отдел из-за Мэгги, потому что она любила карты и атласы. Но я тоже задумывалась... — Она сложила руки на груди и постучала пальцем по подбородку. — У меня где-то хранится коробка с книгами Мэгги о путешествиях. Она хотела оставить их у себя, когда мы собирали вещи перед ураганом, и согласилась отдать их только в последнюю минуту, поэтому они хранились отдельно от всего остального. Я даже не вспоминала о них до сих пор, — она немного помолчала, глядя на полки. — Но если я найду эти книги, мы сможем включить их в новый букинистический раздел. Это отличная подборка, потому что они довольно старые.

У Эмми отлегло от сердца.

— Еще я хотела бы открыть веб-сайт и продавать редкие книги по Интернету. Старые книги о путешествиях могли бы стать одной из главных изюминок. Я уверена, что многие коллекционеры ищут в Сети как раз такие вещи, — она перевела дыхание. — Но сначала нам нужно избавиться от старого кассового аппарата и вспомнить о том, что мы живем в XXI веке, — а значит, нужен компьютер.

Морщинки вокруг глаз Эбигейл углубились.

— Похоже, нам предстоит большая работа. Если не возражаете, я хочу попросить Лулу помочь с оформлением детского уголка. У нее хорошее чутье на такие вещи.

— Хрмпф!

Обе женщины повернулись к задней двери и увидели Лулу, по-видимому уже некоторое время стоявшую там. Эбигейл поднесла руку к сердцу.

— Ты напугала меня, Лулу! Я не слышала, как ты вошла.

Она повернулась к Эмми.

— Лулу однажды сказала мне, что в детстве ей нравилось воображать себя Нэнси Дрю, девочкой сыщиком, и ходить повсюду незамеченной.

Лулу сделала вид, будто не слышала ее, и выступила вперед. Ее волосы были заплетены в две толстых косы, а одета она была в те самые шорты и рубашку, что и во время их первой встречи с Эмми.

— Мэгги бы не понравилось, что ты продаешь ее любимые книги.

Эбигейл склонила голову набок.

— Знаешь, я думаю как раз наоборот. Она любила делиться этими книгами, когда была жива, и ей нравилось беседовать с другими людьми о разных местах. Тебе не кажется, что если мы сделаем ее книги доступными для читателей, то таким образом почтим ее память?

Эмми встала рядом с Эбигейл.

— И нам не обязательно выставлять все книги на продажу. Я буду рада, если вы просмотрите их и выберете те, которые хотели бы сохранить. Но я согласна с Эбигейл: если мы поделимся книгами Мэгги, это будет лучшим способом почтить ее память.

Лулу только фыркнула в ответ. Не обращая внимания на обеих женщин, она прошла к тому месту, где Эмми хотела устроить детский уголок.

— Будет неплохо проводить регулярные чтения. Мэгги читала детям во время войны, чтобы они поменьше думали о своих отцах, воевавших на фронте. Возня со мной отнимала у нее много времени, но она делала что могла. Да, она дарила им книги, хотя не могла себе этого позволить, но такая уж она была. И все же я не думаю, что вы должны продавать ее коллекцию.

— Весь этот спор ни к чему не приведет, если я не найду ту коробку с книгами, — сказала Эбигейл. — Ты видела их последней, Лулу, но я не помню, как мы вывозили их. Ты не помнишь, что с ними произошло?

Лулу пожала плечами и покачала головой, сосредоточенно изучая место для будущего детского уголка.

— Если я за двадцать лет на них не наткнулась, то похоже, что они потерялись навсегда, — продолжала Эбигейл.

Лулу сложила руки на груди, выпятила подбородок и стала похожей на старого индейского вождя.

— Думаю, я смогу украсить для вас детский уголок. Но это обойдется недешево.

Эмми нахмурилась.

— Разумеется, я заплачу вам за работу.

Уголки рта Лулу приподнялись, что, по-видимому, означало для нее широкую улыбку.

— Я слышала, как вы говорили о веб-сайте. Мне хотелось бы, чтобы вы привлекли Джолин к работе над сайтом, и еще я хочу отдельную страницу для своих бутылочных деревьев.

Эмми поморгала, не вполне уверенная, что все расслышала верно.

— Джолин? Бывшая невеста Хита?

Эбигейл накрыла ее руку ладонью.

— Она работает дизайнером интерьеров в Атланте и сделала отличный интерактивный сайт для своего бизнеса, который был удостоен какой-то премии. Он очень инновационный, как нынче модно среди молодежи. Там можно делать поэтажные планы и расставлять виртуальную мебель.

Эмми выдавила улыбку.

— Звучит прекрасно, но... Джолин?

Лулу снова выпятила подбородок.

— Не любите ее, потому что она хорошенькая, да?

— Дело не в том, что она мне нравится или не нравится, — объяснила Эмми, стараясь говорить ровным тоном. — Я видела ее всего лишь один раз, и она была пьяна. Не слишком хорошее начало для будущей совместной работы.

— Возможно, вы и правы, — признала Лулу. — Но мне кажется, вам нужен новый проект. «Находки Фолли» прекрасно обойдутся и без вас, но вы не обойдетесь без них.

— Прошу прощения? — Эмми нахмурилась, глядя на пожилую женщину и понимая, что ей совсем не нравится ее реплика.

— Джолин может работать в Атланте, — быстро вмешалась Эбигейл. — Так она сможет сосредоточиться на чем-то еще, кроме Хита.

Эмми переводила взгляд с Лулу на Эбигейл и обратно. Одинаковое выражение надежды и ожидания на их лицах выглядело бы комично, если бы женщины не были так серьезны.

— Ну, хорошо, — согласилась Эмми, не в силах сразу им отказать. — Но я ничего не обещаю. Но если ее работа окажется слишком дорогой, тогда определенно нет.

Она покосилась на Лулу — та довольно улыбалась.

— И еще одно условие, — улыбка моментально исчезла. — Я хочу, чтобы книги детям читали вы. Вы с ними примерно одного роста, так что им будет легко с вами.

Облегчение, проступившее на лице Лулу, сменилось радостным удивлением. Эмми задумалась: к чему бы это?

— Минутку, Лулу, — она пошарила под прилавком, где лежал экземпляр «Великого Гэтсби», обнаруженный в башенке.

Когда ее пальцы прикоснулись к обложке, по руке пробежало знакомое электрическое покалывание, которого она не чувствовала раньше. Помедлив секунду, она достала книгу и протянула Лулу.

— Здесь есть посвящение Маргарет от Питера. Вы знаете, кто такая Маргарет?

Лулу взяла книгу и некоторое время держала ее, прежде чем раскрыть на титульной странице. Она едва заметно улыбнулась, когда читала посвящение, и ее лицо смягчилось, словно тучи расступились после бури.

— Питер был единственным, кто так называл ее. Все остальные знали ее как Мэгги.

Эмми потерла руку; воспоминание об электрическом разряде было слишком свежо в ее памяти.

— А кто такой Питер? Он подписал книгу и для вас.

Лулу медленно переворачивала страницы, не поднимая головы.

— Он был другом Мэг. Он много путешествовал и всегда привозил нам подарки — в основном книги, потому что у нас была общая страсть к чтению.

— Он был военным?

Лулу покачала головой:

Нет, гражданским. Он болел астмой и не мог служить в армии. Но его отец имел кожевенный завод на западе и посылал Питера в командировки для заключения военных и гражданских контрактов.

Эмми пристально наблюдала за Лулу. Годы изучения мелких фрагментов текста, сомнений и анализа лишь обостряли ее любопытство.

— Что с ним случилось?

Лулу пожала плечами, но так и не подняла голову.

— Он... уехал. Вчера был здесь, а завтра его не стало. Это случилось в середине войны. Мы думали, что его, должно быть, призвали в армию, несмотря на астму, или же он работал над секретными военными контрактами и не мог сообщить, где находится.

Эмми встряхнула волосы и отвела их со лба; ей вдруг показалось, что в магазине стало очень душно.

— И ни слова после войны?

Лулу медленно покачала головой, закрыла книгу и прижала ее к груди.

— Ни слова. Думаю, его жизнь сложилась хорошо и он забыл о нас и о Фолли-Бич.

Эмми продолжала смотреть на Лулу, убежденная в том, что она знает куда больше, но не менее уверенная в том, что пожилая женщина не собирается рассказывать об этом. Она указала на книгу.

— Можете взять ее себе, если хотите.

— Спасибо, — сдавленно ответила Лулу.

Колокольчик над дверью снова зазвенел, впустив в магазин порыв горячего и влажного воздуха. Эмми резко повернулась и увидела привлекательную высокую женщину на последнем сроке беременности. У нее были выгоревшие на солнце светло-каштановые волосы и лишь немного более темные глаза, и она показалась ей смутно знакомой. Эбигейл поспешила к женщине и нежно обняла ее.

— Лиз, дорогая, что ты делаешь на улице в такую жару? — Она взяла женщину за руку и подвела ее к Эмми. — Это моя дочь Элизабет — да, я назвала ее в честь Элизабет Беннетт из «Гордости и предубеждения». Наверное, вы уже устали слышать, как я болтаю о ней, но вот она перед вами собственной персоной.

Лиз была примерно одного возраста с Эмми, и, когда они обменялись рукопожатием, Эмми не могла не отметить, как сильно она похожа на своего брата Хита.

— Да, мы близнецы, — сказала Лиз, словно прочитав ее мысли. — И я тоже жду близнецов, мальчика и девочку, поэтому сегодня я здесь.

Она заметила Лулу, крепко обняла ее и чмокнула в щеку, прежде чем снова повернуться к Эбигейл.

— Доктор Клеменс собирается положить меня на сохранение в понедельник, потому что срок уже подходит и мне становится трудно ходить. Поэтому я решила приехать на Фолли-Бич и пригласить вас пообедать в «Тако-Бой», чтобы отпраздновать мой последний выходной без пеленок и кормления грудью.

Она обвила рукой плечи Эмми.

— Мама много рассказывала о вас, и я чувствую себя так, как будто мы лучшие подруги. Пожалуйста, скажите, что вы тоже придете.

Прежде чем Эмми успела ответить, вмешалась Эбигейл:

— Знаешь, Лиз, только обитатели Маунт-Плезант едят в «Тако-Бой». Почему бы не отправиться в «Снаппер Джекс»?

Лиз нахмурилась.

— Мама, я уже четыре года живу в Маунт-Плезант, и пора привыкнуть, что я больше не принадлежу к местным жителям. Кроме того, это моя вечеринка, и я собираюсь устроить ее там, где хочу. В «Тако-Бой» подают лучший гуакамоле[1], а я знаю, что теперь уже долго не смогу себе этого позволить.

Эмми нахмурилась, чтобы скрыть свое облегчение. Не то чтобы ей не хотелось идти, но в большой компании она всегда начинала нервничать, а знакомство с новыми людьми подразумевало вопросы, на которые она не хотела бы отвечать.

— Спасибо, но сегодня моя очередь закрывать магазин, поэтому я вряд ли смогу...

Лиз пренебрежительно отмахнулась.

— Тогда закройтесь пораньше — это же Фолли-Бич. Люди поймут.

Как бы Эмми ни хотелось возразить, она понимала, что Лиз права. Хотя она провела на Фолли-Бич немногим больше месяца, ей стало ясно, что местное время — понятие вполне растяжимое, не подчиняющееся никаким расписаниям. Она еще не совсем поняла, стоит ли ей любить или ненавидеть это новшество. Осознавая, что теперь Лиз не примет отказа, она сказала:

— Хорошо, я приду. Во сколько?

— В пять вечера. Мои родители любят ужинать пораньше, как и другие старички, — она закатила глаза, когда Эбигейл толкнула ее в бок. — А потом мы можем пойти на причал. Сегодня вечером

[1] Пюре из мякоти авокадо с пряностями.

собираются устроить одну из последних «лунных тусовок»[1] в этом сезоне, и я не хочу пропустить такое событие. Кто знает, когда я снова смогу потанцевать?

Эмми не испытывала желания танцевать в людном месте, но подумала, что сможет уйти сразу же после обеда и никто этого не заметит. Все посмотрели на Лулу, и Эмми ожидала, что пожилая женщина откажется, так как она не могла представить Лулу в обстановке непринужденного общения.

— Мне нужно закончить работу над заказом, но, думаю, я успею вовремя.

Лиз захлопала в ладоши и радостно улыбнулась, как будто согласие Лулу было для нее очень важно.

— Отлично! Мы с Джо обо всем позаботимся. Приятно было познакомиться с вами, Эмми. Надеюсь узнать вас получше после коктейлей, — она о чем-то вспомнила, нахмурилась и похлопала себя по огромному животу. — Скажем, после одного коктейля и бокала воды со льдом.

Лулу позволила Лиз обнять и поцеловать ее на прощание, а потом они все посмотрели ей вслед. Эбигейл покачала головой и улыбнулась.

— Двойня пойдет ей на пользу. Они с Хитом едва не укатали меня насмерть, когда были детьми, —

---

[1] «Лунные тусовки» (*англ.* Moonlight Mixers) — развлекательные мероприятия, которые до сих пор проводятся на причале Фолли-Бич несколько раз в летний сезон. В программу входят танцы, выступления известных групп и музыкантов, встречи со звездами и общее веселье.

ее лицо смягчилось. — Лиз и Джо не собирались иметь детей, но потом Хит заболел, и это заставило ее переоценить свою жизнь. Я рада, что она это сделала. Наконец-то я стану бабушкой! Это трудно представить, но в конце концов придется.

Эмми выдавила улыбку и попыталась не вспоминать о своих планах с Беном — о планах, которые она хранила как драгоценности в шкатулке, пока ожидала его возвращения. Мечты о собственном доме и детях были ее спутниками во время одиноких ночей — мечты, которые стали для нее живыми, дышащими существами. Теперь они лишь усугубляли ее горечь. Она не решилась сразу же заводить детей, и похороны Бена означали, что вместе с ним она похоронила своих нерожденных малышей. Иногда ей казалось, что именно поэтому она по-прежнему ощущает присутствие Бена, неупокоенного духа, ищущего то, что так и не случилось в их жизни.

Эбигейл прикоснулась к ее руке, и Эмми поняла, что ее о чем-то спросили, пока она блуждала в своих воспоминаниях.

— Простите, что вы сказали?

— Я сказала, что у меня есть старые фотографии Мэгги. Она писала имена на обороте большинства снимков, поэтому есть вероятность, что мы найдем фото этого Питера. Если он был другом Мэгги и Лулу, можно вставить фотографию в рамку. Я достала фотографии из старых альбомов, потому что там они могли испортиться. Сейчас я храню их в коробке, а когда будет свободное время, то сделаю новый альбом или вставлю их в рамки — я еще не решила. Это одна из тех вещей, которыми я собиралась заняться после ухода на пенсию.

Их взгляды встретились, когда она произнесла запретное слово, и обе одновременно отвели глаза.

Лулу по-прежнему сжимала книгу Мэгги с такой силой, что кончики ее пальцев побелели.

— Мне нужно работать. Только что пришла посылка с новыми ветвями для бутылочных деревьев, и мне нужно разобрать их.

Она остановилась у задней двери и добавила, не оборачиваясь:

— Спасибо за книгу, Эмми. Мэгги очень любила ее.

Колокольчик над дверью зазвенел, когда в магазин вошла женщина с маленьким ребенком, и Эмми поспешила им навстречу. Когда она обернулась, Лулу уже не было.

Лулу стояла перед пустым участком, где когда-то находился старый дом и где теперь лишь ежевичные лозы да выцветший белый крест у черной ограды служили единственным напоминанием о том, что здесь жили и умирали люди.

Сначала, сразу же после урагана и во время поисков Мэгги, Лулу поставила здесь бутылочное дерево в надежде найти записку от сестры в одной из бутылок, или, по крайней мере, отогнать злых духов, которые все-таки смогли проникнуть в их жизнь. Но бутылки постоянно крали, и Лулу убрала дерево, решив, что теперь слишком поздно сражаться со злыми духами; они прочно обосновались здесь задолго до опустошительного урагана, промчавшегося со скоростью сто тридцать пять миль в час.

Рука Лулу болела от напряжения — она сильно сжимала в ладони горсть песка. Это упражнение от артрита она выполняла уже двадцать лет, не позволяя болезни застигнуть ее врасплох. Она медленно подошла к кресту и опустилась перед ним на колени — еще один болезненный процесс, к которому ей пришлось привыкнуть. Раскрывая кулак палец за пальцем, она просыпала половину песка у основания креста. Мэгги любила пляж и океан, и, хотя ее тело так и не нашли, Лулу находила некоторое утешение в мысли о том, что она была похоронена под саваном ее любимой Атлантики. Время от времени она задумывалась о том, знает ли дух Мэгги, что ожидание наконец закончилось.

Чтобы встать, она оперлась на другую руку и отмерила двадцать шагов направо, а потом остановилась и снова опустилась на колени. Раскрыв кулак, она высыпала на землю остатки песка. Второй мемориальный жест предназначался для Джима, чье бутылочное дерево некогда стояло на этом месте. Оно было священным для Лулу по многим причинам, которые она собиралась забрать с собой в могилу.

— Тетя Лулу, здесь слишком жарко, нужно надеть шляпу.

Она узнала голос Хита. Повернувшись, она увидела его, похожего на бронзового бога с длинными развевающимися волосами, которые были выбриты наголо, когда удаляли опухоль. Лулу не надеялась, что он выживет, и даже рассматривала эту болезнь как наказание свыше, а теперь, когда Хит выглядел таким здоровым и довольным, это заставляло ее думать, что, возможно, она все же искупила свои грехи.

Хит взял ее под локоть и помог встать.

— Со мной все в порядке. Не стоит обо мне беспокоиться.

Он улыбнулся той чудесной улыбкой, которая напоминала о Мэг, о ее нежности и стойкости.

— У меня нет никаких забот, помнишь? Я наконец-то понял слова бабушки Мэгги: живи каждый день так хорошо, как только можешь, а остальное как-нибудь устроится. Это вполне подходит для меня.

Лулу нахмурилась.

— Да, если бы не рак.

— Ну, тетя Лулу, это случилось только потому, что тогда я не разделял ее жизненное кредо. Но когда я проходил лучевую терапию, то до меня дошел смысл этих слов. Это изменило мою жизнь, причем к лучшему.

Лулу смотрела на Хита, снова думая о Мэгги и о том, верила ли ее сестра в собственную мудрость.

— Что ты здесь делаешь?

Хит прищурился на солнце и окинул взглядом пустой участок.

— Просто подумал, что, может быть, сегодня наступил тот день, когда это место обратится ко мне и скажет, что с ним делать, — он взглянул на

Лулу. — Знаешь, теперь это место имеет гораздо большую ценность, чем в то время, когда ты отдала его мне. Иногда мне кажется, что это несправедливо.

Лулу помотала головой.

— Земля твоя, и это справедливо. Мэгги хотела бы, чтобы она принадлежала тебе и ты мог бы сделать здесь все, что считаешь нужным и правильным.

— Я не нахожу для нее никакого применения. — Хит отодвинулся от Лулу, глядя на буйные лозы и жесткую траву, а потом подобрал чью-то выброшенную бутылку.

— Просто не знаю, — признался он. — Я могу представить себе, как должен выглядеть этот участок. Кажется, как будто он находится в движении и никак не может успокоиться, — он искоса улыбнулся Лулу. — Но если ты кому-нибудь скажешь об этом, я закатаю тебя в бетон и оставлю в фундаменте.

Она фыркнула.

— Ты и твоя армия? Думаю, я до сих пор на пятьдесят фунтов тяжелее тебя. Тебе нужно еще подрасти.

— Я работаю над этим, — он ткнул землю носком сандалии. — Если я забуду о своей совести, то смогу построить здесь большой дом со множеством спален и ванных комнат и сдавать его внаем. — Хит посмотрел на скромные бунгало на другой стороне улицы, стоявшие там с 1920-х годов. — Конечно, соседи возненавидят меня и будут жаловаться моей маме, а этого я не вынесу.

— Все еще маменькин сынок, а ведь уже взрослый, — Лулу ухмыльнулась. — Да, Хит, и знаешь что? Больше не оставляй записки в бутылочном дереве. Девушка, которая остановилась в твоем доме, слишком любопытна.

Он ухмыльнулся в ответ.

— Так или иначе, это был глупый поступок. Не знаю, почему я поддался твоим уговорам и сделал это, но не беспокойся: я избавился от записки.

— Она сработала, не так ли?

— Зависит от того, как посмотреть. Джолин вернулась, но теперь я думаю, что лучше бы она не возвращалась.

Лулу повернула голову и представила, что слышит звук ветра в бутылке.

— Возможно, ты нуждался в ее возвращении, даже если причина кажется тебе сейчас неподходящей.

Хит вопросительно поднял брови.

— Что ты имеешь в виду?

— Ох, даже не знаю. Мои бутылочные деревья гораздо более могущественны, чем я думала раньше. У Мэгги были твердые убеждения, но я всегда полагалась на мои деревья. Они никогда не подводили меня.

Хит довольно долго смотрел на Лулу, размышляя над ее словами. Это было похоже на то, как он переваривал детские кашки, которыми Лулу кормила его много лет назад.

— Так что ты здесь делаешь?

Лулу запрокинула голову, посмотрела на бескрайнее голубое небо и вдохнула соленый воздух.

— Наверное, беседую с призраками из прошлого.

Хит как-то странно посмотрел на нее.

— Мы с Эмми как раз недавно говорили о призраках. Я сказал, что не верю в них.

Отряхнув о шорты песчинки с ладоней, Лулу двинулась вперед.

— Легко не верить в то, что ты не можешь увидеть, — она остановилась, уперлась руками в бедра и повернулась к нему. — Думаю, призраки покажутся, когда будут готовы к тому, чтобы их увидели. Или когда они решат, что ты готов увидеть их. Что-то вроде этого. Ты не поймешь, пока сам не будешь готов.

Хит долго смотрел на нее с бесстрастным выражением лица.

— Думаю, тебе нужно уйти с солнца, тетя Лулу, — он подмигнул ей. — Я приберегу тебе местечко рядом со мной за обедом, хорошо?

Она отмахнулась.

— Само собой. Увидимся вечером.

Отвернувшись, Лулу пожевала нижнюю губу. Она всем сердцем верила в то, что сказала Хиту о призраках; она знала об этом примерно так же, как знала о приближении урагана, и это знание пугало ее. Не оглядываясь, она пошла по улице, а в ее ушах снова звучал стон ветра, завывающий в бутылочных горлышках, и она боялась того, что может увидеть, если все-таки оглянется.

Глава 14

Фолли-Бич, Южная Каролина
Август 2009 года

В выходные дни толпы отдыхающих заполняли остров, не оставляя свободных мест для стоянки автомобилей на Сентер-стрит и в соседних кварталах. Повернув регулятор кондиционера, Эмми подставила лицо под струи прохладного воздуха и поняла, что лучше было оставить автомобиль у магазина, вместо того чтобы поехать домой и переодеться.

Желтое платье прекрасно сидело на ней, хотя ее по-прежнему смущал его слишком открытый фасон. Теперь она решила дополнить свой наряд пляжными туфлями, которые приобрела в одной из туристических лавок возле «Холидей Инн». Шляпу она оставила в магазине, рассудив, что в пять вечера она ей не понадобится. Но сейчас, глядя через ветровое стекло на пылающее светило, она начала в этом сомневаться.

Эмми наконец нашла свободное место для парковки перед странным сооружением, похожим на бетонную коробку на сваях, — возможно, это было какое-то старое строение, сохранившееся с тех пор, когда Фолли-Бич называли «пляжем для бедняков». Большая часть старых построек была снесена после урагана «Хьюго», но возможно, что владелец этой конструкции испытывал особую ностальгию по былым временам.

Когда Эмми переходила Сентер-стрит по направлению к «Тако-Бой», ее едва не сбил «Линкольн Навигатор», за рулем которого сидела деловитая мамаша, одновременно болтавшая по мобильному телефону и пытавшаяся проскочить на желтый свет. Эмми повернула голову, чтобы прочитать номерной знак, уже зная о том, что он будет из другого штата.

— Чертова туристка! — пробормотала она, остановившись посреди улицы и едва не столкнувшись с другим автомобилем. Ирония ее слов поразила ее.

Люди выходили из популярного ресторана на тротуар, чтобы на улице дождаться, пока освободится какой-нибудь столик. Запахи пива и сигарет смешивались с запахами духов и лосьона от солнца, заставляя ее морщить нос от чуждости этих ароматов. Дело не в том, что в Индиане не бывало так жарко или что люди не курили и не пользовались духами; просто здесь все казалось каким-то *преувеличенным*: более жарким, более острым. Возможно, один лишь запах лосьона от солнца напоминал о том, как далеко от дома она находится.

Эмми стояла рядом с группой длинноволосых, бородатых и татуированных мужчин в футболках с рисунками мотоциклов, болтавших с девушками, похожими на стайку футбольных болельщиц, собравшихся на вечеринку. Привстав на цыпочки, она вглядывалась в толпу, надеясь узнать кого-то знакомого, но не надеясь протиснуться внутрь.

Кто-то прикоснулся к ее руке.

— Эмми.

Она повернулась и увидела улыбчивые карие глаза Хита.

— Держитесь за меня, и я вас проведу. Мы заняли прекрасный большой стол во внутреннем дворе.

Она уцепилась за его руку и позволила увлечь себя в ресторан, а потом они вышли в заставленный столиками внутренний двор, больше напоминавший часть тротуара из-за обилия людей, несмотря на перегородки между столами.

Они остановились перед двумя сдвинутыми квадратными столиками, что позволяло расставить вокруг семь стульев, три из которых оставались пустыми. Эмми узнала Эбигейл и Лиз и была представлена ее мужу Джо, который был похож на Джимми Баффетта[1] в молодости в кричащей гавайской рубашке и с длинными волосами.

Когда Хит представил мужчину в дальнем конце стола как своего отца Джона, Эмми невольно уставилась на него, сама не зная почему: то ли потому, что не ожидала увидеть человека в инвалидной коляске, то ли потому, что он оказался маленьким мальчиком со старой черно-белой фотографии, который держал в руке американский флаг. Она протянула руку и ощутила крепкое пожатие, а потом заглянула в его глубоко посаженные глаза, напоминавшие о цветовой палитре болотного пейзажа за ее окном. Это была смесь коричневого, зеленого и золотисто-

[1] Джимми Баффетт (р. 1946) — музыкант и певец (фолк-рок), впоследствии актер и продюсер.

го — необычное сочетание, так же приковывавшее внимание, как и его взгляд.

— Приятно познакомиться с вами, — сказала она и заняла свободный стул сбоку от него. Эбигейл сидела слева, а Лиз расположилась напротив нее. Хит устроился на пустом стуле у дальнего конца стола, а оставшийся свободный стул рядом с ним, судя по всему, был предназначен для Лулу. Эмми понимала, что это нехорошо, но радовалась тому, что Лулу окажется от нее подальше.

— Эбигейл сказала, что ваш муж погиб в Афганистане.

У Эмми пересохло во рту, когда она посмотрела на отца Хита. Джон накрыл ладонью ее руку.

— Простите, я не хотел вас травмировать. Но вы должны знать, что я понимаю больше, чем многие другие. Я был во Вьетнаме, — он похлопал по ручкам своей коляски. — Поэтому мне приходится разъезжать на этих чудесных колесах.

Джон слегка сжал ее руку, наклонился поближе и серьезно произнес:

— Я понимаю вашу скорбь и ценю вашу храбрость.

Храбрость. Лулу сказала то же самое. Это слово тяжким грузом легло на плечи Эмми, тем более что она услышала его от ветерана в инвалидной коляске. Храбростью было столкновение с огнем противника, или прыжок с парашютом в тыл врага, или способность остаться рядом с тяжело раненым товарищем, чтобы он не умер в одиночестве. Вот что такое настоящая храбрость. Оставаться дома было тяжело, но она не видела в этом никакой храбрости.

Эмми заглянула в необычные глаза Джона, когда он пожал ее руку, и ощутила его искренность. На короткое мгновение, как и в тот раз, когда она стояла рядом с Лулу в саду бутылочных деревьев, она была готова поверить, что в его словах скрывается некая истина.

— Благодарю вас, — выдавила она, глядя на свои руки и испытывая определенное облегчение от того, что она пережила очередное упоминание о Бене, не залившись слезами и вступая в долгие разговоры о войне. Остальные члены семьи Рейнольдс разговаривали о других вещах, и это напоминало о том, что за стенами ее горя существует настоящая жизнь.

Джон похлопал ее по плечу и убрал руку. Он повернулся к остальным и откашлялся.

— Кто-нибудь хочет выпить? — спросил он и жестом подозвал официантку, только что отошедшую от соседнего столика. — Пожалуйста, принесите нам кувшин охлажденной «Маргариты» на всех и воду со льдом для беременной дамы.

Участники застолья закусывали чипсами и сальсой и непринужденно беседовали о магазине, рыбалке с причала, ожидаемом конце туристического нашествия и, наконец, о жаре. Эмми обнаружила, что расслабилась, несомненно, отчасти из-за крепкого коктейля, который она неспешно потягивала. Клан Рейнольдсов, за исключением Лулу, состоял из дружелюбных и легких в общении людей. Эмми невольно задавалась вопросом, была бы семья ее матери похожей на эту, если бы Пейдж осталась на Фолли-Бич; были бы их разговоры такими же свободными и открытыми, без недомолвок и умолчаний?

Она повернулась к матери Хита.

— Мне интересно, Эбигейл: вы многое знаете обо мне, хотя мы знакомы чуть больше месяца. Но лишь теперь я узнала, что ваши дети — близнецы, а ваш муж — ветеран войны во Вьетнаме. Почему?

Эбигейл сделала большой глоток «Маргариты».

— Думаю, потому, что я очень долго жила здесь и просто привыкла к тому, что обо мне все известно. Что касается моих знаний, то, как вы помните, я много общалась с вашей мамой по телефону еще до вашего приезда, поэтому у меня было нечто вроде гандикапа, — она лукаво посмотрела на Эмми над краем бокала.

У входа во внутренний двор началось какое-то волнение, и все повернули головы к Джолин, сердито и громогласно приветствовавшей всех присутствующих, пока Лулу твердой рукой вела ее к общему столу. Хит встал в ожидании Лулу.

Джолин надела прямую юбку, топик с завязками на шее и туфли на высоком каблуке и выглядела еще более роскошно, чем в тот раз, когда Эмми впервые увидела ее. Она заметно пошатывалась и опиралась на Лулу, которая поддерживала ее.

Хит отодвинул свой стул и жестом пригласил Лулу садиться, но Джолин вцепилась в ее руку.

— Нет, я не собиралась вторгаться в ваше общество. Просто хотела поздороваться и поблагодарить мисс Гамильтон за то, что она предложила мне разработать сайт для «Находок Фолли».

Джолин порылась в своей сумочке и достала элегантный футляр с визитками. После того как она дважды уронила его, Хит раскрыл футляр и протянул карточку Эмми.

Эмми смотрела на картонку, не читая ее, и чувствовала себя такой же смущенной, как и Лулу. Нахмурившись и избегая ее взгляда, Лулу произнесла:

— Я всего лишь сказала, что такая возможность не исключена. Мне показалось... это поможет делу.

Джолин пошевелила губами с преувеличенно-сосредоточенным видом.

— Этого я не помню, — она наклонилась и постучала ухоженным ногтем по карточке, лежавшей на столе перед Эмми. — Позвоните мне. Мы можем встретиться за ланчем и обсудить сайт.

Она покачнулась, и Хит торопливо подхватил ее.

— Я отвезу тебя домой, пока ты не сломала ногу.

— К нам домой?

— Это больше не наш дом, разве ты не помнишь? Я отвезу тебя к моим родителям.

Джолин закрыла глаза, положила голову Хиту на плечо и позволила ему увести себя через толпу.

— Я приду попозже! — крикнул он оставшимся в тот момент, когда Джолин протянула руку и ущипнула его за ягодицу.

Лулу резко встала.

— Мне нужно в туалет. Не заказывайте мне эти треклятые мексиканские закуски, лучше пусть принесут пива.

Эмми подождала, пока Лулу не отошла подальше, а потом повернулась к Эбигейл.

— Почему Лулу так хорошо относится к Джолин?

Эбигейл наблюдала, как Лулу прокладывает себе путь через толпу.

— Я задала ей такой же вопрос сразу же после того, как Джолин разорвала помолвку. Она сказала лишь, что Джолин напоминает ей человека, которого она знала раньше и перед которым у нее остался неоплаченный долг, — Эбигейл пожала плечами и посмотрела на Эмми. — Все в порядке. Джолин немногие любят, поэтому я не в обиде из-за Лулу.

Эмми кивнула и сделала очередной глоток «Маргариты», вспомнив о том, как Лулу называла ее храброй и как смягчилось лицо пожилой женщины, когда ей вручили книгу Мэгги с посвящением от Питера. *Оставайся такой же доброй и милой, как всегда.* Она посмотрела на дно своего бокала и подивилась тому, что так повлияло на Лулу О'Ши и почему она стала такой колючей и противоречивой, как сейчас.

Несмотря на инцидент и обычную молчаливость Лулу, обед прошел вполне приятно. Лиз и Эбигейл умело поддерживали разговор и привлекали к нему остальных, даже Лулу, так что никто не чувствовал себя обойденным. К своему удивлению, Эмми обнаружила, что у нее хорошее настроение. Ей не хотелось признаваться даже самой себе, что после приезда она проводила каждый день в одиночестве и готовила ужин в микроволновке. Она как будто заранее надеялась, что ей здесь не понравится и она сможет доказать, что ее мать ошибалась и, наконец, признает, что лучшая часть жизни ее дочери осталась позади.

Не обратив внимания на протесты Эмми, мистер Рейнольдс заплатил за всех и подписал счет. Эбигейл отодвинула свой стул и встала.

— Кстати, пока я не забыла, — она сняла объемистую сумочку со спинки стула. — Я нашла фотографии, о которых вам говорила. Только на одной из них указано имя Питера, но на других как будто изображен тот же человек. Я добавила еще несколько снимков, которые могут быть вам интересны, — она протянула Эмми большой коричневый конверт. — Держите их у себя сколько хотите, пока они будут вам нужны.

Лулу тоже встала из-за стола.

— Мне пора идти. Спасибо за обед.

Джон улыбнулся ей из инвалидной коляски.

— Собираешься полировать свои деревья?

Она фыркнула в ответ и отвернулась, но Эмми была уверена, что заметила краешек ее улыбки.

Эмми повернулась к Эбигейл и взяла конверт.

— В следующий раз, когда будете рядом, заходите без стеснения; я хотела спросить вас о некоторых фотографиях в рамках, которые находятся в доме. Хит говорит, что вы знаете о них больше, чем он.

— Буду рада, хотя не уверена, что смогу много рассказать. Я ведь невестка, а мой муж был единственным ребенком в семье. Кроме того, изучение генеалогического древа не имело для него серьезного значения. В Чарльстоне, который находится совсем недалеко, люди практически боготворят свои родословные, а здесь — совсем иная картина. Мне всегда казалось странным, что Джон никогда не интересовался своими предками, — она пожала плечами. — Однажды я спросила его почему, и он ответил, что Мэгги почти никогда не говорила о своем прошлом, — только о том, что она была подростком, когда умерли ее родители, и что она практически вырастила Лулу.

Эмми немного подумала.

— Полагаю, в конце концов мне придется спросить Лулу, но сначала я хотела попытать счастья с вами.

— Лулу не любит говорить о прошлом, это уж точно. Возможно, Джон поможет ей немного смягчиться, если будет необходимо. — Эбигейл наклонилась и поцеловала мужа в щеку. — Знаете, он ее любимчик. Она обращалась с ним как с куклой, когда он был совсем маленьким, и одевала его в кукольные наряды, пока он не вырос и не стал сопротивляться. Тем не менее все сложилось к лучшему. Правда, милый?

— Так точно, дорогая. — Джон усмехнулся и позволил ей выкатить свою коляску из-за стола. При его приближении толпа расступалась.

Оказавшись на улице, Лиз захлопала в ладоши, как маленькая девочка.

— Давайте пойдем на причал и немного потанцуем! — Она повернулась к Джо. — Милый, ты можешь сбегать к автомобилю и достать складные стулья? Чтобы можно было отдохнуть после танцев.

Эмми подняла руку.

— На меня не рассчитывайте. Я давно не танцевала, к тому же дома меня ждет работа, поэтому...

— Да ладно вам, Эмми! — поддразнила ее Лиз. — Это будет весело, и какая разница: танцуете вы или нет. Там будет полно людей — и тех, кто танцует, и тех, кто просто пришел поболтать, и обычных зевак.

Эмми покачала головой, но Эбигейл избавила ее от оправданий.

— Думаю, Эмми хочет сказать, что после всех наших разговоров за обедом ей хочется остаться одной и побыть в тишине.

Лиз казалась искренне расстроенной.

— Я понимаю... правда, понимаю. Я проболтала с вами весь вечер, как будто мы знакомы целую вечность, и, должно быть, вам уже тошно слышать мой голос. Я унаследовала эту скверную привычку от мамы, так что сегодня вы подверглись двойной пытке, и поэтому, конечно же, можете идти.

— Спасибо за понимание, — благодарно ответила Эмми. — Но в следующий раз мы обязательно поболтаем от души, хорошо?

Джо подошел к ним со складными стульями под мышкой.

— Будьте осторожны с обещаниями, Эмми. Лиз не позволит вам забыть о них.

— Хорошо, — сказала Эмми, удивляясь сама себе. Она уже давно избегала дружеских отношений. Ее подруги из школы и колледжа отошли на задний план, когда она познакомилась с Беном, а после его смерти она чувствовала себя гораздо старше их, вместе с их мужьями, детьми и закладными на жилье. Так что о возрождении старых знакомств она не беспокоилась.

Но в Лиз было что-то теплое и искреннее, и все члены ее семьи — за исключением Лулу, а иногда даже Хита — заставляли Эмми вспоминать ее старых друзей и подруг, общество которых она когда-то ценила.

Она повернулась к Лиз.

— Желаю удачи на следующей неделе. Все будет хорошо.

По-прежнему улыбаясь, Лизи подмигнула ей.

— Вы говорите так, словно знаете заранее.

Эмми пожала плечами.

— Я не ясновидящая или что-нибудь в этом роде. Просто иногда я... знаю некоторые вещи. Что-то жужжит у меня в голове, и, как правило, я понимаю, что мне пытаются сказать, как и в этом случае. Но иногда я чувствую себя глупо, потому что не имею понятия, что до меня пытались донести.

Лиз снова обняла ее.

— Вы не представляете, как я рада это слышать. Спасибо. Теперь я уже не так волнуюсь.

— Всегда пожалуйста. Рада, что смогла помочь.

— А вы можете предсказать, будут ли малыши хорошо спать? — спросил Джо, и все рассмеялись.

— Увы, нет, — ответила Эмми. — Вам придется самим это выяснить.

Джон подъехал к ним в инвалидной коляске.

— Когда моя мать была беременна, доктор прописал ей пиво. Он сказал, что это будет полезно для здоровья ребенка. По-моему, я получился неплохим ребенком.

— Это ты так считаешь. — Эбигейл взялась за ручки его коляски. — Давай потанцуем и оставим Эмми в покое.

Они попрощались, и Эмми отошла на тротуар, наблюдая за остальными. Какая-то часть ее существа хотела присоединиться к ним, но другая часть больше всего хотела зарыться в стопки книг, разбросанных в гостиной, к которым она уже давно не обращалась из-за нехватки времени. Среди тех немногих, которые она пролистала за последние несколько недель, она нашла лишь три короткие загадочные записки, и в каждой было только одно слово: *Когда?* Было почти невозможно определить, кто их написал, но Эмми предположила, что одна из них написана женщиной, а две другие — мужчиной.

Рано или поздно ей придется поговорить с Лулу, и ей было страшно от этой мысли. До сих пор таинственная история неизвестных влюбленных разыгрывалась на полях старых книг только для Эмми. Она ревниво относилась к этой переписке, а если разобраться, то чувствовала себя в бесконечном долгу перед незнакомыми людьми, вырвавшими ее из тягостного сумеречного существования, в котором она пребывала после смерти Бена. Косвенным образом именно они привели ее в «Находки Фолли». Как бы сильно она ни любила магазин, но не могла отрицать, что двое тайных любовников каждое утро заставляли ее вставать с постели и удерживали ее горе в определенных рамках. Эмми никому не могла рассказать — и меньше всего своей матери, — что она по-прежнему тоскует по Бену так же сильно, как деревья тоскуют по дождю. «Находки Фолли» и люди, с которыми она познакомилась после приезда на остров, стали экстренной помощью, заглушавшей боль и одиночество, которые она испытывала каждый раз, когда ворочалась в постели по ночам и понимала, что рядом никого нет. Рано или поздно ей придется отпустить Бена. Но это потребует гораздо больше храбрости, независимо от того, что ей говорили Джон Рейнольдс и Лулу.

Солнце висело низко над горизонтом, когда Эмми вернулась домой; оранжевое сияние позолотило верхушки болотной травы. Она стояла на заднем крыльце, наблюдая за неуловимым смещением оттенков, как на коже хамелеона, и думая о том, каким может быть истинный цвет болота. Маяк стоял на страже в отдалении, пустой и заброшенный на клочке земли, омываемый со всех сторон тем самым прибоем, который угрожал его существованию.

Эмми еще не выходила на причал, чтобы рассмотреть болото с близкого расстояния. Как и океан, оно было для нее загадкой — место, полное странных звуков и запахов, которое в то же время казалось очень знакомым. Она противилась желанию рассмотреть его поближе, пока что довольствуясь видом издалека.

Несмотря на влажный летний вечер, Эмми оставила открытой застекленную дверь, ведущую на крытую веранду, почти неосознанно желая, чтобы звуки болота служили фоном для чтения тайных посланий. Она раскрыла свой ноутбук и устроилась между стопками книг, потом взяла первый томик сверху и приступила к методичному просмотру. Она изучила первую стопку и дошла до середины второй, прежде чем обнаружила первую запись. На последней странице «Возраста невинности» Эдит Уортон женским почерком были написаны слова из Шекспира:

> «Моя любовь как лихорадки пыл,
> Чем ближе утро, тем она сильнее.

О, милый, это неправильно! Но я должна встретиться с тобой. Скажи когда».

Чернила расплылись, и бумага покоробилась, как будто на нее пролили воду. Или слезы. Эмми с удвоенным энтузиазмом потянулась за следующей книгой, сборником стихов А. А. Милна под названием «Когда мы были очень молоды». Книга была старой, но она даже не потрудилась взглянуть на год издания. Тем не менее она аккуратно переворачивала страницы, стараясь не порвать и не помять их.

Терпение было вознаграждено: в середине книги обнаружилась короткая строка, написанная мужским почерком:

«Сэр Фрэнсис Бэкон лучше всего сказал об этом: любить и быть мудрым — невозможно».

Зазвенел дверной колокольчик, прервавший путешествие во времени и ненадолго выбивший Эмми из равновесия, пока она вспоминала, где находится. Выглянув в окно со стороны парадного входа, она увидела мототележку для гольфа, а потом узнала силуэт Хита за витражным стеклом на двери. У нее мелькнула мысль затаиться, чтобы Хит подумал, что ее нет дома, потом она поняла, что он уже видел ее автомобиль на подъездной дорожке и заметил в доме свет.

Эмми открыла дверь и встала в проеме, загородив беспорядок у себя за спиной.

— Привет, Хит. Я думала, вы танцуете.

— Я и собирался, пока Лиз не сказала, что вы уехали домой. Может быть, все-таки передумаете?

Эмми покачала головой.

— Только если хотите, чтобы вам отдавили пальцы. Я ужасно танцую.

Она ожидала, что Хит признает ее почетное поражение. Но он улыбнулся ей со странным блеском в глазах.

— Я знал, что вы так скажете, поэтому заранее приготовил альтернативу. Сегодня вечером можно увидеть Персеиды. Будет небольшая облачность, но шоу все равно будет замечательным. Готов поспорить на Фрэнка, что вы еще не были на восточной оконечности острова. Поэтому я подумал, что мы можем убить двух зайцев одним выстрелом.

— Я... занята, — пробормотала Эмми, не желая объяснять, чем она занимается, и каким-то образом зная, что он не одобрит ее изыскания.

— Чем?

Она нахмурилась.

— Составляю каталог ваших книг. В гостиной полный беспорядок, и я стараюсь закончить работу, чтобы можно было снова ходить по прямой линии.

— Вы нашли новые записки, верно?

Она понимала, что лгать бессмысленно.

— Несколько штук.

— Они ведь никуда не денутся, пока вас не будет дома, ведь так? — Он положил руку на дверной косяк и как будто приготовился к ожиданию.

— Да, но...

Он взял ее за руку.

— Тогда пойдемте со мной. Обещаю, что не задержу вас надолго.

— Подождите! Я должна запереть заднюю дверь.

Улыбка медленно расползлась по его лицу.

— Вам нравится запах болотного ила, не так ли? Большинство людей не выносят его, но только не местные. Должно быть, это знак.

Эмми нахмурилась и пошла в дом, чтобы взять ключи, даже не потрудившись спросить себя, как Хиту удалось уговорить ее. Бросив прощальный взгляд на книги и свой ноутбук, она закрыла дверь и заперла ее за собой.

Когда они проезжали по практически пустынной Ист-Эшли-авеню, Хит повернулся к ней.

— Почему вы всегда хмуритесь, когда видите меня?

Эмми немного подумала, понимая, что он прав.

— На самом деле не знаю. Может быть, потому, что вы всегда кажетесь довольным жизнью и всем, что вас окружает, хотя мы оба знаем, что это не так. Вы похожи на вечного оптимиста...

— Вечный оптимист?

— Да. Вы один из тех людей, которые считают, что любая ситуация может обернуться к лучшему независимо от того, как плохи дела. — Эмми еще немного подумала и спросила: — Стакан наполовину полон?

— Верно.

— А если на улице дождь?

— Отличный повод проспать все утро и почитать в постели.

— Дырка в брюках?

— Пора отправиться за покупками.

Она сделала паузу.

— Утрата любимого человека.

Хит ответил не сразу, глядя на улицу впереди.

— Понимание того, как тебе повезло, что этот человек вообще был с тобой и помог тебе узнать, что такое любовь. И еще благодарность.

Эмми отвернулась: ей не хватало воздуха. Он не понимал, о чем говорил; он не мог знать, что иногда она жалела, что оказалась на рабочем месте в тот день, когда Бен вошел в магазин ее матери. Что любовь к Бену была лучшей частью ее жизни, а потерять его было гораздо хуже, чем никогда не познакомиться с ним.

— Как насчет Джолин? — выпалила она, прежде чем успела задуматься о своих словах.

Хит сохранял молчание, пока не довел мототележку до конца улицы, где остановил ее рядом с тропинкой, ведущей к пляжу. Он заглушил мотор и выпрямился.

— Я не хочу отвечать прямо сейчас, потому что вы не в себе. Вы расстроены, потому что я не похож на остальных, кто оставляет вас наедине с собой, чтобы вы могли упиваться своим горем. Жизнь слишком коротка, Эмми. Поверьте, я знаю.

Он спрыгнул с тележки и взял два шезлонга с заднего сиденья. Рассерженная Эмми скрестила руки на груди.

— Значит, раковая опухоль делает вас экспертом в области личной жизни?

Опершись на шезлонги, он встретился с ней взглядом и не выказал удивления ее осведомленностью. Возможно, он привык к тому, что мать и сестра делятся подробностями его жизни с другими людьми.

— Да, это так. А теперь пойдемте. Эту часть пляжа закрывают в восемь вечера, и я не хочу попадать под арест за мелкие проступки.

— Я хочу домой.

— Нет, не хотите. Вы хотите увидеть Персеиды.

Хит двинулся вперед. Не зная, что еще делать, Эмми спрыгнула с тележки и побежала следом. Толстый слой еще теплого песка под ногами замедлял ее движения.

— Я даже не знаю, что это такое, — отдуваясь, сказала она. — Пожалуйста, отвезите меня домой.

Он с серьезным видом повернулся к ней.

— Каждый год в августе Земля проходит через облако пыли и мелких камней, оставшихся после распада кометы. Когда эти частички сталкиваются с земной атмосферой, они сгорают и чертят яркие полосы на небосводе.

Он сделал паузу, как будто ожидая ответа, но Эмми смотрела на него и удивлялась: почему он не понимает, что она — всего лишь призрак, которого здесь нет.

— Теперь вам ясно? — продолжал Хит. — Ваша жизнь не закончилась. Вы собираетесь увидеть нечто удивительное, чего никогда не видели раньше. Персеиды с незапамятных пор появляются на небосводе в августе, задолго до вашего рождения, и они будут возвращаться еще долго после того, как вас не станет. Разве это не помогает вам чувствовать себя частью вселенной, частью истории, которая еще не рассказана?

Ветер откинул волосы с его лба и обнажил шрам, молочно-белый на фоне загара, и тонкие морщинки вокруг глаз, говорившие о том, что Хит много смеется. Человек, который рассматривает дырку в брюках как причину для похода за покупками.

— Отлично, — ответила Эмми, сама не зная почему, но также понимая, что если она действительно захочет домой, то Хит непременно отвезет ее.

Хит широко улыбнулся, блеснув зубами.

— Вот и хорошо. Давайте пойдем побыстрее, чтобы успеть расставить шезлонги.

Эмми последовала за ним по тропинке, которая временами представляла собой старую разрушенную дорогу, но иногда петляла меж песчаных дюн с жесткой травой и кустарниками. Они миновали покрытые граффити остатки фундамента с левой стороны.

— Что это?

Хит не замедлил шаг, явно желая поскорее добраться до места.

— Старая навигационная радиостанция береговой охраны. Кажется, ее построили в 1945 году, и она проработала до 1980 года, но потом устарела — появился сонар[1]. Теперь подростки иногда развлекаются здесь и пьют пиво.

Эмми перешагнула через пивную бутылку и задумалась о том, не был ли Хит когда-то одним из таких подростков. Она побежала трусцой, чтобы не отставать от него, тяжело дыша и ощущая, как платье прилипает к спине. Но вскоре, на подъеме, тропинка закончилась, и перед ней раскинулось широкое пространство пляжа и Атлантического океана. Скальные выступы уходили в море, словно мускулистые руки, а вдалеке за ними маяк на острове Мор-

[1] Средство звукового обнаружения подводных объектов с помощью акустического излучения. *(Прим. ред.)*

рис возвышался над волнами, окружавшими его со всех сторон. Эмми остановилась, хотя Хит продолжал идти; вид одинокого погашенного маяка, возвышавшегося посреди моря, пробуждал в ней смутное беспокойство. Кожу на затылке начало покалывать, и волосы зашевелились, как будто по ним провели гусиным пером. Эмми продолжала смотреть, пока солнце не коснулось линии горизонта, а небо за облачной пеленой потемнело. Потом она поспешила за Хитом, тщетно пытаясь избавиться от тревожного ощущения.

Пляж был усеян редкими группами людей, явно собравшихся для того, чтобы посмотреть на метеоры. Хит направился в сторону. Он уже поставил шезлонги и жестами звал ее к себе, когда небо озарила быстро удлиняющаяся световая дуга, за которой последовала вторая и третья. Все вокруг расцвело оттенками серого и жемчужного цветов. Узкие белые полосы чертили свои траектории очень быстро, но последовательно, словно череда бесшумных молний, отражаясь в волнах, набегающих на берег и танцующих вместе с метеорами.

Оторвав взгляд от небосвода, Эмми нашла шезлонг и села, запрокинула голову. Они долго сидели, в молчании наблюдая за космическим световым шоу, как будто этот спектакль был поставлен исключительно ради них. Наконец Эмми опустила голову, потому что шея начала ныть, и поняла, что мышцы ее лица тоже ноют, как будто она очень долго улыбалась.

— Здорово, правда? — за словами Хита скрывалась улыбка.

— Почему их называют Персеидами?

— Потому что отсюда кажется, что они исходят из созвездия Персея, но на самом деле они находятся лишь в сотне миль от Земли. Уверен, вы помните миф о Персее и о его любви к Андромеде.

Эмми помнила, но была рада выслушать пересказ. По вечерам она обычно оставалась одна, и ей стало понятно, что она, возможно, просто соскучилась по человеческому общению.

— Расскажите мне, — попросила она.

— Персей отправился на поиски Андромеды, которую приковали к скале, чтобы принести в жертву морскому чудовищу. Когда оно было уже готово приступить к обеду, явился герой с головой Медузы-горгоны в руке. Увидев голову, чудовище — кстати, отправленное богом Посейдоном — превратилось в камень. Ну а потом Персей взял Андромеду в жены, и они жили долго и счастливо.

Эмми поежилась, подумав о том, каково это — обратиться в камень.

— Суровое наказание за обычное желание поесть.

— Верно, хуже не придумаешь, — совершенно серьезно отозвался Хит.

Она пошевелилась в шезлонге и снова посмотрела на небо, готовая сменить тему.

— Они прекрасны. Не могу поверить, что раньше не обращала на них внимания. Как получилось, что вы все знаете о них?

— Я провожу много времени под открытым небом, особенно летними ночами, — ответил он после небольшой паузы. — Так можно многое узнать о мире и о жизни в целом. Гораздо больше, чем из книг.

— Я не всегда зарываюсь в книги. Иногда я занимаюсь и другими вещами. — Эмми помедлила, собираясь с мыслями и понимая, что поиск тайных посланий на полях книжных страниц — это не то, что Хит ожидает от нее услышать. — Например, веду дела в «Находках Фолли». Мы собираемся обустроить читательский уголок для детей. И еще я... — она немного подумала, — ...я гуляю. Иногда обхожу несколько кварталов в центре города во время обеденного перерыва. Но долго я гулять не могу — слишком жарко.

Хит довольно долго молча смотрел на нее.

— Звучит патетично. Вы живете так близко к пляжу, что вам нужно начать бегать по утрам. Бег проясняет разум и полезен для сердца. Кроме того, можно поискать морские стеклышки и раковины, пока не нагрянут купальщики.

— Что такое «морские стеклышки»?

— Приходите бегать вместе со мной, и я покажу вам. Кстати, во время бега вы немного загорите.

Эмми нахмурилась и отвернулась от него.

— Спасибо, но мне нравится здоровый белый цвет кожи. Насчет бега обещаю подумать, но не более того.

— Вот и хорошо.

Они откинулись в шезлонгах, окруженные ночью, и фоновая музыка океана едва не убаюкала Эмми. Она повернула голову к Хиту, когда любопытство снова одержало верх над благоразумием.

— Вы давно вылечились от рака?

— Девять месяцев, две недели, пять дней. Пока полет нормальный.

Хит повернулся к ней лицом, но Эмми не видела его глаз в глубокой тени.

— Вы не думаете о том, что болезнь может вернуться?

Он не стал медлить с ответом:

— Нет. Мне кажется, что беспокойство похоже на жевательную резинку: в конце концов она теряет вкус, и остается лишь выплюнуть ее.

Эмми рассмеялась и смущенно прикрыла рот ладонью.

— Прошу прощения, я просто... Ладно, просто не могу поверить, что вы сравниваете жевательную резинку с раковой опухолью.

— Нет, я сравниваю ее с беспокойством. Полагаю, если я буду следить за собой и проходить регулярные проверки, как советуют врачи, то сделаю все, что в моих силах. Больше я ничего не могу поделать, и беспокойство тут не поможет. Каждый день для меня нечто вроде поощрительного приза, поэтому я и наслаждаюсь каждым мгновением жизни.

Повисло тяжелое молчание, наполняя собой пространство, полное света, песка и воды, пронизанное утратами, тоской и сожалением. Когда-то Эмми с надеждой приветствовала каждый новый день, но та женщина стала призраком, который теперь навещал ее со зловещей настойчивостью, и она не знала, как избавиться от этого видения. Или от той неотъемлемой части себя, которую она потеряет, если сделает это.

Запрокинув голову, она смотрела на небо, пульсирующее, как сердцебиение, и пыталась вспомнить, когда она последний раз изучала окружающий мир. С легким потрясением она осознала, что это было задолго до встречи с Беном. Тогда она была юной девушкой и не представляла, что может что-то потерять навсегда, даже своих родителей. Потом она нашла убежище в книгах и часто зарывалась в них, пытаясь убежать от проблем. Книги никогда не покидали ее, и она находила в этом немалое утешение.

Эмми покосилась на Хита, слегка раздраженная из-за того, что он вывел ее из равновесия, а она позволила ему сделать это.

— Я прочитала вашу записку на бутылочном дереве.

Он повернул голову и посмотрел на нее.

— Я знаю. Поэтому я и забрал ее.

— Вы надеялись, что Джолин найдет записку и ответит?

— В общем-то, нет, — он пожал плечами. — Эта идея принадлежала тете Лулу. Она сказала, что когда была маленькой, то оставляла записки для подруги, которая переехала в другое место, хотя знала, что подруга никогда не прочитает их. Еще она сказала, что это давало ей душевный покой: что-то вроде молитвы, обращенной к Небу. Вот я и подумал, что это как раз то, что мне и нужно.

Эмми покачала головой.

— Ваша тетя Лулу похожа на Джекила и Хайда[1]. Она делает все, чтобы не вызвать к себе расположения, а потом — бац! — я слышу что-то вроде этого и вдруг начинаю понимать, почему люди любят ее так сильно, что тянутся к ней с объятиями и приглашают на семейные вечеринки.

Тихий смех Хита донесся до нее в ночном воздухе.

— Не будьте так суровы. Она прожила трудную жизнь и многое потеряла, но она одна из самых сильных людей, которых я знаю. Она до сих пор прочно стоит на ногах, несмотря ни на что.

Эмми бросила быстрый взгляд в его сторону, гадая о том, предназначались ли эти слова для нее, как будто ее собеседник что-то знал о ней. Она уже была готова ответить, что может прекрасно обойтись и без того, чтобы кто-то разыгрывал перед ней Фрейда, когда Хит заговорил снова:

— Пожалуй, я научу вас шэгу.

— Прошу прощения?

— Шэг — это национальный танец Южной Каролины. Здесь его называют «теплой ночкой с

---

[1] Два образа главного героя повести шотландского писателя Роберта Стивенсона (1850—1894) «Странная история доктора Джекила и мистера Хайда». (*Прим. ред.*)

холодным пивом и горячей девчонкой»[1], — он подмигнул и выразительно поиграл бровями. — В сороковые, пятидесятые и даже отчасти в шестидесятые годы причал Фолли-Бич был потрясающим местом. Сюда приезжали все звезды — Гленн Миллер, Томми Дорси и «Дрифтерс». Великие имена. Там, где теперь стоит «Холидей Инн», находился павильон с торговым пассажем и буфетом, а рядом была «Игровая площадка Фолли» — настоящая, а не просто кофейня в магазине, — которая открывалась каждую весну. Там были разные карусели и даже большое колесо обозрения.

Эмми закрыла глаза и ясно увидела все это, словно на черно-белой фотографии; услышала звуки оркестровой музыки, скрытой за плеском набегающих волн.

— Что же со всем этим случилось?

— Два пожара: один в 1957 году, а другой в 1977-м. Но к тому времени площадка опустела, а отдыхающие какое-то время воздерживались приезжать сюда. Потом причал отстроили заново, а в 1985 году появился отель. Некоторые называют это прогрессом. — Хит с улыбкой повернулся к ней. — Но летом на причале до сих пор танцуют.

Эмми приподняла бровь.

— Может быть, я схожу и посмотрю.

— Поверьте, это не так весело, как танцевать.

---

[1] Двусмысленность предложения состоит в том, что в ненормативной американской лексике это слово обозначает групповой секс.

Она коротко рассмеялась и запрокинула голову, чтобы посмотреть на окончание ночного шоу. Постепенно ее взгляд сосредоточился на маяке, рельефно выделявшемся на фоне слабого ночного свечения.

— Вы когда-нибудь бывали на маяке?

— В детстве. Конечно, это запрещено, но вы же знаете, какими бывают дети. Там довольно холодно. Наверху открывается хороший вид до острова Салливан. Теперь существует фонд, собирающий деньги для реставрации маяка. Есть даже маленькая копия недалеко от того места, где мы оставили тележку. Там можно узнать кое-что об истории маяка и о его основании.

Эмми кивнула и снова сосредоточилась на маяке.

— Как вы добрались туда, вплавь?

— Нет, конечно же. Там сдва ли не самое сильное течение в окрестностях Фолли-Бич. Там запрещается плавать, но все равно иногда приходят известия об утонувших. Либо люди настолько глупы, что занимались серфингом в зоне прибоя, либо падали со скальных выступов. Я никогда не вывожу лодку в эти воды и в любом случае не рекомендую новичкам делать это.

Хит встал и огляделся по сторонам, потом посмотрел на Эмми.

— Уже почти восемь вечера, и нам пора идти. Уверен, что книги по-прежнему ждут вас.

Эмми тоже встала, и они сложили шезлонги. Хит взял оба, и они направились обратно той же дорогой, которой пришли, а Персеиды продолжали озарять небо вокруг них.

Они почти вернулись на дорогу, когда Хит заговорил снова:

— Едва не забыл. Думаю, я почти выяснил, кто такой Питер.

Эмми остановилась, глядя на него, и Хит тоже остановился.

— Питер — друг Лулу и Мэгги?

— Думаю, да. Я владею участком, где раньше стоял дом Мэгги; Лулу отписала его мне несколько лет назад, и я до сих пор не могу решить, что с ним делать. Так или иначе, недавно я разбирал бумаги и кое-что искал, а потом наткнулся на документы, связанные со старым домом вплоть до времени его постройки — в начале прошлого века. Когда я просматривал их, то обнаружил документ о сделке купли-продажи, датированный маем 1943 года, согласно которой Мэгги О'Ши продала дом Питеру Новаку за десять долларов.

Эмми изумленно покачала головой.

— Десять долларов? Я знаю, что цены на недвижимость тогда были гораздо ниже, чем сейчас, но это все равно похоже на грабеж.

Они снова пошли к мототележке.

— Так и есть. Это выглядит как подарок.

— Судя по всему, он был не просто другом для нее. Особенно с учетом того, что Мэгги по-прежнему жила в своем доме до самой смерти в 1989 году.

Они подошли к тележке и остановились, пока Хит убирал шезлонги на задние сиденья.

— Я подумал то же самое. Полагаю, теперь у вас есть еще один вопрос для тети Лулу.

Взгромоздившись на переднее сиденье рядом с Хитом, Эмми застонала от боли в спине.

— Да. Кажется, нужно составить список и задать все вопросы одновременно. Возможно, вы согласитесь пойти со мной.

— Может быть, — без особого энтузиазма отозвался он и повернул ключ в замке зажигания.

Они ехали по улице, и Эмми произнесла:

— Мне нужно купить несколько полок для новой секции дизайна и поздравительных открыток. Вы можете кого-то порекомендовать?

— А я что, бездарь? — с притворной обидой откликнулся Хит.

— Вы архитектор. А мне нужен лишь плотник, которому я могу заплатить по соответствующим расценкам.

Хит выехал на подъездную дорожку, остановился и выключил двигатель. Ночь полнилась шорохами и жужжанием тысяч невидимых насекомых.

— В душе я плотник. Занимался плотницким делом, пока не поступил в колледж, где выучился на архитектора. Я могу соорудить вам книжные полки. Сейчас я не слишком занят делами фирмы, так что могу себе это позволить. Я даже выставлю разумную цену за услуги, если так проще для вас, но буду рад поработать бесплатно. Правда, при одном условии.

— Что за условие? — медленно спросила Эмми.

— Скажите мне, что Персеиды были одной из самых чудесных вещей, которые вам приходилось видеть, и что вы были рады посмотреть на них вместе со мной сегодня вечером.

Эмми смотрела на него, пока метеоры продолжали чертить свои траектории в ночном небе. Ей хотелось возразить и сказать, что Хит заблуждается, но она не могла этого сделать. Невольно улыбнувшись, она повторила:

— Это одна из самых чудесных вещей, которые мне приходилось видеть, и я была рада посмотреть на Персеиды вместе с вами сегодня вечером. Ну как, вы довольны?

Он кивнул.

— Вполне. Теперь я сделаю эти полки для вас. Буду в магазине завтра утром, если вас устроит.

— Спасибо. Я приезжаю туда к восьми утра, так что подойдет любое время после восьми.

Эмми спрыгнула с мототележки и с удивлением заметила, что Хит тоже спустился на землю.

— Джентльмен не бросает даму на дорожке, а провожает ее до парадной двери, — пояснил он при виде ее замешательства. — Мы соседи, помните?

— Хорошо, — сказала Эмми и направилась к парадному крыльцу, а Хит последовал за ней. Она получила гораздо большее удовольствие, чем ожидала, и ей не хотелось завершать вечер. Когда она остановилась у двери и достала ключи, то посмотрела на Хита, чувствуя искушение обратиться к нему за помощью в сортировке книг и поиске тайных посланий. Она знала, что он согласится, если его попросят, но все равно колебалась.

— Спасибо, — сказала она и открыла дверь. Заметив, что Хит не уходит, она добавила: — Вы хотели бы...?

Слова застряли у нее в горле, когда длинная белая полоска прочертила горизонт, оставив радужный хвост как воспоминание о себе. Хит тоже обернулся и посмотрел на небо.

— Эта почти достигла земли, — сказал он. — Некоторые подлетают очень близко, и тогда можно видеть их во всей красе.

Он с улыбкой повернулся к Эмми.

— Загадайте желание.

— Что?

— Разве вы не слышали, что если загадать желание, когда видишь падающую звезду, то оно обязательно сбудется? А метеоритный дождь — это же целый ливень падающих звезд.

Она покачала головой.

— Я в это не верю.

Хит довольно долго смотрел на Эмми в упор.

— Очень жаль, — он повернулся и начал спускаться с дюны. — Спасибо за компанию. Увидимся завтра утром.

Эмми посмотрела, как он уходит, потом вошла в дом и закрыла дверь. Пройдя к задней двери, она вышла на улицу и посмотрела на небо над болотом, где огненные стрелы все еще мелькали в ночи. Потом она закрыла глаза, запрокинула голову и в последний раз впервые загадала желание, совсем не связанное с Беном.

Глава 15

Фолли-Бич, Южная Каролина
Апрель 1942 года

Мэгги с некоторым удовлетворением посмотрела на опустевшую верхнюю полку, а потом передвинула табурет среди разложенных на полу атласов и книг о путешествиях. Она остановилась перед стопкой книг, которые Питер прислал ей почти за четыре месяца после их первой встречи. Материнские книги были дороги для нее, но эти стали еще дороже. Именно поэтому она решила подыскать для них такое место на полках, где посетители не смогут их быстро разглядеть и попросить почитать. Они принадлежали ей, и она была готова поделиться любыми другими книгами, но только не этими.

Когда Мэгги отошла в кладовую за мягкой тряпкой, чтобы вытереть пыль с обложек, то услышала звон дверного колокольчика, за которым вскоре последовало звяканье десятицентовой монетки, упавшей в жестяную банку, где посетители оставляли залог за книги, взятые из ее библиотеки. Поспешив наружу из кладовой, она крикнула:

— Я сейчас подойду...

Слова замерли у нее на губах, когда она увидела Питера, смотревшего на нее с широкой улыбкой.

— Здравствуй, Маргарет. Я привез тебе еще несколько книг.

Его лицо побледнело и осунулось, но глаза лучились светом, адресованным именно ей. Забыв о церемониях и о том, что кто-то еще может зайти в магазин в любую минуту, она бросилась навстречу и заключила его в объятия, едва не опрокинув их обоих на книжную полку за его спиной. Питер уронил книги, которые держал в руках, и крепко обнял ее.

Его теплое дыхание щекотало шею Мэгги, и она вздохнула.

— Ох, милый. Становится все труднее ждать тебя.

— Знаю, — он поцеловал ее за ухом, и по коже пробежала сладостная дрожь. — Обещаю, когда война закончится, все будет по-другому.

— Но когда? Когда все это кончится? — Она отодвинулась и заглянула в его янтарные глаза, которые всегда казались освещенными внутренним огнем.

— Скоро, — он ласково поцеловал ее и тоже отодвинулся, но продолжал обнимать ее за плечи. — Что происходит? — добавил Питер, глядя на кучи книг и пустые полки.

Мэгги виновато улыбнулась.

— Я становлюсь чрезвычайно эгоистичной и ставлю новые книги, которые ты привозишь, на самую высокую полку, где их никто не увидит. Тогда мне не придется делиться с ними.

Питер приподнял бровь, но улыбка выдавала его.

— Как нехорошо с твоей стороны, Маргарет. Правда, не уверен, что не поступил бы так же.

Он наклонился и снова поцеловал ее. На этот раз поцелуй длился долго, очень долго... Им даже не хватило дыхания.

— Мы сможем встретиться сегодня вечером? — спросил Питер.

Мэгги тщетно пыталась справиться с разочарованием.

— Недавно открылась летняя ярмарка, и мы с Робертом и Кэт обещали Лулу, что отведем ее туда. Сегодня я собиралась пораньше закрыть магазин.

Она уперлась лбом в его грудь, вдыхая ароматы шерсти, лосьона после бритья и соленого воздуха. Фолли-Бич уже как будто утвердил свои права на Питера, отметив его своим всепроникающим запахом.

— Но я не хочу расставаться с тобой.

Питер глубоко вздохнул, вслед за ним вздохнула и Мэри, уверенная в том, что он все понимает. Оторвавшись от Мэгги, Питер взял ее за руку.

— Что же, тогда не будем разочаровывать Лулу.

— Почему бы тебе не отправиться с нами? Ты знаешь Роберта и Кэт, а Лулу будет рада видеть тебя. Эта ярмарка не только для детей. Взрослые и подростки тоже любят летнюю ярмарку — это настоящий символ Фолли-Бич. Все закрывается после заката из-за обязательного затемнения, но если мы будем там к четырем часам, у нас останется примерно два часа, чтобы повеселиться как следует. — Мэгги крепко сжала его руки. — В последнее время нам очень этого не хватает. Думаю, тебе тоже будет полезно немного развлечься. Ты слишком много работаешь.

В глазах Питера как будто захлопнулись ставни, погасив свет, который видела Мэгги, когда смотрела на него.

— Само собой, — медленно ответил он. — Только мне нужно вернуться к себе, чтобы распаковать вещи и переодеться. Я зайду за тобой в четыре часа, хорошо?

— Это будет замечательно. Я знаю, что другие не станут возражать, особенно Лулу. Ты привез книгу и для нее, да?

Губы Питера изогнулись в слабой улыбке, не скрывавшей усталости.

— Разумеется. Я подумал, что ей может понравиться Шерлок Холмс. Конечно, Лулу еще ребенок, но она довольно взрослая для своего возраста. Кроме того, мистер Холмс — англичанин, поэтому все, чем он занимается у себя дома, не будет особенно тревожить ее, — он улыбнулся и приподнял брови. — А еще я привез тебе фунт сахару.

Прильнув головой к груди Питера, Мэгги слушала его сердцебиение.

— Ты так добр к нам, Питер. Думаю, я скорее позволила бы уморить себя голодом, чем расстаться с тобой, — она закрыла глаза, чтобы он не видел ее слез. — Помнишь тот вечер на пляже, когда ты попросил меня дождаться тебя? Я думала, что ты больше сюда не вернешься. Но я дождалась, правда? Я даже не ездила в Чарльстон, потому что боялась, что ты приедешь и не найдешь меня.

Питер положил ладони ей на щеки и легко поцеловал в губы.

— А я вернулся. Я всегда буду возвращаться к тебе.

Их губы снова встретились, когда руки Питера привлекли ее ближе к нему, и Мэгги закрыла глаза, более всего желая оказаться в каком-нибудь уединенном месте. Колокольчик снова зазвенел, и они быстро оторвались друг от друга, когда Лулу вбежала в магазин через заднюю дверь.

Девочка резко остановилась, когда увидела, что сестра не одна.

— Что ты здесь делаешь? — спросила она. Потом, когда Мэгги толкнула ее под локоть, она быстро добавила: — Рада видеть вас снова, мистер Новак.

Она посмотрела на пол, где лежали книги, купленные Питером, и ее лицо прояснилось. Проследив за ее взглядом, Питер опустился на колени и стал собирать книги.

— Разумеется, я должен был привезти подарки для своих любимых дам.

Лулу вспыхнула, когда Питер протянул ей книгу, и восхищенно продемонстрировала обложку Мэгги.

— Смотри, «Собака Баскервилей»!

Питер повернулся к Мэгги.

— Там больше не осталось книжек про Нэнси Дрю, которые Лулу еще не читала.

— Ты более чем щедр. Спасибо. — Мэгги выразительно взглянула на Лулу.

— Спасибо вам, мистер Новак.

Мэгги посмотрела на часы, висевшие на стене, и с подозрением покосилась на Лулу.

— Почему ты здесь, а не в школе? Занятия должны закончиться через два часа.

Лулу страшно хотелось поскорее начать читать книгу, и она в нетерпении постукивала носком туфли по деревянному полу.

— Сегодня утром, когда я собиралась в школу, Кэт стошнило, и она попросила меня остаться дома на тот случай, если понадобится моя помощь.

Мэгги прикусила нижнюю губу.

— Надеюсь, это не грипп.

Лулу шагнула к двери.

— Нет. Сейчас она чувствует себя гораздо лучше. Именно поэтому она послала меня сюда — напомнить, чтобы ты пораньше закрыла магазин, и тогда мы все вместе пойдем на карусели. Роберт обещал два раза прокатить меня на колесе обозрения.

— Должно быть, она что-то съела. Ну, хорошо. Передай ей, что я буду дома примерно в половине четвертого, чтобы успеть переодеться. Еще скажи, что Питер вернулся и пойдет с нами.

Лулу уже бежала к двери.

— Я все передам! — крикнула она, но хлопнувшая дверь заглушила последнее слово.

Улыбка Мэгги потускнела, когда она повернулась к Питеру, чье лицо выглядело еще более изможденным, чем раньше. Она провела ладонью по его щеке.

— Ты выглядишь сильно утомленным. Тебе лучше вернуться домой и немного вздремнуть. Тогда, может быть, ты почувствуешь себя лучше. Я не обижусь, даже если ты не придешь.

Он накрыл ее руку ладонью и поднес к своим губам.

— Я и правда устал. Нужно немного отдохнуть. Обещаю прийти к четырем часам.

Питер снова поцеловал Мэгги, взял шляпу с прилавка, где оставил ее, и вышел из магазина, даже не оглянувшись на нее.

Когда Мэгги вернулась домой, то нашла Лулу на крыльце. Девочка с головой погрузилась в новую книгу, благо на улице было довольно тепло. Мэгги поздоровалась, но Лулу даже не ответила и совершенно отрешилась от внешнего мира.

Улыбаясь, Мэгги открыла дверь и увидела Марту, надевавшую пальто в прихожей. Пожилая женщина хмурилась, и это обеспокоило Мэгги.

— Кэт чувствует себя лучше? Вы не думаете, что это грипп?

Марта покачала головой и поджала губы.

— Это не грипп, можете не беспокоиться, — она смерила Мэгги тяжелым взглядом и направилась к двери мимо нее. — Чем бы ни болела мисс Кэт, не думаю, что вы сможете это вылечить.

Она снова покачала головой и распахнула дверь.

— Я сварила куриный бульон, и она съела на ланч две тарелки с крекерами, так что у нее вполне здоровый аппетит. Остатки я убрала в ледник.

— Спасибо, Марта, — поблагодарила Мэгги, и старая женщина ушла, сильно хлопнув дверью.

Мэгги бегом поднялась по лестнице и ненадолго остановилась перед закрытой дверью Кэт, прежде чем постучать и приоткрыть створку. Кэт лежала на боку и смотрела в окно. Оно было закрыто, но шторы затемнения были подняты, а занавески раздвинуты, чтобы проникал солнечный свет.

— Кэт? — тихо окликнула Мэгги.

Кузина слегка пошевелилась и улыбнулась ей.

— Я как раз думала о тебе.

— Вот как? — Мэгги подошла к ней и примостилась на уголке кровати. Она приложила тыльную сторону ладони ко лбу Кэт и с облегчением убедилась, что он прохладный.

— Да. Я вспоминала то время, когда мы были детьми, моя мама тогда еще была жива. Помнишь, как мы играли в халф-роббер[1] с соседскими ребятами? Никто из мальчишек не хотел пускать тебя в игру, потому что ты не успевала за остальными. Но я разрешила Донни Роу поцеловать меня, и он позволил тебе играть за нашу команду. Впрочем, он был прав: ты играла не лучшим образом. Но я не позволила ему выгнать тебя.

Мэгги откинула волосы Кэт со лба и пригладила их.

---

[1] Халф-роббер, или халфболл, — упрощенный вариант бейсбола для игры на улице, в парке или на пляже, распространенный в южных штатах США.

— Я и не знала об этом. Мне казалось, что Донни просто хорошо ко мне относился.

Кэт отвернулась к окну.

— Еще я помню, как после смерти твоей мамы твой отец и все остальные говорили, что теперь ты должна позаботиться о Лулу и о магазине. Я-то видела, что тебе приходится хуже других, но никто не позволил тебе оплакивать маму.

Мэгги вздохнула, вспоминая эти горестные дни и чувство глубокой печали, которое на самом деле никогда не покидало ее.

— Ты отвела меня на пляж и заставила бегать в воде босиком, хотя было очень холодно, и я намочила подол. Все это выглядело так забавно, что я перестала плакать.

Кэт улыбнулась и посмотрела на кузину.

— Ты почти все умеешь делать сама, Маргарет О'Ши. Мне понадобилось много времени, чтобы найти хоть что-то, где я могла бы тебе помочь.

Мэгги тоже улыбнулась, расслабившись в теплой комнате и радуясь ощущению старой дружбы, которая по-прежнему продолжалась, несмотря ни на что.

— Почему ты вспомнила об этом сейчас?

— Не знаю. Может быть, я просто устала. Но я хотела убедиться, что ты тоже помнишь, вот и все.

Кэт отодвинулась и похлопала по матрасу рядом с собой. Мэгги прилегла вместе с ней, как она делала, когда обе были девочками. Она испытывала радость и печаль одновременно, вспоминая все, что было между ними, пока они росли вместе, и как обстояли дела до появления Джима.

Они довольно долго лежали в молчании, и глаза Мэгги уже начали закрываться, как вдруг Кэт спрыгнула с кровати. Мэгги села и увидела, как кузина решительно направилась к окну.

— Это проклятое окно! Здесь чертовски жарко, и Марта не смогла открыть его.

Она босиком забралась на подоконник.

— Лучше не делай этого, Кэт.

— Кто-то должен это сделать. Кого я только ни просила починить его, но никто не смог этого сделать. Наверное, все хотят, чтобы я задохнулась.

Она подняла задвижку и всем своим весом налегла на оконную раму.

— Пожалуйста, Кэт, не надо! Ты расшибешься.

— Я знаю, что делаю. И очевидно, я единственный человек на свете, который знает, как можно открыть окно.

Продолжая удерживать задвижку, она трижды налегла на оконную раму, пока окно не распахнулось. Мэгги с криком вскочила: ей показалось, что Кэт вот-вот вывалится наружу, но та уперлась одной рукой в подоконник, а другой крепко обхватила задвижку.

— Я же говорила! — с сияющей улыбкой констатировала Кэт. Потом она легко спрыгнула на пол и с довольным видом отряхнула ладони.

— Когда-нибудь ты все-таки расшибешься, и тогда настанет моя очередь сказать «я же говорила».

Несмотря на свои укоризненные слова, Мэгги не удержалась от улыбки. Они были очень близки с Кэт; их связь превосходила кровные узы и была даже сильнее обещания, данного на смертном одре. Несмотря на события последних лет, Кэт была единственной, кто мог без труда рассмешить Мэгги. Только она умела помочь ей относиться ко всему происходящему менее серьезно. Мэгги нуждалась в этом напоминании и мысленно обещала себе, что будет стараться поменьше за все переживать.

Она посмотрела на маленькие часы на столике рядом с кроватью.

— Уже почти четыре часа. Ты уверена, что хорошо себя чувствуешь и можешь пойти на карнавал?

— Я прекрасно себя чувствую. Наверное, это было легкое расстройство желудка. Впредь буду держаться подальше от сахарной ваты... если вообще останется сахар, чтобы готовить ее.

— Вот и хорошо. Мне нужно переодеться. Роберт и Питер будут здесь в четыре часа.

Мэгги направилась к двери и открыла ее.

— Питер придет?

Мэгги медленно обернулась, не вполне понимая, почему у Кэт изменился голос.

— Да, — ответила она, глядя на кузину. — Он пришел в магазин, и я пригласила его пойти вместе с нами. Я подумала, что никто из вас не будет возражать, и попросила Лулу сказать тебе об этом.

Кэт улыбнулась, и Мэгги немного успокоилась.

— Наверное, она забыла. Но я не возражаю, если он придет. Буду рада его видеть.

Мэгги улыбнулась в ответ и вышла в коридор, притворив за собой дверь. Но пока она одевалась, щемящее беспокойство донимало ее, как укус насекомого, до которого нельзя дотянуться, — крошечный и невидимый, но вполне реальный.

Роберт и Питер прибыли ровно в четыре часа, и Мэгги была готова встретить их. Кэт заставила их ждать около получаса, пока не спустилась вниз. Она выглядела еще более потрясающе, чем обычно, и была одета в узкую прямую черную юбку, туфли из кожи аллигатора на высоком каблуке с завязками на лодыжках и короткую меховую куртку. Кэт уклончиво ответила на вопрос, откуда она берет деньги на дорогие покупки, а Мэгги не была уверена в том, что ей захочется это узнать. На улице было уже слишком тепло для меховой одежды, но Мэгги понимала, что температура на улице не имеет ничего общего с выбором Кэт.

Сама Мэгги чувствовала себя маленькой девочкой в хлопковом платье и танкетках на пробковом каблуке. С некоторым ужасом она поняла, что одета примерно так же, как Лулу.

Мужчины встали, и Кэт кратко поприветствовала Питера, а потом подошла к Роберту и взяла его за руку.

— Дорогой, как я рада, что ты вернулся. Мне тебя не хватало, — она взяла его под локоть и повернулась к Питеру и Мэгги. — Пойдем?

Роберт и Кэт шли впереди, а Питер, Мэгги и Лулу, взявшись за руки, следовали за ними. Их путь пролегал на Сентер-стрит, где кафе и баров было пруд пруди. Наступил первый вечер карнавального сезона, и улицы были уже запружены мужчинами в мундирах и женщинами в красивых платьях и лучших туфлях, которые шли танцевать на причал. Мэгги тоскливо смотрела им вслед, и Питер заметил выражение ее лица.

— Сегодня вечером мы снова потанцуем, хорошо?

— Ох, пожалуйста, можно?

— Как ты захочешь.

Мэгги вспыхнула и не нашлась с ответом. Лулу посмотрела на нее снизу вверх и произнесла:

— Ты должна согласиться только за миллион долларов, Мэг, — она хихикнула над собственной шуткой, отпустила их руки и устремилась к подругам.

Мэгги и Питер шли рядом, почти соприкасаясь друг с другом. Грунтовая улица под ногами и запахи близкого океана почти исчезли; мир Мэгги сузился до узкого промежутка между их плечами. Питер повернулся, собираясь что-то сказать, но остановился, когда Роберт внезапно подошел к ним.

— Я надеялся, что мы встретимся, Питер.

— В самом деле? — с легким интересом спросил Питер. — Почему?

Он держал руки в карманах брюк, пока они неторопливо шли по Сентер-стрит к беседкам, каруселям и колесу обозрения, возвышавшемуся над побережьем, словно гигантский обруч.

— Один из парней в моем подразделении родом из Солона в штате Айова. Разве вы не оттуда?

— Да, верно. Как его зовут? Возможно, я знаю его, ведь Солон — небольшой городок.

— Он тоже так говорил. Натан Хэйнс. Полагаю, вы примерно одного возраста. Ну как, слышали о таком?

Питер продолжал идти, сосредоточенно наморщив лоб.

— Боюсь, что нет. Но я не ходил в школу в Солоне. Родители отдали меня в частный пансион в Чикаго, так что в городе у меня мало друзей среди ровесников.

— А он знает вас, вернее, вашу семью. Фамилия Новак хорошо известна, ведь на кожевенном заводе работает много местных жителей.

Питер улыбнулся.

— Надеюсь, о нем хорошо отзываются.

— Это точно. Он сказал, что учился в школе вместе с вашей сестрой, но не помнит, чтобы она упоминала о брате.

— В самом деле? Мы с сестрой не слишком близки, между нами шесть лет разницы, и я к тому же, как уже говорил, учился в Чикаго, а она оставалась дома. Может, поэтому она и не упомянула обо мне, — он сделал паузу. — А может быть, вашего друга подвела память.

— Да, возможно, — отозвался Роберт, когда они подошли к билетной будке.

Звуки карнавала смешивались с оркестровой музыкой, доносившейся с причала, и это пьянящее сочетание было почти таким же изысканным, как вид засахаренных яблок и жареного арахиса в ларьке у входа. Как и поиск ракушек на пляже, летний карнавал был частью детства Мэгги, и на секунду ей захотелось пуститься бегом вслед за Лулу. У нее кружилась голова от огней огромного колеса обозрения, и она никак не могла решиться, на чем бы ей покататься: на русских горках или на карусели-качалке с вращающимися креслами.

Кэт и Роберт исчезли в толпе, а Питер и Мэгги бесцельно бродили вокруг, присматривая за Лулу, пока она каталась на разных аттракционах со своими подругами. Питер остановился перед будкой с мячами и круглой мишенью с отверстием посередине и посмотрел на Мэгги.

— Сколько попыток? — спросил он у служителя, пожилого мужчины с выбитым передним зубом и дубленой кожей, бугристой, как выветренные дюны. Он уже потянулся за бумажником.

— Пять попыток за десять центов или пятнадцать за четвертак, — ответил тот, не вынимая зубочистки изо рта.

Питер достал монетку в десять центов и бросил на прилавок.

— Думаю, мне не понадобится больше двух попыток, — он подмигнул Мэгги. — А что я получу, если попаду в центральное отверстие?

Служитель постучал грязным ногтем по закрытой стеклом секции прилавка.

— Выиграете одно из модных дамских колец.

Питер и Мэгги посмотрели на дешевые стеклянные колечки и улыбнулись друг другу. Он взял первый мячик и сказал:

— Можешь выбрать себе кольцо, Маргарет, потому что скоро ты будешь носить его.

Чувствуя себя глупо, она затаила дыхание, пока Питер прицеливался и бросал мяч. Он зацепил верхнюю часть мишени, рикошетом отскочил от жесткой ткани на задней стене будки и покатился по полу.

— Еще четыре попытки, — сказал служитель, передав Питеру второй мячик и продолжая жевать зубочистку.

На этот раз Питер бросил мяч немного ниже, и он проскочил в отверстие, едва прикоснувшись к краям. Мэгги захлопала в ладоши, но удержалась от того, чтобы броситься ему на шею. Служитель с недовольным видом вытащил поднос с кольцами из-под стекла и поставил на прилавок.

— Выбирайте побыстрее. Уже очередь выстроилась.

Мэгги сделала вид, что раздумывает, но секунду спустя выбрала кольцо в форме цветка с пятью розовыми стеклянными лепестками вокруг голубого камешка в центре. Прежде чем она успела надеть его на палец правой руки, Питер остановил ее.

— Разреши мне, — попросил он.

Что-то холодное и твердое скользнуло по костяшке правого безымянного пальца Мэгги, и оно казалось гораздо более тяжелым, чем дешевое стеклянное колечко. Она ахнула от изумления и вытянула руку перед собой точно так же, как сделала Кэт, когда получила обручальное кольцо от Джима. Овальный сапфир, переливающийся в свете колеса обозрения, безмолвно подмигивал ей.

— Это твой камень по знаку зодиака. Я увидел его и не смог устоять.

— О, Питер! — Она прижала к груди руку с кольцом. — Я не могу принять такой подарок. Это просто не... Мне не подобает принимать от тебя такие дорогие вещи.

Он накрыл ее руки ладонями.

— Даже если это «кольцо обещания»?

Мэгги нахмурила брови.

— Что ты имеешь в виду?

— Помнишь наше обещание?

— Да, конечно.

— Я хочу, чтобы ты вспоминала о нем каждый раз, когда будешь смотреть на это кольцо. Сейчас в мире непростая ситуация, и я не могу предложить тебе чего-то большего. Но все изменится, и мы изменимся тоже. Тогда мы сможем дать друг другу новые обещания.

Воздух внезапно стал разреженным, как на большой высоте. Карнавальные огни и звуки океана окружили Мэгги, как будто время застыло и Земля перестала вращаться вокруг своей оси. Она медлила, запечатлевая в памяти все звуки и зрелища и понимая, что этот момент она всегда будет вспоминать как счастливейший в своей жизни. Она встала на цыпочки и потянулась, пока ее губы не оказались на расстоянии волоска от губ Питера, но тут кто-то дернул ее за руку.

—. Мэг!

Мэгги опустила голову и увидела Лулу, нетерпеливо смотревшую на нее.

— Ты обещала покататься со мной на каруселях, — взгляд девочки переместился на правую руку Мэгги. Она ничего не сказала, но Мэгги была совершенно уверена, что она слышала каждое слово.

Прежде чем она успела ответить, Питер предложил:

— Давайте покатаемся на колесе обозрения.

Их взгляды встретились, и Мэгги прильнула к Питеру.

— О, пожалуйста! Но я обещала Лулу покататься с ней.

— Мы пойдем все вместе.

Дождавшись согласия Лулу, он взял их обеих за руки и повел через толпу к концу длинной очереди перед колесом обозрения. Возможно, дело было в наступающей осени или даже в этом символе нормальной жизни — таком неожиданном в мире, где все было перевернуто с ног на голову. А может быть, Мэгги и Питер просто знали, что все может измениться вопреки их желанию.

Они втроем втиснулись на сиденье, уперлись ногами в опорную раму и подождали, пока служитель не закрепил перед ними тонкий металлический прут. Колесо медленными рывками ползло вверх по мере того, как служители разгружали и загружали каждую кабинку. Потом оно с громким скрежетом начало двигаться быстрее.

Лулу задрыгала ногами от восторга, а Питер посмотрел на Мэгги над головой девочки. Свет, пылавший в его глазах, заставил ее вспыхнуть и повернуться к бескрайнему океану, где вода соприкасалась с краем неба. Она задумалась о новых возможностях и обещаниях и положила левую руку на правую, ощущая под пальцами гладкое золото кольца.

Когда Мэгги покосилась на Питера, он тоже смотрел на океан; его лицо было серьезным и непроницаемым, взгляд сфокусирован на горизонте. Но когда он снова повернулся к ней, его глаза были совершенно отсутствующими, как будто он забыл обо всем сказанном Мэгги. Потом он отвернулся и посмотрел вниз, словно не мог дождаться, когда кабинка опустится на землю, и Мэгги почувствовала, что ее захлестывает обида.

Когда кабинка опустилась вниз, Питер помог Мэгги выбраться из кабинки и тепло улыбнулся ей. Но когда они уходили прочь от ярких огней на колесе обозрения, Мэгги не могла отделаться от ощущения, будто она только что шагнула мимо ступени на длинном лестничном пролете и кубарем покатилась вниз.

Глава 16

Фолли-Бич, Южная Каролина
Сентябрь 2009 года

Эмми проснулась на рассвете, уверенная в том, что в доме раздался звук шагов. Но когда она открыла глаза, то услышала лишь утреннее пение птиц, названий которых она до сих пор не знала. Как и болото, они были для нее другой загадкой низменностей Южной Каролины — очередной неизвестной величиной, заставлявшей ее чувствовать себя скорее гостьей, чем уроженкой здешних мест.

Эмми села в постели и закрыла глаза, пытаясь вспомнить звук шагов, который раздавался не в ее спальне, а доносился из гостиной. Она зябко передернула плечами под струями прохладного воздуха от потолочного вентилятора и подумала, что шаги от нее удалялись.

Она встала, пошла на кухню, поставила кофе и обвела взглядом беспорядок в гостиной. Новый детский уголок, современная система компьютерного учета и разработка веб-сайта поглотили большую часть ее сил, не оставив времени на разборку книг, разбросанных на полу гостиной. Осталась лишь небольшая часть — наверное, не больше двух дней работы.

Когда Эмми наливала кофе, то старалась не думать о том, что задержка с разборкой книг имеет куда меньшее отношение к свободному времени, чем к ее нежеланию попрощаться с прошлым. Перед тем как принять душ и одеться, она обдумала мысль о прогулке на пляже, но быстро отказалась от этой идеи. В воскресный день ей было совершенно не обязательно выходить из дома или даже принимать душ, пока не захочется. В качестве утешительного приза она пообещала себе немного позже сходить в бакалейный магазин, хотя бы для того, чтобы с кем-то пообщаться.

Налив вторую чашку кофе, она раскрыла ноутбук, устроилась рядом с первой стопкой книг и взяла верхнюю. Когда она раскрыла обложку, то удивилась, сразу же увидев послание, написанное неизвестной женщиной. Буквы были мелкими; цитата из Джона Драйдена окружала по периметру книжную страницу:

«Любовь считает часы за месяцы, а месяцы за годы, и каждая короткая разлука — это целая эпоха». Ты мне нужен. Ты мне нужен. Ты мне нужен. Когда? И, пожалуйста, пусть это случится поскорее».

Эмми ощутила в собственном горле вкус тоски и отчаяния, как будто она сама написала эти слова. *Кто эта женщина?* На какую-то секунду Эмми захотелось убрать книги обратно на полку в башенке и закрыть дверь. Она уже давно поняла, что может так и не узнать, кто писал эти послания и что случилось в итоге с двумя влюбленными. Но теперь у нее почти пропало желание выяснить это; она слишком хорошо знала, что одной любви недостаточно, чтобы двое людей всегда оставались вместе.

Она довольно быстро обнаружила еще две записки. Первая, снова от женщины, гласила:

«Когда мы вместе, все сомнения исчезают, и я не могу поверить, что мы поступаем плохо. Поторопись, милый. Пожалуйста».

Эмми взяла чашку с нетронутым кофе и обнаружила, что он совсем остыл. Дрожащей рукой взяла последнюю книгу из ближайшей стопки — «Мэнсфилд-парк» — и открыла ее. Она медленно перелистывала страницы и остановилась на сто сорок первой, где от слов, написанных мужским почерком, по ее спинке пробежал знакомый холодок.

«Это должно закончиться. Я близок к отчаянию — такому отчаянию, которое может довести до убийства. Я всю ночь лежу без сна и пытаюсь найти выход из этой невыносимой ситуации. Я должен поговорить с тобой. Давай встретимся».

Убийство? Эмми ощутила ледяной озноб, как будто она подслушала разговор, который ни в коем случае не должна была услышать.

Звякнул дверной колокольчик, и Эмми вскочила, расплескав кофе. Она посмотрела на старую рубашку Бена, доходившую ей до колен, представила свои всклокоченные волосы и темные круги под глазами. На секунду ей захотелось сделать вид, будто ее нет дома, но она увидела на подъездной дорожке автомобиль Эбигейл.

Окинув книги долгим взглядом, она направилась к парадной двери и открыла ее. Ее дружелюбная улыбка померкла, когда она увидела Лулу, стоявшую за спиной Эбигейл. Казалось, Лулу так же «рада» видеть Эмми, как и Эмми «рада» видеть ее.

— Доброе утро, — Эмми вопросительно посмотрела на Эбигейл.

— Уже день, — буркнула Лулу, глядя на бутылочное дерево, выгравированное на стеклянной дверной панели.

— Ну да, — согласилась Эбигейл. — Хит сказал мне, что здесь есть кое-какие фотографии, не считая тех, которые я дала вам в конверте, и что у вас есть вопросы, на которые может ответить только Лулу. Поэтому я привезла ее сюда. Я прекрасно понимаю, что если не вмешаться, то вы обе не захотите сдвинуть дело с мертвой точки.

Эмми рассмеялась, удивив обеих посетительниц.

— Как вы заставили ее согласиться? Надеюсь, обошлось без оружия?

Она отступила и пропустила гостей в дом. Лулу неуклюже протиснулась мимо нее.

— Само собой. Она сказала, что мы сможем поговорить о Джолин и веб-сайте, пока я буду здесь, — она с извиняющимся видом посмотрела на Эмми. — Хит просил сообщить вам, что он вернулся из Атланты.

— Правда? Я была так занята в магазине, что почти забыла о его отъезде.

Лулу фыркнула, но Эбигейл и Эмми не обратили на это внимания.

— Он сказал, что пробудет здесь две недели, чтобы закончить работу с электропроводкой в новом отделе магазина. Еще он надеется, что вы каждое утро гуляете на пляже, как он советовал, потому что он собирается взять вас на пробежку.

Эмми не торопилась закрывать дверь, потому что ей не хотелось встречаться взглядом с Эбигейл. Она дважды выходила на дюны с намерением прогуляться и даже надевала пляжные сандалии и платье, полученное от матери. Но, как и окончание работы с книгами в гостиной, настоящая прогулка по пляжу была слишком решительным шагом — официальным прощанием с чем-то, чему ей не хотелось давать определение.

Эбигейл прошла через гостиную, лишь мельком взглянув на разложенные книги, и открыла дверь, ведущую на задний двор.

— Теперь, когда стало прохладнее, можно впустить сюда немного свежего воздуха. — Она вышла на крытую веранду, посмотрела на задний двор и цокнула языком при виде недостроенного причала.

— И у вас, и у Хита есть неоконченные проекты. Надеюсь, это должно что-то значить.

Лулу снова фыркнула, и Эмми вопросительно посмотрела на нее.

— Вы не говорили, что здесь свили гнездо скопы, — продолжала Эбигейл.

— Что? — Эмми подошла к ней и проследила за ее взглядом до высокого столба с круглой площадкой наверху, стоявшего у недостроенного причала.

— Хит говорил мне, что построил площадку для птиц, но не упоминал о том, что пара скоп уже свила там гнездо.

— Как они выглядят?

Эбигейл как-то странно покосилась на нее.

— Они довольно большие, и многие путают их с орлами. Но у скоп коричневые перья на голове и белая грудка, а крылья немного скошенные, — она повернулась к Эмми. — Иногда родители отказываются приносить еду подросшим птенцам, чтобы те скорее покинули гнездо.

Они одновременно посмотрели на пустое гнездо.

— А иногда птенцы находят себе другое гнездо, где взрослые кормят их, пока они не научатся летать. В некотором смысле это делает их похожими на людей, верно?

Эмми не знала, как ответить, поэтому промолчала, глядя на заброшенное гнездо и оранжевый диск послеполуденного солнца над спящим болотом.

— Где же птицы?

— В августе они начинают мигрировать на юг; некоторые во Флориду, а другие долетают до Кубы или Южной Америки. Но в марте они возвращаются и откладывают яйца. Они прилетают к прежнему гнезду и в том же составе. Эти птицы выбирают себе спутника на всю жизнь. Хотя они могут совершить перелет на другой континент, но всегда возвращаются домой.

Эмми подумала о больших птицах, покидающих гнездо и расстающихся друг с другом, но уверенных в том, что они снова встретятся в их общем гнезде.

— Не так уж они похожи на людей, — проговорила она, но ее голос сорвался, и попытка пошутить оказалась неудачной.

Эбигейл накрыла ладонью ее руку.

— Вам нужно время, Эмми. Но только это не должно затягиваться.

Она отвернулась и вошла в дом, словно понимая, что должна оставить Эмми одну, чтобы дать ей собраться с духом и примириться с тем, что ее сравнили с птенцом, которому пора научиться летать.

Эмми несколько раз глубоко вдохнула, а потом последовала за Эбигейл.

— Кто-нибудь хочет кофе?

Она остановилась, когда увидела, что Лулу сидит перед неразобранной стопкой книг с толстым томом, раскрытым на коленях. Она побледнела, а руки ее дрожали. Эмми подошла ближе и попыталась взять у нее книгу, но Лулу крепко держала ее.

— С вами все в порядке?

— Что стряслось? — спросила Эбигейл, подошедшая сзади.

— Все хорошо, — отрезала Лулу, по-прежнему цепляясь за книгу.

Эбигейл наклонилась, увидев слова, написанные на полях.

— Что это?

— Вот об этом я как раз и хотела спросить Лулу, — ответила Эмми. — В коробке книг, которую вы прислали в магазин моей матери, а также во многих книгах из местной библиотеки на полях есть записки. Они оставлены мужчиной и женщиной, которые долго переписывались друг с другом, хотя я не имею представления о хронологии. Там нет инициалов, подписей или чего-либо еще, помогающих определить личность авторов, но, насколько я могу судить, во всех посланиях почерк одинаковый.

— Что за послания? — Эбигейл наклонилась поближе.

Лулу помедлила, и на мгновение Эмми показалось, что сейчас она закроет книгу и откажется от дальнейших разговоров. Вместо этого Лулу протянула книгу Эбигейл и жестко выпрямилась, ее лицо при этом стало еще более непроницаемым, чем обычно. Эмми и Эбигейл прочитали:

«Любовь — это тиран. Сопротивляйтесь». Я должна встретиться с тобой. Когда?»

— Первая часть — это цитата из «Меланхолии влюбленного» Джона Форда, — произнесла Эбигейл. — Но кто написал послание?

— Именно это я и хочу узнать. Это женский почерк; мужской достаточно сильно отличается от него, разница очевидна. — Эмми глубоко вздохнула, когда осознала, что и Лулу, и Эбигейл могут оказаться в родстве с автором, и решила отказаться от мысли, что влюбленные были вовлечены в тайный роман. — Они по какой-то другой причине пользовались книгами для обмена сообщениями.

Эмми подошла к ноутбуку и раскрыла его, чтобы показать Эбигейл свои находки.

— Я составляю список книг с записками на полях, обнаруженных мною, и пытаюсь найти хоть какую-то последовательность. Как видите, они расположены в случайном порядке. Некоторые — просто любовные послания, другие — более отчаянные или сердитые, а в третьих они просто спрашивают друг друга, когда могут встретиться снова.

Эмми помедлила, раздумывая о том, стоит ли продолжать. Ее нерешительность была связана не только с желанием пощадить чувства Эбигейл и Лулу, но и с собственным намерением продолжить поиски.

Лулу продолжала молчать, сложив руки на груди, пока Эбигейл читала документ, сохраненный в компьютере Эмми. Когда она подняла голову, ее глаза были широко распахнуты.

— Где конверт с фотографиями, которые я вам дала?

Эмми немного подумала, смущенная тем, что она лишь мельком взглянула на фотографии, а потом сложила их обратно. Она была почти уверена, что оставила фотографии на кухне, и пошла туда, чтобы их забрать. Протянув конверт Эбигейл, она спросила:

— Зачем они вам понадобились?

Эбигейл опустилась на кушетку и поставила ноутбук на кофейный столик, чтобы освободить руки.

— Уверена, эта мысль уже приходила вам в голову. Книги принадлежали Мэгги, поэтому вполне возможно, что женский почерк тоже принадлежит ей. Поскольку она всегда надписывала фотографии с обратной стороны, мы можем сравнить.

Эбигейл аккуратно вытряхнула на колени фотографии из конверта. На первом снимке был изображен тот самый маленький мальчик, которого Эмми знала как Джона, мужа Эбигейл. Эмми встала, чтобы взять книгу, которую Лулу по-прежнему держала в руках, но когда наклонилась к ней, то снова испытала странное ощущение, что ей ответят отказом. Но Лулу все же сунула закрытую книгу в протянутые руки.

— Не знаю, почему вам хочется копаться в могилах. Мертвых нужно оставить в покое, чтобы живые могли жить своей жизнью.

Их взгляды встретились, и Эмми убедилась в том, что Лулу говорила о хорошо известных ей людях.

Эмми принесла книгу Эбигейл и перелистала страницы, пока не нашла женский почерк. Пожилая женщина положила рядом фотографию Джона в ковбойской шляпе, сапогах и с игрушечной кобурой на боку и перевернула ее, открыв надпись: «5 ноября 1944 года». Они внимательно сравнили надписи и переглянулись.

— Почерк одинаковый, — сказала Эмми. — Посмотрите на завиток в нижней части прописной «г». И здесь, — она указала на букву «р» в словах «ноябрь» и «тиран». И там, и тут есть небольшая петля. Это довольно необычно — во всяком случае, достаточно для того, чтобы утверждать, что эти надписи сделаны одним человеком.

— Мэгги?

— Вы уверены, что это она подписывала фотографии?

Эмми взяла остальные фотографии и стала переворачивать их. На обратной стороне каждого снимка было что-то написано одним и тем же почерком. Она остановилась, когда увидела слова: «День нашей свадьбы, 11 июня 1943 года». Перевернув снимок, Эмми увидела Мэгги в красивом костюме, в шляпе и перчатках, стоявшую рядом с незнакомым мужчиной в мундире офицера ВМФ. Она показала фотографию Эбигейл.

— Это ведь Мэгги, не так ли?

Эбигейл прочитала надпись, взяла фотографию и показала ее Лулу.

— Это Мэгги, никаких сомнений. А мужчина должен быть отцом Джона. Правильно, Лулу?

Пожилая женщина поджала губы и обхватила себя руками.

— Думаю, Мэгги не хотела бы, чтобы мы лезли в ее жизнь. Она была очень замкнутым человеком.

Эбигейл опустила руки на колени, по-прежнему держа фотографию.

— Но разве тебе совсем не интересно? Вот я, например, хочу узнать, принадлежит ли мужской почерк отцу Джона или нет? Я могу спросить Джона, не осталось ли у него отцовских писем для сравнения. Мне известно лишь то, что во время войны он жил на авиабазе в Чарльстоне и познакомился с Мэгги, когда они танцевали на причале, — она улыбнулась. — Тогда это случалось довольно часто. На войне чувства людей обострялись, и они сходились гораздо быстрее, чем в мирное время.

Лулу уперлась в них тяжелым взглядом, как будто они упустили нечто очевидное. Она явно не собиралась помогать женщинам в их расследовании.

— Сегодня у меня слишком много дел, чтобы устраивать вечер воспоминаний. Давайте поговорим о вашем сайте.

Эбигейл подняла руку.

— Подожди, тетя Лулу. Сначала мы должны посмотреть эти фотографии и другие, которые висят на стенах. У Эмми есть несколько вопросов.

Она взяла фотографии и разложила их на кофейном столике, чтобы всем было видно. Там было несколько снимков Джона в ковбойском костюмчике и сапогах, включая фотографию на пляже с игрушечной кобурой, пристегнутой к плавкам. На большинстве фотографий Мэгги находилась рядом с Джоном и часто обнимала или крепко держала, словно боялась отпустить. На всех снимках она улыбалась, но выражение ее глаз заставляло Эмми наклоняться ближе в надежде узнать, что делает их такими знакомыми. Потом она потрясенно выпрямилась, впервые осознав, что видит это выражение каждый раз, когда смотрится в зеркало: погасшие глаза, которые смотрят на мир, словно глаза птицы из клетки.

Лулу пристально смотрела на Эмми, как будто тоже поняла это.

— Что вы хотите узнать?

Эмми взяла со стола один из снимков. На нем был изображен мужчина с необычными глазами — тот самый, которого она видела на обрамленной фотографии в гостиной. Она перевернула карточку, но сзади ничего не было написано.

— Кто это?

— Питер, — с небольшой задержкой ответила Лулу. — Эта фотография была сделана на причале весной 1942 года. Кто-то подарил Кэт фотокамеру на день рождения, и она как будто помешалась, потому что снимала всех подряд.

Эбигейл наклонилась ближе.

— Я узнаю браслет с «песчаным долларом»... это рука Мэгги?

Лулу пожала плечами.

— Кэт или Мэгги, трудно сказать. Браслет принадлежал Мэгги — она унаследовала его от матери, — но Кэт иногда брала его поносить. Она брала у Мэгги много разных вещей.

Эмми встала и подошла к фотографии в рамке.

— Это определенно тот же мужчина: видите золотое кольцо с печаткой на его правой руке? Ему явно не нравится, что его фотографируют.

— Да, он ненавидел это. Вот почему у нас есть только две его фотографии.

Эмми вздрогнула, когда обнаружила, что Лулу бесшумно подошла к ней со спины. Повернувшись к четырем фотографиям на стене, она указала на свадебный снимок.

— Это Кэтрин, верно? Но кто ее жених?

В глазах Лулу затеплилась улыбка, и ее лицо преобразилось.

— Это Джим Брайер. Он погиб при Перл-Харборе.

Эмми снова изучила фотографию, стараясь угадать признаки будущей трагедии точно так же, как это бывало, когда она рассматривала фотографии с собственной свадьбы. Но лица были молодыми и ясными, хотя первое впечатление о том, что Кэтрин была скорее удивлена, чем обрадована, не изменилось.

— Как жаль. У них были дети?

Лулу покачала головой:

— Нет. Вскоре после свадьбы его отправили на Гавайи. Она была очень красивой, не так ли? Почти такой же хорошенькой, как Джолин.

Эмми нахмурилась и не ответила, все еще пытаясь понять, что в этой паре вызывает у нее смутное беспокойство.

— Джим был местным?

— Нет. Он был родом из Лафайета в штате Луизиана. Это он рассказал мне о бутылочных деревьях.

— Значит, бутылочные деревья — это память о нем, — сказала Эмми, глядя на Лулу. — Вроде собственных детей, которые пережили его.

На какое-то мгновение Эмми показалось, что Лулу вот-вот заплачет. Очевидно, так и случилось, потому что она быстро отвернулась и хрипло сказала:

— Давайте поговорим о сайте.

— Хорошо, — ответила Эмми и намеренно повторила слова Лулу: — Что вы хотите узнать?

— Когда вы наймете Джолин? Я видела то, что она вам прислала, и это превосходная работа. Из-за вас я теряю деньги на потенциальных заказах.

Эмми приподняла брови.

— Вы готовы к расширению спроса? Кажется, вы и так постоянно работаете не покладая рук.

Лулу скопировала выражение ее лица.

— Я поговорила с Джанелл. Сейчас она ходит на курсы и учится придавать металлу нужную форму в специальной печи. Скоро она сможет изготавливать для меня древесные стволы, и тогда дело пойдет гораздо быстрее. Кроме того, у меня приличный запас бутылок — хватит до следующего тысячелетия.

Эбигейл подошла и положила руку на плечо Лулу.

— Пытаешься избавить весь мир от злых духов, да?

Лулу фыркнула, но Эмми не обратила на это внимания. Она вспомнила взгляд Лулу, когда они обсуждали фотографию Кэтрин и Джима.

— Сколько вам было лет, когда Джим женился на вашей кузине?

— Почему вы спрашиваете об этом?

Эбигейл сжала плечо Лулу и ответила:

— Ей было девять лет. А что?

Эмми покосилась на Лулу, изумленная умоляющим выражением ее лица. Она проглотила слова, которые собиралась сказать, и нашла новые.

— Мне просто интересно. Я пытаюсь узнать, как долго продолжается увлечение Лулу бутылочными деревьями.

Эбигейл отвернулась, удовлетворенная ответом, но Эмми продолжала смотреть на Лулу, гадая, почему пожилая женщина не захотела отказаться от детского увлечения даже через шестьдесят лет.

— Так почему бы вам не нанять Джолин и не решить этот вопрос окончательно? — вновь требовательно спросила Лулу. Ее голос вернул Эмми к действительности.

— Потому что я еще не получила других, конкурентных предложений. И еще потому, что она может оказаться алкоголичкой, а с такими людьми я связываться не хочу. Сейчас я не могу себе этого позволить — вы знаете, что творится с экономикой.

— Но вы можете хотя бы поговорить с ней?

Эмми выдержала паузу, прежде чем ответить.

— А почему для вас так важно, чтобы я наняла Джолин?

Лулу отвела взгляд и покачала головой.

— Вы не поймете.

— А вы попробуйте объяснить.

Губы Лулу вытянулись в прямую линию, и она смерила Эмми суровым взглядом.

— Мы обе потеряли матерей в ранней юности. Это нас связывает, так и есть. Другие люди не понимают, какая это утрата, если сами не лишились родителей так рано. Я поняла, почему она не захотела встречаться с Хитом после того, как ему поставили диагноз. Я не утверждаю, что она поступила правильно, но я понимала ее чувства, в отличие от всех остальных. И до сих пор понимаю, — она быстро взглянула на Эбигейл. — Она чувствует себя одиноко. Мэгги много делала для меня, и, может быть, так я смогу оплатить свой долг перед ней.

Эмми вспомнила, как Эбигейл рассказывала ей, что Джолин напоминает Лулу о человеке, перед которым она осталась в долгу. Теперь стало ясно, что это Мэгги.

Эмми кивнула, приняв объяснение Лулу.

— Буду рада поговорить с Джолин. Я хотела сделать это раньше, но она уехала в Атланту. И я признаю, что ее идеи для сайта выглядят впечатляюще.

— Тогда я попрошу ее позвонить вам и договориться о встрече.

— Отлично, — сказала Эмми, а потом, словно кто-то толкнул ее в бок, быстро добавила: — Спасибо вам.

Эбигейл встала.

— Думаю, нам пора идти, чтобы вы могли вернуться к своим книгам.

Она направилась к двери, а Лулу и Эмми последовали за ней.

Они попрощались, но когда старшие женщины почти спустились с крыльца, Эмми вспомнила еще об одном вопросе, который она хотела задать:

— Вам удалось найти ту последнюю коробку с книгами?

Лулу продолжала идти, а Эбигейл обернулась и покачала головой:

— Я искала везде, но безуспешно. Тем не менее я попробую еще раз.

— Спасибо, я очень признательна.

Эбигейл продолжала стоять, внимательно глядя на Эмми.

— Не тратьте слишком много времени на прошлое, слышите? Иногда вы напоминаете мне Мэгги. Думаю, однажды она просто забыла, что живет в настоящем.

Эмми замешкалась с ответом, обиженная и немного рассерженная одновременно.

— А может быть, она просто слишком любопытна, — бросила Лулу через плечо.

— Я дам вам знать, если найду эту коробку, — сказала Эбигейл, не обратив внимания на ее слова. Она помахала и направилась к автомобилю.

Эмми закрыла дверь и вспомнила рассказ Хита о том, как Мэгги продала свой дом Питеру Новаку. Но, увы, было уже поздно — спросить об этом было не у кого. Ей хотелось побежать следом и поговорить с Лулу, но потом она решила, что лучше будет обсудить это на работе. Общение с Лулу утомляло ее, и она не думала, что сможет выдержать очередной взгляд исподлобья или еще одну полуправду.

Прислонившись к двери, Эмми посмотрела на экземпляр книги «Мэнсфилд-парк», оставленный на столике. Она взяла книгу и перечитала записку:

«Это должно закончиться. Я близок к отчаянию — такому отчаянию, которое может довести до убийства. Я всю ночь лежу без сна и пытаюсь найти выход из этой невыносимой ситуации. Я должен поговорить с тобой. Давай встретимся».

Она снова поежилась, когда ветер ворвался в открытую заднюю дверь и принес с собой пряные запахи болота и шепчущую музыку бутылочного дерева. Горлышки бутылок выводили песню неизвестного происхождения — мелодию, пробуждавшую воспоминания и желание танцевать и плакать одновременно. Эмми подошла к задней двери и закрыла ее, отгородившись от болота, музыки и странного ощущения, что весь мир вступил в сговор, чтобы научить ее танцу, которому она не хотела учиться.

Глава 17

Фолли-Бич, Южная Каролина

Май 1942 года

Ни единый солнечный луч не проникал сквозь шторы затемнения в комнате Мэгги, но она знала, что время близится к рассвету — уже пели птицы. Ее глаза горели: и эту ночь она провела без сна, беспрестанно ворочаясь и прислушиваясь к дыханию Лулу, и дожидалась утра в полной темноте. Питер уехал больше чем на неделю, а на остров пришла влажная жара, она, как сырым одеялом, накрыла Фолли-Бич. Все казались ошарашенными известием о введении новых рационов и сообщениями о затонувших судах, павших жертвами неуловимых подлодок. Хотя американцы наконец призна ли торпедные атаки, а военнопленные с одной затонувшей субмарины были отправлены в соседний Чарльстон, никто не мог избавиться от гнетущей тревоги, захватившей Фолли-Бич в свои цепкие объятия.

Мэгги соскользнула с кровати, стараясь не разбудить Лулу, и сдвинула в сторону штору затемнения, чтобы впустить в комнату немного света. Поспешно умывшись, она направилась вниз. Когда она проходила мимо комнаты Кэт, то заметила, что дверь слегка приоткрыта, хотя знала, что Кэт всегда спит с закрытой дверью. Заинтригованная, она открыла дверь пошире, заглянула внутрь и увидела пустую разобранную постель и ночную рубашку Кэт, валявшуюся на полу.

Мэгги спустилась вниз, надеясь встретить Кэт на кухне или в гостиной, и при виде пустых комнат у нее внутри шевельнулось неприятное предчувствие. Она знала, что сегодня Кэт не дежурит в службе наземного патрулирования, потому что собиралась работать в магазине, а ее карточки наблюдателя[1] лежали на кухонной стойке. В субботу торговля была наиболее оживленной, и Мэгги нуждалась в ее помощи. Сейчас она не понимала, что происходит и почему у нее вдруг пересохло во рту.

Она подняла шторы затемнения и прибралась в гостиной, чтобы хоть чем-то заняться. Теперь уже не на шутку обеспокоенная, она сняла с шифоньера плетеную корзинку, надела туфли и отправилась на пляж за черепашьими яйцами. Она приготовит сытный завтрак на троих, а потом, возможно, поделится с ними своим планом переоформить дом на Кэт. Если ей придется спешно уехать вместе с Питером, она не хотела ждать или тревожиться за будущее ку-

---

[1] Карточки с рисунками немецких военных самолетов для обучения стажеров из корпуса наземного наблюдения.

зины. Разумеется, Лулу поедет с ними, а Кэт останется хозяйкой дома.

Она медленно шла к пляжу по пустынным улицам, помахивая корзинкой. С мая по август большие морские черепахи выползали из океана и откладывали яйца на побережье, а потом возвращались в море. Мэгги с детства приходила на пляж ранним утром, чтобы собрать черепашьи яйца, следуя по бороздам в песке, которые заканчивались небольшими ямками, засыпанными песком и пляжным мусором.

Мать научила ее брать ровно столько яиц, сколько нужно, и засыпать кладку, чтобы остальные черепашки могли вылупиться. Мэгги всегда удивлялась тому, как мать-черепаха может оставлять своих еще не рожденных малышей, даже не зная, выживут ли они. После смерти собственной матери она ложилась на песок и шептала еще не родившимся черепашкам, что сироты могут выжить, хотя чувство утраты навсегда останется с ними.

Мэгги стояла на плоской вершине дюны и вдыхала прохладный утренний воздух, насыщенный солеными брызгами. Вдалеке, на западе, она заметила разъезд конного патруля, но он был слишком далеко, и она не стала махать им рукой. Она оставила туфли на песке, подхватила корзинку, спустилась по дюнам к линии прибоя и начала искать черепашьи яйца и другие сокровища, оставленные морем.

Давным-давно, когда Мэгги была маленькой, мать сказала ей, что вещи, найденные на пляже, служат напоминанием о том, что ты не один в этом мире. Всегда можно найти то, что тебе нужно, если искать как следует. Мэгги утешалась этой мыслью, когда бродила по пляжу. Если у нее когда-нибудь будет свой ребенок, она сделает так, чтобы он обязательно узнал эту нехитрую истину.

Недалеко впереди она увидела характерные борозды и ямки и поднялась выше, где слой песка становился более глубоким. Опустившись на колени, она поставила корзинку рядом с собой и стала осторожно разгребать песок, пока не показались круглые жемчужно-белые яйца, лежавшие горкой друг на друге и ожидавшие зова луны и высокого прилива.

Аккуратно достав из кладки шесть яиц, Мэгги уложила их в корзинку и засыпала песком остальные. Она собралась возвращаться домой, пока Лулу не проснулась, но в то же время Мэгги хотелось хотя бы еще немного побыть одной. Она жалела, что не взяла фотокамеру Кэт, чтобы запечатлеть красоту рассвета.

Мэгги спустилась на пляж и пошла вдоль линии прибоя, выискивая морские стеклышки. Так ее мать называла кусочки старого стекла, гладко окатанные прибоем в ювелирной мастерской океана — сокровища, скрытые в песке и ожидавшие своего часа. В детстве Мэгги любила находить кусочки стекла и воображать, что когда-то они были частью пиратского корабля или королевской яхты; частью другого мира за пределами Фолли-Бич, которую она могла держать в руке. Тогда к ней впервые пришло понимание, что мир гораздо больше, чем она может себе представить, и морские стеклышки послужили для нее источником вдохновения для изучения атласов и карт далеких мест, которые она когда-нибудь надеялась увидеть.

Мэгги ушла довольно далеко и подняла голову, лишь когда услышала то, что сначала приняла за крики птиц, ищущих утреннюю добычу. Она с удивлением поняла, что дошла до полусгнивших свайных опор на восточном конце пляжа, которые остались от домов, смытых во время урагана 1939 года, когда Атлантический океан едва не уничтожил Фолли-Бич. Опоры стояли как безмолвные часовые, наблюдая за неутомимой работой волн и терпеливо дожидаясь своей участи.

Она снова услышала звук — безудержный жалобный плач и огляделась вокруг, пытаясь понять, откуда он доносится. Стайка водорезов порхала над водой; маленькие птицы поднимались, опускались и перекликались друг с другом, словно соседи, которые обмениваются утренними приветствиями через забор. Но звук, который тревожил ее, был другим: горестное причитание, какого она не слышала с тех пор, как пришла к Этель Перкинс и принесла ей еду. Этель только-только узнала тогда, что трое из четырех ее сыновей погибли где-то во Франции. От этого звука по коже пробежали мурашки, страх сковал тело.

Мэгги уже собиралась повернуть назад, когда заметила на песке, на одной из деревянных опор, что-то цветное. Она медленно направилась туда и вскоре увидела красную женскую туфлю, свисавшую на кожаном ремешке. Ей хотелось притвориться, будто она ничего не видела, вернуться к своему привычному миру, поиску яиц и приготовлению завтрака. Но после смерти матери она стала чрезмерно ответственной и уже не могла пройти мимо чужого горя.

С колотящимся сердцем Мэгги подошла ближе, пока не увидела подол красного платья и хорошо знакомую меховую куртку, сильно пострадавшую от воды и песка. Прижимая к себе корзинку с яйцами, Мэгги бросилась вперед и опустилась на колени рядом с Кэт, которая была совсем не похожа на ту женщину, которая вчера вечером отправилась танцевать на причал. Ее тщательно завитые локоны почти распрямились и спутанными золотистыми волнами падали на лицо с потеками туши для ресниц. Алая помада стала бледно-розовой, что делало ее лицо похожим на сморщенное брюшко морской звезды.

Но больше всего Мэгги встревожили ее глаза, тускло-зеленые, без единого лучика света. Если бы Кэт не плакала, то можно было подумать, что это труп.

Мэгги протянула руку и коснулась ее плеча, но Кэт отпрянула в сторону.

— Что с тобой, Кэт? — удивленно спросила Мэгги, опустившись на корточки и отодвинув корзинку. — Что случилось?

Рыдания Кэт сменились глубокими утробными стонами. Она отвернулась от Мэгги и произнесла:

— Уходи. Ты не захочешь помогать мне, когда узнаешь.

— Что узнаю, Кэт? Ты меня пугаешь. Пожалуйста, скажи мне, что стряслось.

Кэт покачала головой, и Мэгги увидела, что ее руки сжаты в кулаки, а из одного из них торчит кончик мужского носового платка. Ее глаза тревожно расширились.

— Роберт... он обидел тебя?

Кэт запрокинула голову и залилась хриплым лающим смехом, который совсем нельзя было назвать веселым. Потом она повернулась к Мэгги и сказала:

— Вообще-то нет. Как раз наоборот: это я обидела его так, что хуже не придумаешь.

— Ты говоришь какую-то ерунду, Кэт. Что произошло? Расскажи, и тогда я смогу помочь тебе.

Кэт посмотрела на нее тусклыми глазами и покачала головой.

— Ты такая добрая и безупречная, Мэгги. А ты знаешь, как тяжело с тобой жить? Жить в тени твоей святости, витающей надо мной каждый божий день. Нет, ты не знаешь, потому что у тебя в голове никогда не водилось дурных мыслей.

Мэгги хотела сказать Кэт, что та ошибается, что за годы, прошедшие после смерти матери, ей много раз хотелось устроить истерику и проклинать всех на свете. Она потянулась к кузине, стараясь утешить ее так же, как это делала Кэт, когда они были детьми, а ей самой снились кошмары. Но Кэт снова отодвинулась, и Мэгги ощутила острый укол страха.

— Ты знаешь, что это неправда, Кэт. Пожалуйста, скажи мне, что случилось, и тогда я помогу тебе. Еще не было такой проблемы, какую мы не могли бы решить вместе.

Кэт попыталась встать, но из-за туфли со сломанным каблуком ее нога подвернулась в мягком песке.

— Господи, Мэгги, разве ты не понимаешь? Ты такая добрая, что не видишь зла в окружающих людях. Ты даже не подозреваешь, что оно здесь, — она махнула рукой. — Уходи. Уходи, пока я не сказала тебе то, что ты не захочешь услышать.

Мэгги выпрямилась, постаравшись не растрясти черепашьи яйца в корзинке. Она испытывала странное ощущение, как будто стояла на вершине длинной лестницы и знала, что легко может уйти или спуститься, но при этом рисковала упасть вниз.

— Что сделал Роберт? — медленно спросила она.

— Предупреждаю тебя, Мэгги. Прекрати расспросы, иначе ты пожалеешь об этом. — Кэт вытерла глаза тыльной стороной ладони, еще более размазав тушь по лицу. Мэгги сглотнула, но снова спросила:

— Что случилось, Кэт? Что сделал Роберт? Он порвал с тобой?

Кэт закрыла глаза руками и громко застонала.

— Да! — крикнула она достаточно громко, чтобы напугать стайку волнорезов, которые разлетелись в разные стороны. — Роберт оставил меня. Он не хочет иметь ничего общего со мной.

Мэгги подошла к Кэт, готовая ринуться за нее в бой.

— Но почему, Кэт? Ведь он любит тебя.

Губы Кэт изогнулись в язвительной ухмылке.

— Потому что я беременна.

Мэгги замерла в удивлении. Из всех сценариев, мелькавших перед ее мысленным взором, она даже не задумывалась о таком. Кэт знала, как избежать беременности; она сама сказала ей об этом, когда выходила замуж за Джима. Но если уж это случилось, то эту проблему можно было решить аккуратно и без всякой огласки. Неподалеку от Чарльстона располагался женский монастырь, куда Кэт могла отправиться до рождения ребенка, если Роберт не передумает. Подробности они обсудят потом; сейчас ей нужно было привести Кэт домой, нагреть ей ванну и накормить завтраком.

— Ты просто слишком потрясена этой новостью, — сказала она. — Судя по тому, что мне известно о Роберте, я уверена, что он не оставит тебя. Он хороший человек...

Кэт снова покачала головой, не сводя своих зеленых глаз с лица Мэгги.

— Он не отец ребенка.

Слова прозвучали с такой обдуманной точностью, что Мэгги показалось, словно ей выстрелили в грудь. Небо потемнело, и вода куда-то отступила, когда ее взгляд сосредоточился на женщине в промокшей меховой куртке и красном платье.

— Тогда кто... — Мэгги не закончила фразу. Она как будто проваливалась в красный тоннель под звуки океана и голоса Кэт.

— Питер, — это было сказано без всякой злобы и потому оказалось еще страшнее. Бесстрастный голос Кэт развеял праведный гнев, который Мэгги могла бы призвать себе на помощь. Она стояла, а мир бесцельно вращался вокруг нее. Мэгги и боялась, что если она пошевелится, то разобьется на части, словно стекло.

— Он знает? — спросила она ровным голосом и сама этому удивилась.

— Да, — ответила Кэт. — Я сказала ему вчера, когда он вернулся. Он ответил, что не женится на мне, потому что любит другую.

Мэгги закрыла глаза, отгородившись от мертвого взгляда и красных туфель. Не открывая их, она попятилась и пошла прочь, не заботясь о том, куда идет. Потом она споткнулась и упала, уронив корзинку. Яйца рассыпались и разбились, желтки запятнали песок, словно пролитая кровь. Мэгги не смогла встать, но поползла дальше. Потом, убедившись, что ноги окрепли, она встала и пошла прочь.

Кэт побежала за ней. Ее меховая куртка на пляже выглядела так нелепо, что Мэгги хотелось расхохотаться, но она знала, что если начнет смеяться, то уже не остановится.

— Но мне кое-что известно и о Питере, и я собираюсь всем рассказать об этом, если он не женится на мне и не признает себя отцом ребенка. Я сказала, что залезу на крышу и буду кричать об этом. Но он ответил, что ему все равно и он лучше останется с тобой и сядет в тюрьму, чем женится на мне.

Теперь Кэт кричала, и в ее голосе слышались истерические нотки. Мэгги повернулась к ней, не желая слушать дальше.

— Заткнись, слышишь! Заткнись! Я больше не хочу ничего слышать. Уходи и оставь меня в покое. Мне нужно как следует подумать об этом, так что не попадайся мне на глаза.

Кэт остановилась, слегка покачиваясь.

— Держись подальше от дома, пока я не уйду на работу. Я не желаю тебя видеть, пока не решу, что делать.

Кэт шагнула вперед и остановилась.

— Он должен жениться на мне, Мэг. Если он этого не сделает, то мне конец.

Мэгги, понимая, что не вынесет рядом присутствия Кэт, быстро отвернулась и пошла по пляжу, не обращая внимания на острые края ракушек, хрустевших под босыми ногами, и неустанный ритм дыхания океана, который когда-то служил ей убежищем.

Лулу видела, как Мэгги соскользнула с кровати. Она притворялась, что спит, пока слушала, как одевается сестра. Она гадала, сколько времени понадобится Мэгги, чтобы узнать, что Кэт сегодня не ночевала дома. Лулу снова выследила Кэт, и на этот раз все получилось очень легко из-за полнолуния и потому, что она не забыла надеть туфли.

Кэт опять направилась к заброшенному дому на пляже. Она несла туфли в руках, пока брела по воде к заднему крыльцу. Теперь наверху не было мигающего фонарика — только звуки голосов в тихой ночи и хлопнувшая дверь, оставившая за собой абсолютную тишину.

Лулу не знала, сколько прошло времени, и заснула, а потом проснулась, услышав голоса спорящих мужчины и женщины. Они стояли на парадном крыльце, и Кэт кричала достаточно громко, поэтому Лулу слышала каждое слово. Сердце ее переполнилось холодом. Только теперь она поняла, кто был этот мужчина, и от этого ей захотелось плакать.

Кэт ушла первой; она сбежала по крыльцу, даже не потрудившись приподнять подол красного платья. Она бежала так быстро, что Лулу не успела уйти с дороги, хотя теперь это уже не имело значения. Вместо того чтобы направиться по улице, Кэт пошла в другую сторону, к Ист-Эшли-авеню. Лулу решила было двинуться следом, но потом мужчина тоже вышел из дома, сел в автомобиль и уехал. Лулу пряталась за деревом, пока он не скрылся из виду, но было уже слишком поздно догонять Кэт. Девочка подумала, что Нэнси Дрю и даже Шерлок Холмс порой совершали ошибки, но в конце концов все равно ловили преступников, и это делало сюжет еще более увлекательным.

Когда Лулу вернулась домой, то постаралась отряхнуть весь песок, памятуя о том, что в прошлый раз, когда она следила за Кэт, Мэгги поинтересовалась, откуда взялся песок на простыне. Остаток ночи она провела без сна. Слова, которые она услышала, продолжали прыгать у нее в голове, как резиновые мячики.

Как только Мэгги вышла из дома, Лулу встала, подбежала к окну и увидела, как ее сестра с корзинкой идет к пляжу. В животе у девочки заурчало, когда она представила черепашьи яйца, которые Кэт поджарит для нее, когда вернется. По крайней мере, теперь у нее было время подумать, как много она может рассказать сестре, и приступить к работе над бутылочным деревом, которое, как она знала, скоро понадобится Мэгги.

Лулу начала спускаться по лестнице, когда услышала скрип расшатанной ступеньки на парадном крыльце. Она на цыпочках сошла вниз и выглянула в окно, не сознавая, что затаила дыхание, пока не начала ловить ртом воздух. Прежде чем она успела отступить в сторону, Питер повернул голову и посмотрел прямо на нее. Она отпрянула и нырнула под окно в надежде, что он видел лишь свое отражение.

Следующий час они сидели всего лишь в десяти футах друг от друга. Потом Лулу услышала, как спинка кресла-качалки со стуком ударилась о стену дома, как будто Питер резко встал. Осторожно выглянув из-за края занавески, Лулу увидела, как Мэгги приближается к дому. Корзинки у нее в руках уже не было, что выглядело странно, но больше всего Лулу удивило, что Мэгги шла босиком, а большой палец ее левой ноги был весь в крови. За всю свою жизнь Лулу видела Мэгги босиком только на пляже, и даже тогда сестра умудрялась держать ноги в чистоте.

Мэгги остановилась на нижней ступени крыльца и взялась за перила, и в этот момент увидела Питера.

— Почему...? — спросила она, а потом вдруг стала заваливаться на бок, как будто тело ее стало ватным. Упасть она не успела — Питер подхватил ее, но когда она пришла в себя, то с силой оттолкнула его. — Это правда? У Кэт от тебя ребенок?

Лулу затаила дыхание, ожидая ответа, но, судя по выражению лица Мэгги, она уже знала, что это правда.

Питер не стал отводить глаза, он посмотрел Мэгги в лицо и медленно кивнул.

— Мне жаль, Маргарет. Это не то, что ты...

Он не успел закончить. Мэгги размахнулась и отвесила ему тяжелую пощечину. Лулу вскрикнула и закрыла рот ладонью, зная о том, что звук легко проникает через тонкие окна и стены. Она заметила, как Питер снова повернулся к Мэгги с ярко-красным пятном на щеке. Лулу еще не видела, как Мэгги кого-то бьет, и ей всегда казалось, что сестра даже не умеет это делать. Ей хотелось отвернуться; она понимала, что Мэгги будет гораздо хуже, если та узнает, что Лулу наблюдает за ними, но просто не могла остановиться. Это было как в тот раз, когда утонувшего Джимми Фонтейна вытащили из воды и уложили на песок. Лулу хотела убедиться, что это тот самый мальчик, с которым она сидела на уроках математики, поэтому заставила Мэгги отпустить ее, чтобы посмотреть на тело утонувшего мальчика.

Лулу до сих пор помнила, как выглядел Джимми. Он был белее снега, бесцветное лицо словно растаяло в океане. Тогда она поняла, почему Мэгги не хотела, чтобы младшая сестра видела это; лицо Джимми до сих пор иногда появлялось перед ней, когда она закрывала глаза перед сном. Должно быть, Мэгги точно так же еще очень долго слышала голос Питера после расставания с ним.

Питер стоял, глядя на Мэгги, и не стал защищаться, когда она замахнулась, чтобы снова ударить его. Ее глаза припухли от слез, но теперь она дрожала всем телом, и Лулу подумала, что она, должно быть, простудилась.

— Я не собираюсь требовать объяснений, потому что они не имеют значения, — сказала Мэгги голосом, совсем не похожим на ее собственный. — Факты говорят сами за себя. Ты воспользовался женщиной, которая гораздо более уязвима, чем можно себе представить. Она слабая, и ты это знал. А теперь у нее будет ребенок.

— Пожалуйста, Маргарет, я должен сказать тебе...

Мэгги продолжала, как будто не слышала Питера:

— Теперь ты женишься на Кэт и станешь членом этой семьи, а я приму тебя в семью ради ребенка. Но это все. Между нами не будет ничего, кроме самых официальных отношений.

Мэгги замолчала, и Лулу показалось, что она вот-вот упадет в обморок, потому что она взялась руками за горло и как будто пыталась восстановить дыхание.

Питер положил ладонь на руку Мэгги, но она стряхнула ее и начала подниматься по лестнице. Его лицо приобрело зеленовато-белый оттенок, как брюхо аллигатора.

— Маргарет, я люблю тебя. Ты должна поверить мне. Ты многого не понимаешь...

Не оборачиваясь, она затрясла головой, словно пыталась избавиться от назойливых мыслей.

— Питер, сейчас значение имеет только одно: меньше чем через девять месяцев у Кэт родится ребенок и ему будут нужны родители.

Теперь Питер вел себя так, будто не слышал слов Мэгги.

— Мы можем уехать вдвоем. В Калифорнию. Ты всегда говорила, что хочешь увидеть Голливуд и встретиться с Бетт Дэвис. А когда война закончится, мы уедем в Париж. Или в Рим, или в любое другое место, о которых мы говорили.

Он поставил ногу на нижнюю ступеньку, но дальше не пошел. По-прежнему не оборачиваясь, Мэгги подошла к двери.

— Завтра я отведу Кэт к отцу Дойлу, и мы договоримся о свадьбе. Чем скорее, тем лучше для всех.

Лулу смотрела, как по щекам Мэгги текут слезы и капают на блузку.

— Могу я надеяться хотя бы на то, что ты достойно обойдешься с Кэт и ребенком?

Питер покачал головой.

— Не надо, Маргарет, пожалуйста. Ты должна выслушать меня. Есть кое-что, о чем тебе нужно узнать, — нечто гораздо большее, чем все мы, вместе взятые. Это не оправдывает мое поведение, но поможет тебе понять, почему я так поступил. Пожалуйста, послушай. Я люблю тебя. Ты должна мне верить.

Мэгги закрыла уши ладонями.

— Ни слова больше — слышишь меня? Я не собираюсь слушать твои речи. Что сделано, то сделано. Ты все разрушил, и я должна как-то собрать вместе то, что осталось от моей семьи.

Лулу успела спрятаться за стулом, прежде чем Мэгги вбежала внутрь и захлопнула за собой дверь. Когда она бегом поднялась по лестнице, Лулу снова выглянула в окно и подавила удивленный крик, столкнувшись со взглядом Питера за стеклом. Он жестом попросил ее выйти на улицу, и она подчинилась. Сердце гулко стучало в груди, но от удивления, а не от страха. Лулу слышала его разговор с Кэт и знала гораздо больше, чем он мог предположить, а в книгах она читала о том, что это может обеспечить безопасность, когда имеешь дело с опасными людьми.

Когда Лулу приблизилась к Питеру, он сел и вырвал листок бумаги из маленького блокнота, который постоянно носил во внутреннем кармане пиджака, и начал что-то писать. Она подождала несколько минут, пока он не закончил; потом он скатал листок в трубочку, словно сигарету, и протянул ей.

Их глаза встретились, и на короткое мгновение Лулу стало его жалко. Она знала, что он любит Мэг так же сильно, как Мэгги любит его, и почувствовала себя так же, как в тот раз, когда видела Джимми Фонтейна на песке. Некоторые вещи навсегда остаются с тобой независимо от того, хочешь ты этого или нет.

— Маргарет говорила мне, что ты оставляешь записки для подруги на бутылочном дереве. Не могла бы ты положить мою записку в одну из бутылок? Это очень важно. Понимаешь, *очень* важно, — Питер пристально смотрел на Лулу, отчего она начала переминаться с ноги на ногу. — Это для Мэгги, но сейчас она не готова прочитать мое письмо, иначе я бы попросил передать его ей. Важно, чтобы никто другой не видел письмо, поэтому я не хочу, чтобы ты прятала его в шкафу или где-нибудь еще. Дерево надежнее, поскольку все знают, что оно твое.

Лулу кивнула, и Питер, судя по всему, остался доволен ее реакцией.

— А завтра скажи ей, где лежит письмо, хорошо? Ты понимаешь меня?

Лулу понимала гораздо больше, чем смела сказать. Она снова кивнула и сжала записку в кулаке.

Питер встал и взъерошил ей волосы.

— Я знал, что могу рассчитывать на тебя. Ты умная девочка, Лулу. Мэгги очень повезло с тобой.

Он поднял свою шляпу, лежавшую на крыльце, и спустился по ступеням, но потом быстро обернулся.

— Это очень важно, понимаешь? Никто не должен прочитать письмо, кроме Маргарет.

— Я понимаю, — ответила Лулу.

Она подождала, пока Питер не уехал, а потом бесшумно вошла в дом и забралась в свое укрытие между окном и стулом. Без лишних раздумий она развернула письмо и стала читать.

«Моя дорогая Маргарет,

мне нужно поговорить с тобой и все объяснить. То, что я сделал, позорно. Но я должен рассказать тебе, почему это случилось — не для того, чтобы оправдаться, а для того, чтобы обезопасить тебя. Дай мне последний шанс — это все, о чем я прошу. Я хочу увезти тебя подальше отсюда, куда-нибудь, где мы сможем все начать снова и оставить прошлое позади.

Обещаю, что, если ты уйдешь после того, как я все расскажу, я больше не буду беспокоить тебя. Если ты вообще не придешь, то таким образом я получу ответ. Я сделаю все, что ты скажешь, женюсь на Кэт и стану отцом ребенка. И я найду способ защитить тебя даже издалека. Но если ты когда-нибудь любила меня, как я люблю тебя, то ты придешь. Встретимся в среду вечером в нашем особом месте возле маяка, в одиннадцать часов. Я буду ждать».

Лулу дважды прочитала письмо перед тем, как скатать его точно так же, как сделал Питер. Она встала и застыла, словно охваченная параличом, слушая тиканье настенных часов на кухне. Она не позволит Мэгги уехать отсюда. Они с Лулу принадлежат Фолли-Бич; так было и так будет всегда. И она определенно не позволит Мэгги уехать вместе с Питером. Что-то у Мэгги внутри непременно умрет, если она узнает о нем правду, и сама мысль об этом помогала Лулу чувствовать себя более сильной, чем когда-либо раньше.

Отгородившись от внутреннего голоса, который всегда обращался к ней, когда она делала что-то, чего не должна была делать, Лулу на цыпочках поднялась по лестнице и прошла в свою старую комнату. Шторы затемнения по-прежнему были опущены, и она открыла их, чтобы стало светло.

Потом она опустилась на колени перед комодом, достала шкатулку со своими сокровищами, положила ее на пол и откинула крышку. Наверху лежала кружевная лента для волос, подаренная Питером, и Лулу ощутила слабый укол совести при мысли о том, что собирается сделать. Указательным пальцем она отодвинула другие предметы, чтобы освободить место для записки, и положила ее рядом с сережками из «песчаных долларов» и черепаховой пряжкой. Лулу долго смотрела на записку, потом закрыла ее лентой и захлопнула крышку. Она засунула шкатулку глубоко в нижний ящик комода и ушла.

Лулу прокралась по коридору и открыла дверь комнаты, которую она делила с Мэгги. Сестра лежала на кровати спиной к двери, но, судя по тому, как содрогались ее плечи, было ясно, что она не спит. Шагнув вперед, Лулу наступила на песок и увидела, что Мэгги даже не вытерла ноги перед тем, как улечься в постель. Это убедило девочку, что она поступила правильно. После смерти матери она начала понимать, что человек может вынести лишь определенное количество горя и разочарования и еще одна раскрытая тайна может оказаться для него невыносимой.

Не сказав ни слова, Лулу улеглась в постель со своей стороны и стала смотреть в потолок и слушать, как плачет сестра. Потом она повернулась на бок и обняла Мэгги точно так же, как Мэгги обнимала ее после смерти мамы. Она не знала, как долго они лежали там, но когда Мэгги наконец выпрямилась, солнце проделало долгий путь в небе и ни у одной из них больше не осталось слез.

Глава 18

Фолли-Бич, Южная Каролина
Сентябрь 2009 года

На этот раз, когда Эмми проснулась, шаги казались совершенно реальными, и на мгновение она усомнилась в том, что спит. Быстро выбравшись из постели, она прошла в гостиную и огляделась, ожидая увидеть Бена. Вместо этого она снова услышала шаги, но они раздавались на ступеньках крыльца. В полном смятении Эмми побежала туда, распахнула дверь и едва не столкнулась с удивленным Хитом.

— Доброе утро, — жизнерадостно поприветствовал он Эмми. На нем была старая футболка с обрезанными рукавами и спортивные шорты с эмблемой университета Южной Каролины. Наряд дополняли синие наколенники из эластичной ткани и хорошие кроссовки для бега. Он удивленно смотрел на Эмми, раздумывая, специально ли она вышла его встречать.

Эмми часто заморгала, еще не вполне проснувшись.

— Почему вы здесь?

Его взгляд скользнул по рубашке Бена.

— Надеюсь, вы не собираетесь бегать в этом? Рубашка так велика, что вы можете запутаться в ней и упасть на бегу.

Слова Хита не сразу дошли до Эмми, но потом она поняла.

— На бегу?

— Да. Разве моя мама не передала вам, что я приду сегодня утром?

— Я и понятия не имела, — ответила Эмми и отпустила дверь.

— Хотите, чтобы я подождал здесь, пока вы переоденетесь, или можно войти?

— Вы серьезно, да?

Он согнул правую ногу в колене, ухватился за лодыжку и начал растягивать мышцы бедра.

— Вполне серьезно. Я подожду пять минут, а потом вернусь за вами. Не забудьте шляпу и лосьон от солнца.

Все еще слишком сонная, чтобы задумываться о том, почему она это делает, Эмми быстро натянула шорты, футболку и теннисные туфли, нанесла лосьон и прихватила из холодильника бутылочку с водой, а потом направилась к парадной двери, где Хит терпеливо ждал ее. Тут она кое-что вспомнила, бегом вернулась в спальню, взяла недавно купленный козырек от солнца и вышла к Хиту, тяжело дыша от потраченных усилий. Он посмотрел на ее теннисные туфли и нахмурился.

— Если вы не хотите страдать от боли в лодыжках, то придется завести что-нибудь более основательное.

— Если я переживу сегодняшнее утро, — отозвалась Эмми. — Напомните, почему я это делаю.

— Потому что раньше вы никогда этим не занимались. Вы не думали об этом, а может быть, вашему мужу нравилось, какая вы худая и бледная. Так или иначе, пробежка пойдет вам на пользу.

Эмми сердито посмотрела на него.

— Вы ничего не знаете о моем муже.

— Верно, — легко согласился он. — Но я немного больше знаю о вас и вижу, что вы сомневаетесь каждый раз, когда приходится заниматься новыми вещами или что-то менять. Я не критикую вас, но хочу заметить, что вы кажетесь бледной и слабой. Но сейчас вы какое-то время собираетесь жить на пляже, а у меня есть подозрение, что вы побывали там лишь однажды, и то вместе со мной. Я прав?

Эмми довольно долго смотрела на Хита, но не стала ему возражать, что он ошибается и насчет нее, и насчет Бена.

— Давайте закончим на этом и пойдем, хорошо?

Хит закрыл дверь, и Эмми заперла ее. Его пес Фрэнк терпеливо дожидался их, мотая головой в красной бандане, резко контрастировавшей с его черной шерстью. Когда они спустились с крыльца, Эмми спросила:

— Почему вы назвали его Фрэнком, а не Спотом или Ровером?

Хит ухмыльнулся.

— Я дал ему кличку в честь моего кумира, Фрэнка Ллойда Райта[1]. Решил, что если мама смогла назвать меня в честь Хитклиффа, то я имею право назвать своего пса в честь великого архитектора.

Они пересекли Ист-Эшли, спустились по тропинке со знаком, предписывавшим, что собак следует выгуливать на поводке, и вышли на почти пустой пляж. Был отлив. Одинокий мужчина с металлоискателем медленно брел вдоль края воды, держа рамку прибора над самым песком.

— Вы как-то упоминали, что ваш отец — большой знаток истории и ему нравится охота за сокровищами, — она указала на человека с металлоискателем. — Он этим тоже занимается?

Хит кивнул:

— Да, но только не на пляже, мешала инвалидная коляска. Он посещает поля сражений и заброшенные плантации. До сих пор ему не встретилось ничего особенно ценного — в основном пряжки от

---

[1] Фрэнк Ллойд Райт (1867–1959) — американский архитектор-новатор. Создал «органическую архитектуру» и пропагандировал открытый план в архитектуре. *(Прим. ред.)*

ремней и старая обувь, — но он действительно любит это дело. Он хочет попасть с металлоискателем на остров Моррис, где во время «северной агрессии», известной многим американцам как Гражданская война[1], было расквартировано более двадцати тысяч солдат.

Эмми посмотрела на Хита и рассмеялась над деланой серьезностью его тона.

— К сожалению, теперь большая часть острова находится под водой. — Хит наклонился и пристегнул раздвижной поводок к ошейнику Фрэнка. — Хорошо иметь увлечение... если оно не превращается в одержимость.

Он покосился на Эмми, и она поняла, что он имеет в виду книги, занимавшие каждую свободную поверхность в ее гостиной.

— Вы можете поискать что-нибудь в песке на обратном пути, — предложил Хит и ускорил шаг. — Наша цель — сначала идти медленно, а потом увеличить скорость, чтобы ваше сердце с самого утра вошло в нормальный рабочий режим, — он усмехнулся. — Но не слишком быстро, чтобы мы могли поддерживать беседу, а я буду наблюдать, хорошо ли вы справляетесь.

— Лучше бы я спала в теплой постели. Это жестоко с вашей стороны.

— Да, кстати, я хотел показать вам другой край острова. Кроме того, вам нужно заботиться о своем

---

[1] Имеется в виду Гражданская война в США 1861–1865 гг. *(Прим. ред.)*

здоровье. Я твердо верю в теорию равновесия между телом и разумом. Если вы поддерживаете свое тело физически крепким, это помогает справляться с любыми другими проблемами.

Эмми искоса взглянула на него и снова обратила внимание на длинные волосы, доходившие почти до плеч. Видимо, это устраивало Хита, а ее уже не так сильно раздражало, как во время их первой встречи.

— Вроде гибели мужа, — сказала она, глядя на песок перед собой. — Поверьте, если бы я считала, что все так просто, то уже давно бы бегала марафоны.

Хит продолжал смотреть вперед.

— Я не утверждал, что все так просто. Я лишь сказал, что это помогает. Возможно, даже больше, чем путешествия в загадочное прошлое двух влюбленных. Или вечера, проведенные в одиночестве.

Эмми тяжело дышала, но не думала, что это происходит из-за быстрого шага.

— Почему вы считаете, что раньше я была другой?

— Может, и не были, я не знаю. Но вы переехали на Фолли-Бич из Индианы, а это говорит о том, что где-то внутри вас живет тяга к странствиям, желание увидеть мир. Может быть, вам пора немного измениться.

Эмми остановилась и уперлась руками в колени, чтобы отдышаться.

— Я навсегда останусь женой Бена и не хочу, чтобы это изменилось.

Хит тоже остановился, но промолчал, словно ожидая, что она сама во всем разберется. Эмми подумала о том, что он, наверное, так и здания проектирует: просто смотрит на чистый лист, пока бумага сама не подсказывает ему ответы.

— Пошли, — он снова двинулся вперед. — Еще рано замедлять ритм. Кстати, Лиз просила передать вам, что крещение детей состоится двадцать пятого октября. По этому случаю мы собираемся устроить небольшую вечеринку у моей мамы, и Лиз надеется, что вы придете. Дети и впрямь очаровательны, а если так говорит мужчина, это многое значит. Поскольку вы женщина, то уверен, что они вам точно понравятся.

Эмми задумалась над ответом, потому что ей сразу же пришло в голову, что для нее маленькие дети означают утрату и сожаление, напоминая как о ее матери, так и о собственных упущенных возможностях. Вместо этого она сказала:

— У меня нет никакого опыта в обращении с младенцами. Правда, мне приходилось бывать у подруг, имевших маленьких детей.

— А почему у вас не было ребенка?

Она прищурилась от яркого света, бившего в лицо.

— Мы с Беном хотели иметь детей, но решили подождать.

— А теперь вы жалеете об этом?

Эмми повернулась к Хиту, удивляясь тому, как ему удается так часто сердить ее и почему она до сих пор не отвергает его общество.

— Разумеется, я жалею. Тогда бы у меня осталось его продолжение. Рядом со мной было бы существо, с которым я могла бы разделить свою жизнь. Наверное, потеря Бена не казалась бы такой тяжелой, если бы у нас был ребенок.

Какое-то время они шли в молчании, пока Хит не заговорил снова:

— Вам не кажется, что это немного эгоистично? Почему вы взваливаете на хрупкие детские плечи все ваши утраты и ожидания?

На короткий момент ей показалось, что он говорит о ее матери. Эмми никогда полностью не осознавала свою роль утешительницы и защитницы в родительской семье. Она снова остановилась, так тяжело дыша, что даже не могла говорить, а не то что кричать на него.

— Прошу прощения, — быстро сказал Хит, как будто понял, что сболтнул лишнее. — Кажется, это прозвучало не так, как было задумано. Я имел в виду... Вместо сожаления о том, что могло бы случиться, вы могли бы поступить иначе. Если у вас нет детей, то можно обрезать якорь и плыть дальше.

Эмми смотрела на него, пытаясь восстановить дыхание и вместе с тем понимая, что, какими бы обидными и бесчувственными ни казались слова Хита, в них содержалась некая истина. Она выпрямилась и глубоко вздохнула.

— Стакан опять наполовину полон, не так ли?

Хит тоже остановился, но его дыхание было ровным, отчего раздражение Эмми лишь усилилось.

— Может быть. Я просто не вижу смысла оглядываться назад, если все равно ничего нельзя изменить.

Эмми отвернулась и пошла прочь. Слова Хита больно жалили ее.

Он быстро поравнялся с Эмми.

— Я не собирался нападать на вас, поэтому не надо так жестко держать спину, иначе вы заработаете растяжение.

Эмми остановилась и гневно уставилась на него.

— Тогда что же вы хотели сказать?

Хит повернулся к ней.

— Если подвести итог, я пытался сказать, что восхищаюсь вами. Оставить воспоминания о вашем муже, семье и доме и приехать в незнакомое место было очень храбрым поступком с вашей стороны.

Храбрость. Опять это слово. Эмми внутренне противилась ему, как будто оно было ножницами, разрезавшими ее жизнь пополам, делившими ее на «до» и «после», когда она хотела лишь одного: оставаться единым целым.

Она смотрела, как Фрэнк тянет на себя поводок, готовый броситься в погоню за чайкой, которая нашла себе что-то вкусное на подстилке из водорослей.

— Пойдемте, — подстегнул Хит и двинулся дальше. — Нужно поддерживать сердечный ритм.

Эмми молча следовала за ним, пока он не замедлил шаг, чтобы она догнала его. Хит благоразумно молчал. Когда они приблизились к причалу за «Холидей Инн», разделявшему пляж на восточную и западную часть, Хит спросил:

— Вы нашли в книгах что-нибудь интересное после нашего прошлого разговора?

— То же, что и обычно, — бессвязный диалог между мужчиной и женщиной, которые отчаянно искали встречи друг с другом. Там мало подробностей, но иногда я чувствую себя так, словно вторгаюсь в их личную жизнь. И все же... — она замолчала.

— Что?

Эмми пожала плечами.

— Иногда у меня возникает такое ощущение — как в тот раз, когда я познакомилась с Лиз и сказала ей, что роды пройдут благополучно. Я не провидица, но время от времени случается так, как будто я знаю что-то, о чем не должна была знать всегда. Например, когда погиб Бен. Я знала об этом еще до того, как к нам пришли на следующий день и сообщили о его смерти. Но когда я читаю эти послания, у меня возникает ощущение, словно они хотят, чтобы я прочитала их. Они как будто ждут, пока я не выясню, в чем дело.

Хит посмотрел на нее, приподняв брови, но воздержался от комментариев.

— Я тоже хотел вас кое о чем спросить, — наконец произнес он. — Когда я помогал вам с обустройством детского уголка в магазине, вы несколько раз упомянули, что вам нужно больше места для хранения разных вещей. Вам известно, что на чердаке над «Находками Фолли» есть кладовая?

— Кладовая на чердаке? Нет, впервые слышу. И я не видела лестницы, которая бы туда вела.

— Очевидно, подрядчик, который занимался ремонтом после урагана «Хьюго», заштукатурил вход в кладовую и забыл о нем, — Хит поморщился. — Хорошая новость заключается в том, что ошибки ремонтников когда-то навели меня на мысль стать архитектором и строителем — можно сказать, послужили источником вдохновения. Плохая новость — мне придется разобрать потолок, если вы хотите попасть в кладовую на чердаке.

Несмотря на утреннюю прохладу, по лицу Эмми стекали капли пота, от которого щипало глаза. Она вытерла лоб тыльной стороной ладони, совершенно не ощущая себя хрупкой молодой библиотекаршей, которую знал Бен. Она ощущала напряжение икроножных и бедренных мышц, и мысль о том, что пот — не такая уж плохая вещь, жужжала у нее в голове, как назойливый комар. Она зашагала быстрее и произнесла:

— Мне очень нужно складское помещение, особенно если затея с продажей редких книг превратится в нечто серьезное. Для хранения таких книг нужно особое место. Это значит, что нам понадобится кондиционированное помещение со встроенными книжными полками и электричеством.

Хит промолчал, но когда Эмми вопросительно посмотрела на него, то увидела, что Хит улыбается.

— Что? — спросила она.

— Ничего. Просто я изумился тому, как быстро упоминание о разборке потолка превратилось в целую пристройку к магазину. Хотите, я составлю план помещения?

Эмми широко улыбнулась, ощущая соленый вкус пота на губах.

— Да. Наверное, хочу.

Они достигли западной стороны Сентер-стрит, где Хит остановился и уперся руками в бедра. Его дыхание по-прежнему было удивительно ровным.

— Мы закончили? — с надеждой спросила Эмми.

— Вроде того. Теперь нужно лишь вернуться обратно.

Хит больше не улыбался, но глаза его сияли. Эмми застонала и закатила глаза, втайне радуясь тому, что еще не умерла от одышки и даже может совершить обратный переход, не свалившись от изнеможения.

— Мы можем немного подождать, чтобы я восстановила дыхание?

— Только одну минуту, — предупредил Хит и повернулся к воде. — Когда-то здесь был замечательный ресторан «Атлантик-Хаус». В 1970-х годах кто-то соединил два заброшенных пляжных дома и открыл там ресторан. Туда ходили все, кроме нас, но никто так и не объяснил мне почему. Лулу ненавидела это место и обходила его стороной. Не думаю, что это было как-то связано с качеством еды. Она никогда не посещала этот ресторан, как и моя бабушка Мэгги. Она не распространялась на эту тему, но каждый раз, когда я предлагал отправиться туда, она отводила нас куда-нибудь еще.

— А что случилось с рестораном? — спросила Эмми, пытаясь представить здание там, где сейчас пространство заполняли лишь вода и песок.

Хит отвернулся и пошел в обратную сторону.

— То же самое, что и со всем остальным на Фолли-Бич: ураган «Хьюго». Ресторан разнесло на куски. По новым законам о разграничении собственности владельцу не разрешили отстроить ресторан заново.

Эмми заработала руками, обнаружив, что это помогает ей двигаться вперед, хотя она по-прежнему успевала сделать два шага на каждый шаг Хита. Она решила потом напомнить ему об этом, чтобы он знал, что для нее тренировка была гораздо более трудной, чем для него.

— Очень жаль. Часть истории ушла в небытие.

— Да. Я всегда думал то же самое, хотя мне так и не довелось там побывать. Но это здание считалось историческим не потому, что оно было старым. Во время Второй мировой войны его использовали для наблюдения за вражескими самолетами и немецкими подлодками. Есть какой-то другой факт, который я никак не припомню — что-то еще, связанное с войной...

— А что, действительно считалось, что немцы так близко?

— Да. В общем и целом, Германия отправила к Восточному побережью США двенадцать подводных лодок. В первой половине 1942 года они потопили много судов по всему побережью, пока наше командование не нашло способы борьбы с ними.

Хотя тогда мало кто понимал всю серьезность положения, а тем более говорил об этом. Мы были близки к тому, чтобы проиграть войну, едва вступив в нее. У нас почти не осталось запасов нефти для зимнего отопления, не говоря уже о поставках для Британии и ее союзников, и мы быстрыми темпами теряли танкерный флот. Если бы Гитлер отправил больше подлодок, или мы бы так и не придумали, как защититься от них, то сейчас мы с вами могли бы говорить по-немецки.

— Вы шутите? На уроках истории я не слышала ничего подобного.

— Возможно, вы просто не замечали примечания в учебниках. Но здесь, на Фолли-Бич, война была гораздо ближе. Неподалеку отсюда даже есть место, которое называют «Атлантическим кладбищем». Это излюбленное местечко для дайверов, потому что там на дне океана лежат тонны обломков, включая как минимум одну подводную лодку. В Чарльстон однажды доставили немцев — тех, кто выжил, когда потопили вражескую субмарину.

— Не могу представить, что они могли пробраться в глубь страны. Я хочу сказать, даже в Индиане до недавних пор существовало предубеждение в отношении людей с немецкими фамилиями, даже если они жили там целыми поколениями.

Хит как-то странно посмотрел на нее.

— Вам нужно почитать кое-какие исторические книги из вашего магазина, Эмми. В Америке высадились как минимум две группы немецких шпионов: одна в Нью-Йорке, а другая во Флориде. Они закончили разведшколу в Германии, где научились говорить по-английски без акцента и даже с американским сленгом. Их прислали сюда с кучей денег, планами, картами и всевозможными приспособлениями для организации саботажа на заводах и разрушения местной инфраструктуры.

— И что с ними случилось?

— По большой неосторожности с их стороны и чистой удаче для нас, их захватили прежде, чем они успели нанести серьезный ущерб. И все равно становится страшновато, когда думаешь об этом. Ведь могли быть и другие, кто по какой-то причине не смог выполнить свою миссию, но ассимилировался после войны и теперь живет в Америке как ни в чем не бывало.

— Это поразительно. Больше всего пугает, что я ничего не знала об этом. Брат моего деда погиб в Нормандии, и все мы знаем о дне высадки союзных войск[1]. А здесь, у нас дома... готова поспорить, что, если спросить первого встречного на улице, вроде меня, он и понятия не имеет о том, что здесь происходило.

— Значит, сегодня вы узнали что-то новое. Рад был помочь.

Эмми усмехнулась.

— Что же вы не продолжаете, что интерес к новому должен и дальше стимулировать меня, или что-нибудь в этом роде?

---

[1] Стратегическая операция союзников по высадке войск в Нормандии началась рано утром 6 июня 1944 года и закончилась 31 августа 1944 года. *(Прим. ред.)*

— Нет. — Хит ускорил шаг, и она едва не задохнулась, когда попыталась догнать его.

— Почему нет?

— Я надеялся, что вы уже сами догадались.

Если бы в легких Эмми осталось хоть немного воздуха, она бы фыркнула так громко, что оставила бы Хита далеко позади.

Хит как будто пожалел ее и замедлил шаг на обратном пути, за что Эмми была ему благодарна. Ее икры и лодыжки разболелись не на шутку, хотя она не хотела говорить об этом Хиту. Фрэнк продолжал экспериментальные забеги в океан, насколько хватало поводка, и обрызгивал их каждый раз, когда начинал отряхиваться. Ощущение от холодной воды тоже было слишком приятным, но Эмми заметила, что она сама приближается к собаке каждый раз, когда Фрэнк выскакивал из воды.

Она миновала стадию боли и изнеможения, поскольку ее мышцы теперь просто блаженно онемели, но отсутствие физического дискомфорта прояснило ее мысли, а может быть, причиной был запах океана, который уже не казался незнакомым: попурри из соли, морской живности и ветра из далеких мест, наводившее на безмолвные размышления. Недавно Эмми обнаружила, что спит с открытым окном и получает удовольствие от запаха океана, напоминавшего запах ее матери.

Эмми задумалась о своем разговоре с Хитом и о его добродушной уверенности в том, что она знает, как будет лучше для нее. Независимо от того, был ли он прав или ошибался, ее до сих пор раздражало, что он о многом догадывается и его догадки обычно оказываются совершенно верными.

— Почему вы до сих пор не спросили Джолин о кольце Мэгги? Если вы не верите в необходимость оглядываться назад, то должны сказать ей. Ожиданием делу не поможешь.

Его лицо покраснело под загаром.

— С ней все по-другому. Она... больна. Мне приходится быть очень осторожным во всем, что связано с Джолин. Между нами все кончено, и она знает об этом. Ей просто нужно еще какое-то время носить это кольцо.

Эмми нащупала золотое кольцо на собственном пальце, которое она не снимала с тех пор, как Бен подарил его ей. Ей нечего было ответить Хиту.

— Я нашел хорошую реабилитационную клинику и внес депозит, но не могу заставить ее лечь туда. Хотя меня никто не спрашивал, но, думаю, вам следует нанять ее для разработки веб-сайта и определения стратегии маркетинга — не только потому, что она хорошо разбирается в таких вещах, но и потому, что сейчас она как никогда нуждается в работе. После кризиса ее бизнес по дизайну интерьеров сошел на нет, и если я уговорю ее пройти курс лечения, тогда у нее будет надежда на будущее.

Они остановились у пляжной тропинки напротив дома, и Эмми пришлось сделать паузу, чтобы отдышаться.

— Для человека, который так непреклонен в своем намерении двигаться вперед, тема Джолин похожа на зыбучий песок, не так ли?

Хит нахмурился.

— Что вы имеете в виду?

Эмми посмотрела на него, гадая о том, действительно ли он настолько слеп, когда речь идет о его бывшей невесте.

— Дело не в том, что вы не хотите отпустить ее, правда? Вы не препятствуете ее визитам на Фолли-Бич, и, судя по тому, что я вижу, вы — единственный, из-за кого она приезжает сюда. Она даже не владеет домом, где я живу, верно?

Хит кивнул, по-прежнему хмурясь.

— Тогда почему она регулярно возвращается сюда?

— В основном из-за Лулу. Джолин и Лулу нужны друг другу.

Хит повернул голову, коротко свистнул, и Фрэнк подбежал к нему. На Эмми внезапно накатила усталость, и она поняла, что не хочет указывать Хиту на ошибочность его доводов, как будто все резервы, остававшиеся после размышлений о собственных проблемах, оказались исчерпанными.

Хит наклонился почесать Фрэнка за ушами и сказал:

— Я хочу искупаться. Полагаю, вас это не интересует?

Эмми посмотрела на промокшую от пота футболку и на мгновение захотела стать человеком, который любит плавать в одежде, оставлять автомобиль на траве или ходить в церковь в шлепанцах. Она наконец-то выбралась на пляж, разработала мышцы, которые давно так не трудились, и решила, что на сегодня этого будет достаточно.

— Нет, спасибо. Я приму душ.

Он нагнулся и стал развязывать кроссовки.

— Тогда до свидания, — произнесла Эмми.

Хит кивнул, стряхивая кроссовки и снимая носки. Она повернулась и направилась к дому, но почти сразу же вспомнила, что забыла поблагодарить Хита за эту пробежку.

Она вернулась как раз в тот момент, когда он бросил майку на песок. Было трудно не вспомнить, что Бен всегда тщательно складывал снятую одежду. Аккуратность была той чертой, которую она любила в нем и развивала в себе... до недавних пор. Теперь она снова начала бросать одежду там, где снимала ее, и убираться раз в неделю, когда приходила пора заняться стиркой. Казалось, образ Бена постепенно тускнел и отдалялся от нее, как яркий сон после пробуждения.

— Спасибо за прогулку, — сказала она, глядя на затылок Хита. — Это оказалось совсем неплохо.

— Подождите до завтра, мышцы вам напомнят, что вы слишком долго их не тренировали.

Хит помахал ей, а потом они с Фрэнком побежали к воде, нырнули с деревянных мостков и оба исчезли в прибое. Какое-то время Эмми наблюдала за ними, желая узнать, каково это: погрузиться в воду с головой и позволить волнам нести тебя туда, куда им захочется.

Эмми пошла к дому, тщетно пытаясь вспомнить голос Бена. Она думала, что испытает очередной приступ паники, но вместо этого ощутила лишь тупой укол в сердце. *Вернись ко мне.* Эти слова крутились в ее голове, но она больше не произносила их вслух. Внезапно Эмми почувствовала, что если бы Бен вернулся, то мог бы не узнать женщину, какой она стала теперь.

Эмми ускорила шаг, направилась прочь от дома и перешла на медленный бег, зная о том, что это чрезмерная нагрузка для мышц и завтра ей придется туго. Но теперь она хотела ощущать лишь силу собственного тела, толкающую ее вперед, топот ног по песку и изнурительную усталость — тогда она больше не сможет думать о том, что Бена больше нет в ее жизни.

Лулу повернула голову, услышав топот ног на гравийной дорожке. Она ожидала встречи с Хитом и была разочарована, когда увидела *ту женщину*. У нее мелькнула мысль скрыться за опорой, но она поняла, что ее уже заметили. Лицо Эмми было покрыто испариной; слишком большая серая армейская футболка потемнела от пота, а щеки раскраснелись. Ее глаза были влажными, но Лулу не могла сказать, слезы ли это или просто следствие физической нагрузки. Глядя на Эмми, Лулу ясно видела, что девушка не принадлежит к числу любителей утренних пробежек, и решила непременно спросить Хита, что за чертовщину он затевает.

Эмми остановилась, тяжело дыша, и уперлась руками в бедра.

— Я могу чем-то вам помочь?

Не обращая внимания на ее слова, Лулу выпятила подбородок.

— Это принадлежало вашему мужу?

Эмми опустила глаза, проследив за ее взглядом, и кивнула:

— Да. У меня нет собственных футболок.

Девушка казалась очень маленькой и хрупкой в длинной мужской футболке. Ее крупные глаза сияли на покрасневшем лице. Но в них было нечто завораживавшее — нечто, заставлявшее Лулу думать о том, что ей придется погрузиться в прошлое. Эта девушка напомнила ей Мэгги: так она выглядела после ухода из ее жизни Джима... и Питера.

— Все еще сердитесь?

Тонкие брови Эмми вспорхнули вверх, словно крылья чайки.

— На вашего мужа. На армию. На плохих парней и на весь мир. Но особенно на то, что муж оставил вас одну.

Эмми смотрела на собеседницу, делая вид, будто она ничего не понимает. Но Лулу гораздо больше знала о страдании, чем многие другие люди, и видела в поведении Эмми много гнева: он проявлялся в ее гордыне, стремлении к уединению, трудностях приобщения к новой жизни. Когда человек сердит, то он не радуется переменам и всему, что с ними связано. А еще Эмми злилась на себя за то, что позволила мужу уехать. Но, возможно, девушка уже была готова сменить гнев на другие чувства.

— Я не... — начала Эмми, но потом замолчала и опустила голову. Когда она снова посмотрела на

Лулу, ее глаза были ясными. — Как долго это будет продолжаться? Сколько времени пройдет, чтобы я перестала тосковать по нему?

Лулу немного помолчала, вспоминая о Джиме.

— Достаточно долго. Вы поймете, когда все закончится.

Она пристально смотрела на молодую женщину, стараясь не замечать ее сходства с Мэгги, которое она увидела с самого начала.

— Где его похоронили?

Эмми удивила Лулу: она не расплакалась. Она по-прежнему казалась маленькой и хрупкой, но прочный стержень помогал ей держаться.

— Дома, в Индиане, — ответила Эмми. — На семейной ферме, рядом с его дедом, который был ветераном Второй мировой войны. А что?

Лулу посмотрела на янтарную бутылку, которую держала в руке.

— Просто любопытно. Думаю, хорошо, что его похоронили как следует. Джим, муж Кэт, — тот самый, которого вы видели на фотографии, — числится пропавшим без вести. Мы думали, что он утонул или погиб при взрыве «Оклахомы»[1].

— Бедная Кэт. Ужасно, когда не можешь похоронить своего мужа.

Лулу откинула голову и рассмеялась.

---

[1] Линкор «Оклахома» затонул из-за попаданий 9 японских торпед во время атаки Перл-Харбора 7 декабря 1941 г. *(Прим. ред.)*

— Больше никогда не говорите «бедная Кэт», а не то ее дух вернется и лишит вас покоя. Она была не из тех, кто нуждался в жалости, это уж точно. А вот Мэгги... — Ее лицо посуровело, и она пожала плечами, продолжая смотреть на бутылку. — Ее тоже так и не нашли, но, думаю, в конце концов она оказалась там, где хотела.

Эмми взглянула на Лулу в упор.

— Что вы имеете в виду? Потому что она любила океан? Или потому что она любила Джима?

— Все мы любили Джима. — Лулу побрела прочь, устав от разговора, но Эмми не отставала от нее.

— И все-таки, что вы хотите сказать? У Мэгги был роман с Джимом?

Лулу развернулась и гневно посмотрела на нее.

— Будьте аккуратнее со своими высказываниями. Джим был верен Кэт все время, пока они были женаты, и мне нечего к этому добавить.

Она ускорила шаг и достала из кармана ключи от мототележки для гольфа.

— Почему вы пришли сюда?

Лулу показала бутылку.

— Мне нужен этот оттенок для дерева, над которым я работаю, поэтому я повесила другую бутылку на дерево Хита. Он не будет возражать. Так или иначе, эта бутылка находилась там лишь временно.

Лулу уселась за руль, когда Эмми подошла к ней.

— Я забыла спросить об этом, когда вы с Эбигейл приходили ко мне. Хит говорил, что он нашел документы о продаже вашего дома на Секонд-стрит Питеру Новаку в феврале 1943 года. Это тот самый Питер, который дарил книги вам и Мэгги?

Лулу сосредоточенно вставляла ключ в замок зажигания, воображая, что слышит голос Мэгги, напевающей мелодию «Нитки жемчуга». Если воспоминания пронизаны чувством вины, то она моментально приходит вам в голову. Она включила зажигание и прислушалась к ровному урчанию мотора.

— Да, это тот самый Питер. — Она повернула руль и начала задним ходом выезжать на улицу.

— Почему Мэгги продала его Питеру всего лишь за десять долларов? Ведь это подарок.

Лулу кивнула, не глядя на Эмми и пытаясь сосредоточиться на дороге.

— Это был подарок?

— Да. — Лулу включила переднюю передачу.

— Что за подарок?

Лулу немного помедлила с ответом.

— Запоздалый свадебный подарок для Кэт и Питера.

Она выжала педаль газа, не заботясь о том, что пыль и гравий могут полететь на Эмми. Может быть, тогда она уйдет и перестанет задавать вопросы, заставлявшие мертвых появляться в снах Лулу по ночам.

Не оглядываясь, Лулу поехала по Ист-Эшли. Она боялась встретиться с обвиняющим взглядом Эмми, смотревшей ей вслед.

Глава 19

Фолли-Бич, Южная Каролина
Август 1942 года

Месяцы, последовавшие за признанием Кэт, Мэгги всегда вспоминала как затянувшийся сон. Днем она ходила как во сне, надежно изолированная от любых эмоций. Примерно так же было после смерти Джима, но тогда она, по крайней мере, держалась за осязаемое горе. За что держаться теперь? Не имело значения, что она все еще любила Питера с отчаянием, которое ее пугало. Любовь Питера оказалась лишь фантазией, романтической историей из фильма с ее любимой актрисой Бетт Дэвис. Тем не менее она все еще цеплялась за воспоминания о прошлом, как новорожденные черепашки цепляются за обрывки воспоминаний о матерях, когда впервые погружаются в воду.

Мэгги существовала в черно-белом мире, как будто внезапно лишилась способности различать цвета. Даже звуки казались приглушснными, а вкус притупился. Она воображала, что такой может быть жизнь под водой, когда смотришь на блестящую поверхность из жидкого кокона и видишь остальной мир, который больше не принадлежит тебе.

Единственным ярким пятном, остававшимся в ее мире, был Питер. Когда они не по своей воле оказывались рядом, он был внимателен и даже добр к ней. Так незнакомый человек может относиться к потерявшейся собаке. Но его глаза — эти прекрасные янтарные глаза — были блестящими и поразительно ясными, как у ребенка. Он часто наблюдал за Мэгги, словно чего-то ждал, как ветер ждет дождя перед бурей.

По крайней мере, свадьба прошла без ее участия, поскольку Питер отказался от католического обряда, решительно воспротивившись переходу в другую веру. Поэтому они с Кэт отправились в Чарльстон, где обменялись клятвами верности перед мировым судьей. Лулу заболела, так что Маргарет осталась дома, радуясь поводу не присутствовать на церемонии. Она не знала, кого Кэт выбрала подругой невесты, и это совершенно ее не интересовало.

Мэгги и Лулу перенесли свои пожитки в старую комнату Лулу, чтобы Кэт и Питер могли спать на большой кровати, и, пока они занимались обустройством, Мэгги только радовалась своей абсолютной безучастности. Когда она заправляла новые простыни на кровати, предназначенной для новобрачных, то она ничего не чувствовала. Вместо этого она начала строить планы. Им с Лулу придется уехать отсюда — не просто в другой дом на Фолли-Бич, но на другой край света. Правда, даже в этом не было особой необходимости. Независимо от того, как далеко она могла уехать, Мэгги знала, что никогда не сможет переделать себя: она останется прежней. Это напоминало ей о том, что она слышала от Джима: куда бы ты ни уехал, ты остаешься самим собой. Теперь она точно знала, что он имел в виду.

Она была рада, что у нее остались «Находки Фолли», потому что Кэт перестала работать там. Беременность проходила тяжело, и большую часть времени Кэт не вставала с постели. Казалось, даже легкое усилие, когда нужно встать с кровати, вызывало у нее тошноту, и она так исхудала, что Питер вызвал врача и потребовал того удостовериться, все ли в порядке. Врач заверил его, что тошнота часто встречается на ранней стадии беременности и исчезнет примерно в конце четвертого месяца.

Вскоре после свадьбы Мэгги как-то ночью услышала, как плачет Кэт. Она накрыла голову подушкой, но потом Лулу толкнула ее в бок и сказала, что Кэт зовет ее. Тогда Мэгги встала, надела халат и пошла по коридору. Питер стоял у изголовья и задумчиво переводил взгляд с Кэт на нее и обратно. Наконец он взял подушку и спустился вниз. Мэгги оставалась в спальне, стараясь утешить несчастную кузину и думая о том, как долго она сможет держать обещание, данное ее матери много лет назад.

На следующий день в «Находках Фолли» она почти не замечала усталости. В магазине было полно посетителей, раскупавших газеты из-за новостей о захвате нацистских саботажников, высадившихся в Нью-Йорке и Флориде. Война теперь пришла на территорию США, и люди были напуганы.

Солнце уже почти зашло, когда Мэгги вернулась домой из магазина. Когда она поднималась на крыльцо, то заметила, что ни в одном окне в доме не горел свет. Шторы затемнения еще не были опущены, и это означало, что Кэт лежит в темноте в своей спальне.

Питер уезжал еще чаще, чем раньше, а когда возвращался, то проводил много времени в баре Макнелли на Сентер-стрит. Когда он приходил домой, от него пахло сигаретами, но не алкоголем. Если бы у Мэгги возникло желание задавать вопросы, то она бы спросила, чем он регулярно занимается в самом большом ночном заведении на Фолли-Бич.

Мэгги медленно поднялась по лестнице и с некоторым трепетом приоткрыла дверь своей старой спальни в надежде, что Кэт уже спит.

— Мэг? Это ты?

Мэгги вошла в комнату и направилась к окну. В спальне пахло рвотой, хотя Марта приходила раньше, чтобы вынести судно и вымыть его.

— Да, Кэт, это я. — Она закрыла шторы и включила маленькую настольную лампу.

Кэт лежала на спине. Ее кожа на фоне белой подушки казалась желтой, исхудавшее тело съежилось под одеялом. Она была похожа на испуганного ребенка, а не на будущую мать.

Мэгги стояла в изголовье кровати.

— Почему ты лежишь в темноте?

Кэт попыталась улыбнуться.

— Не хочу даже мельком увидеть себя в зеркале. Я знаю, что стала уродиной.

Мэгги не стала обнадеживать Кэт. Это не было связано с враждебностью или любыми другими чувствами, но ей просто не хотелось успокаивать кузину.

— Ты что-нибудь ела?

Кэт покачала головой.

— Марта приготовила куриный бульон, но у меня нет сил его проглотить. Доктор сказал, что мне нужно есть хорошо, чтобы ребенок был здоровым и сильным, так что я попробую.

Она облизала пересохшие губы. Ее пальцы с облезшим красным лаком на ногтях вцепились в край простыни.

— Поскольку я все равно целый день ничего не делаю, то стала думать об именах. Если родится мальчик, я назову его в честь твоего отца. Но если будет девочка, то мне бы хотелось назвать ее Маргарет... в твою честь.

Мэгги нахмурилась, глядя на вмятину на простыне, где недавно лежал тяжелый живот Кэт. Она впервые связала имя с еще не рожденным ребенком, и это сделало его существование более реальным. Крошечный человек. Ребенок Питера.

— У тебя еще много времени, чтобы подумать об этом, Кэт. Кроме того, у Питера могут возникнуть другие мысли на этот счет.

Кэт отвернулась.

— Питеру понравилась идея назвать нашу дочь в твою честь.

На короткое мгновение Мэгги исполнилась надежды, но потом ее взгляд остановился на простом обручальном кольце на левой руке Кэт, и она порадовалась тому, что кузина не видит ее лица.

Кэт повернулась к Мэгги, в ее глазах блестели слезы.

— Ты винишь меня в этом, да?

Мэгги спокойно смотрела на Кэт, чьи некогда прекрасные золотистые волосы теперь свалялись и потемнели. Вопрос удивил ее. В своих внутренних монологах она винила только себя за чрезмерную доверчивость, но теперь, глядя в скорбные глаза Кэт, она решила, что знает ответ.

— Нет. Мне жаль, что так случилось, но я тебя ни в чем не виню. В некотором смысле все мы отчасти виноваты в этом.

Мэгги думала, что Кэт будет возражать, потому что та не выносила чужой жалости, особенно от нее. Но Кэт лежала, словно раненое животное посреди дороги, а в ее глазах застыла безмолвная мольба.

— Я сделала с Питером нечто ужасное, Мэг. Ты должна узнать об этом.

Мэгги закрыла глаза и покачала головой:

— Нет. Я не хочу знать. Теперь это не имеет значения; что сделано, то сделано.

Их взгляды встретились, и они долго смотрели друг на друга.

— Ты ненавидишь меня? — наконец прошептала Кэт.

В детстве Кэт часто задавала этот вопрос. Ее шалости часто казались злонамеренными, и она редко сожалела о той боли, которую причиняла другим людям, — по крайней мере, так было сначала. Но в конце концов угрызения совести довели ее до кошмаров и заставили обратиться к Мэгги. Потребность утешать и быть утешенной заполняла пустоту в каждой из них, образуя цельную личность из двух девочек-сирот, и обещание Мэгги всегда держало их вместе, несмотря на сотни маленьких трещин, то и дело возникавших в их отношениях.

— Нет, Кэт. Я не хочу ненавидеть тебя.

— Но ты должна. — Кэт начала всхлипывать. Мэгги опустилась на край кровати и сжала ее руки, стараясь не чувствовать холодный ободок золотого обручального кольца. — Ты знаешь, что Питер не любит меня и никогда не любил. Это я виновата. Я просто...

Кэт зарыдала так сильно, что уже не могла говорить. Мэгги обняла ее за плечи. Острые плечи Кэт выпирали из-под ночной рубашки. Мэгги подтянула ее к изголовью и прислонила к нему спиной.

— Я просто не могла вынести, что кто-то не любит меня. Не знаю, почему я такая, но ничего не могу с собой поделать. Во всех этих мужчинах я как будто вижу своего отца и хочу, чтобы они любили меня и всегда оставались со мной. Когда я видела тебя вместе с Питером и он не обращал на меня никакого внимания, словно я не существую, это убивало меня. Я позабыла обо всем, что может случиться, а теперь... — она снова разразилась слезами.

Мэгги смотрела на кузину, вспоминая Рождество, когда они были еще детьми. Бабушка вручила Кэт особый подарок: два позолоченных дутых браслета. Мэгги всегда подозревала, что бабушка больше любит Кэт из-за ее золотистых локонов и ярко-зеленых глаз. Ее подозрения подтвердились, когда бабушка достала коробку из ювелирного магазина Крогана на Кинг-стрит в Чарльстоне. Тогда Мэгги надеялась найти под елкой другую коробку, предназначенную для нее.

Стараясь скрыть разочарование, она стала собирать рваную оберточную бумагу и ленты, но Кэт быстро вмешалась и протянула ей один из браслетов. Такие маленькие и неожиданные добрые поступки позволяли Мэгги любить свою кузину и мириться с ее недостатками. Злонамеренность Кэт происходила от глубокой неуверенности в себе, которая начала укореняться с тех пор, как ее отец ушел из семьи. Но доброта исходила из той части ее сердца, которую было дано увидеть лишь немногим.

— Прости меня, Мэгги, — пробурчала Кэт, уткнувшись лицом в ее плечо и намочив слезами воротник ее блузки. — Я ужасно себя чувствую и выгляжу как пугало. Но это наказание за все, что я сделала. Мне хочется умереть.

Мэгги встряхнула ее за плечи.

— Не надо так говорить, Кэт. Ты слышишь? Грешно даже думать об этом. Кроме того, тогда ты убьешь невинного ребенка.

Кэт тщательно вытерла руки о простыню, как будто стараясь очистить налипшую грязь, а потом зарыдала еще сильнее.

— Мне все равно. Я не хочу этого ребенка. Хочу, чтобы все снова стало так, как раньше.

Мэгги смотрела на плачущую кузину, но больше не могла и не хотела утешать ее.

— Перестань, Кэт. Ты делаешь только хуже. Питер может вернуться в любой день, поэтому ты должна привести себя в порядок, — ее горло перехватил спазм, но она быстро сглотнула, как научилась делать еще в детстве. — Я оставлю дом вам с Питером в качестве свадебного подарка, ведь после рождения ребенка вам понадобится много места. Мы с Лулу уедем и оставим вас. Я уже написала тете Эдит, папиной сестре в Галвестоне. Помнишь, я говорила, что давно хочу съездить туда? Может быть, если мне понравится, я там поселюсь. Это во Флоридском заливе, так что море будет рядом.

Кэт словно оцепенела; ее покрасневшие глаза уставились на Мэгги.

— Нет! Ты не можешь бросить меня! Только не теперь, после всего, что мы пережили вместе!

Она имеет в виду Джима? Мэгги хотелось произнести эти слова вслух, но она промолчала, встревоженная истерическим состоянием Кэт.

— Доктор Браун сказал, что мне нельзя напрягаться, и кто-то должен постоянно ухаживать за мной, — умоляющим тоном продолжала Кэт. — Марта уже сообщила, что она не сможет приходить чаще, чем сейчас. А пока Питер в отъезде, я слишком много времени провожу одна. А если я упаду? А если начнется кровотечение или что-нибудь еще? Что случится с ребенком, если здесь некому будет мне помочь?

Мэгги посмотрела на сапфировое кольцо, которое она носила до сих пор. Она не знала, почему не сняла его, но иногда, лежа в постели глухой ночью, она начинала думать, что лучшая часть ее жизни уже миновала, оставив на память только это кольцо. Она вертела его на пальце, когда размышляла о планах переезда в Галвестон, но они казались зыбкими и ненадежными, как паутина.

У нее снова болезненно сжалось горло, и ей как никогда сильно захотелось сказать Кэт, что она должна начать жить своей жизнью. Но отказ вступал в противоречие со старым обещанием и с тошнотворным осознанием, что она еще не готова навсегда распрощаться с Питером. Она ненавидела себя за это и старалась упрятать эту темную истину в самый дальний уголок своей души.

— Разве нельзя найти кого-то еще, Кэт? Я потрачу часть денег от продаж в «Находках Фолли» и заплачу кому-нибудь, чтобы за тобой присмотрели.

— Это будет не родной человек, Мэгги. Ему не будет дела до ребенка. Что, если я умру при родах; кто тогда позаботится о малыше?

Пока Мэгги смотрела в широко распахнутые глаза Кэт, смирение вырастало в ней, как ползучая лоза, обвиваясь вокруг ног и пригвождая к полу, но в то же время она почему-то все равно чувствовала себя свободной.

Мэгги встала и направилась к двери, вдруг обратив внимание на тонкие розовые обои, отклеившиеся по углам комнаты. Она помнила, как мать клеила эти обои, и она любила их так же, как любила жесткую траву на улицах и облупившуюся краску соседних домов, знакомую и какую-то уютную, как любимое кресло. Она может остаться еще на какое-то время, по крайней мере, до рождения ребенка. Это была бы ее последняя жертва. Но даже когда Мэгги приняла решение, где-то на границе периферийного зрения маячил неописуемый ужас, словно ощущение приближающегося урагана, считанное по изменившемуся оттенку облаков.

— Хорошо. Я останусь здесь на какое-то время, — сказала она, повернувшись к Кэт. — Но если я это сделаю, тебе придется постараться, чтобы ребенок был здоровым. Ты должна питаться как следует, понимаешь? Даже если тебе не хочется есть.

Кэт закивала. Ее облегчение было настолько ощутимым, что дотянулось до сердца Мэгги, как струйка уверенности в океане сомнений и неопределенности.

— Я подогрею бульон и принесу сюда. Я даже покормлю тебя, если ты не можешь сделать это сама.

Она повернулась к двери, но голос Кэт заставил ее остановиться.

— Спасибо, Мэгги. Никто не любил меня так, как ты.

Мэгги оглянулась и встретилась взглядом с Кэт. Она пыталась увидеть красивую и беззаботную девушку, смеявшуюся и танцевавшую с офицерами на причале в тот вечер, когда Мэгги познакомилась с Питером. Но она видела лишь истеричную женщину, совершившую грандиозную ошибку и наконец получившую то, чего она желала.

Мэгги не ответила. Она вышла из комнаты и направилась вниз, тщетно убеждая себя, что не хочет услышать скрип ступеней на парадном крыльце и звук приближающихся шагов Питера. Даже теперь, после всего, что произошло между ними, она не могла забыть о своем обещании во что бы то ни стало всегда дожидаться его.

Глава 20

Фолли-Бич, Южная Каролина
Сентябрь 2009 года

В субботу утром Эмми опустилась на корточки перед последней стопкой книг в гостиной, испытывая странную печаль при виде почти законченной работы. Она разобрала и расставила все книги без записок на полях и упорядочила их по фамилиям авторов, словно в библиотеке. Она также подготовила электронный каталог, где перечислила книги по названиям и именам авторов для быстрых перекрестных ссылок.

Эмми не могла точно сказать, для кого предназначался этот каталог, поскольку Хит почти не интересовался старыми книгами. Ей удалось найти изрядное количество первых изданий и раритетов, которые она пометила звездочками в первой колонке каталога. Она втайне надеялась отразить этот перечень на своем новом сайте, для того чтобы эти книги можно было продать по Интернету. Оставалось провести маркетинговое исследование для определения адекватной цены, и Эмми с волнением думала о том, какие еще книги она сможет найти и добавить к коллекции.

Мышцы ее бедер все еще ныли при каждом резком движении, а ведь прошло уже три дня после пробежки по пляжу вместе с Хитом. Эмми была готова солгать, если он позвонит и спросит о ее состоянии, но он не позвонил, и она внушила себе, что это хорошо.

Расположившись перед книгами с ноутбуком и чашкой кофе, она неторопливо взяла первый том и приступила к изучению книги. Прошел почти целый час, когда она нашла первое послание, написанное мужским почерком.

«Я видел тебя сегодня, когда ты была на пляже, и завидовал солнечным лучам, прикасавшимся к твоей коже и волосам. Пусть хотя бы один раз все будет так, как раньше. Только скажи, и мы сможем все изменить. Ты знаешь где».

Эмми отложила книгу и взяла следующую в надежде узнать что-то новое, способное заполнить зияющие пустоты в этом диалоге. Переписка напоминала кинофильм с беспорядочно перемешанными сценами — загадку, в которой предстояло определить начало, конец и все пропущенные места в промежутке. Единственное, в чем она не сомневалась, было легкое покалывание в затылке, говорившее о том, что все необходимое находится рядом; она должна была лишь понять, что это такое.

Эмми просмотрела несколько оставшихся книг, но больше ничего не нашла. Немного расстроившись, она встала и налила себе еще одну чашку кофе. Ее одолевало смутное беспокойство, как будто эти незнакомцы стали ее друзьями и теперь покидали ее. Она даже не знала их имен. Думая о Мэгги и

Джиме, она задавалась вопросом, не был ли отказ Лулу признать тайный роман между ними слишком категоричным. Но почему любовная переписка двух давно умерших людей может до сих пор оставаться запретной темой?

Эмми вышла на крытую веранду, потягивая кофе и наблюдая, как колышется болото под утренним солнцем; высокие стебли травы плавно сгибались, словно погруженные в глубокое раздумье. Штабеля досок все еще ожидали своей очереди у недостроенного причала, напомнив ей слова Эбигейл о Хите и о его незавершенных проектах. Ей хотелось, чтобы причал поскорее достроили, но она до сих пор не спешила пройти дальше и углубиться в звуки и запахи болота, чья красота оставалась для нее загадкой.

Держа в руке чашку с кофе, Эмми осознала, что впервые думает о болоте как о чем-то прекрасном, а не просто необычном. Она выпрямилась, внимательно глядя на болото при отливе: грязевые пустоши, голые устричные банки, открытые солнцу. Над болотом стоял тихий гул: жужжали насекомые и негромко пели птицы, как будто природа уже начинала готовиться к весне. Это напомнило ей о полях Индианы и о том, что сбор урожая провозглашал окончание яркого лета и начало унылой зимы. Но Хит говорил ей, что зимой болото не увядает, а постоянно меняется вместе со сменой сезонов, ожидая, когда наступят лучшие времена и приливы вдохнут в него новую жизнь.

Она хотела попросить Хита устроить прогулку на лодке и показать ей болото. Может быть, тогда она поймет, почему то, что на первый взгляд кажется обычной водой с островками травы, служит источником вдохновения для песен и стихов и заставляет ее гордую мать подолгу стоять в молчании с чашкой недопитого кофе, как и она сама сейчас.

Эмми посмотрела на бутылочное дерево. Она знала, что больше не найдет там записок, — Лулу не преминула напомнить ей об этом — но любопытство по-прежнему подстегивало ее. Ее интерес к этому дереву и всем остальным деревьям, изготовленным Лулу, мало-помалу превратился в одержимость. Она добровольно вызвалась сделать цифровые фотографии каждого дерева, которые собиралась разместить в каталоге сайта «Находок Фолли», чтобы можно было спокойно рассматривать их без вмешательства Лулу. Эмми надеялась, что, изучая их через объектив камеры, она начнет понимать, почему пожилая женщина так упорно следует своему давнему стремлению отгонять злых духов.

Эмми повернулась, собираясь войти в дом, но вдруг остановилась и пролила кофе на купальный халат. Быстро изменив направление, она прошла мимо обеденного стола, где оставила чашку, и свернула в спальню, где лежали книги с тайными посланиями из коробки, которую она впервые открыла в «Страницах Пейдж» и до сих пор не отвезла в «Находки Фолли». Они лежали в маленькой коробке у двери. Эмми вывалила книги на кровать и стала перекладывать их до тех пор, пока не нашла «Прощай, оружие!».

Она быстро раскрыла книгу с чернильным эскизом бутылочного дерева — тот самый рисунок, который заставил ее покинуть Индиану и уехать на Фолли-Бич. Наклонившись, она внимательно посмотрела на рисунок и обнаружила кое-что, чего не заметила раньше. В одной из бутылок на нижней ветке находился предмет, похожий на скатанный лист бумаги. Эмми села и пожевала нижнюю губу, глядя на рисунок. В конце концов она отложила книгу и потянулась к телефону, готовая сообщить Хиту о своем открытии и о том, что оно может означать. Когда ее рука прикоснулась к трубке, телефон зазвонил, и она вздрогнула от удивления.

— Алло?

— Привет, Эмми, это Хит. Надеюсь, я не разбудил вас.

Она посмотрела на часы, показывавшие, что время приближается к половине десятого.

— Хотите пожурить меня за то, что я не бегаю по пляжу?

— Вовсе нет. Думаю, вы еще не отошли от прошлой пробежки. Нужно подождать день-другой.

Эмми собиралась возразить, но он заговорил снова:

— Когда вы собираетесь приехать в магазин?

Она выпрямилась.

— В магазин? Вы имеете в виду «Находки Фолли»? — Она снова взглянула на часы. — Примерно через полчаса, а что? Что-то не так?

— Все в порядке. Я с шести утра расчищаю ход на чердак, чтобы вся грязная работа была закончена до того, как вы откроетесь в понедельник. Все идет по графику, но я тут кое-что нашел и подумал, что вам захочется на это посмотреть.

— Разве нельзя сказать по телефону?

Она почувствовала, что Хит улыбается.

— Тогда это не будет сюрпризом, не так ли?

— Отлично. Но я тоже кое-что собираюсь вам показать. — Эмми сделала паузу, ожидая, когда Хит спросит ее, что это такое. Она снова представила его улыбку, как будто он знал, что она ему покажет.

— Вот и замечательно. Покажете, когда приедете сюда.

Эмми приняла душ, оделась и положила книгу с рисунком в свою сумочку. Когда она распахнула парадную дверь, то увидела на подъездной дорожке знакомый автомобиль, блокировавший выезд ее машины. Она заперла парадную дверь, быстро спустилась с крыльца и огляНулась по сторонам в надежде увидеть Джолин.

В салоне никого не было, поэтому после осмотра улицы и переднего двора Эмми отправилась на задний двор, гадая о том, не стоит ли позвонить Хиту. При этой мысли она почувствовала себя виноватой, потому что каждый разговор с Джолин после инцидента в ресторане был спокойным и профессиональным — хотя они беседовали только по телефону, — а ее работа, полученная по электронной почте, выглядела превосходно. Но мысленно Эмми по-прежнему видела на кушетке пьяную Джолин, носившую помолвочное кольцо, и сейчас она испытывала определенную тревогу.

Эмми обнаружила Джолин на законченной части причала, она разглядывала опустевшее гнездо. Девушка повернулась, когда услышала шаги Эмми.

— Хит не говорил мне, что скопы в этом году вернулись. Я предполагала, что они обязательно вернутся, и я рада видеть их здесь снова.

Эмми остановилась у дальнего конца причала возле бутылочного дерева. Она спрашивала себя, догадалась ли Джолин заглянуть в бутылку и увидеть записку, оставленную Хитом, но почему-то испытывала облегчение от того, что записки больше нет.

— Не знаю. Я даже не замечала этого гнезда, пока они не улетели.

Джолин смотрела на болото, засунув руки в карманы длинного парчового плаща.

— Вы собирались о чем-то поговорить со мной? Мне нравится дизайн для страниц Лулу, который вы прислали на прошлой неделе. Думаю, там не потребуется никаких изменений. Сегодня я собиралась связаться с вами по электронной почте.

Джолин подняла руку и откинула волосы, упавшие на лицо. Сапфировое кольцо блеснуло на солнце. Эмми посмотрела на него и ощутила тяжесть прожитых лет, как вес зимнего пальто с глубокими карманами, наполненными несбывшимися мечтами и обещаниями. Она невольно прикоснулась к золотому кольцу на своем пальце.

Джолин рассеянно посмотрела на нее.

— Я надеялась, что вам понравится. Но сегодня я приехала сюда, чтобы встретиться с Лиз и ее малышами. Я забронировала номер в одном из отелей Чарльстона, так что не буду тревожить Джона и Эбигейл. — Она повернула голову и слабо улыбнулась Эмми. — Они добры ко мне, но у меня такое ощущение, что они каждый раз ждут не дождутся, когда я уеду.

Эмми оглянулась на свой автомобиль и еще раз убедилась, что она не сможет объехать «Ауди» Джолин, не задев карликовую пальму и подъездной дорожки.

— Вы можете оставаться здесь сколько хотите, но вообще-то я собиралась в «Находки Фолли», но не могу выехать на улицу.

Джолин не отреагировала на ее слова, но обратила внимание на штабель досок, сложенных у причала.

— Это так типично для Хита. Он безупречен в своей профессиональной работе и всегда заканчивает проекты вовремя, даже если умирает от усталости. Но когда речь идет о его собственных делах, он никак не может довести дело до конца. Он как будто боится, что, когда они будут завершены, ему придется иметь дело с реальными жизненными проблемами. — Она повернулась и медленно направилась к Эмми, потом остановилась у бутылочного дерева и посмотрела на прямоугольную темно-синюю бутылку, торчавшую вертикально и похожую на парящего ангела. — Он сказал, что мы больше не сможем быть вместе, но никто до сих пор не может поверить, что это правда.

Джолин снова подняла руку и покрутила кольцо на пальце. Не зная, что ответить, Эмми снова указала на автомобили.

— Я не могу уехать, потому что вы заблокировали меня. Вы не возражаете...

Она замолчала, когда уловила запах алкоголя в дыхании Джолин, пока та рассматривала дерево.

Джолин протянула руку и прикоснулась к одной из бутылок. Солнце светило ей прямо в лицо, подчеркивая покрасневшее лицо и смазанную губную помаду, судя по всему, нанесенную дрожащей рукой.

— Полагаю, мне нужно поговорить с Лулу, чтобы она сделала дерево для меня, потому что мне оно очень нужно.

Эмми накрыла ее руку своей.

— Слушайте, мне надо ехать в магазин, и Лулу должна быть там. Почему бы нам не поехать вместе? Я сяду за руль.

Она повела Джолин к подъездной дорожке.

— Отгоните свой автомобиль, а я выеду на улицу. А потом вы поставите свою машину на мое место.

Джолин кивнула и достала из кармана ключи. Когда она уселась за руль «Ауди», то посмотрела на Эмми.

— А вы долго собираетесь носить обручальное кольцо?

Эмми отпрянула.

— Не знаю.

Джолин положила руки на руль и посмотрела куда-то прямо перед собой.

— Я надеялась, что вы скажете мне, как долго должна женщина ждать мужчину, пока не поймет, что это больше не имеет смысла.

Мысль о Мэгги, ждавшей своего любимого среди урагана, промелькнула в голове у Эмми, но, прежде чем она успела что-то сказать, Джолин захлопнула дверь и завела двигатель. Потом она задним ходом выехала на улицу и укатила прочь, оставив Эмми стоять на дорожке и размышлять о том, как долго может продлиться ее ожидание.

По пути в «Находки Фолли» Эмми позвонила Хиту по мобильному телефону, а когда он не ответил, то набрала номер Эбигейл и сообщила о визите Джолин. Эбигейл сказала, что знает, где ее найти, и что при необходимости она заберет себе ключи от автомобиля.

Когда Эмми открыла дверь магазина, то, как обычно, зазвонил колокольчик. Эмми увидела целую гору пластиковых листов, припорошенных сухой штукатуркой. Алюминиевая стремянка в центре комнаты вела к новому прямоугольному отверстию в потолке. Единственным цветным пятном в комнате, кроме изготовленной вручную вывески Джанелл для «Игровой площадки Фолли», была настенная роспись Лулу в новом детском уголке. Она выкрасила потолок в темно-синий цвет и усыпала его переливающимися золотыми звездами. Стены над низкими полками и между ними — Лулу предложила сделать их более удобными для детей — были заполнены нарисованными книгами, как будто падавшими с неба. Названия и имена авторов популярных и классических детских книг можно было прочитать на корешках и развернутых обложках, а вокруг них вились ленты с избранными цитатами. Любимой цитатой Эмми была «Осторожно, Нэнси!» — Лулу утверждала, что эта надпись предваряла каждую книгу из серии о Нэнси Дрю.

Эмми сделала несколько фотографий детского уголка и послала их Джолин, которая использовала цветовую гамму и рисунки как фон для страниц с фотографиями бутылочных деревьев. Лулу еще не видела этой работы, и Эмми предвкушала большой сюрприз; благодарная улыбка на лице Лулу была чем-то таким, чего она до сих пор не могла себе представить.

— Эй, здесь кто-нибудь есть? — позвала она.

Джанелл появилась из-за прилавка «Игровой площадки Фолли», где она пополняла запасы чашек и салфеток, и помахала ей. Вскоре она присоединилась к Эмми с двумя чашками горячего кофе в руках. Передав одну чашку Эмми, она спросила:

— Ну, как вам это нравится?

Эмми огляделась, с трудом узнавая свой магазин.

— Если все идет по плану, то я пока воздержусь от комментариев. Завтра у меня намечена промоакция «две книги по цене одной», поэтому надеюсь, что все будет готово вовремя.

— Хотите верьте, хотите нет, но Хит сказал, что грязная часть работы завершена, а во второй половине дня он уберет остальное, так что можно будет вести дела как обычно. Он нанял рабочих, которые все подметут и пропылесосят напоследок.

— Рада это слышать. — Эмми отпила кофе и осмотрелась. — А где остальные?

Глухой удар, донесшийся сверху, стал ответом на ее вопрос. Джанелл запрокинула голову и отступила в сторону, как будто что-то могло провалиться сквозь потолок и упасть вниз. Ее длинные серьги с зелеными и синими бусинами мелодично звякнули.

— Лулу была здесь, но куда-то исчезла. Я вышла на задний двор, чтобы спросить о следующих заказах и узнать, когда можно будет приступить к обработке металла, но ее там не было. Я даже заглянула в сарай, но безуспешно. Она не любит мобильные телефоны, поэтому ей нельзя позвонить. — Джанелл сделала глоток кофе. — Последний раз я видела ее около часа назад, сразу же после того, как Хит показал ей свою находку.

— Вы знаете, что это такое?

Джанелл кивнула.

— Он предвидел, что вы спросите меня об этом, и заставил пообещать, что я ничего не скажу. Но, честно говоря, я не понимаю, что тут особенного. Но он сказал, что вы поймете.

— Эмми, это вы? — позвал мужской голос сверху.

Эмми подошла к стремянке.

— Я здесь. Можно подняться?

— Да, конечно. Крепко держитесь за перекладины, а когда подниметесь к потолку, то я помогу вам.

Эмми протянула свою чашку Джанелл, ступила на первую перекладину и начала подниматься. Когда она достигла четвертой перекладины сверху, Хит протянул обе руки и поддерживал ее, пока она не преодолела остаток пути и не оказалась на пыльном деревянном полу чердака.

Помещение освещалось через полукруглое окно со стороны улицы; в косых лучах солнца плавали пылинки. Более светлые каркасные стойки выделялись на фоне темного дерева как доказательство ремонтных работ после урагана «Хьюго». На первый взгляд чердак казался пустым, но потом глаза Эмми привыкли к полумраку, и она увидела в дальнем конце точно такую же коробку, какую ее мать получила в Индиане.

Она подошла ближе, уже чувствуя знакомое покалывание на коже затылка.

— Это ваш сюрприз?

— Я подумал, что это пропавшая коробка с книгами. Пока не успел посмотреть повнимательнее, но не могу представить, что еще это может быть.

— Это она. — Эмми опустилась на колени перед коробкой, заглянула внутрь и взяла первую книгу, попавшуюся на глаза: путеводитель по Парижу 1940 года. Едва не задохнувшись, она посмотрела на Хита и повторила: — Это она.

Из-за пыли и грязи на полу Эмми подавила желание сразу же вывалить книги из коробки. Вместо этого она снова заглянула внутрь, достала другой том, поднесла его к свету и прочитала название: «Вокруг света за 80 дней». Эмми с увлечением начала перелистывать страницы и остановилась, когда заметила размашистую запись черными чернилами в верхнем правом углу листа.

«Будет холодно, поэтому принеси что-нибудь теплое. Пусть она не увидит, как ты уходишь, иначе мы никогда не станем свободными. Я буду ждать тебя точно так же, как ты всегда ждала меня».

Эмми перевела дух и протянула книгу Хиту на раскрытой странице.

— Что вы об этом скажете?

— Похоже на записку подростка, излишне склонного к драматизму.

Эмми отобрала книгу и захлопнула ее.

— Что сказала Лулу, когда вы показали ей коробку? Она узнала книги?

Хит выглядел сконфуженным.

— Вообще-то она ничего не сказала. Просто посмотрела на коробку и сразу же спустилась.

Их взгляды встретились.

— Я тоже хотела показать вам кое-что, возможно, связанное с этим.

Эмми сняла сумочку с плеча, достала книгу Хемингуэя с эскизом бутылочного дерева и раскрыла заднюю обложку. Она выпрямилась и показала рисунок Хиту.

— Внимательно посмотрите на бутылку на нижней ветке. Что вы видите?

Хит прищурился, но его глаза расширились, когда он увидел записку.

— Как вы думаете, что это значит? — спросила Эмми.

— Понятия не имею, — он приподнял брови. — Но готов поспорить, что библиотекарь знает, в чем дело.

Эмми улыбнулась, несмотря на то, что он назвал ее библиотекарем.

— Помните, как я сказала, что во всех записках, которые мне удалось найти, не было ни одного упоминания о конкретном месте или времени? Я догадывалась, что информация должна находиться где-то еще, поэтому если посторонний человек случайно увидит записки на полях, это не будет слишком опасно для авторов.

— Вы хотите сказать, что существовал некий тайный роман.

Эмми прикусила нижнюю губу.

— Да.

— И вы думаете, что записки оставляли в бутылках на дереве.

— Вот именно. — Эмми снова посмотрела на Хита, ожидая, что он придет к такому же выводу, как и она. Когда он промолчал, она добавила: — Кто из наших общих знакомых имеет давнюю привычку оставлять записки в бутылках?

— Тетя Лулу, — серьезно ответил Хит. — Но она ничего не может знать об этих записках, иначе она уже бы что-нибудь рассказала.

Эмми с сомнением покосилась на него.

— Я знаю, что это не ее почерк, потому что видела, как она оформляет заказы. Если только она умышленно не изменила его, — она снова посмотрела на Хита, вспоминая слова Лулу о Джиме, первом муже Кэт. *У всех нас были чувства к Джиму.* — Как вы думаете, Лулу и Джим... — она покачала головой. — Впрочем, не важно. Джим погиб в 1941 году, когда ей было девять лет. Эти послания определенно писала не девятилетняя девочка.

Хит выпрямился и отряхнул руки о джинсы.

— Возможно, это просто романтическая переписка между моим дедом и бабушкой. Может быть, им хотелось добавить романтики в свои отношения. Кстати, мой отец нашел экземпляр дедовского почерка. Можете посмотреть и сравнить, когда придете к нам на вечеринку.

Эмми тоже выпрямилась и убрала книгу в сумочку.

— Мне бы хотелось изучить эти книги. Вы не поможете спустить их вниз и отнести в автомобиль?

— Разумеется. — Хит не стал сразу же выполнять ее просьбу и добавил: — Хотя думаю, вы слишком серьезно относитесь к этому. — Он рассеянно потер шрам на виске, и Эмми подумала, что паломник мог бы так же прикоснуться к священной реликвии. — Возможно, вам лучше сейчас сосредоточиться на своем бизнесе. Джолин считает ваши идеи о расширении продаж в Интернете очень интересными. Мне кажется, что человек, который собирается двигаться вперед, должен оставить старые вещи в прошлом, которому они принадлежат.

— Не вижу ничего дурного в том, чем я занимаюсь. Здесь есть история с неизвестным концом, и я не могу бросить дело на полпути. — Эмми с любопытством взглянула на него. — Вы возражаете потому, что эта история, скорее всего, связана с вашей бабушкой?

— А что бы вы чувствовали, если бы кто-то раскопал в истории вашей семьи что-то из ряда вон выходящее?

Эмми помедлила с ответом.

— Послушайте, я все понимаю. Обещаю, что если что-нибудь выясню, то сразу же расскажу вам. Хорошо?

— Но вы можете опоздать: мне-то вы расскажете, а больше никто правду не узнает.

Она нахмурилась, напряженно размышляя, и вдруг поняла, что нежелание Хита прикасаться к прошлому, возможно, связано с чем-то большим.

— Может быть, вы возражаете потому, что вам нравится ждать и откладывать принятие решений на потом. — Наклонившись за коробкой, она добавила: — Вы можете умереть, не доделав свои дела до конца. Поверьте, я знаю.

Когда она выпрямилась, Хит взял коробку, а в его голосе не было и тени обычного добродушия, уже привычного для Эмми.

— Встаньте у проема и протяните мне коробку, когда я спущусь до середины лестницы.

Эмми забрала коробку и сделала, как было сказано. Спустившись вниз, Хит сразу же направился к ее автомобилю. Она молча открыла багажник и подождала, пока он не поставит туда коробку. Потом он повернулся к ней.

— Пришлите по электронной почте ваши соображения об устройстве кладовой на чердаке. Тогда я проведу измерения и составлю чертежи. Мне нужно уехать в Атланту на две-три недели, но мы можем держать связь по Интернету. Я вернусь незадолго до вечеринки, и тогда мы обсудим все остальное.

Эмми сложила руки на груди.

— Полагаю, вы не хотите спрашивать тетю Лулу о рисунке?

Хит смотрел куда-то вдаль.

— В общем-то, нет. Не думаю, что ваши раскопки принесут кому-то пользу. Поиски истины помогают вам забыть о собственных проблемах не более чем на несколько минут. И они тем более не могут вернуть вашего мужа.

— Хорошо, — сказала Эмми и достала ключи из сумочки. — Тогда я сама спрошу.

Его глаза сузились.

— Лулу очень пожилая женщина, Эмми. Будьте осторожны и корректны.

— Как это понимать? Думаете, я могу намеренно причинить ей боль?

— Я так не говорил, но знаю, что Лулу не хочет, чтобы вы продолжали свои поиски. Я понял это, когда она ушла отсюда сразу же после того, как я показал ей коробку. Я даже едва не позвонил вам, чтобы отговорить от приезда, но понял, что вы все равно не остановитесь.

— Да, вы правы. Я бы не остановилась. — Эмми испытывала иррациональное желание топнуть ногой. — Мне не хочется ссориться с вами из-за этой истории. Будет гораздо лучше, если мне не придется все делать в одиночку.

– Я считал, что вы как раз предпочитаете оставаться в одиночестве.

Его тон был серьезным, и Эмми немного расслабилась.

— Нет. Просто... так было легче.

Хит сунул руки в карманы.

— Ладно. Правда, легкий путь — не всегда лучший. — Он направился к магазину. — Позвоните вашей матери. Она продает книги, поэтому должна быть очень похожа на вас. Готов поспорить, она будет рада помочь.

Эмми смотрела ему вслед, когда он поднялся на крыльцо и вошел внутрь, захлопнув за собой дверь. Потом она медленно уселась за руль и завела двигатель. Внезапно она усомнилась в том, куда ей теперь нужно ехать. Посмотрев в зеркало заднего вида, она заметила коробку с книгами, и это немного успокоило ее. Она была совсем не похожа на Пейдж, но позвонить не помешает.

Эмми поехала домой по другому маршруту — по Ист-Купер-авеню вместо Ист-Эшли, — машинально осматривая дворики в поиске бутылочных деревьев. Раньше она взяла на заметку идею прямых продаж для постоянных жителей Фолли-Бич, но после того, как проехала мимо третьего дерева, блестевшего на солнце, словно выкопанное сокровище, снова задалась вопросом, каких злых духов пытается отогнать Лулу.

Глава 21

Фолли-Бич, Южная Каролина
Ноябрь 1942 года

Лулу стояла перед Мэгги, подпрыгивая на месте от нетерпения.

— Значит, я могу ее взять? Кэт больше не носит эту куртку, и если я принесу ее в школу, то смогу победить Шейлу Маккоски. Тогда я получу целый фунт сахара, так что и тебе будет польза. Шейла приносит больше жестяных банок, чем все остальные, но никто еще не приносил меховую куртку. Мех идет на подкладку для зимней одежды моряков торгового флота.

Мэгги смотрела на испорченную куртку Кэт, как на мертвое животное, снова ощущая панику и боль того дня на пляже. Нетронутая куртка три месяца провисела в шкафу, пока Марта не обнаружила ее и не вынесла на улицу, чтобы вытряхнуть песок и просушить на солнце. Теперь куртка все равно никуда не годилась, но все же Мэгги не торопилась соглашаться.

— Дай мне посмотреть, — попросила она и протянула руку.

Неохотно, словно Мэгги могла не отдать ей куртку, Лулу протянула ее сестре. Мех местами свалялся или вылез, но до сих пор сохранял запах духов Кэт «Шалимар». Раскрыв куртку, Мэгги осмотрела подкладку и поискала торговый знак изготовителя, но обнаружила вырезанный прямоугольный участок, обшитый ровными стежками, как будто кто-то аккуратно спорол надпись и зашил подкладку.

Мэгги уже собралась отдать куртку Лулу, когда заметила легкую выпуклость за подкладкой. Присмотревшись, она обнаружила разрезной карман с правой стороны. Она запустила руку внутрь, достала скомканный носовой платок и сразу же вспомнила, как Кэт мяла его в руках в то ужасное утро на пляже. Платок тоже пропах духами; тошнотворно-сладкий запах напомнил Мэгги о красных туфлях, размазанной туши для ресниц и мерном рокоте прибоя.

Мэгги передала куртку Лулу, потом протянула платок.

— Можешь забрать и это. Мне все равно, что ты с ним сделаешь.

Лулу взяла платок и напряженно посмотрела на него, а потом сунула в карман юбки.

— А Кэт ты не будешь спрашивать?

— Нет. Она все равно не будет носить эту куртку. Кроме того, сейчас она думает совсем о других вещах, и я не хочу лишний раз расстраивать ее.

Весь прошлый месяц по распоряжению врача Кэт оставалась в постели. Это пугало Мэгги, потому что вместо обычной раздражительности Кэт замкнулась в себе; ее кости и суставы резко выпирали из-под кожи, и лишь тугой шар живота напоминал о ребенке. Волосы и кожа Кэт утратили свой блеск. Марта сказала, что, должно быть, родится девочка, потому что ребенок крадет у матери ее красоту.

— Мэгги! — донесся сверху жалобный голос Кэт.

— Через минуту я принесу завтрак, Кэт, — отозвалась она.

Мэгги посмотрела на поднос с завтраком, где тост с маслом плавал в тягучих желтках черепашьих яиц. Она отвернулась, чтобы не смотреть на них. С того дня, когда она узнала о Питере и Кэт, она не могла есть черепашьи яйца. Она даже не бывала на пляже и посылала Лулу собирать их. Мэгги начала считать дни до отъезда, чтобы начать вместе с Лулу новую жизнь.

Она открыла ящик со столовыми приборами, достала вилку и ножи и завернула их в салфетку, лежавшую на подносе. При мысли об очередном подъеме по лестнице она передернула плечами, заранее страшась того, что может увидеть и услышать.

— Я могу помочь? — с искренним видом поинтересовалась Лулу.

Мэгги улыбнулась.

— Нет, милая, но спасибо, что поинтересовалась.

Лулу взяла книгу «Прощай, оружие!», которую Мэгги оставила на прилавке, и положила ее на поднос.

— Может быть, это отвлечет ее, и она не будет так часто звать тебя к себе и просить о разных вещах.

— Спасибо. — Мэгги посмотрела на Лулу, заметила веснушки на ее лбу и переносице. Ей вдруг пришло в голову, что ее сестра тоже никогда не будет красавицей. Это огорчило Мэгги; она хотела, чтобы у Лулу все сложилось по-другому.

Мэгги убрала книгу под салфетку.

— Я не спешила говорить тебе об этом, но поскольку Кэт скоро будет рожать, то думаю, можно сказать и сейчас. — Она достала письмо от тети Эдит и аккуратно развернула его. — Ты знаешь, что я переписываюсь с тетей Эдит, которая живет в Галвестоне. Она нашла для нас домик, который сдается в аренду. Если мне удастся продать «Находки Фолли», у нас будет достаточно денег, чтобы продержаться какое-то время — по крайней мере, до тех пор, пока я не найду работу. Тетя говорит, что у них очень хорошая школа, поэтому умной девочке вроде тебя будет нетрудно устроиться туда.

Лулу смотрела на сестру широко распахнутыми глазами, как если бы та говорила на иностранном языке.

— Что ты имеешь в виду? Ты хочешь, чтобы мы уехали? И больше не вернулись?

Мэгги опустила руки.

— Ох, Лулу, я знаю, как это тяжело для тебя. Мне тоже нелегко. Это наш дом. Но теперь... я не могу жить здесь вместе с Питером и Кэт. Все... очень сложно. Когда ты повзрослеешь, то поймешь.

Лулу с трудом сглотнула. Ее глаза наполнились слезами, и Мэгги пожалела, что не дождалась лучшего момента для этого разговора. Она посмотрела на яйца, уже начинавшие остывать.

— Я не хочу уезжать, Мэг. Я не знаю никаких других мест. Фолли-Бич — единственное место, где мне хочется жить.

Мэгги почувствовала, как к ее глазам подступили слезы, но сморгнула их, стараясь быть сильной.

— Я знаю, Лулу. Но у меня нет выбора.

Она наклонилась и взяла поднос с завтраком.

— Это потому, что Питер женился на Кэт, да? Лучше бы мы никогда не встречались с ним. Он все испортил.

Мэгги крепче ухватилась за поднос.

— Не надо так думать, Лулу. Тем более говорить об этом вслух, потому что кто-нибудь может услышать тебя.

— Но это правда, разве не так?

Мэгги закрыла глаза.

— Ты еще слишком мала, чтобы понять.

— Нет, я уже не маленькая. Ты только что назвала меня умной, помнишь? Я знаю гораздо больше, чем ты думаешь.

Мэгги раздраженно опустила поднос и повернулась к Лулу.

— Только то, что ты целыми днями читаешь книжки о сыщиках, не делает тебя более осведомленной во взрослых делах. Понимаешь? Теперь убери эту куртку с глаз моих! Через полчаса я должна быть в магазине, и мне еще нужно покормить Кэт.

Нижняя губа Лулу дрожала, когда она повернулась, чтобы уйти, волоча куртку за собой по полу. Возле двери она вдруг развернулась и побежала обратно к Мэгги.

— Я знаю, почему Джим перестал просить тебя покупать мороженое и начал встречаться с Кэт.

Мэгги направилась к лестнице. У Лулу было богатое воображение, и она могла лишь догадываться, какую историю ее сестра сочинила на этот раз. Она поставила ногу на первую ступеньку.

— Почему, Лулу?

— Потому что Кэт сказала ему, что ты больше не хочешь встречаться с ним. Что ты гуляла с ним только из жалости, а на самом деле считала его тупой деревенщиной. И что ты влюблена в Фрэнка Ферридэя из церкви и собираешься выйти за него, как только он вернется с войны. Потом она поцеловала его в губы с языком.

Мэгги пошатнулась, и книга упала с подноса, а за ним и стакан сока. Сок пролился на ступени и забрызгал белую стену. Прислонившись к стене, Мэгги посмотрела на Лулу.

— Ты говоришь ужасные вещи. Почему?

Но глаза и рот Лулу были широко открыты от потрясения, как тогда, когда она сообщила сестре о гибели Джима. Так выглядит человек, который видел ужасные вещи, скрывающиеся в ночном мраке. На самом деле Мэгги не нужен был ответ. *Потому что это правда.*

Лулу выронила куртку и выбежала на улицу, громко хлопнув дверью. Мэгги сползла вниз по стене и опустилась на ступеньку, по-прежнему держа в руках поднос с испорченным завтраком.

— Ты идешь, Мэгги? Я проголодалась.

Мэгги посмотрела наверх, но ей не хватало сил ответить. Парадная дверь открылась, и она повернула голову. Может быть, Лулу вернулась, чтобы признаться во лжи и объяснить, что хотела побольнее уколоть сестру, чтобы та перестала думать об отъезде с острова. Но она увидела Питера, вошедшего в дом так стремительно, как будто его кто-то позвал. Его лицо прояснилось, когда он заметил Мэгги.

Переступив через куртку, он бросился к лестнице и опустился перед ней на колени.

— Маргарет, что с тобой? Ты упала? — Он взял поднос из ее застывших рук. — Я видел, как выбежала Лулу, но она не остановилась, когда я окликнул ее.

Мэгги покачала головой, раздумывая о том, не сон ли все это.

— Нет. Я... мне нужно посидеть, вот и все.

— Что случилось? — Он смотрел на нее так, как раньше, и Мэгги начала оттаивать.

Мэгги смотрела на любимое лицо: она помнила каждую морщинку и впадинку, каждый волос, гладко зачесанный со лба.

— Ты сказал... раньше ты говорил, что тебе нужно поговорить со мной. Теперь я готова выслушать тебя.

Питер посмотрел вверх, потом снова на нее и покачал головой.

— Я напишу тебе другую записку, — прошептал он.

— Другую? — прошептала она в ответ и нахмурилась. Питер тоже нахмурился и покачал головой, как будто что-то понял.

— Питер, это ты?

Оба повернулись на звук голоса. Питер снова покачал головой и встал с подносом в руках.

— Да, Кэт. Я вернулся.

— Пожалуйста, скажи Мэгги, чтобы она поторопилась с завтраком. Я проголодалась.

Книга, упавшая с подноса, раскрылась на задней обложке, где Лулу изобразила бутылочное дерево.

— Там, — тихо сказал он.

Их глаза встретились, и на мгновение показалось, что всех этих месяцев не было, Кэт не была беременна, а Питер снова принадлежал Мэгги.

— Я принесу завтрак! — крикнул Питер и начал подниматься по лестнице с подносом, лишь один раз оглянувшись, когда входил в спальню.

Из-за шторы затемнения на кухне Лулу наблюдала, как Питер вышел из задней двери, быстро пересек двор и направился к бутылочному дереву. Она не ходила туда с того утра, когда Питер передал ей письмо и попросил положить его в бутылку, поэтому вид дерева вызывал у нее гнетущее чувство вины. Мэгги сказала бы, что ее поступок был греховным, и дерево напоминало ей об этом.

Две бутылки отсутствовали, и дерево склонилось набок, как будто устало от бремени вины. Теперь Питер направлялся прямо к нему, а она сидела и смотрела, радуясь полнолунию. Он уже довольно давно спал на кушетке внизу из-за плохого состояния Кэт, и Лулу практически не слышала его, не считая тех случаев, когда он ходил в ванную или ворочался на пружинном матрасе.

Она наблюдала, как он что-то достает из кармана брюк и засовывает в горлышко янтарной бутылки из-под корневого пива[1] на нижней ветке. Когда он повернулся, Лулу отпрянула, ясно увидев его лицо в лунном свете. Питер улыбался, и его глаза блестели, как морские стеклышки на солнце, что немного испугало ее. Хотя Лулу знала, что он не может ее увидеть, она могла бы поклясться, что он посмотрел прямо на нее, и от этой мысли у нее по спине пробежали мурашки.

Снова выглянув наружу, она увидела, что Питер не пошел к дому, а завернул за угол. Лулу побежала к окну в гостиной, осторожно отодвинула штору и выглянула наружу. Питер направлялся на улицу. Хотя это было запрещено в ночное время, Питер достал из кармана пачку сигарет. Секунду спустя вспыхнула спичка, и Лулу пригнулась, ожидая удара немецкой торпеды, которая найдет единственный источник света на Фолли-Бич.

Когда ничего не случилось, Лулу снова выглянула из-за шторы. Питер шел по улице, держась в те-

---

[1] Шипучий напиток из корнеплодов с мускатным маслом.

ни заборов и деревьев. Он явно направлялся к пляжу. Она следила за оранжевым огоньком сигареты, пока тот не скрылся из виду. Тогда она вспомнила о платке, который Мэгги нашла в куртке Кэт. Она развернула его и обнаружила вышитые инициалы, не имевшие для нее никакого смысла, поскольку они не принадлежали Питеру. Лулу понадобилось некоторое время, чтобы разобраться, в чем дело, но она все еще нуждалась в доказательствах. Платок нужно будет спрятать в шкатулке вместе с другими сокровищами, и она не собиралась кому-то показывать его... пока что.

Как только Питер скрылся из виду, Лулу выбежала через заднюю дверь и тихо закрыла ее за собой. Записка слабо светилась в лунном свете и была легко различима. Лулу достала ее из бутылки и отнесла на кухню, а потом нашла в ящике фонарик и включила его. Она медленно развернула записку одной рукой и начала читать:

«На нашем месте для пикника в два часа ночи. Конный патруль проезжает в час ночи и в три часа, поэтому будь осторожна».

Лулу выключила фонарик и убрала его в ящик, потом дождалась, пока часы не пробьют один раз. Ей хотелось, чтобы ее подруга Эми была рядом и напомнила, что она спрятала первую записку лишь потому, что не хотела расставаться с Мэгги. Даже теперь Лулу казалось, что, как бы она ни поступила, Мэгги все равно бросит ее и уедет с Питером. Однажды Джим сказал ей, что ни один дурной поступок не остается безнаказанным. Теперь она понимала, что он был прав. Ей лишь хотелось, чтобы наказание было не слишком болезненным.

Лулу тихо выскользнула из дома и направилась к дереву, утопающему в лунном свете. Она аккуратно свернула записку и положила ее именно туда, где Питер оставил ее для Мэгги. Потом она вышла на улицу и последовала за Питером, полагая, что знает, куда он направляется, но втайне надеясь, что она ошибается.

Глава 22

Фолли-Бич, Южная Каролина
Октябрь 2009 года

Эмми посмотрела на новый хронометр для бега трусцой, с которым она еще не успела разобраться, и перешла с шага на медленный бег. Ее новые беговые кроссовки мягко шлепали по мостовой под пасмурным небом, и шаги казались приглушенными, как будто погода хотела соответствовать ее уединению.

Она припарковалась у магазина около половины шестого и просмотрела окончательный план Хита по обустройству чердака, пока ожидала восхода солнца. Потом она направилась к западной оконечности острова в надежде преодолеть маршрут до ворот парка без остановок.

На этот раз Эмми вместо пляжа решила пробежаться по улицам, рассудив, что пора лучше изучить свой новый дом. Она пробежала по Сентер-стрит и миновала розовое здание городской ратуши, где работала неутомимая Марлен Эстридж. Эмми быстро поняла, что если ей нужен ответ на любой вопрос о Фолли-Бич — о местных правилах, разрешениях или о чем-то еще, — то Марлен будет знать ответ или человека, который его знает.

Когда она снова перешла на шаг, то миновала большие новые дома с подстриженными лужайками и дизайнерскими ландшафтами, втиснутые между старыми коттеджами, которые один из туристов в «Тако-Бой» назвал «коммунальными домами». Эмми едва не посоветовала ему отправиться на Киаву или в Сибрук, если хочется увидеть другие пляжные пейзажи, но удержалась, когда поняла, что сама так думала после приезда на остров.

Но теперь, прожив здесь лишь несколько коротких месяцев, она начала ценить очарование старого города и его отличия от других островных поселений вокруг Чарльстона. Здесь не было атмосферы претенциозности или исключительности: что вы видели, то и получали, и в этом было нечто успокаивающее, особенно для человека, который начал сомневаться в себе.

Эмми спустилась по Вест-Арктик-авеню и миновала дом, где жил Джордж Гершвин, когда сочинял «Порги и Бесс». Теперь дом со всех сторон был окружен высоким деревянным забором из-за туристов, которые то и дело ломились в парадную дверь и просили провести экскурсию.

Глубоко дыша, Эмми чувствовала запах морской соли и болотного ила, но ни то, ни другое больше не казалось ей чуждым. Воздух Индианы в начале октября был полон обещанием предстоящего урожая желтой и сочной кукурузы. Но здешний воздух был напоен дыханием воды, наполненной жизнью, которая оставалась скрытой, пока не подойдешь достаточно близко и не сумеешь разглядеть ее.

Вскоре Эмми достигла ворот парка, пройдя пешком больше, чем пробежав, но она решила, что для начала этого будет достаточно. Не останавливаясь, она развернулась и направилась на восток, через Сентер-стрит до Ист-Эшли, мимо круглосуточного мини-маркета Берта с рукописной вывеской «Мы можем задремать, но никогда не закрываемся», и наконец повернула налево, чтобы вернуться в «Находки Фолли». Она несколько раз обошла вокруг своего автомобиля, стараясь восстановить нормальный ритм дыхания и чувствуя себя гораздо старше своих лет. Прежняя Эмми, жена Бена, не стала бы так утруждать себя. Она точно не знала почему; Бен продолжал бы любить ее, несмотря ни на что. Скорее, это было связано с их ролями в браке, а после смерти мужа Эмми чувствовала себя потерянной, как актриса без сценария.

Ее взгляд остановился на коробке книг, лежавшей на заднем сиденье. Книги находились там уже неделю, но она так ничего и не предприняла, даже не спросила Лулу о рисунке бутылочного дерева на задней обложке. Она знала, что развязка близка, но чем ближе она подходила, тем больше мешкала и сомневалась. Возможно, в этом она была похожа на Хита с его незавершенными проектами, который избегал доводить свои дела до конца, поскольку боялся встретиться с будущим. Но Эмми не боялась; она просто чувствовала себя потерянной.

Она решительно открыла дверцу и поискала под сиденьем ключи от магазина. Потом она отнесла коробку в «Находки Фолли» и с глухим стуком опустила ее на пол. Наступило воскресенье, и магазин не работал, поэтому у нее было полно времени, чтобы разобраться с этой последней коробкой.

У Эмми не было с собой ноутбука, поэтому она взяла блокнот и карандаш, села перед коробкой, прислонившись спиной к кассовой стойке, и приступила к привычному ритуалу. Книги были похожи на остальные в том, что представляли собой эклектичное собрание, какое можно найти в любой домашней библиотеке. Правда, большинство книг выглядели как новые, без загнутых страниц и потрепанных корешков. Было и несколько дубликатов, как будто купленных без особых раздумий, или же покупатель вообще не собирался их читать.

Виски Эмми пульсировали от предвкушения, и эта реакция пугала ее. Здесь было что-то важное, что-то еще, чего она не должна пропустить. Лишь когда она просмотрела первые пять книг, то поняла, в чем заключается главное отличие этой коробки от других. На полях каждой книги присутствовала, по меньшей мере, одна запись, как будто их собрали в отдельную коробку именно по этой причине. Но эти записи не были любовными посланиями, и их тон казался совершенно иным.

Эмми раскрыла блокнот и начала записывать. *У меня есть план.* Эта запись была оставлена мужчиной. Она отложила книгу в сторону и взяла следующую, позднее издание «Шума и ярости» Фолкнера. Заглянув в коробку, она заметила два точно таких же экземпляра, и кровь в висках начала пульсировать еще сильнее.

В следующих семи книгах обнаружились похожие загадочные записи, сделанные мужчиной и женщиной. Глядя в блокнот, Эмми изучила то, что успела переписать, а потом придала записям некое подобие порядка, чередуя женские и мужские фразы в виде свободного диалога.

«Я не могу. Сегодня вечером ей стало хуже. Я должна остаться с ней».

«Где ты?»

«Это слишком скоро. Она еще очень слаба».

«Я больше не могу ждать. Ситуация быстро меняется и выходит из-под контроля».

«Девочка слишком мала, чтобы оставить ее здесь даже на несколько месяцев. Она нуждается во мне».

«Ну же, милая! Нужно сделать это сейчас. Обещаю, потом ты поймешь».

«Не знаю, поверит ли она, если я скажу, что вернусь за ней».

«У меня есть план».

Эмми чувствовала себя так, как будто подслушивала тихий разговор из-за неплотно закрытой двери. Это напоминало детскую игру, в которой секрет шепотом передавался по кругу, пока не искажался до неузнаваемости.

Просмотрев пятнадцать книг сверху, она увидела, что остальная часть коробки заполнена старыми картами и атласами. При более внимательном осмотре выяснилось, что все они изображали мир до начала Второй мировой войны. Границы стран в Западной Европе выглядели незнакомыми, и Эмми представила себе немцев, стоявших у рубежей Польши и готовых к наступлению.

Атласы и путеводители выглядели как новенькие, словно их вообще не читали или пролистали не более одного раза. Просмотрев первый слой и не обнаружив ни одной записи, Эмми разочарованно вздохнула. Легкий холодок пробежал по ее шее и спине, когда она смотрела на собрание атласов и путеводителей и вспоминала слова Эбигейл о том, что раздел путешествий в «Находках Фолли» был самым любимым у Мэгги.

Эмми запустила обе руки в коробку, достала столько книг, сколько смогла, и разложила их на полу рядом с собой. Когда она наклонилась за следующей порцией, то заметила темно-серый матерчатый переплет, похожий на художественное издание в жесткой обложке. Опустившись на колени, она подняла все, что лежало сверху, и обнаружила новенький экземпляр «Путешествий Гулливера». Когда она взяла книгу в руки, то увидела, что обложка немного покоробилась, но, судя по всему, не от воды. Наклонив книгу верхним обрезом к себе, она увидела узкую щель между страницами посередине, как будто что-то было спрятано внутри.

Эмми быстро положила книгу на колени, раскрыла ее в нужном месте и увидела сложенный втрое лист бумаги. Листок был голубым и тонким, совершенно не похожим на современную плотную бумагу для принтеров. Края были ровно сложены и разглажены, как будто кто-то снова и снова проводил ногтем по сложенному листу.

Эмми взяла письмо, мимолетно удивившись, каким легким оно было, словно ожидала почувствовать вес слов, содержавшихся внутри. Она долго смотрела на письмо, размышляя о том, не стоит ли вернуть его на место, закрыть книгу и больше никогда не открывать ее. Теперь она лучше понимала чувства Хита.

Мысли Эмми вернулись к Бену и к моменту их последней встречи, когда они не попрощались друг с другом. Она прикоснулась к этому воспоминанию, как человек мог бы прикоснуться к синяку, надеясь, что все зажило, и слегка поморщиться, убедившись в обратном. Когда она думала о Бене и представляла его лицо, это всегда была последняя сцена в дверях родительского дома, где они сказали друг другу все, кроме слов прощания. Эмми закрыла глаза, стараясь яснее вспомнить ту встречу и увидеть истину, какой бы тяжелой она ни оказалась.

Она прислушалась, но слышала лишь ровное биение крови в висках; тогда она резко выдохнула и заставила себя открыть глаза. Глядя на сложенное письмо, она с поразительной ясностью вспомнила последнюю встречу с Беном. Возможно, поэтому она регулярно слышала его шаги; их неоконченное прощание было похоже на нераскрытое письмо, и он ждал этих последних слов. Возможно, вся ее неуверенность с тех пор происходила от того, что осталось несказанным.

Эмми вытерла глаза тыльной стороной ладони, тяжело сглотнула и открыла письмо, развернув его с двух сторон. Почерк был незнакомым, и она невольно опустила глаза, чтобы посмотреть на подпись. *Кэтрин.* Вернувшись к началу послания, Эмми прочитала:

«Я знаю правду. Я всегда знала, что ты на самом деле не принадлежишь мне, но думала, что, если я постараюсь как следует, мы будем счастливы. Я не сдалась, но знаю, что ты отрекся от меня, и это делает меня такой несчастной, что я уже сама не знаю, как мне поступить. Я не хочу жить без тебя, а ты не хочешь жить со мной. Это наводит меня на мысль о том, что нам обоим будет лучше, если я умру.

Думаю, я действительно любила тебя, по крайней мере, какое-то время. Надеюсь, ты найдешь некоторое утешение в том, что я причинила тебе зло. Прости меня».

Когда Эмми перечитала письмо, у нее пересохло во рту. Ее первой мыслью было позвонить Хиту, но, вспомнив их последний разговор, она поняла, что лучше этого не делать. Потом она вспомнила его совет — позвонить матери.

Аккуратно сложив письмо, Эмми достала из кармана мобильный телефон и набрала номер родителей. Мама взяла трубку после второго гудка.

— Эмми! Какой приятный сюрприз, — судя по тону, Пейдж говорила искренне. — В прошлые выходные мы с отцом как раз говорили о тебе. Мы собираемся в Смоки-Маунтинс[1] полюбоваться золотой осенью и уже забронировали чудесный домик в глуши, но там нет мобильной связи. Я все думаю, что тебе, наверное, не хватает смены сезонов на Фолли-Бич.

Эмми подумала об улетающих скопах, о спящем болоте и о том, как цвет спартины меняется с зеленого на желтый, а семена разлетаются по ветру. Она вдруг поняла, что не совсем тоскует по ярко-оранжевой и буро-коричневой листве лесов Индианы, памятной с раннего детства.

— Возможно, — ответила она, пытаясь вспомнить те времена, когда родители куда-то отвозили ее в красивые места для семейного отдыха. — Последние несколько раз, когда я звонила, то разговаривала только с папой, но хотела убедиться, что он передал мою благодарность за одежду, которую ты прислала.

— Разумеется, он сделал это, — голос Пейдж звучал по-другому; ее южный акцент был не таким

[1] Национальный парк на границе Северной Каролины и Теннесси.

отчетливым и глубоким. А может быть, он остался таким же, но Эмми уже привыкла слышать акцент в его первозданном виде. — Ты уже надевала купальник?

Эмми помедлила с ответом.

— Еще нет. Он более откровенный, чем я привыкла.

Она могла представить, как улыбается ее мать.

— Все придет со временем. Просто надень на него футболку и шорты, если решишь прокатиться на матрасе.

— Что?

— В детстве мы любили эту забаву; я думала, что местные по-прежнему так делают, если копов нет поблизости. Ты привязываешь матрас к заднему бамперу автомобиля или грузовика на пляже и стараешься удержаться, пока тебя тащат вперед.

Эмми попыталась представить, как ее мать занимается чем-то подобным, но не смогла.

— Хорошо, постараюсь запомнить, — она покачала головой, гадая о том, что еще мать раньше не рассказывала ей о своем детстве на Фолли-Бич и почему она ждала так долго.

— У тебя хороший голос, Эмми.

— Я отлично себя чувствую, — ответила она, даже не задумавшись об этом. — Все стало... лучше. Я начала бегать трусцой. Ну, наполовину ходить, наполовину бегать. Надеюсь, скоро буду пробегать всю дистанцию.

— В самом деле? Раньше ты потешалась над людьми, которые бегают для фитнеса.

— Я знаю. Хит, сын Эбигейл, едва ли не заставил меня приступить к тренировкам. Я выхожу почти каждое утро и пробегаю около трех миль, хотя иногда перехожу на шаг. Это действительно здорово.

— Надеюсь, ты пользуешься лосьоном от солнца.

Эмми улыбнулась.

— Ты говоришь прямо как Бен.

Обе немного помолчали, словно осознав, что она впервые мимоходом упомянула имя Бена. Казалось, обе ждали, когда на Эмми обрушится очередной приступ горя. Эмми по-прежнему ощущала горечь утраты, но теперь она была более мягкой; острые края сглаживались той жизнью, которую она вела в последнее время.

— Хочешь, я позову отца?

— Нет. На самом деле я хотела кое о чем поговорить с тобой.

— О магазине? Давай.

— Не совсем. О семье Рейнольдс. Я знаю, что ты родилась гораздо позже, но надеялась, что ты помнишь, как твои родители или соседи говорили об одном старом событии.

— О чем?

— Ты говорила, что была знакома с Мэгги, невесткой Эбигейл. С той женщиной, которая когда-то владела «Находками Фолли».

— Точнее говоря, не просто знакома. В детстве я регулярно посещала ее магазин. Но я лучше знакома с Лулу, потому что она гораздо моложе.

— Ты помнишь Кэтрин, двоюродную сестру Мэгги? Ее называли Кэт.

— Я слышала о ней, но не знала ее; она умерла до моего рождения. Думаю, это случилось во время войны, — Пейдж немного помолчала. — Кажется, с ее смертью было связано нечто трагическое. Наверное, потому, что она была очень молода. Но это все, что я помню. Эбигейл может знать больше; Лулу определенно знает, поскольку она была родственницей Кэт. Эбигейл переехала на Фолли-Бич только после окончания школы. А что? Это имеет отношение к запискам в старых книгах?

— Не знаю, но в одной из книг я нашла письмо. Оно подписано Кэт, и почерк значительно отличается от почерка в других записках.

— Что за письмо?

Эмми глубоко вздохнула.

— Позволь мне прочитать его, а потом скажи, что ты думаешь.

Она развернула письмо и начала медленно читать. Прошло довольно много времени, прежде чем ее мать ответила:

— Это предсмертное письмо. Несомненно, она собиралась покончить с собой.

— Я тоже так подумала. Может, это как раз та самая трагедия, о которой ты говорила?

— Я в самом деле не знаю. Это случилось очень давно, но вроде бы моя мать упоминала... о чем-то таком. Тебе нужно спросить об этом кого-то еще.

— Сначала я попытаю счастья с Эбигейл. Лулу относится ко мне с определенным подозрением. Она не из тех, кто выглядит мягкими и пушистыми, ты же помнишь?

Пейдж цинично хохотнула, чего раньше никогда не позволяла себе при Эмми.

— Она всегда была такой. Когда она работала в магазине старшей сестры, то пугала детей своей мрачностью. Она почти никогда не улыбалась. Но я помню, как она давала мне конфеты, когда мама не видела. И каждый раз, когда я приходила в магазин, она выкладывала на прилавок книжки, которые могли мне понравиться. Там довольно долго существовала маленькая библиотека, где можно было брать книги на время. Помню, как она увлекалась книжками о Нэнси Дрю. Мама говорила, что, когда мисс Лулу была моложе, она бродила по острову с лупой и фонариком и строила из себя маленького сыщика, в точности как Нэнси. После того как мама рассказала об этом, я больше ее не боялась.

Эмми нахмурилась.

— Она не говорила мне, что знала тебя, когда ты была девочкой. Интересно почему.

Она представила, как мать пожимает плечами.

— Я уже давно вышла замуж и живу здесь, но помню, как люди говорили, что она так и не оправилась после «Хьюго», когда погибла ее сестра. Она всегда была тихой и замкнутой, но потом стала почти отшельницей. Думаю, если бы не Эбигейл, Джон и их дети, она бы не пережила этой потери.

Эмми подумала о Лулу в саду бутылочных деревьев, когда та спросила о Бене и назвала ее храброй. В пожилой женщине было много странного, и Эмми даже не пыталась в этом разобраться. Барьер, которым Лулу окружила себя, срабатывал очень эффективно... но его все же можно было преодолеть, если хорошо постараться.

— Я поговорю с Лулу, — внезапно решившись, сказала она.

— Ты дашь мне знать, что она скажет?

Эмми на мгновение замешкалась.

— Само собой, — наконец ответила она.

— Похоже, ты удивлена, что меня это интересует.

— Да, немного. Раньше ты никогда не заглядывала дальше нашего дома и магазина.

— Возможно, и так... Но после твоего отъезда все немного изменилось. В основном из-за твоего отца. В нем проснулась жажда странствий. По выходным мы отправляемся в небольшие поездки, но сейчас он обдумывает визит в Напа-Вэлли, а потом, возможно, даже в Европу. Посмотрим. Но это, как бы сказать... бодрит. Знаю, это звучит странно, но именно так я себя чувствую. Как будто я едва дышала все эти годы и наконец-то решила вздохнуть полной грудью.

Эмми понимала ее. Она чувствовала то же самое, когда в первый раз попробовала бегать.

— Тебе нужно приехать сюда, в Фолли-Бич.

Ответом была тишина, и Эмми представила, как мать смотрит в окно кухни на свое бутылочное дерево.

— Да, я знаю. Мы... говорили и об этом.

Эмми прислонилась к стойке, вспомнив банку с песком, пахнувшую океаном.

— Почему ты никогда не возвращалась сюда?

На этот раз пауза была достаточно долгой, чтобы Эмми услышала шум автомобиля, медленно проехавшего по улице перед магазином.

— Даже не знаю... Может быть, я считала, что если вернусь, то пойму, как сильно скучала, и захочу остаться. Но это было бы неправильно. Это все равно что признать поражение, как будто я забыла все эти годы и то хорошее, что дал мне брак. Я не хотела, чтобы твой отец знал, что у меня возникало такое искушение. Но жизнь рядом с водой... Как бы это сказать... Она более здоровая, что ли. В таких местах легче отвлечься от плохих мыслей. Ты не согласна со мной? Но я не могу вернуться.

— Потому что здесь было так плохо, мама?

— Нет, милая, — последовала короткая пауза, и Эмми показалось, что она слышит звук собственного сердца. — Потому что у меня была ты.

Эмми закрыла глаза, стараясь не думать о том, как долго она хотела услышать эти слова от матери. Ощутив комок в горле, она открыла глаза и снова уперлась взглядом в письмо.

— Мне нужно показать это письмо Эбигейл. И, думаю, я должна найти Лулу и спросить, что она помнит о Кэтрин.

— Сделай это. Хорошо, что ты позвонила, Эмми. Спасибо тебе за разговор. И не забудь рассказать мне, когда выяснишь, в чем тут дело.

— Не забуду. И ты звони мне, если что-то вспомнишь — что угодно о прошлом Фолли-Бич или о его прежних обитателях. Это может помочь.

— Хорошо. До свидания, Эмми.

Эмми попрощалась с матерью, положила трубку и задумалась, почему она больше не чувствует себя так далеко от дома.

Лулу стояла у двери своего сарая за «Находками Фолли», на мгновение ослепленная ярким светом, бьющим в глаза снаружи, так что сарай казался бездонной черной дырой. Ей хотелось войти внутрь и упасть в темноту, как делала Алиса в одной из ее любимых детских книжек.

Проснувшись утром после беспокойной ночи, Лулу наконец поняла, что должна сделать. Сегодня Лиз устраивала вечеринку в честь крестин своих малышей, и туда придет Эмми, которая будет задавать вопросы, свято убежденная в том, что ответы понадобятся ей для решения собственных проблем. Она сама не понимает, что делает.

Все время, пока Лулу лежала в постели, она размышляла о том, как ей поступить. Она вспоминала события давно минувших лет, но глаза, возникавшие перед ее мысленным взором, принадлежали не Мэгги, а Хиту. Когда он показал ей коробку, найденную на чердаке, то понял, что пробил ход в ее прошлое, который никто не должен был обнаружить.

В его глазах читалось понимание, но присутствовала и какая-то затаенная обида, словно он винил ее в том, что она держала свой секрет от него в тайне, и поэтому он так и не смог понять, как опасно оставлять свое прошлое незавершенным.

Лулу вошла в сарай и часто заморгала, как будто это могло прояснить зрение. Когда она ощупью потянулась вперед, ее рука наткнулась на ряд грабель и мотыг, прислоненных к внутренней стене, и они со стуком попадали на пол.

Лулу ощутила резкую боль в груди и попятилась, стараясь перевести дыхание. Пальцы покалывало, когда она снова потянулась и наконец ухватилась за черенок короткой лопаты, висевшей на стене между двумя гвоздями. Она подняла лопату и вышла из сарая.

Лулу на несколько секунд прислонила руки к груди и прищурилась на солнце; в груди жгло так сильно, что она почти чувствовала запах гари. Она сомневалась, что сможет подняться на крыльцо, выходившее на задний двор, поэтому решила срезать путь, пройдя между бутылочными деревьями. Она шла медленно, стараясь ничего не задеть, а потом толкнула калитку и вышла к боковой пристройке, где находилась «Игровая площадка Фолли».

Джанелл стояла на улице и поливала куст камелии холодной водой из кофейника. Она выпрямилась, когда увидела Лулу.

— Вы куда-то пропали, Лулу. Эмми сказала, что вам пришло много заказов. Я надеялась поговорить с вами и узнать, сколько металла...

Лулу продолжала идти, прилагая отчаянные усилия, чтобы держаться ровно.

— Не сейчас, Джанелл. Может быть, во второй половине дня, — она помахала рукой и направилась на передний двор.

Лулу облегченно вздохнула, когда увидела автомобиль Эбигейл, стоявший на обочине. Дверца со стороны водителя была открыта, и двигатель работал, как будто хозяйка лишь ненадолго зашла в магазин. Быстро оглянувшись, Лулу опустилась на место водителя, положила лопату на соседнее сиденье и с опозданием заметила торт в форме детских вязаных башмачков розового и голубого цвета.

Прижав руку к груди, она наклонилась вперед, захлопнула дверцу и выжала сцепление. Боль стала такой резкой, что у нее едва хватило сил надавить на педаль газа. Было начало октября — слишком поздно, чтобы беспокоиться из-за туристов, перебегающих через улицу в неположенных местах.

Когда Лулу доехала до заброшенного участка, у нее не осталось времени и сил, чтобы поставить машину параллельно обочине, поэтому она заехала внутрь, и передние колеса погрузились в песчаную почву.

Лулу опустила голову на руль, чтобы струи воздуха из кондиционера высушили испарину, покрывшую лицо. Ее правая рука совсем онемела, и она с тревогой подумала, что придется копать левой.

Она всем телом налегла на дверь и практически выпала наружу, едва успев ухватиться за открытое окно. Потом она посмотрела на пустой участок и прикинула, насколько далеко находится крест на другой стороне. Глубоко вдохнув, она потащилась к кресту. В глазах потемнело от боли, но она отсчитала двадцать шагов направо и остановилась.

Лулу понимала, что если опустится на колени, то может больше не встать, но она должна была попробовать. Очень осторожно она опустилась на одно колено, потом на другое и поморщилась от боли в груди и суставах. Потом, неуклюже ухватившись левой рукой за черенок лопаты, она попробовала копать. Но теперь левая рука тоже отказывалась работать, и она смогла отскрести в сторону лишь немного грязи и сухой травы.

В глазах стало совсем темно, и Лулу подняла голову, ожидая увидеть грозовое облако, закрывшее солнце. Но голубое небо озаряло весь мир вокруг нее, и солнце щедро разливало по небу яркие радужные лучи. А потом она почему-то увидела Мэгги, которая направлялась к ней со стороны океана и качала головой.

Лулу крепко зажмурилась, понимая, что наказание уже близко. Она ждала, как ей казалось, целую вечность, а потом медленно открыла глаза, всем сердцем желая в последний раз увидеть лицо Мэгги. Теперь боль пронзала все тело, отдаваясь в руки и ноги. Но это не имело значения; она хотела снова увидеть сестру.

Но когда Лулу открыла глаза, то увидела лишь темноту.

Глава 23

Фолли-Бич, Южная Каролина
Январь 1943 года

Мэгги, в очередной раз наводя порядок на полках своей маленькой библиотеки, вполуха слушала дневную постановку «Против бури» по радиоприемнику, принесенному из дома. После свадьбы Кэт она проводила так много времени в «Находках Фолли», что перестала следить за некоторыми сюжетными линиями радиоспектакля. Лулу посоветовала ей брать приемник с собой, и лишь тогда Мэгги осознала, как много времени ее сестра проводит в магазине, а не дома. Казалось, Лулу опасалась, что старшая сестра исчезнет, если упустить ее из виду хотя бы на одно мгновение. Мэгги полагала, что для девочки, потерявшей обоих родителей в раннем возрасте, вполне естественно бояться разлуки с близким человеком. Но какая-то часть ее существа — та часть, которая знала о скрытной натуре Лулу и где рождались темные, глубоко личные мысли, — предполагала, что страх Лулу может иметь совершенно иную причину.

Мэгги отступила назад и осмотрела полки. Ее любимые книги — те, которые привез Питер, и большая часть книг о путешествиях — уже переместились на самый верх, но теперь они были отодвинуты к стене, и снизу нельзя было увидеть переплеты. Она даже закрыла их словарями и справочниками, которые очень редко брали почитать.

Это была идея Питера, которую он нашептал ей, когда они впервые лежали рядом на одеяле под звездным небом и слушали дыхание океана. Кровь приливала к щекам Мэгги, когда она вспоминала самые интимные моменты, проведенные в объятиях друг друга, и все, что случилось потом. Она старалась не думать о том, что могли бы сказать ее родители или друзья. Несмотря на то что в прошлом Фолли-Бич было известно как место отдыха для проституток, она подверглась бы всеобщему осуждению, если бы соседи и знакомые узнали ее тайну.

Большую часть времени она старательно отгоняла мысли об угрызениях совести или о последствиях своего греха. Ей было стыдно, но в то же время хотелось бросить вызов миру. Всю свою жизнь она вела себя образцово; она была стеной, отражавшей чужие горести своей надежностью. Она так легко позволила Джиму уйти от нее, и даже Питеру... сначала. Но она стала другой. Признание Лулу разбередило язву, которая не заживала с тех пор, как она пообещала своей матери защищать Кэт. Это чувство представляло собой нечто среднее между возмущением и преданностью, — истина, которую она пыталась отрицать, пока держала себя в руках. Свои собственные страсти и желания она держала глубоко внутри... до того, как появился Питер. И Питер любил эту новую, храбрую Мэгги, которой она теперь стала.

— Я надеялась, что у вас найдется что-нибудь для моей племянницы.

Мэгги переключила внимание на Лилиан Родс, привлекательную блондинку, чья семья с начала века владела летним домом на Ист-Арктик-авеню.

— Она останется со мной до окончания войны. Ее родители живут на мысе Гаттерас, и моя сестра панически боится немецкого вторжения. Там потопили много кораблей у самого побережья, а две недели назад группа скаутов, патрулировавшая побережье, обнаружила резиновую лодку, спрятанную за дюнами. Все думают, что на ней приплыли шпионы с немецкой подлодки. Кто знает, где они сейчас. Моя сестра хочет исключить любую опасность Ребекке.

— Я уверена, что здесь ей ничего не угрожает, миссис Родс. Наши патрули очень бдительны, и мы уже несколько месяцев не видели ничего особенного с тех пор, как миссис Кнутсен показалось, будто она заметила немецкую субмарину во время дежурства в корпусе наблюдателей. Возможно, они уплыли на север, когда убедились, что не смогут высадиться незамеченными на Фолли-Бич.

Миссис Родс широко распахнула голубые глаза.

— Именно это я и говорила. Значит, Ребекка останется здесь до конца войны. Лучше бы моя сестра тоже приехала, но она хочет дождаться возвращения мужа. Он служит на торговом флоте, и, когда получит отпуск, сестра должна встретить его дома.

— Понимаю. — Мэгги сменила тему: — Сколько лет Ребекке и какие книжки ей нравятся?

Пока они разговаривали, зазвенел колокольчик над дверью. Мэгги не поинтересовалась, кто это; большинство клиентов сами могли найти ее или оставить деньги на прилавке, если им понадобится газета, мыло или сигареты. Она потянулась за книгой А. А. Милна «Когда мы были очень молоды» и услышала звук монетки, упавшей в банку за ее спиной.

Волосы на затылке Мэгги зашевелились, словно от невидимого поцелуя. Она сделала паузу, чтобы перевести дыхание, и у нее вдруг подкосились ноги. Изобразив на лице профессиональную улыбку, она резко повернулась.

— Какой приятный сюрприз, Питер. Добро пожаловать. Должно быть, Кэт отпустила вас ненадолго, потому что ребенок может родиться в любое время.

Он снял шляпу и покачал ее в правой руке. В левой он держал книгу.

— Добрый день, миссис Родс. Маргарет, — он кивнул, задержав взгляд на лице Мэгги. — Я еще не успел зайти к Кэт. Просто хотел вернуть книгу, пока не забыл.

Он протянул книгу, и Мэгги взяла ее, мельком взглянув на название: «Ромео и Джульетта». Миссис Родс тоже посмотрела на книгу.

— Это Шекспир? Думаю, Ребекке понравится. Она очень развитая девочка для своего возраста.

Мэгги прижала книгу к груди.

— Не уверена, что это хороший выбор, Лилиан. Сколько лет Ребекке, четырнадцать? Думаю, в таком возрасте девушка может неправильно понять смысл драмы, не говоря о трагическом финале. В наше время лучше читать что-нибудь более жизнеутверждающее.

Миссис Родс нахмурилась, явно не убежденная ответом. Мэгги повернулась к полкам и окинула книги быстрым взглядом. Она выдвинула первую, которая попалась на глаза, и облегченно улыбнулась.

— Ребекка читала истории о Бетси-Тейси?[1] Это первая книга серии, но есть еще две. Девочкам они очень нравятся.

Лилиан раскрыла книгу на первой странице и принялась читать.

— Разумеется, вы абсолютно правы, — сказала она. — Такая история Ребекке больше подойдет. У вас есть две другие книги? Если ей понравится эта, я приду за остальными.

Мэгги надеялась, что ей удалось скрыть свою радость.

— Почему бы не взять все сразу, чтобы не пришлось ходить лишний раз? Обещаю, они ей понравятся. Лулу прочитала их за два дня и ждет не дождется продолжения.

Она повернулась к полкам и быстро нашла «Бетси-Тейси и Хит» и «Бетси и Тейси отправляются на Большой Холм».

---

[1] Серия книг Мод Харт Лавлей для девушек с тремя главными героинями (1940–1955), по внутренней хронологии ориентированная на разные возрастные группы, от 10 до 25 лет.

— Все, что от вас требуется, — это десятицентовая монетка. — Она указала на банку. — Положите ее туда и заберите, когда возьмете последнюю книгу.

— Большое спасибо, Мэгги. Потом я пришлю в магазин Ребекку, чтобы вы познакомились с ней.

Снова звякнул колокольчик, и вошли двое мужчин в мундирах; последний из них придержал дверь для выходившей миссис Родс. Питер и Мэгги обменялись быстрыми взглядами, прежде чем она повернулась к новым посетителям.

Минуту спустя она вернулась к Питеру, ощущая болезненную пульсацию за левым ухом.

— У меня есть книга, которая может вам понравиться, — будничным тоном произнесла Мэгги. — Я держу ее под прилавком

Она чувствовала на себе его взгляд, когда подошла к кассовому аппарату, где держала записную книжку и судок для ланча, и показала небольшой том.

— Тебе нравятся пьесы? — она протянула ему книгу. — Это сборник пьес Джона Форда. Моя любимая называется «Меланхолия влюбленного».

Питер взял книгу, легко коснувшись ее пальцев.

— Почитаю с удовольствием.

Его глаза удерживали ее взгляд, пока двое других посетителей не подошли оплатить свои покупки. Дверь резко распахнулась, заглушив звон колокольчика. Лулу вбежала внутрь; она раскраснелась и вспотела, несмотря на холодную погоду, а с одной косички слетела лента.

— Мэгги! Марта велела мне как можно скорее прийти сюда. Она сказала, что у Кэт начались схватки и что все идет очень быстро.

— Отправляйся к доктору Брауну и передай ему то, что сказала мне, — распорядилась Мэгги, крепко сжимая книгу. — Я иду домой.

Двое посетителей ушли, и Мэгги нагнулась за сумочкой.

— Питер вернулся, и, я бы сказала, как раз вовремя, — добавила она.

Лулу стояла перед Питером, тяжело дыша и шмыгая носом.

— Только сейчас? Но я видела тебя... — она осеклась и слегка побледнела. — Ладно. Это не важно.

Лулу круто развернулась и выбежала на улицу. Мэгги подхватила пальто и сумочку и повесила на двери табличку «Закрыто». Когда она собралась выйти, то заметила, что Питер по-прежнему смотрит на убегающую Лулу.

Как выяснилось, доктор Браун опередил их примерно на пять минут. Лулу столкнулась с ним, когда он выходил из бара Макнелли, и они доехали до дома на его автомобиле. Питер и Мэгги быстро прошли мимо машины, стоявшей на обочине, и резко остановились в дверях, когда наверху раздался громкий крик.

— Не снимай пальто и жди на крыльце, — сказала Мэгги, повернувшись к Питеру. — Надеюсь, у нас еще есть время, чтобы отвезти ее в госпиталь. Но если нет, все равно подожди.

Он посмотрел на лестницу за ее спиной, потом на ее лицо.

— Хорошо, я буду ждать здесь. Только дай мне знать, если... если она позовет меня.

Мэгги отвернулась и кивнула. Когда она поднималась по лестнице, сверху донесся еще один душераздирающий крик. Лулу прислонилась к стене рядом со спальней Кэт. Она уже отдышалась и казалась гораздо более спокойной, чем Мэгги.

Когда Мэгги вышла на лестничную площадку, Марта открыла дверь, держа в руках кучу полотенец, завернутых в простыню. Мэгги стиснула зубы, увидев на полотенцах кровь, расплывавшуюся красным пятном по простыне.

Марта протянула сверток Лулу.

— Возьми это и выброси на заднем крыльце, а потом возвращайся с чистыми полотенцами, поняла? И побыстрее.

Ее карие глаза остановились на Мэгги.

— Заходите скорее, она спрашивала о вас. Врач говорит, что осталось недолго.

Лулу остановилась на лестничной площадке, держа сверток на вытянутых ладонях и отвернув лицо.

— У меня никогда не будет детей, — прошептала она сквозь стиснутые зубы. — Никогда! — И она побежала вниз, умудрившись не споткнуться на ходу.

Резкий запах крови и пота ударил в лицо Мэгги, когда она вошла в комнату. Доктор Браун натянул простыню над поднятыми коленями Кэт и повернулся к ней.

— Ребенок вот-вот появится. У нас нет времени, чтобы отвезти ее в госпиталь.

Он подошел к Мэгги и серьезно посмотрел на нее. Его серые глаза блеснули за стеклами очков.

— Где ваш телефон? Мне нужно позвонить, чтобы медсестра принесла все необходимое. Ни в коем случае не разрешайте ей тужиться до моего возвращения.

Мэгги отправила врача на кухню, а Марта стояла у изголовья Кэт и вытирала ей лоб влажной тряпкой. Потом Мэгги подошла к кровати, едва узнавая черты Кэтрин в распухшем, мокром от пота лице женщины, лежавшей в постели. Гора ее живота выпирала под белой простыней, словно раскрытая тайна, и Мэгги вдруг поняла, что не может смотреть на него. Она взяла вялую и холодную руку Кэт, и та с удивительной силой сжала ее пальцы, словно утопающий хватался за соломинку.

Мэгги взглянула на Марту, которая рожала шесть раз и помогала при родах четырех своих внуков.

— Спасибо, что остались, Марта. Все... — она прервалась, не зная, как сформулировать вопрос. — Все проходит нормально?

Марта устало улыбнулась.

— Пока что да. Роды проходят очень быстро, но не более того.

Кэт начала биться и метаться на подушке, еще крепче стискивая руку Мэгги, так что та почувствовала, как мелкие кости трутся друг о друга, а кольцо врезается в палец изнутри.

— Не тужьтесь, мисс Кэт. Доктор сказал, вам еще рано тужиться.

Марта прижала влажную тряпку ко лбу Кэт, как будто стараясь удержать боль. Кэт завизжала, отчего волосы у Мэгги встали дыбом.

— Я не могу! Не могу!

Она начала стонать и извиваться. Марта уронила тряпку и обеими руками удерживала ноги Кэт, пока схватки не прекратились.

— Я должна посмотреть, почему нет Лулу. Я просила ее принести полотенца. Пока что с мисс Кэт все в порядке, но оставайтесь здесь, хорошо?

Мэгги молча кивнула. Кэт тяжело дышала, ее глаза от напряжения налились кровью.

— Открой окно, Мэг. Здесь чертовски жарко.

Мэгги выпрямилась и потерла руку, чтобы восстановить кровообращение, а потом подошла к окну и потянула задвижку. После легкого толчка рамы распахнулись, впустив прохладный ветерок и свежий воздух.

— Вот бы окно в моей комнате так легко открывалось, — наигранно-беспечным тоном сказала она.

— Мэг!

Мэгги неохотно вернулась к кровати и снова взяла Кэт за руку, но теперь другой рукой.

— Да, Кэт, я здесь.

— Я хочу, чтобы ты обещала...

Ужас тяжелым камнем навалился на Мэгги.

— Что обещала, Кэт?

— Обещай мне... — ее кузина облизала сухие, потрескавшиеся губы. — Я хочу, чтобы ты забрала ребенка... если я умру. Я хочу, чтобы ты воспитала его как собственное дитя. Ты будешь лучшей матерью, чем я, и мы обе это знаем.

Кэт закрыла глаза, и ее руки потянулись к выпирающему животу; пальцы были изогнуты, как когти хищной птицы.

— Обещай мне.

Паника охватила Мэгги, когда она обеими руками сжала руки Кэт.

— Все будет хорошо. Ты не собираешься...

— Обещай мне, — голос Кэт стал настойчивым, а ее голова начала метаться на подушке, а хрупкое тело выгнулось дугой от очередной схватки.

Марта со свертком чистых полотенец и врач вернулись в комнату одновременно. Марта подошла к кровати, а доктор Браун направился к окну и с треском захлопнул створки.

— Здесь слишком холодно, а мы не хотим заработать пневмонию.

Кэт снова начала извиваться, но по-прежнему смотрела на Мэгги.

— Обещай мне, — беззвучно прошептала она.

Мэгги медленно кивнула и дала очередное обещание, которое навеки привяжет ее к кому-то еще. Она представила, как обещание, данное Кэт, обрастает мхом, напоминая о том, каким прочным и долговечным может быть данное кому-то слово — легкое и ажурное, как паутина, но клейкое и неотвязное. Мэгги отошла в сторону, уже чувствуя, как волокна невидимой паутины начинают опутывать ее.

Глава 24

Фолли-Бич, Южная Каролина
Октябрь 2009 года

Эмми нашла свободное место рядом с домом Рейнольдсов на Вест-Гудзон-стрит и припарковала свой автомобиль. До вечеринки оставалось еще пятнадцать минут, но Хит сказал, что они с отцом нашли кое-что интересное для нее, и попросил приехать немного пораньше.

Балансируя между двумя подарочными сумками с прикрепленными к ним розовыми и голубыми воздушными шариками, она направилась к скромному бунгало. Оно выглядело как один из первых домов на Фолли-Бич, капитально отремонтированных, но не утративших былого очарования. Эмми уже привыкла к этой особенности, отделявшей ревнителей традиции от новых постояльцев.

Она немного удивилась, когда увидела Джолин, сидевшую на качелях у парадного крыльца и вертевшую в руке высокий бокал, наполненный чем-то холодным. Эмми и рта не успела раскрыть, как Джолин заявила:

— Сладкий чай, не более того. Мне стало жарко, и я попросила что-нибудь холодное.

Эмми кивнула. Было около пятидесяти пяти градусов[1], и она надела свитер, но над верхней губой Джолин действительно выступил пот, а рука, державшая бокал, слегка подрагивала.

— С вами все в порядке?

— Все нормально. Просто... мне хочется выпить. Очень хочется. Но Лулу предупредила, что свернет мне шею, если я выпью хотя бы один глоток.

Эмми нахмурилась.

— Но она же так не сделает, правда?

Уголок рта Джолин дернулся в слабом подобии улыбки.

— Нет. По крайней мере, я так не думаю. Но мне показалось, что, в конце концов, это не такая уж плохая идея. Впрочем, я до сих пор боюсь ее.

Эмми понимающе улыбнулась.

— Может быть, пойдем в дом?

Джолин покачала головой:

— Нет, спасибо. Я подожду Лулу, — она немного смутилась. — Я чувствую себя... уютно, когда она рядом. Знаю, это звучит глупо, но она была мне кем-то вроде суррогатной матери, когда случилась эта история с Хитом. Она не возражает против того, чтобы я опиралась на нее, а сейчас мне как никогда нужен человек, на которого я могла бы опереться. Могу лишь надеяться, что когда-нибудь отплачу ей за добро.

---

[1] 13° по шкале Цельсия.

Эмми снова кивнула, но не стала уходить.

— Мне очень понравилось, как вы оформили раздел Лулу для нашего сайта. Фотографии бутылочных деревьев в виде детской книжки с интерактивными страницами — действительно блестящая идея. На сайте сразу стало больше посетителей. В сущности, у нас уже есть хороший портфель заказов. Джанелл хочет, чтобы Лулу научила ее изготавливать ветки для бутылочных деревьев, так работа пойдет быстрее. Это значит, что скоро нам понадобится новая страница для Джанелл.

— Вот и хорошо, — голос Джолин звучал отстраненно, как будто она не слушала Эмми.

— Что-то не так?

Между тонкими бровями Джолин пролегла глубокая складка.

— Не знаю. Эбигейл пришла пешком несколько минут назад и сказала, что кто-то украл ее автомобиль с тортом для гостей. Она думает, что это подростки пошутили и автомобиль скоро вернут, но беспокоится, что подарки могут пострадать. А Лулу уже должна была прийти.

Джо, муж Лиз, широко распахнул дверь и вышел на крыльцо.

— Мне показалось, я увидел воздушные шарики. Заходите в дом, у нас масса закусок, — он потянулся за сумками Эмми. — Рад, что вы пришли.

Джолин робко улыбнулась.

— Я скоро буду.

Эмми кивнула и вошла в гостиную, где несколько человек, приехавших раньше, как и она сама, стояли или сидели в удобных креслах и на кушетках, обтянутых ярко-желтыми чехлами. В большинстве из них она узнала постоянных посетителей «Находок Фолли». Джон Рейнольдс в инвалидной коляске находился в центре группы гостей, которые рассмеялись над его последней фразой.

— Эмми! — произнес он и протянул руки. Она наклонилась, обняла его и поцеловала в щеку; его радость тронула Эмми.

— Здравствуйте, мистер Рейнольдс. Поздравляю с рождением первых внуков!

К ним подошла Эбигейл с подносом кукурузных лепешек.

— Он говорит, что я сюсюкаю над ними, но стоило бы посмотреть, как он сам возится с малышами. Он уже сказал Джо и Лиз, что готов к следующим.

Она протянула поднос Эмми, которая взяла салфетку и кукурузную лепешку.

— Жду не дождусь, когда увижу их.

— Не волнуйтесь, скоро увидите. Лиз кормит их в спальне. Как только она закончит, то выйдет сюда вместе с ними.

Эбигейл направилась к другой группе гостей с подносом в руках. Эмми жевала кукурузную лепешку и оглядывалась по сторонам в поисках знакомых лиц, когда кто-то прикоснулся к ее руке. Она повернулась и улыбнулась Хиту, удивляясь тому, что рада его видеть. Он улыбнулся в ответ, но его глаза оставались серьезными.

— Вы готовы?

— Разумеется.

Она с любопытством последовала за ним по узкому коридору к одной из комнат, расположенных в задней части дома. Он открыл дверь и отступил в сторону, пропустив ее, а потом закрыл дверь.

Комната была обставлена как рабочий кабинет, с большим письменным столом и бросавшимся в глаза пустым местом, где должно было стоять кресло. В раме на стене висел порванный и грязный американский флаг, а другая стена была заполнена всевозможными военными трофеями: старинные медали, сабли, пистолеты, пули и пряжки от ремней, оставшиеся от битв последнего столетия, они были выставлены под стеклом или просто висели вокруг или лежали на этажерках.

— Насколько я понимаю, это кабинет вашего отца? — поинтересовалась Эмми и снова посмотрела на флаг.

— Да, — Хит проследил за ее взглядом. — Папа привез его из Вьетнама. Он сказал, что на память, но подозреваю, за этим скрывается более сложная история. Это часть его жизни, о которой он почти ничего не рассказывает.

Эмми не сводила глаз с флага.

— Бен тоже не рассказывал.

Тогда горе пришло к ней как развернутый флаг, мягкий и трепещущий на ветру. Оно притупляло ее зрение и не ослабляло дыхание, хотя ощущалось каждой клеточкой тела. Она подозревала, что так будет всегда, но, наверное, она все-таки научилась жить с ним так же, как учится жить человек, который обманулся в своих ожиданиях.

— Мне было больно оттого, что он отказывался говорить об этом.

Эмми впервые призналась в своих чувствах после смерти Бена другому человеку и не удивилась тому, что это оказался Хит. В нем было что-то успокаивающее и внушающее доверие.

Хит внимательно посмотрел на нее.

— Все в порядке. Это не значит, что он недостаточно любил вас; это значит, что он хотел защитить вас, потому что любил.

Эмми опустила голову, к глазам подступили слезы. Она в первый раз посмотрела на свое прошлое с этой точки зрения и почувствовала, как горе понемногу уступает место облегчению. Теперь бремя вины было уже не таким тяжелым.

— Спасибо, — тихо проговорила она.

Хит обошел стол с другой стороны и открыл верхний ящик.

— Отец хотел, чтобы вы увидели это.

Радуясь перемене темы, Эмми присоединилась к нему и взглянула на два письма. Почерк был мужским, но совершенно отличался от почерка в книгах. Ее взгляд остановился на подписи в нижней части листа: *Роберт*. Она посмотрела на Хита.

— Кто такой Роберт?

— Это мой дед. Они с Мэгги поженились в июне 1943 года.

Его взгляд был участливым, как будто он понимал ее уязвимость и знал, что внезапное освобождение от бремени сделало ее беззащитной.

— Это может как-то помочь вам?

— Думаю, да. Я знаю, что записки на полях были оставлены не Робертом. Там совсем другой почерк.

Хит снова открыл ящик и достал пачку писем, перевязанных выцветшей лентой.

— Отец нашел письма моего деда вместе с остальными документами. Это переписка между дедушкой и бабушкой во время войны.

Эмми широко распахнула глаза.

— Мэгги? У вас есть письма Мэгги?

— Как видите. После урагана «Хьюго» они хранились в коробке, и отец не помнил о них, пока не начал искать образец дедовского почерка. Теперь он рад, что сделал это. У меня такое ощущение, будто важная часть нашей семейной истории долго лежала в коробке, где ей совсем не следовало находиться.

— Но вы не любитель истории.

— Да, если речь идет о личной истории. Никогда не видел особого смысла заново переживать прошлое.

— Что же изменилось?

— Не знаю. Возможно, дело в фотографиях на стенах моего дома — я даже не представлял, кем были эти люди. И Лулу...

— Что Лулу?

— Она до сих пор не пришла, и это странно. Обычно она первой появляется на любых семейных мероприятиях, помогает на кухне, а потом предпочитает наблюдать за людьми издалека. Что-то случилось, и это имеет отношение к тем чертовым книгам, которые мы нашли, — его глаза потемнели, когда он посмотрел на Эмми. — Ей семьдесят семь лет. Как человек может быть таким старым и до сих пор бояться прошлого?

Эмми искоса наблюдала за Хитом и задавалась вопросом, имеет ли он в виду только Лулу. Взглянув на письма, она заметила женский почерк и сразу же поняла, что много раз видела его.

— Мне не нужно другого подтверждения, Хит. Это почерк Мэгги — тот самый, который я видела на полях книг и на фотографиях в вашем доме.

Он стиснул зубы.

— Это меня не удивляет. В письмах есть интересные подробности. Вчера мы с отцом впервые прочитали их.

Эмми посмотрела на часы.

— Еще довольно рано. Ничего, если я почитаю их сейчас?

Хит указал на старую кожаную кушетку, стоявшую у стены под флагом.

— Давайте. Мы так и думали, что вам захочется это сделать.

Эмми устроилась на краю кушетки, а Хит сел рядом с ней и сложил руки на груди. Она приступила к чтению.

Переписка началась в августе 1943 года, очевидно, вскоре после того, как Роберт отправился за границу. Трудно было сказать, куда именно, потому что об этом нигде не упоминалось — скорее всего, из-за военной цензуры. Но в письмах он писал, что находится далеко от дома и скучает по хот-догам. Эмми подняла голову.

— Как вы сказали, когда они поженились?

— В июне 1943 года. А что?

Эмми пожала плечами.

— Просто это не похоже на переписку новобрачных, вот и все. Я помню письма Бена. Там тоже было много повседневных подробностей, но кроме того... — она помедлила, вспомнив о том, что привыкла спать с письмами Бена, прижатыми к груди, а утром бумага оказывалась влажной, словно оплакивая его отсутствие. — Но там были и эмоциональные аспекты. Здесь нет ничего подобного.

— То было другое время. Наверное, мужчин учили вести себя стоически и быть немногословными.

Эмми покачала головой.

— Не знаю. Мне приходилось читать много писем с фронта в исторических книгах. Вы слышали о письме Салливана Баллоу жене во время Гражданской войны, опубликованное в документальной антологии Кена Бернса? Оно так прекрасно, что хочется плакать. Он написал: «Моя любовь к тебе бессмертна», — она взглянула на письмо. — Думаю, когда человек смотрит смерти в лицо, он лучше слышит свое сердце.

— Иногда. — Хит посмотрел на Эмми, и она почувствовала, что между ними протянулась нить взаимопонимания, как между двумя солдатами на поле боя. — Что же случилось с Салливаном Баллоу?

— Он погиб через неделю после того, как отправил письмо. Я всегда думала о том, какую благодарность должна была испытывать его жена за это письмо. Но после Бена... не знаю. — Эмми покачала головой. — Возможно, ей было бы легче, если бы она не знала, как сильно он любил ее. Тогда она не знала бы, как много потеряла.

Теперь слова казались ей пустыми, и в них больше не слышалось истинной правды. Кожаная кушетка заскрипела, когда Хит подался вперед.

— Думаю, Бен был счастливчиком, если знал, что вы любите его. И он умер счастливым, зная об этом.

Эмми довольно долго молчала, а строки письма расплывались перед ее глазами, словно размытые временем. Как и тогда, когда ее назвали храброй, слова Хита пробили новую брешь в темной оболочке ее горя, словно занавес приподнялся над сценой и впустил немного света.

— Откуда вы так много знаете? — она продолжала смотреть на письмо.

— Ну, вы же видите, кто меня вырастил. Кроме отца и матери, которые сами по себе поразительные люди, у меня были Мэгги и Лулу. Меня окружали очень сильные женщины.

Эмми кивнула, не в силах посмотреть Хиту в глаза. Она продолжила читать переписку Мэгги и Роберта; все письма были подписаны «с любовью», но банальность содержания противоречила смыслу слова. В письмах определенно присутствовала нежность, но не было ничего похожего на бурю страстей между двумя влюбленными, которых разлучила война.

Закончив читать, она протянула письма Хиту.

— Спасибо, что дали прочитать их.

Он как-то странно посмотрел на нее.

— У вас есть какие-то соображения?

Эмми помедлила с ответом.

— Не думаю, что вам они понравятся.

Он снова скрестил руки на груди.

— А вы начните, а я вам скажу, если нужно будет остановиться.

— Хорошо. — Эмми откинулась на спинку кушетки. — Главный вопрос — кому Мэгги оставляла послания на книжных полях, потому что это был не ее муж. А Лулу заверила меня, что это не Джим, хотя она могла солгать. Но Джим умер в 1941 году, а некоторые книги были изданы в 1942 году, так что эта версия отпадает. Единственный другой мужчина — это Питер, но я совершенно уверена, что мужской почерк в записках не принадлежит ему. Разумеется, он мог умышленно изменить почерк. Но почему он это сделал, если уже предпринял столько усилий для тайной переписки?

Лицо Хита посуровело, и Эмми снова вспомнила о его нежелании разбираться с прошлым или будущим. Но ей казалось, что его потребность жить в настоящем была подобна шорам для лошади: человек пропускал многое из того, что происходило вокруг него. Взять, к примеру, ее, Эмми. Если бы не записки в книгах, она бы по-прежнему сидела в магазине своей матери, безразличная к смене времен года и не знающая о том, как медленно истаивает солнечный свет над болотом на закате, или о том, что скопы выбирают партнеров на всю жизнь, а аллигаторы не водятся в океане.

Хит встал, подошел к окну и выглянул на улицу.

— Что вы теперь собираетесь предпринять?

— Точно не знаю, но есть кое-что еще. Это письмо Кэт, кузины Мэгги. Оно было спрятано в книге из той коробки, которую вы нашли на чердаке в «Находках Фолли».

Хит посмотрел на нее, и на его лице отразилась неуверенность, как у человека, который собирался пройти по канату, натянутому между двумя высокими зданиями.

— Кому оно адресовано?

— Там не сказано. Но я прочитала его своей матери, и мы пришли к общему выводу.

— Это может причинить боль Лулу?

— Возможно. Хотя, скорее всего, она уже знает об этом.

– Тогда я готов попросить вас, чтобы вы остановились. Мы достаточно покопались в прошлом для одного вечера.

— Хорошо. — Эмми встала, немного разочарованная тем, что Хит может ясно видеть ее путь, но не различает собственный. — Спасибо за письма. Они многое прояснили, хотя в то же время вызвали не меньше вопросов.

Хит выпрямился.

— Есть еще одна очевидная вещь, о которой вы не упомянули. Я собираюсь рассказать о ней только потому, что если эта мысль посетит вас посреди ночи, вы не сможете заснуть до утра. Думаю, будет лучше избавить вас от такого неудобства.

Эмми приподняла брови.

— О чем вы?

— Даты рождения моего отца и свадьбы Мэгги и Роберта. Судя по всему, они поженились, когда моему отцу было шесть месяцев.

Эмми немного подумала.

— Вы правы. Наверное, я бы все равно рано или поздно догадалась об этом, но все равно спасибо. Это еще один фрагмент головоломки, но я не имею понятия, куда его встроить.

Они направились к выходу.

— Как думаете, ваш отец знает?

— Он никогда не упоминал об этом, но допускаю, что в какой-то момент до него дошло.

Эмми повернулась к Хиту.

— Знаете, если это правда, то этим вполне можно объяснить причину скрытности Лулу. Рождение внебрачного ребенка в 1940-х годах было настоящим скандалом.

Хит сурово посмотрел на нее.

— Теперь это к нам не имеет никакого отношения и может лишь расстроить пожилую женщину.

Эмми собиралась сказать, что им обоим известно — Лулу не хрупкий цветок, который придет в ужас от скандала, случившегося более шестидесяти лет назад, но тут дверь комнаты распахнулась. В проеме стояла Эбигейл; ее лицо было бледным, она тяжело дышала.

— Мою машину нашли рядом со старым участком на Секонд-стрит, — сказала она и прижала руки к груди. — Рядом лежала Лулу. Должно быть, у нее случился сердечный приступ, и ее отвезли в клинику Ропера в центре города.

— О нет! — Эмми бросилась к Эбигейл и обняла ее. — С ней все будет хорошо?

— Не знаю. Ей очень повезло. Какая-то женщина, выгуливавшая собаку, увидела, как она упала, и вызвала помощь по мобильному телефону. «Скорая» приехала примерно через пять минут, и врачи сразу же приступили к процедурам, — она сглотнула. — Слава богу, что та женщина оказалась рядом.

— Пойдемте, я сяду за руль, — Хит подтолкнул обеих женщин к выходу. — Сядем в фургон, чтобы отец смог поехать с нами.

— Но что она там делала? — спросила Эмми, стараясь сохранять спокойствие.

— Мы не знаем. Но с ней была лопата, как будто она хотела что-то выкопать.

Эбигейл сдавленно всхлипнула, и Эмми обняла ее.

— Успокойтесь. Мы с вами, — она сжала плечо Эбигейл, удивленная искренностью своих слов.

Они миновали группу притихших гостей и вышли за Хитом через парадную дверь. Эмми на мгновение остановилась и вдохнула прохладный осенний воздух, до сих пор пахнувший солью и болотом, и подумала о том, что хотела выкопать Лулу.

Глава 25

Фолли-Бич, Южная Каролина
Май 1943 года

Мэгги стояла босиком во влажной траве; ее ноги и ночная рубашка промокли от моросящего дождя. Она немного помедлила перед тем, как пройти дальше во двор, ожидая заметить какое-либо движение или услышать голоса. Но все вокруг спало, и в тихой ночи раздавалось лишь отдаленное кваканье лягушек.

Она медленно направилась к бутылочному дереву, сняла с нижней ветки темно-синюю бутылку и вложила в горлышко записку. Это занятие уже превратилось в рутину, но каждый раз она по-прежнему волновалась. Они с Питером договорились о месте встречи во время предыдущего свидания, и она оставила в магазине книгу, которую Лулу должна была передать ему, когда он вернется домой сегодня вечером после очередной деловой поездки. Ему нужно было еще немного подождать, и в записке, которую она оставила в бутылке, говорилось об этом. Мэгги уже давно перестала думать о своей вине. Вместо этого она вспоминала, что Лулу рассказала ей о Кэт и Джиме и о том, как она нуждается в Питере — так же сильно, как приливы нуждаются в Луне.

Мэгги отступила назад, снова прислушавшись и наблюдая за быстрой темной тенью, скользнувшей сверху, — это была цапля в поисках позднего ужина. Она вошла на кухню через заднюю дверь и заперла замок, поморщившись от громкого щелчка, раздавшегося в ночной тишине спящего дома.

Когда Мэгги повернулась, то едва удержалась от испуганного возгласа, увидев темный силуэт. Холодная рука прикоснулась к ее руке.

— Мэг, это я, Лулу.

Мэгги слышала стук сердца в ушах. Заставив себя успокоиться, она прошептала в ответ:

— Что ты здесь делаешь?

Она чувствовала, что взгляд Лулу устремлен на нее.

— Я должна кое-что тебе рассказать.

Страх Мэгги быстро сменился раздражением. После рождения ребенка Кэт Лулу стала еще более скрытной и необщительной. Ей исполнилось десять лет, но она была еще слишком мала, чтобы взирать на окружающий мир с видом знатока.

— Это не может подождать до утра?

— Нет, — свистящим шепотом ответила Лулу.

— Тогда быстро скажи, что это, и мы пойдем спать.

Наступила долгая пауза, и Мэгги поежилась в отсыревшей ночной рубашке.

— В последний раз, когда ты ушла из дома среди ночи, Кэт пробралась в нашу комнату и подошла к твоей кровати. Она долго на ней сидела, а я притворялась, что сплю.

Вкус жаркого, которое они ели за ужином, подкатил к горлу Мэгги, и на мгновение показалось, что ее вот-вот стошнит.

— Что она сделала потом?

— Вернулась в свою комнату и закрыла дверь.

Мэгги кивнула в темноте, не зная, что сказать.

— Я думала, тебе надо об этом знать.

Мэгги смотрела на сестру, чьи глаза и рот в полумраке казались черными провалами. Она остро сознавала, что не может быть одновременно отцом и матерью для Лулу и уже подвела ее во многих отношениях.

— Спасибо, — сказала она и услышала, как завозился младенец наверху.

Мэгги быстро поднялась по лестнице, надеясь успокоить ребенка, пока он не разбудил Питера и Кэт. Когда Питер был дома, Кэт выставляла колыбель в коридор наверху, чтобы плач не будил его по ночам. Это вполне устраивало Мэгги, так как она была единственной, кто мог услышать крики младенца раньше его собственной матери.

В непроглядной мгле затемненного дома Мэгги ощупью продвигалась вдоль стены, пока не нашла маленькую лампу, которую поставила рядом с креслом-качалкой, перенесенным с крыльца. Наклонившись над колыбелью, она посмотрела на дрыгающиеся ручки и ножки и заметила, что младенец успокоился, увидев ее.

— Солнышко, — прошептала она и подняла крошечное тело вместе с одеяльцем, которое связала для него. Для этого она распустила шаль, купленную Питером во время одной из его поездок, потому что знала, что больше никогда не будет носить ее.

Пристроив ребенка на сгибе локтя, она опустилась в кресло и начала раскачиваться.

— Я недавно покормила тебя, малыш, поэтому ты не можешь быть голоден. Тебе просто одиноко?

Младенец потянулся и улыбнулся ей, совершенно успокоившись. Лулу поднялась в коридор, села на пол рядом с креслом и прислонилась головой к ногам Мэгги, словно желая убедиться, что сестра не собирается уходить.

Мэгги смотрела, как постепенно закрываются глаза ребенка; его теплое тело, прижатое к ней, создавало ощущение полноты жизни, как океан во время прилива. У нее дрогнуло сердце, когда она вспомнила последнюю записку Питера. *У меня есть план.*

Разумеется, она была частично знакома с этим планом. Они обсуждали его уже несколько месяцев. Мэгги даже написала тете Эдит, попросив ту приехать и ненадолго остаться с Кэт. Она сказала, что ей предстоит долгая поездка, а Кэт понадобится помощь с малышом. Она также попросила Эдит забрать Лулу в Галвестон вместе с собой, пообещав вернуться за сестрой как можно скорее. Ничего не сказав Кэт, она продала дом Питеру, чтобы Кэт, будучи его женой, была полноправной владелицей и всегда могла рассчитывать на дом для себя и ребенка.

Тем не менее перспектива разлуки с Лулу и малышом заставляла Мэгги колебаться и размышлять о том, почему Питер так торопится. «Верь мне», — сказал он, и она верила. У нее было много причин не верить, но сердце оставалось слепым к любой из них. Даже нераскрытый секрет — тот самый, который она отказалась выслушать в то ужасное утро на крыльце, — не заставил ее усомниться в Питере. С тех пор он говорил, что сейчас это знание слишком опасно для нее и что он все расскажет, как только они уедут в надежное место. Потом они при первой возможности вернутся и заберут Лулу.

Мэгги догадывалась, что он работает над секретным правительственным проектом, и чувствовала себя гордой и польщенной тем, что находится под его защитой. Это было новое и неожиданное чувство: другой человек знал все ответы и мог уберечь ее от любых неприятностей. Она наслаждалась этим чувством и не испытывала его на прочность, втайне опасаясь, что оно может не выдержать испытания.

Заснувший ребенок открыл рот в поисках материнской груди, и Мэгги сунула ему в рот его большой пальчик; малыш начал жадно его посасывать, громко чмокая в темном коридоре. Она наклонилась и положила руку на голову Лулу.

— Пора ложиться в постель.

Лулу сонно кивнула и встала. Она подождала у двери, пока Мэгги укладывала ребенка в колыбель, как будто боялась, что сестра не последует за ней. Мэгги собиралась сообщить Питеру то, что услышала о Кэт от Лулу; теперь они должны быть еще более осторожны, чем прежде. Она знала, что эта новость лишь усилит его нетерпение, и ее сердце снова болезненно сжалось.

Мэгги опустила младенца в колыбель и подоткнула одеяло вокруг него. Глядя, как он сосет большой палец во сне, она гадала, могла бы любить его еще сильнее, если бы он был ее ребенком. Она довольно долго стояла над малышом, прислушиваясь к звукам спящего дома и вспоминая то время, когда родители были живы и жизнь не требовала от нее принятия такого количества решений и компромиссов.

Лулу широко зевнула, напомнив Мэгги о том, что им обеим давно пора спать. Она прикоснулась кончиками пальцев к щеке ребенка, восхищаясь мягкой округлостью и безупречной невинностью его лица.

— Спокойной ночи, — прошептала она, прежде чем повернуться к Лулу и отправиться в спальню.

Лулу почувствовала, как ее тележка наткнулась на очередной камень, валявшийся на дороге, и с глухим стуком перевалила через него. Стертые прорезиненные колеса с металлическим хрустом катились по гравию. Тележка была нагружена всевозможным оловянным хламом, от консервных банок и оберток от жевательной резинки до старой утвари, собранной у домохозяек там, где еще не успела побывать Шейла Маккоски. Лулу также тащила сумку с помидорами из огорода миссис Уолкер. Это были единственные овощи, которые пожилая женщина научилась выращивать, и в конце концов она начала снабжать добрую половину Фолли-Бич тем, что успевала собрать, прежде чем спелые плоды падали на землю и начинали гнить. Мэгги жалела миссис Уолкер и обычно снабжала Лулу листовой капустой и зеленым горошком с их собственного огорода, так что это скорее напоминало об обмене.

Наступило время ужина, и большинство людей садились за стол, так что улицы практически опустели. Лулу внезапно остановилась на углу Тенс-стрит и Ист-Коппер-авеню, когда увидела мужчину, переходившего улицу за два дома перед ней. Она стояла неподвижно в тени карликовой пальмы, отвернувшись в сторону, чтобы он не мог встретиться с ней взглядом. Это был Питер. Даже если бы Лулу не видела его лицо, то смогла бы узнать его по прямой спине и деревянной походке, как у солдат на плацу, которых она видела в кинотеатре Чарльстона, куда ее иногда водила соседка, миссис Макдональд.

Лулу часто навещала миссис Макдональд, когда собирала металлолом. Добрая женщина всегда кормила ее домашними пирожными и просила немного посидеть с ней. Мистер Макдональд умер еще до рождения Лулу, а их сын сражался где-то в Европе. Мать уже давно не слышала о нем, а Мэгги однажды сказала, что его самолет пропал без вести над Ла-Маншем. Лулу понимала, что миссис Макдональд нуждается, чтобы кто-то хотя бы иногда находился с ней рядом, и оставалась с ней так долго, как могла. Она хорошо знала, что, когда просто сидишь с человеком, даже не разговаривая с ним, ему становится лучше.

Когда Питер скрылся из виду, Лулу оставила скрипучую тележку на углу дома и пошла посмотреть, куда он направляется. Сегодня утром он рано ушел и сказал Кэт, что собирается по делам в Вашингтон и вернется через неделю. *Почему он до сих пор здесь?*

Держась в тенистой стороне улицы, Лулу прошагала за ним около квартала, пока не стало ясно, что он направляется к концу Ист-Арктик-авеню, где дома и дорога были смыты последним сильным штормом. Лулу знала, что во время отлива подростки выезжают на местный пляж на автомобилях и устраивают рискованную игру, лавируя между высокими деревянными опорами бывших домов и стараясь не врезаться в них. Но это происходило по ночам. Днем лишь немногие ходили туда, поскольку из-за строительного мусора было трудно найти подходящее место, чтобы расстелить пляжное полотенце или копаться в песке.

Лулу подождала, пока Питер не скрылся за дюной, потом пригнулась и осторожно двинулась вперед. Выглядывая из-за высоких стеблей кипрея и стараясь не наступать на колючие семенные коробочки, которые могли поранить ноги, она в конце концов заметила Мэгги, сидевшую на валуне и смотревшую вдаль. Потом Мэгги повернулась к Питеру, хотя Лулу была совершенно уверена, что он ее не окликал. Ее лицо как будто осветилось изнутри, и она бросилась к нему. Они обнялись и поцеловались.

Лулу низко пригнулась, но не потому, что смутилась, а потому, что поняла, как близко они находятся. Она огляделась вокруг и заметила полусгнившие деревянные мостки, в которых ветер проделал большую дыру, присыпанную песком. Лулу решила, что, если Питер и Мэгги направятся к ней, она может забраться в это укрытие и молиться о том, чтобы они ее не заметили.

— Маргарет, так нельзя. Нас могут увидеть.

Лулу снова выглянула наружу меж стеблей травы и заметила, как Мэгги отступила назад и опустила руки, но прислонилась к Питеру, словно укрываясь от ветра.

— Здесь никого нет.

— Но мы не можем рисковать, особенно теперь. Только не после того, как ты рассказала мне, что Кэт заходила в твою комнату, когда тебя там не было.

Мэгги повернулась к океану, и волосы упали ей на лицо.

— Я знаю, Питер. Просто мы уже несколько недель не были вместе, а теперь ты собираешься уехать. Мне трудно это выносить.

— Ты вынесешь. Это будет последний раз, но я должен уехать. Мне нужно все подготовить для нас, а когда я вернусь, ты должна быть готова уехать со мной.

— Так скоро, Питер! Но как быть с Джонни и Лулу? Ты же знаешь, что Кэт не в состоянии сама позаботиться о них.

— Кэт гораздо сильнее, чем кажется, и тебе это хорошо известно. Ты всегда это знала, Маргарет.

Мэгги опустила голову.

— Да, знаю. Но я беспокоюсь не о ней, а о детях. Тетя Эдит сможет приехать сюда только через месяц.

— Мы не можем ждать еще месяц. С каждым днем положение становится все более опасным для меня и для тебя... для всех нас.

— Скажи мне, Питер. Может быть, если я пойму, что это за опасность, мне будет не так трудно уехать. Однажды ты собирался мне рассказать, помнишь? Теперь я стала гораздо сильнее. Я готова выдержать все, потому что знаю, что ты любишь меня.

Питер смотрел на воду за спиной Мэгги, прищурив глаза и как будто ожидая что-то увидеть.

— Да, дорогая, — сказал он, снова повернувшись к ней. — Но пока что тебе лучше не знать, и для детей так тоже будет лучше. Я никого не хочу подвергать опасности. Тебе просто нужно еще ненадолго довериться мне, хорошо? Обещаю: как только мы уедем отсюда, я все расскажу.

Он прикоснулся к щеке Мэгги тыльной стороной ладони и быстро опустил руку, как будто знал, что кто-то подглядывает за ним.

— Обещаешь? — спросила Мэгги. Ее лицо было печальным, хотя она улыбалась.

— Да, — ответил он. — Мы умеем давать друг другу обещания. Ты не забыла о своем, правда?

— Нет, Питер. И никогда не забуду, — она вздернула подбородок, и ветер откинул волосы с ее лица. — Я буду ждать твоего возвращения, сколько бы времени ни прошло.

— Хорошо, — он улыбнулся. — А я обещаю, что как только мы окажемся в безопасности, то вернемся за Лулу и снова увидим Джонни. Ты же знаешь, я тоже буду по нему скучать.

Мэгги, нахмурившись, кивнула.

— Я поговорю с Мартой насчет ее переезда к нам. Думаю, тех денег, которые ты мне дал, будет достаточно на первое время — по крайней мере, пока не приедет тетя Эдит. А примерно через полгода мы вернемся, да?

Питер быстро кивнул, и Лулу подумала о том, кого он пытается убедить, себя или Мэгги.

— Да. Спроси Марту, а если она не сможет, нужно поискать кого-то другого. Мы можем сделать это, Маргарет. Вместе. Но нам нужно торопиться.

Он посмотрел на наручные часы и быстро огляделся по сторонам, убедившись в том, что они по-прежнему одни. Потом он накрыл ладонями щеки Мэгги и привлек ее к себе.

— Я люблю тебя, Маргарет О'Ши, и всегда буду любить.

Их губы соприкоснулись, но на этот раз Лулу не стала отводить взгляд. Несмотря на секреты Питера и его ложь, она видела выражение его лица и понимала, что сейчас он не лжет.

— Возвращайся ко мне. Я буду ждать тебя.

По-прежнему держа в ладонях лицо Мэгги, Питер прижался лбом к ее лбу.

— Вернусь через неделю, считая от среды. Будь готова. Оставь чемоданы в оговоренном месте. Я не сразу приду домой, но оставлю записку в «Путешествиях Гулливера» и объясню, где и когда мы встретимся. В книге «Вокруг света за 80 дней» уже есть маленькая записка, чтобы поднять тебе настроение. Хорошо?

Мэгги тихо заплакала, но кивнула.

— Я знаю, ты сможешь это сделать, иначе не стал бы просить. Это не навсегда. Обратного пути нет. Но если ты не готова, мне придется уехать одному.

Он поцеловал Мэгги в лоб и медленно попятился. Снова нырнув за дюну, Лулу поползла в укрытие и спряталась там как раз в тот момент, когда услышала хруст песка под ботинками Питера, проходившего мимо. Он был так близко, что она могла протянуть руку и коснуться его брючины.

Лулу довольно долго ждала появления Мэгги. Когда начало темнеть, она осторожно выползла из укрытия, заняла наблюдательный пост за дюнами и снова выглянула из-за травы. Мэгги сидела на песке, подтянув колени к подбородку, и смотрела на океан, словно ждала от него ответа на заданный вопрос. Лулу догадалась, что сестра плакала, потому что ее волосы прилипли к щекам, и от этого девочке тоже захотелось заплакать.

Она медленно отползла в сторону, но осталась лежать на песке и смотреть на небо, где синева сменилась багрянцем, а потом бархатной чернотой ночи, пронизанной сияющими иглами звезд. Она думала о том, что если Мэгги уедет из Фолли-Бич, то больше не вернется сюда. Лулу начала считать звезды и одновременно с этим перечислять причины, по которым Мэгги не могла уехать с Питером, пока звезды не расплылись у нее перед глазами.

Лулу спряталась в темноте, когда Мэгги прошла через дюну совсем рядом с ней и направилась домой. Девочка подождала, пока Мэгги не скрылась из виду, и пошла следом. Лишь когда она подошла к парадному крыльцу, то вспомнила, что оставила свою тележку на перекрестке.

Глава 26

Фолли-Бич, Южная Каролина
Октябрь 2009 года

Эмми стояла в дальнем конце недостроенного причала, наблюдая за болотом на рассвете, и дивилась его неподвижности и спокойствию. Крабы ушли в поисках более теплой воды, а трава, желтые семена которой уже давно унес ветер, склонилась, как во сне, ожидая весны и нового рассвета.

Письмо в руке Эмми подрагивало от порывов утреннего бриза. Она отвернулась от ветра, подняла воротник свитера и заметила темно-синий пикап, выезжавший на дорожку. Хит вышел из кабины; его волосы были влажными, как будто он недавно принял душ, но не успел обсушиться как следует. Он задержался на стоянке у дома, осматривая задний двор.

Потом Хит увидел Эмми и подошел к ней. Его лицо было серьезным, как будто что-то изменилось, но общее впечатление не вызывало тревоги. Он остановился рядом и молча посмотрел на болото.

— Лулу... — Эмми не закончила фразу.

Хит наконец посмотрел на нее, и его карие глаза в свете утреннего солнца приобрели необычный янтарный оттенок.

— Все еще в палате интенсивной терапии, но врачи уверены, что скоро ее переведут в обычную палату. Ей повезло, что ее так быстро нашли. Врачи считают, что приступ не будет иметь серьезных последствий.

— Слава богу. — Эмми закрыла глаза, хотя яркий солнечный свет проникал под веки, и почувствовала, что ей стало легче.

— Она спрашивала о вас.

— Обо мне?

Хит кивнул.

— Да. Правда, вам придется подождать пару дней. Сейчас к ней не пускают никого, кроме членов семьи. Джолин уже пробовала.

— Не знаю, почему она хочет поговорить со мной. Мы... не очень близки друг с другом.

— Тем не менее она просила вас навестить ее. Если хотите, я пойду с вами.

Несмотря на его серьезность, Эмми улыбнулась.

— Почему? Думаете, она будет кусаться?

Хит улыбнулся в ответ.

— Кто знает?

Ветер подул сильнее, и Эмми подняла руки к воротнику свитера, забыв о письме Кэт. Оно тихо зашелестело и привлекло внимание Хита.

— Это письмо Кэт?

Эмми кивнула.

— Я ношу его с собой по определенной причине. Мне показалось, что, если Лулу умрет, оно тоже должно исчезнуть, и я просто пыталась примириться с этим.

— Ну и как, удалось?

— Нет. Мне нравится думать, что все имеет свою причину. Записки Мэгги в старых книгах привели меня сюда, и я благодарна им за это. Я думала о том, как много у нас общего: любовь к книгам, управление одним и тем же магазином... и мы обе были солдатскими женами. Я даже работаю за тем же дубовым прилавком, где когда-то стояла она. *А когда я смотрю на ее фотографии, выражение ее лица напоминает мне птицу в клетке, и я вижу себя.*

Она удержала эту последнюю мысль при себе, не готовая поделиться ею даже с Хитом.

— Я чувствовала, что мне нужно получше узнать ее биографию, как будто она сама подталкивала меня к этому, — продолжала она. — Мне жаль, если это покажется вам эгоистичным, но я пришла к выводу, что ее история должна быть рассказана. Возможно, она прольет свет на что-то важное здесь и сейчас, — Эмми покосилась на Хита, не сумев распознать выражение его лица. — Но когда я нашла это письмо, то как будто уперлась в стену, и единственный человек, который может мне помочь, — это Лулу. Однако я боюсь, что вы не позволите ей это сделать.

Хит долго молчал, пока они наблюдали, как солнце поднимается над болотом и маяком вдали, словно сияющее благословение.

— Я хочу прочитать это письмо.

Когда их взгляды встретились, Эмми заметила, что он больше не кажется рассерженным.

— Почему? — она подавила вспыхнувшую надежду. — Почему сейчас?

Он опустил голову.

— Когда я увидел Лулу в больнице, то не мог не подумать о ее смерти и о том, что никто из нас на самом деле не готов к этому. Дело не только в том, что я не хочу потерять ее. Она что-то скрывала все эти годы, даже задолго до моего рождения. Единственная причина, которая приходит мне в голову, — это чувство вины. Или страх перед наказанием, — он покачал головой. — Не хочу, чтобы она умерла непрощенной.

Эмми прикоснулась к его руке, потому что не нашлась что ответить. Она не могла найти подходящих слов для человека, уже имеющего представление о смерти, которая вовсе не считается с тем, закончил ты свои земные дела или нет. Эмми молча протянула письмо Хиту и смотрела на него, пока он читал.

Ожидание на лице Хита сменилось облегчением, а затем озадаченностью. Он дважды прочитал письмо и посмотрел на Эмми.

— Что это значит?

— Мы с мамой совершенно уверены, что это предсмертное письмо. К сожалению, ваш отец был слишком мал, чтобы помнить Кэт, а единственный человек, у которого я могла бы спросить, лежит в палате интенсивной терапии.

— Почему вы думаете, что это имеет отношение к Лулу?

Его тон казался почти враждебным, но теперь Эмми знала достаточно, чтобы не уходить в оборону. Хит не спорил с ней; он боролся с капризами судьбы и с мыслью о том, что смерть настигает людей независимо от того, готовы они к ней или нет. Сама она уже усвоила этот урок, но только благодаря Бену. Смотреть судьбе в лицо — все равно что видеть собственный призрак.

— С Лулу случился этот приступ после того, как вы обнаружили коробку с книгами на чердаке. Это она положила их туда, поэтому должна знать, что там находилось. Ваша мать сказала, что Лулу была последней, кто видел Мэгги, и та вручила ей коробку со своими любимыми книгами перед эвакуацией с острова. Поэтому только Лулу могла спрятать коробку на чердаке, где она была замурована во время ремонта. Больше никто не знал об этом.

Хит покачал головой.

— Лулу была маленькой девочкой, когда умерла Кэт, и я не представляю, как она могла считать себя виновной в самоубийстве, если не имела к нему никакого отношения. Должно быть, существует какая-то другая причина.

— Возможно. Ваша мать сказала, что Лулу обнаружили на старом участке. У нее в руке была лопата, как будто она что-то копала.

— Знаю, но не представляю, что могло быть там зарыто. После «Хьюго» мой отец отправился туда с металлоискателем и лопатами в надежде обнаружить что-нибудь ценное. Мы нашли несколько вещей — в основном кухонные кастрюли и столовые приборы, — но совсем немного. Трудно поверить, что мы могли что-то пропустить.

— Если это не было зарыто позже?

— Но с какой стати? Ведь все случилось в 1989 году.

— Вы сказали, что она была последней, кто видел Мэгги. Возможно, тогда у них состоялся разговор, убедивший Лулу, что их общая тайна должна остаться скрытой.

Хит нахмурился, глядя на нее.

— Вам известно, что вы настоящий сыщик?

Эмми глубоко вздохнула, стараясь сдержать улыбку.

— Однажды для одного из клиентов матери я проследила историю документа вплоть до библиотеки в уединенном шотландском замке. Для меня нет ничего невозможного. — Эмми опомнилась и серьезно добавила: — Но это ваша семья, а не моя. Если хотите, чтобы история закончилась на этом месте, так и будет. Она привела меня на Фолли-Бич, и этого вполне достаточно. — Эмми пожала плечами, но оба сразу поняли, что это ложь. — Или я сделаю так, что этого будет достаточно.

— Ну что ж... — Хит снова посмотрел на письмо и протянул ей листок. — Но если Лулу что-то копала, наверное, она не хотела, чтобы это и дальше оставалось в земле.

Он потер руками лицо и опустил плечи, словно смирившись с судьбой. Потом направился к своему грузовичку и бросил через плечо:

— Пошли. Давайте возьмем отцовский металлоискатель и пройдемся с ним по участку.

— Прямо сейчас?

— А вы что, хотите еще подождать?

— Вовсе нет, — ответила Эмми, в равной мере охваченная восторгом и чувством облегчения. Она последовала за Хитом к его пикапу, снова ощущая присутствие болота за спиной и думая о Мэгги и о том, как она умерла и кого ждала.

Когда они подъехали к заброшенному участку, солнце скрылось и темные облака наползали друг на друга на горизонте, словно кошачьи лапы. Воздух был плотным от влаги; карликовые пальмы и даже стебли травы поникли от сырости.

— Медики из бригады «Скорой помощи» сказали, что ее нашли в шести футах от креста. — Хит указал на простой крест, выкрашенный в белый цвет и стоявший посреди двора. — Лулу воздвигла его для Мэгги, когда мы поняли, что не сможем найти ее.

Эмми кивнула, опечаленная видом этого маленького мемориала, осязаемого напоминания о сестре Лулу.

— Двадцать с лишним лет — долго же она ждала, что горе отступит.

Хит включил металлоискатель.

— Я начну рядом с крестом и буду двигаться по спирали. Если поступит какой-то сигнал, то я начну копать.

Он низко опустил овальную рамку металлоискателя и поводил ею взад-вперед, словно пылесосом. Эмми ощутила знакомое покалывание у корней волос, которое мало-помалу спустилось вниз по позвоночнику. Не задавая вопросов, она вернулась к грузовичку Хита и взяла лопату, которую он захватил с собой.

Она чувствовала, что скоро обнаружат находку. Когда металлоискатель начал сигналить, она едва не рассмеялась.

Хит перестал водить прибором взад-вперед и перешел к более мелким и целенаправленным движениям, остановившись в том месте, где звуковой сигнал стал постоянным.

— Что бы это ни было, оно находится примерно в одном футе от поверхности. — Хит выключил прибор, положил его рядом и потянулся за лопатой.

— Как я могу помочь? — спросила Эмми, которой не терпелось увидеть тайну, скрытую под грязью и песком.

Хит сделал вид, будто размышляет над ее вопросом.

— Вы можете отступить в сторону и посмотреть, как я копаю, либо копать самостоятельно. Думаю, тут тесновато для двоих.

Он снял джемпер и остался в футболке и джинсах на холодном ветру. Эмми покосилась на его бицепсы и подумала о своих жалких попытках бегать по утрам.

— Тогда приступайте. Дайте мне знать, если понадобится утереть вам лицо или что-нибудь в этом роде.

— Обойдусь. — Его лицо снова посуровело; он вонзил в землю лезвие лопаты и начал копать.

Хит небольшими порциями выбрасывал землю, размягчившуюся после ночного дождя. Покалывание, которое началось в затылке Эмми, теперь распространилось на руки, и ей приходилось заставлять себя стоять спокойно, а не пританцовывать от нетерпения.

Хит копал около десяти минут, когда лопата наткнулась на что-то твердое. Он бросил взгляд на Эмми.

— Не слишком радуйтесь. Это может быть всего лишь камень.

— Нет. Это то, что мы ищем.

Хит оперся на черенок лопаты.

— Уже знаете, да?

Эмми прикусила губу.

— Да. И я готова поспорить на деньги, что сейчас мы найдем то самое, что искала Лулу.

С сомнением посмотрев на Эмми, Хит начал вынимать землю из выкопанной ямы тонкими пластами, пока не открылся гладкий предмет, похожий на крышку небольшой деревянной шкатулки.

Склонившись над ямой, они посмотрели друг на друга. Не говоря ни слова, Хит сделал неглубокий подкоп вокруг шкатулки, чтобы можно было подцепить ее снизу и освободить из земляной темницы.

— Суньте руки в яму и скажите, чувствуете ли вы нижний край шкатулки, — попросил он. — Думаю, ее ширина от трех до четырех дюймов, так что вам должно хватить свободного места.

Не обращая внимания на сырую землю, Эмми поспешно опустилась на колени и запустила руки в подкоп, сделанный Хитом.

— Вполне достаточно, — сказала она и сосредоточилась на том, чтобы получше обхватить края шкатулки.

Она положила большие пальцы на крышку и просунула остальные под дно, поэтому шкатулка легко высвободилась, как будто ждала этого. Эмми думала, что она окажется тяжелее, и неожиданный рывок опрокинул ее на землю, но шкатулка осталась в руках.

Эмми осторожно смахнула остатки земли и увидела прямоугольную деревянную коробочку с металлической застежкой и петлями и лакированной поверхностью, разрисованной цветами. Она взглянула на Хита.

— Думаю, это ювелирная шкатулка.

Он отложил лопату и уселся на корточки рядом с Эмми. Внезапно она неуверенно произнесла:

— Теперь ваша очередь.

Хит взял шкатулку, и на мгновение Эмми показалось, что он хочет положить ее на место. Вместо этого он очень аккуратно открыл крышку. Из внутреннего отделения, обитого красным бархатом, донесся слабый аромат духов и почти сразу исчез, оставив Эмми гадать, не почудился ли ей этот запах. Хит опустился на колени рядом с ней, и оба увидели то, что Лулу считала достаточно важным для символического погребения.

Эмми осторожно вынула ключ для роликовых коньков. Она повернула маленький предмет, чтобы посмотреть, нет ли на обратной стороне каких-то отметин, и удивилась тому, каким холодным он был. Она положила ключ на землю рядом с собой, потом достала серьги с подвесками из «песчаных долларов» и черепаховую пряжку, в застежке которой застряла длинная прядь золотистых волос. Борясь с разочарованием при виде таких мелочей, она достала из шкатулки остальные предметы: старую центовую монетку, носовой платок и кружевную ленту для волос фабричного изготовления, пожелтевшую, как старая фотография.

Она изучила центовую монетку со знакомым бюстом Линкольна, перевернула ее и увидела два пшеничных снопа, обрамлявших слова «один цент» и «Соединенные Штаты Америки».

— Это цент 1933 года, — сказала Эмми.

— Лулу родилась в этом году.

Она положила монетку вместе с другими предметами, разгладила на колене носовой платок и заметила монограмму в углу. На тонкой ткани остались пятна от губной помады и туши для ресниц.

— Кто такой «PWK»? — Она провела пальцем по черным нитям вышивки, словно они могли что-то сказать. — «Р» может обозначать Питера, но его фамилия была Новак.

Эмми оставила носовой платок на колене, не желая больше прикасаться к нему, и снова взяла монетку.

— Поверить не могу, что это все.

— Что это? — спросил Хит и указал на то место, где лежала лента для волос. Наклонившись, Эмми заметила маленькую скатанную бумажку, засунутую между дном шкатулки и краем бархатной обивки. Она подцепила бумагу ногтем и вытащила двумя пальцами.

— Она скатана так, как будто ее хотели просунуть в бутылочное горлышко.

Их глаза встретились, и Эмми поняла, что они думают об одном и том же.

— Прочитайте ее. Может быть, так мне не будет казаться, что я подслушиваю ваши семейные тайны.

Хит удивил ее. Он не стал спорить и послушно обменял шкатулку на свернутый клочок бумаги. Медленно развернув листок на ладони, он всмотрелся в крошечные буквы перед тем, как приступить к чтению.

«Моя дорогая Маргарет,

мне нужно поговорить с тобой и все объяснить. То, что я сделал, позорно. Но я должен рассказать тебе, почему это случилось, — не для того, чтобы оправдаться, а для того, чтобы обезопасить тебя. Дай мне последний шанс — это все, о чем я прошу. Я хочу увезти тебя по-

дальше отсюда, куда-нибудь, где мы сможем все начать снова и оставить прошлое позади.

Обещаю, что, если ты уйдешь после того, как я все расскажу, я больше не буду беспокоить тебя. Если ты вообще не придешь, то таким образом я получу ответ. Я сделаю все, что ты скажешь, женюсь на Кэт и стану отцом ребенка. И я найду способ защитить тебя даже издалека. Но если ты когда-нибудь любила меня, как я люблю тебя, то ты придешь. Встретимся в среду вечером в нашем особом месте возле маяка, в одиннадцать часов. Я буду ждать».

Хит поднял голову.

— Она не подписана, — он протянул записку Эмми, чтобы та могла убедиться в этом.

Казалось, кровь едва текла в ее жилах, когда она смотрела на знакомый почерк.

— Я знаю, кто это написал.

Он вопросительно посмотрел на Эмми.

— Питер. Я узнаю его почерк по дарственным надписям в книгах для Мэгги и Лулу. Заглавная «м» и прописная «ж» достаточно необычны, их легко запомнить, — она указала на букву «м» в имени «Маргарет». — Видите хвостик перед первой ножкой и сразу же за последней? А буква «ж» выглядит так, словно ее напечатали на пишущей машинке. Я сразу же заметила эту особенность. Это один из критериев, которыми я пользовалась для того, чтобы определить, что Питер, надписавший книги для Мэгги и Лулу, не был тем человеком, который оставлял записки на полях.

Хит выпрямился.

— Тогда кто это сделал? Не могу представить, что моя бабушка имела нескольких любовников. Ей это было несвойственно.

Эмми прикоснулась к руке Хита.

— Я знаю. Но, возможно, автором все-таки был Питер, и он по какой-то причине изменил свой почерк в дарственных надписях. Это имело бы смысл... — Ее голос пресекся, когда она поняла, что собирается сказать.

— Продолжайте, — велел Хит. — Мы зашли слишком далеко, чтобы остановиться на этом.

— Я хотела сказать, для него имело бы смысл изменить почерк, если бы он завел тайный роман с Мэгги после свадьбы и не хотел, чтобы Кэт узнала об этом, если наткнется на одну из записок.

— Но кто был отцом ребенка Кэт? И что такого позорного сделал Питер?

Эмми какое-то время молча смотрела на Хита.

— И почему ему нужно было обеспечить безопасность Мэгги? — тихо добавила она.

Хит кивнул, глядя на одинокий белый крест, возвышающийся над землей, словно знак вопроса.

— Есть лишь один человек, который может ответить на все эти вопросы.

Эмми собрала с травы разложенные предметы и встала. Протянув Хиту пустую шкатулку, она произнесла:

— Теперь вам решать, что делать дальше. Я пойму, если вы не захотите расстраивать Лулу.

Хит помолчал, обдумывая ее слова.

— С тех пор прошло уже достаточно времени, — сказал он. — Думаю, Лулу тоже понимала это и потому решила достать шкатулку. Нельзя прожить всю жизнь с незавершенным делом... или с чувством вины.

Он захлопнул шкатулку и перевернул ее для более внимательного осмотра. Внутри послышался глухой стук, удививший их обоих.

— Я думала, что шкатулка пуста.

— Я тоже. — Хит снова перевернул шкатулку, и они услышали тот же звук. Он откинул крышку, и оба заглянули внутрь, но увидели лишь красную бархатную обивку.

— Дайте ее мне. — Эмми забрала шкатулку и вставила ноготь в тонкую щель, где обнаружила записку. Она потянула, и обивка отошла в сторону, открыв маленькую полость между тканью и деревянным дном. Эмми повернула шкатулку набок, легко стукнула, и в ее подставленную ладонь выпало золотое кольцо.

Эмми подняла кольцо, чтобы оба смогли рассмотреть его. Это было мужское кольцо с печаткой из желтого золота с черным квадратным ониксом и рельефной золотой буквой «К».

— Я уже видела это кольцо, — сказала она. — На фотографии Питера, он носил его на правой руке. Это определенно то самое кольцо.

— Но его фамилия была Новак. Откуда взялась буква «К»?

Эмми нахмурилась.

— Возможно, это был подарок или фамильная драгоценность.

— Может быть. — Судя по тону Хита, он был не слишком убежден в этом. — Разумеется, это придает новый смысл монограмме на носовом платке.

Капля дождя упала на шкатулку, и оба посмотрели на небо.

— Пошли, — сказал Хит. — Давайте вернемся домой и выясним, скоро ли мы сможем увидеть Лулу.

Они убрали в шкатулку серьги, пряжку, ключ для роликовых коньков, носовой платок, ленту для волос, записку и монетку, но кольцо Хит оставил у себя. Дождь усилился, и они бегом вернулись к грузовику, успев промокнуть, пока забрались в кабину.

Хит включил зажигание, когда у Эмми зазвонил мобильный телефон. На экране высветился номер магазина «Страницы Пейдж».

— Мама?

— Здравствуй, Эмми. Мы спешим, и у меня есть лишь несколько минут, но я хотела кое-что тебе рассказать, пока не забыла.

— Что?

— Помнишь, ты просила позвонить тебе, если я вспомню что-нибудь о жителях Фолли-Бич или о его истории?

— Да. — Эмми взглянула на Хита и пожала плечами.

— Я подумала о некоторых вещах, которые могут быть тебе интересны. Возможно, они не имеют отношения к тому, что ты ищешь, но я все равно хочу тебе рассказать.

— Давай.

— Ну так вот... Ты знаешь, что Фолли-Бич когда-то назывался «Гробовым островом»? Это потому, что все суда, направлявшиеся в гавань Чарльстона, должны были высаживать больных пассажиров, чтобы никакая зараза не могла распространиться в городе. Когда суда возвращались, большинство успевало умереть.

Эмми вопросительно посмотрела на Хита.

— Интересно. Что-нибудь еще?

— Я знаю, что это событие хронологически не подходит для твоих изысканий, но известно ли тебе, что на острове был свой серийный убийца? В начале 1970-х годов мужчина похитил и убил трех девушек-подростков и закопал их тела. В конце концов его поймали.

— Это ужасно, но опять-таки не имеет отношения...

— Ох, я знаю. Есть и еще кое-что: например, ходили слухи, что там отдыхал Элвис Пресли до того, как стал звездой, а в 1950-х годах агенты ФБР арестовали какого-то крупного гангстера на перекрестке Эри- и Сентер-стрит... или Ист-Эшли и Сентер-стрит, теперь уже не важно. Просто ты спрашивала.

Эмми улыбнулась.

— Да, и спасибо тебе. Все это очень увлекательно, и я ценю любые сведения о Фолли-Бич. Пожалуйста, дай знать, если вспомнишь что-то еще.

— Хорошо... ох, подожди! Есть еще кое-что. Сегодня утром я разговаривала с твоим отцом и упомянула о том, что моим любимым рестораном в детстве был «Атлантик-Хаус», который был уничтожен «Хьюго».

— Знаю, Хит мне рассказывал. Так что с рестораном?

— Однажды к нам в школу пришел местный историк и прочитал лекцию. Он сказал, что старый дом, который потом стал рестораном, пустовал с 1940-х годов, и некоторые считали, что оттуда нацистские шпионы подавали сигналы для подводных лодок. Наверное, это лишь слухи, но я решила на всякий случай рассказать тебе, поскольку речь идет о том же времени.

— Спасибо, мама. Еще не знаю, поможет ли это, но обязательно буду иметь в виду.

— Сделай одолжение. И последнее...

— Да?

— Мы с отцом все-таки собираемся приехать на Фолли-Бич. — Обе немного помолчали. — Он говорит, что прошло уже достаточно времени, и думаю, он прав.

Через окошко, покрытое каплями дождя, Эмми смотрела на разномастные дома на другой стороне улицы, которые стали для нее такими же знакомыми, как кукурузные поля Индианы.

— Мама?

— Да, Эмми.

Она провела пальцем по извилистой струйке, сбегавшей по другую сторону стекла.

— Когда становится понятно, что прошло достаточно времени?

Эмми чувствовала, как мать улыбнулась.

— Когда ты понимаешь, что любовь не имеет срока давности. Его имеет только боль. Иногда бывает трудно провести различие, поэтому мы цепляемся за то и за другое, как будто они неразделимы.

— Вот как? — Эмми нахмурилась, не вполне уверенная, что понимает. — Ладно, я рада, что у тебя это получилось. И еще я рада, что вы с папой собираетесь приехать.

— Ну вот... Кто-то только что вошел в магазин. Скоро отец свяжется с тобой и сообщит подробности.

— О'кей. До свидания.

Эмми подождала, пока ее мать не повесила трубку, и закрыла свой мобильный телефон. Потом она снова стала смотреть в окно и думать о том, что она недавно услышала от матери и сколько еще ей понадобится времени, чтобы боль ее отпустила.

Глава 27

Фолли-Бич, Южная Каролина
Май 1943 года

Мэгги открыла нижние окна с парадной стороны дома пошире, впустив свежий воздух и отдаленные звуки оркестра, игравшего на причале. Она представляла столпотворение и разноцветные юбки женщин, танцующих под мелодии «Не сиди под яблоней» и «Я встретил девушку в Каламазу» среди длинных прядей мха, свисавших со стропил павильона.

Ее ноги вспоминали танцевальные па, когда она переходила от одного окна к другому, раздвигая занавески и поднимая шторы затемнения, — по крайней мере, до тех пор, пока не наступит темнота, когда все огни и звуки снова уйдут прочь. Музыка отвлекала ее от мыслей о собранном чемодане, о записках, адресованных Лулу и Кэт и спрятанных под кроватью, о письме от тети Эдит, сообщавшей о своем отъезде, или о том, что любимый дом, сохранивший воспоминания о матери, больше не принадлежит ей.

Тихий напев замер на губах у Мэгги, когда она выглянула в окно и увидела знакомую фигуру в хаки, стоявшую на улице перед домом. Казалось, мужчина колеблется и никак не может решить, стоит ли подняться на крыльцо или идти дальше. Сама не понимая почему, Мэгги подняла руку и помахала ему.

— Здравствуйте, Роберт!

Он повернул голову к окну и улыбнулся, но с места не двинулся.

— Добрый день, Мэгги. Давно не видел вас.

Мэгги направилась к парадной двери и открыла ее. Быстро оглянувшись на лестницу, она вышла на крыльцо и закрыла за собой дверь.

— Какой сюрприз, Роберт. — Она не видела его со дня свадьбы Кэт и не могла винить его в том, что он избегает Фолли-Бич и любых ассоциаций, связанных с островом. Мэгги заметила, что даже скучает по добродушной манере Роберта и его чувству юмора, ведь раньше он был довольно частым гостем в ее доме, и она хорошо знала, какой кофе он любит и что ванильный крем нравится ему больше, чем шоколад.

Роберт снял фуражку и подошел ближе с теплой улыбкой, но его лицо и особенно глаза казались усталыми. Звуки смеха и возгласов летнего карнавала подчеркивали мелодию Гленна Миллера, доносившуюся с причала, и создавали свою музыку, которую, как думала Мэгги, она будет помнить еще долго после того, как уедет отсюда.

— Вы хорошо выглядите, Мэгги.

— Спасибо, — она указала на кресло-качалку. — Садитесь, прошу вас. Я принесу холодного чая, и мы сможем поговорить. Здесь прохладнее, чем внутри.

Лицо Роберта стало серьезным.

— На самом деле это не визит вежливости, — сказал он и нахмурился. — Кэт дома?

— Она спит. Ребенок немного простудился и всю ночь проплакал. Недавно он заснул, и я посоветовала Кэт вздремнуть. — Мэгги умолчала о том, что она сама всю ночь укачивала ребенка, когда Кэт оставила попытки утихомирить его, вернулась в спальню и накрыла голову подушкой.

— Хорошо. В общем-то, я хотел поговорить с вами. — Его взгляд все же устремился к парадной двери, словно он все же надеялся, что Кэт выйдет на улицу. Я хочу вас кое о чем спросить.

Сердце Мэгги екнуло. *Он знает, что я собираюсь уехать.* Взяв себя в руки, она спокойно улыбнулась.

— Но мы можем хотя бы устроиться поудобнее, не так ли? И я умираю от жажды, так что давайте все же выпьем чаю.

После короткой паузы Роберт кивнул.

— Конечно, Мэгги. Это будет замечательно.

Он ждал стоя, пока Мэгги не вернулась с двумя полными стаканами недавно заваренного сладкого чая. Когда она передавала напиток, то надеялась, что Роберт не заметит, как дрожит ее рука. Они сели рядом; Мэгги держала свой стакан обеими руками.

— Чем я могу вам помочь? — спросила она.

Роберт сделал большой глоток, но ей показалось, что на самом деле он не хочет пить, а размышляет, с чего начать.

— Не знаю, дошла ли до вас эта новость, — наконец произнес он. — В прошлое воскресенье курьер, отправленный с авиабазы ВМФ, был найден убитым в Миртл-Бич. Его раздели и забрали личные документы и секретные материалы, которые он должен был передать. Мы смогли установить его личность только потому, что он был уроженцем Миртл-Бич и его знакомые опознали тело.

Руки Мэгги перестали дрожать, когда она поняла, что Роберт не собирается спрашивать о чемодане, спрятанном у нее под кроватью.

— Это ужасно. Я могла знать этого человека?

— Сомневаюсь. Его звали Ричард Кобилт. Вам знакомо это имя?

Она покачала головой:

— Нет. А что, должно быть знакомо?

— Я надеялся на это. В ваш магазин приходит много людей, вы слышите разные разговоры. Я рассчитывал, что вы либо узнаете имя, либо вспомните кого-то, кто о нем упоминал. Он прослужил на авиабазе около полугода, и я знаю, что он часто приезжал на Фолли-Бич, чтобы потанцевать с местными девушками.

Они избегали смотреть друг другу в глаза, как будто оба думали о Кэт и о том вечере, когда Роберт познакомился с ней на причале.

— У вас есть фотография?

Роберт кивнул, достал маленький снимок из нагрудного кармана и протянул ей. Мэгги внимательно рассмотрела лицо молодого человека с гладким округлым лбом и вьющимися волосами. Он улыбался легкой, приятной улыбкой, и ей стало горько при мысли о том, что его больше нет.

Она вернула снимок Роберту и покачала головой.

— Очень жаль, но я совсем его не знаю.

Он внимательно посмотрел на нее, словно пытался оценить ее искренность.

— Все равно спасибо. Я просто попытался прояснить ситуацию, — он откинулся на спинку кресла. — Как поживаете, Мэгги?

— Спасибо, нормально. Дела в магазине идут неплохо, несмотря на нехватку некоторых товаров, а Лулу получила лучшие оценки в классе за последний учебный год. Ребенок Кэт — хороший, здоровый мальчик с развитыми легкими — он любит покричать, — она улыбнулась, ощущая потребность как-то сгладить легкую напряженность, возникшую между ними.

Роберт в ответ улыбнулся.

— Я люблю маленьких детей. Знаю, глупо слышать такое от мужчины, но я всегда представлял себя в роли хозяина дома, где полно ребятни, — он посмотрел в сторону. — Не знаю, случится ли такое в моей жизни...

Мэгги подалась вперед и накрыла ладонью его руку.

— Поверьте, я понимаю, что вы имеете в виду. Надо надеяться. Я точно знаю, что если человек не сдается, то почти всегда добивается своей цели.

Роберт внимательно посмотрел на Мэгги, как будто впервые по-настоящему увидел ее.

— Вы хороший человек, Мэгги, — он накрыл ее ладонь другой рукой. — Возможно, в тот вечер я приударил не за той девушкой. Только подумайте: наша жизнь могла стать совсем иной...

Мэгги почувствовала, как к ее глазам подступили слезы, когда на секунду представила Питера вместе с Кэт, а себя вместе с Робертом. При таком раскладе ей не пришлось бы расставаться со всем, что она любила.

— Не надо так говорить, Роберт. Обратного пути нет. Если все время думать о прошлом, можно сойти с ума.

Роберт немного помолчал, глядя в сторону, потом сделал глоток чаю и поставил пустой стакан на перила крыльца.

— Если вам что-нибудь понадобится — вообще, что угодно, — пожалуйста, обращайтесь ко мне, — он встал. — Я сделаю все, что смогу.

Мэгги уронила руки на колени.

— Хорошо, Роберт, я обещаю.

— Мне пора идти, — он надел фуражку. — Спасибо за время, которое вы мне уделили... и за чай.

Мэгги тоже встала, удивившись тому, что Роберт по-прежнему стоит на месте.

— Как поживает Кэт? — наконец выдавил он.

— Она... с ней все будет в порядке. Материнство стало для нее огромной переменой в жизни, и понадобится время, чтобы привыкнуть к этому, но не более того.

Он отвернулся.

— Она... счастлива?

Мэгги удержалась от слов, которые ей хотелось произнести.

— Вам лучше спросить об этом у нее.

Роберт прищурился и кивнул.

— В самом деле. Еще раз спасибо за чай.

Он начал спускаться по ступенькам крыльца, но остановился и повернулся к ней, как будто вспомнил о чем-то.

— Кстати, Мэгги, вы, случайно, не знаете, где Питер?

Она покачала головой:

— Нет. Он так много времени проводит в разъездах по делам своего отца, что не всегда знает заранее, куда отправится в следующий раз. — Она немного подумала и пришла к выводу, что Роберт достоин определенного доверия. — Я знаю, что он собирался в Вашингтон, но не имею понятия, куда еще. Кажется, он собирался вернуться на следующей неделе. А что?

Роберт секунду помедлил с ответом.

— Просто подумал, что он часто разъезжает и мог что-то слышать о Ричарде Кобилте... Это помогло бы в расследовании.

— Я попрошу его связаться с вами, когда он вернется.

— Спасибо, Мэгги, — Роберт поправил фуражку. — Я очень ценю ваше участие.

Он в последний раз как-то загадочно посмотрел на нее и ушел, хрустя сапогами по гравийной дороге. Мэгги смотрела ему вслед еще несколько минут, пока он шел к джипу, стоявшему в целом квартале от ее бывшего дома, и мимолетно подумала, почему он оставил машину так далеко.

Она забрала стаканы из-под чая, открыла дверь и помедлила у входа; ей послышался звук шагов в коридоре наверху. Поставив стаканы на стол, она на цыпочках поднялась по лестнице и прошла по коридору мимо колыбели, где Кэт держала ее постоянно даже после отъезда Питера. Дверь в спальню Кэт была приоткрыта. Приложив щеку к деревянному косяку, Мэгги заглянула внутрь, и ее глаза удивленно расширились при виде пустой кровати. Она распахнула дверь и вошла в комнату. Постель была разобрана, а одежда, которую Кэт носила вчера, валялась на полу.

Из спальни в конце коридора донесся негромкий стук, и Мэгги направилась туда. Кэт сидела на подоконнике и возилась с задвижкой. Она оглянулась на кузину, но ее лицо ничего не выражало.

— Здесь чертовски душно. Я пытаюсь устроить сквозняк.

— Пожалуйста, не надо, Кэт. — Мэгги шагнула вперед, но было уже поздно. Кэт толкнула бедром застрявшую раму и в последний момент каким-то чудом смогла уцепиться за подоконник, удержавшись от падения.

— Не стоило этого делать.

Кэт пожала плечами, спрыгнула на пол и отряхнула руки.

— Но у меня же получилось, верно! — Кэт направилась к выходу, отводя взгляд от Мэгги и не оставляя сомнений в том, что она слышала разговор кузины с Робертом.

Ребенок заворочался, и Мэгги тоже вышла в коридор. Она удивилась, когда увидела, что Кэт взяла малыша и пытается успокоить его, похлопывая по спине. Мэгги знала, что Джонни предпочитает, чтобы его укачивали, а не перебрасывали через плечо, но не стала вмешиваться. Она вытерла руки о передник платья.

— Раз уж ты проснулась, то я пойду в «Находки Фолли». Вернусь к шести и буду готовить ужин.

Она направилась к лестнице, но остановилась, когда услышала голос Кэт:

— Откуда ты знаешь, когда вернется Питер? Он говорил об этом только мне.

Мэгги не оборачивалась, не зная, может ли доверять выражению собственного лица.

— Должно быть, он упомянул об этом за обедом.

— Нет. Он сказал только мне, когда поцеловал меня на прощание, а тебя там не было.

— Значит, это случилось потом. — Мэгги сделала еще один шаг.

— Возможно...

Мэгги спустилась на первый этаж.

— Я буду к шести вечера, — крикнула она, стараясь не слышать плач ребенка и спиной ощущая пронзительный взгляд Кэт.

В среду вечером Лулу в десятый раз за последние двадцать минут посмотрела на часы за кассовым аппаратом и с облегчением убедилась в том, что уже пять вечера. Весь день она ожидала возвращения Питера, как он и обещал Мэгги, и изо всех сил надеялась, что этого не случится. Со стороны Флориды к острову двигался сильный шторм, и, пока Лулу наблюдала за сгущавшимися облаками и ощущала плотный, насыщенный влагой воздух, она втайне надеялась, что Питер передумает и вообще не вернется.

Она стала готовиться к закрытию магазина, как учила Мэгги: подмела пол, пересчитала деньги в кассе и заперла ее, расставила по местам все, что было передвинуто или снято дневными посетителями. Лулу было десять лет, но Мэгги говорила, что она вполне взрослая девочка для своего возраста и ей можно доверить часть работы, которой ее сестра тоже занималась с малых лет.

Мэгги редко разрешала Лулу самостоятельно закрывать магазин, но сегодня сестра весь день была какой-то рассеянной; она роняла вещи и путала имена посетителей. Каждый раз, когда звенел дверной колокольчик, она бежала посмотреть, кто там. От этого Лулу становилось тошно, потому что она так и не придумала способ, как помешать Питеру увезти Мэгги, не признавшись ей, что он совсем не тот человек, за которого себя выдает. На прошлой неделе Лулу пришла к выводу, что необходимость удержать Мэгги на острове на самом деле не имела отношения к ее собственным чувствам; так было нужно, чтобы защитить Мэгги от горькой истины, от которой она уже никогда не оправится.

Когда Мэгги наконец ушла, то сказала, что направляется в салон красоты и если кто-то спросит о ней, то можно сообщить, где она находится. Лулу понимала, что она имеет в виду Питера, но сделала вид, будто ничего не подозревает.

Когда Лулу наклонилась за книгой под прилавок, звякнул колокольчик, и ее тело застыло в оцепенении. Она даже хотела притвориться, что в магазине никого нет, но пока решала, как ей поступить, то услышала голос Питера:

— Лулу!

Девочка подняла голову и увидела, что он зашел за прилавок и стоит в двух футах от нее. Тяжело сглотнув, она взяла книгу и выпрямилась. Питер не носил шляпу, и его волосы растрепались, словно у него не было времени причесаться. Рубашку он почему-то не заправил в брюки, ботинки покрылись пылью, а галстук болтался на потной шее, как будто он долго бежал. Лулу даже подумала, не заболел ли он, потому что он был совершенно не похож на прежнего Питера.

— Добрый день, Питер. Мэгги здесь нет. Она в салоне красоты.

Лулу крепко стиснула книгу потными пальцами.

— Я знаю.

Разумеется, он знал. Голос Питера звучал так, словно у него пересохло во рту, и она едва не предложила ему кока-колу, но ей не хотелось, чтобы он задерживался в магазине.

— Ты должна кое-что передать Мэгги. — Питер прищурился, и девочка подумала, что сейчас ей нужно изобразить испуг. — Это не записка, вроде той, которую я попросил тебя положить в бутылочное дерево. По словам Мэгги, она ничего не получила. — Он шагнул вперед, но Лулу не двинулась с места. Нэнси Дрю тоже не стала бы выполнять просьбу Питера.

Питер протянул ей толстую книгу, и она прочитала название: «Путешествия Гулливера».

— С тобой может случиться что-то очень плохое, если Маргарет не получит эту книгу. Ты понимаешь?

У Лулу так пересохло в горле, что она сама удивилась, когда слова все-таки просочились наружу.

— Да, сэр.

Он выпрямился.

— Ты хочешь, чтобы твоя сестра была счастлива, правда?

Лулу кивнула.

— Тогда больше не вмешивайся. Это взрослые дела, в которых ты не разбираешься. Но я люблю Маргарет, а она любит меня. Это все, что тебе нужно знать, верно?

— Да, сэр, — снова ответила она.

При звуке приближающихся шагов оба повернулись к двери. Питер быстро пригнулся, чтобы миссис Родс, которая подошла к двери и повернула ручку, не заметила его. Должно быть, он запер за собой дверь, и миссис Родс повернулась и ушла после нескольких безуспешных попыток войти в магазин. Звук ее шагов по деревянному тротуару постепенно стих.

Лулу оглянулась на Питера и увидела, что он пристально смотрит на нее.

— Теперь иди домой и передай книгу Маргарет, когда она вернется. Никому не говори, откуда она у тебя.

Питер направился к задней двери и остановился, когда проходил мимо прилавка с другой стороны.

— Ты забыла спрятать свою тележку вчера вечером. — Он смотрел прямо на Лулу, и его глаза становились все глубже и темнее. — Не знаю, что тебе удалось подслушать, пока ты шныряла вокруг, но лучше обо всем забыть. Сказать об этом кому-то хоть слово — все равно что убить Мэгги... или маленького Джона. Ты же не хочешь, чтобы это случилось, правда?

Лулу затрясла головой, махая косичками; она прекрасно знала, когда лучше молчать, чем говорить.

— Хорошо. Передай книгу Маргарет и веди себя тихо. Я знаю, как тебя найти, помни об этом.

Лулу отшатнулась, когда Питер пошел обратно и потянулся к закрытому стенному шкафу за ее спиной. Он достал оттуда чемодан Мэгги и небольшую дорожную сумку, некогда принадлежавшую их матери. Подхватив то и другое, он направился к заднему крыльцу.

— Не забывай наш разговор.

Лулу попыталась ответить, но не смогла произнести ни слова. Она прождала целую минуту после того, как услышала стук закрывшейся двери, потом побежала в заднюю часть магазина и заперла ее. Присев на корточки рядом с дверью, она раскрыла книгу и стала искать записку на полях, похожую на другие, которые она обнаружила раньше. Это не составило труда для нее, поскольку Мэгги хранила все книги Питера на верхней полке и думала, что там никто не сможет до них добраться.

Лулу облизнула палец и начала перелистывать страницы. На двадцатой странице ей бросился в глаза почерк Питера. Когда она впервые увидела послание в одной из книг, то удивилась, почему его почерк сильно отличается от того, которым он написал для нее дарственную надпись в книге о Нэнси Дрю, но теперь она все понимала.

Она разгладила страницу и прочитала: «Наконец-то, дорогая. Сегодня вечером, в 19.00. Я буду ждать».

Лулу прислонилась к двери и крепко зажмурилась, чтобы не расплакаться, но слезы все равно потекли. Она не хотела причинить вред Мэгги, ребенку или кому-то еще. Но она не могла допустить, чтобы Питер уехал вместе с Мэгги, и, пока он разговаривал с ней, до нее дошло, что это связано с чем-то большим, чем судьба сестры или даже ее собственная участь. Все это было как-то связано с Джимом, отцом Эми и сыном миссис Макдональд. Они погибли, защищая родину, и это было очень важно.

Сильный порыв ветра ударил в стену магазина, и колокольчик над дверью снова зазвенел. Лулу захлопнула книгу и уперлась лбом в обложку, пытаясь сосредоточиться. Она вспомнила случай на пляже, когда она попала под высокую волну и не могла выбраться наружу, пока Мэгги не вытащила ее. Она старалась отдышаться и поражалась, насколько тяжелой может быть простая вода. Сейчас она чувствовала то же самое и удивлялась, как много могут весить обычные мысли.

Когда магазин содрогнулся от следующего порыва ветра, она решила рассказать Мэгги обо всем, независимо от последствий и вопреки собственному желанию. Мэгги должна знать, как поступить и к кому обратиться. И она останется здесь, вместе с

Лулу и маленьким Джоном, и в конце концов все как-нибудь уладится. Лулу схватила ключи и выбежала из магазина через парадную дверь. У нее так сильно тряслись руки, что она едва смогла попасть ключом в замочную скважину. Она пробежала всю дорогу до дома, не замечая удушливой жары и липнущей к телу потной одежды, и даже не испугавшись темного облака, наползавшего с востока как плотное одеяло и угрожавшего накрыть весь остров.

Когда Лулу вбежала в дом, то сразу же окликнула Мэгги в надежде, что сестра успела вернуться из салона красоты. Она помчалась по лестнице, прыгая через две ступеньки, распахнула дверь и остановилась, не вполне понимая, что происходит. Кэт в ярко-желтом халате, надетом на ночную рубашку, сидела на кровати Мэгги со шкатулкой Лулу, обычно хранившейся в нижнем ящике комода. Шкатулка была перевернута, а сокровища Лулу разбросаны по простыне. Записка Питера, предназначенная для Мэгги, лежала на коленях у Кэт, и было ясно, что она прочитала ее. Окно было закрыто, и в комнате стояла удушающая жара. Капельки пота усеивали нос и верхнюю губу Кэт, а ее волосы за левым ухом были перехвачены тряпичной лентой, потому что все заколки для волос давно были сданы для нужд армии. Кэт взглянула на Лулу, но не пошевелилась, как будто ожидала ее прихода.

— Ты была очень занята, верно?

Лулу нахмурилась; она не собиралась ни о чем рассказывать.

— Это мои вещи. Ты не имеешь права копаться в них.

Кэт притворилась, что не слышала ее. Вместо этого она взяла записку Питера и показала ее.

— Где ты это взяла?

Она соскочила с кровати, шагнула вперед и сунула записку девочке в лицо.

— Где?

Лулу заплакала. Ей нужно было найти Мэгги и рассказать о Питере, но теперь Кэт все испортила.

— Это мое, — захныкала она, не заботясь о том, что ведет себя как маленький ребенок.

Кэт схватила Лулу за плечи и жестко встряхнула ее, отчего девочка прикусила язык.

— Где ты это взяла?

— У Питера! — выкрикнула она. — Питер дал мне ее, чтобы я передала Мэгги!

Она не собиралась посвящать Кэт в свою тайну. В этом не было никакого смысла. Кэт не стала бы помогать, поскольку она уже знала правду о Питере и никому ничего не сказала. Но теперь Кэт отпустила руку Лулу и отступила назад, позволив ей отойти подальше.

Лицо Кэт было белым, как штукатурка.

— Когда? — более спокойно спросила она. — Когда он дал тебе записку?

Лулу точно помнила, когда это случилось. Как и любой хороший сыщик, она обладала превосходной памятью.

— В тот день, когда ты испортила свою меховую куртку на пляже. Питер пришел поговорить с Мэгги, но она не стала слушать его. Поэтому он дал мне записку, чтобы я положила ее в бутылочное дерево для Мэг, но я не стала этого делать.

— Бутылочное дерево?

Лулу уставилась на свои обшарпанные туфли и вдруг поняла, что это больше не имеет значения.

– Да. — Она ничего не добавила, поскольку не хотела, чтобы у Мэгги были неприятности. Лулу решила, что Кэт сама должна во всем разобраться.

Кэт опустилась на угол кровати.

— Они уже давно обмениваются записками, не так ли?

Лулу отвернулась, не желая лгать ей в лицо. В комнате как будто стало еще жарче, и от пота, стекавшего со лба, у нее щипало в глазах. Она покосилась на окно, втайне желая, чтобы ветер распахнул его и ударил ей в лицо. Даже Кэт казалась высохшей, как цветок без воды.

— Ох, Лулу, что нам делать?

Лулу посмотрела на Кэт, встревоженная словом «мы». Ее кузина провела по лбу тыльной стороной ладони.

— Нам нужно помешать им встречаться друг с другом, — она взглянула на девочку. — Не смотри на меня так мрачно, я не хочу навредить Мэгги. Я уже сделала ей много плохого. Это для того, чтобы помочь ей... и нам всем. Питер уже разрушил мою жизнь, хотя не могу сказать, что виноват только он один. Но мы не можем допустить, чтобы он разрушил жизнь Мэг.

Она внезапно встала, подошла к окну, подняла задвижку и надавила на стекло, но рама не поддалась.

— Черт побери эту жару! — Кэт хлопнула ладонью по раме и снова повернулась к Лулу. — Мы с тобой знаем, что Питер больше не может оставаться здесь. Его уже ищут.

Лулу снова заплакала.

— Кэт, они собираются уехать вместе сегодня вечером! Питер зашел в магазин и забрал чемоданы Мэгги. Они должны встретиться в семь вечера.

На какое-то мгновение Кэт показалась рассерженной и отвернулась. Но когда она снова заговорила, ее голос звучал спокойно:

— Мэгги понятия не имеет, кто он такой на самом деле. Если она узнает правду, будет уже слишком поздно. Тогда она больше не сможет вернуться домой, а это убьет ее. Ты же это понимаешь, правда?

Лулу кивнула. У нее едва не подкосились ноги, когда она поняла, что ей не придется сражаться в одиночку и что каким-то образом они с Кэт оказались на одной стороне.

— Что же нам делать?

— Не знаю. — Кэт снова хлопнула ладонью по стеклу. — Здесь так жарко, что мысли путаются.

Она начала расхаживать по комнате, разговаривая сама с собой.

— Питер должен уехать сегодня вечером, поэтому нам нужно устроить так, чтобы Мэгги не отправилась вместе с ним и чтобы она не пыталась найти его.

Кэт остановилась посреди комнаты между кроватями, уперлась руками в бедра и посмотрела на коробку с канцелярскими принадлежностями, где Лулу хранила свои заказы на бутылочные деревья и шпионские записи. Лицо Кэт прояснилось, и она взяла коробку и карандаш, лежавший рядом на столе. Не сказав ни слова, она опустилась на кровать и стала что-то писать на листке голубой бумаги. Лулу промолчала, хотя Кэт не должна была брать ее вещи без разрешения.

Кэт сложила лист втрое и несколько раз провела пальцами по краям, а потом посмотрела на Лулу.

— Это предсмертное письмо. Нет, не беспокойся: я не собираюсь сводить счеты с жизнью. Но нам нужно, чтобы Мэгги подумала, что я задумала свести счеты с жизнью. Вот, возьми его.

Она вертела письмом перед носом у Лулу, пока девочка не взяла его.

— Передай его сестре и скажи, что ты нашла письмо на моей кровати. Если Мэгги поверит, что я покончу с собой в случае отъезда Питера, то она останется. Он уедет, и ее сердце будет разбито... но все равно ей будет не так больно, как в том случае, если она убежит с ним и потом узнает правду.

— Но что будет, если она останется и узнает, что ты вовсе не покончила с собой?

— Это не имеет значения, пока она будет *думать*, что я собираюсь это сделать. Нам нужно любой ценой скрыть правду от Мэгги, понимаешь?

Лулу кивнула и, к своему стыду, снова расплакалась. Но на этот раз она плакала от радости, что ей не придется все делать самостоятельно.

— Для большей убедительности я отправлюсь к подруге в Чарльстон. А ты покажешь Мэгги письмо, когда она вернется домой.

— Хорошо. — Лулу сглотнула и быстро вытерла с лица слезы, надеясь, что Кэт их не заметила. Она еще никогда не видела, чтобы Кэт о ком-то волновалась... хотя Лулу была не вполне уверена, что при этом Кэт не учитывает собственные интересы.

— Если нам повезет, Питер просто исчезнет, потому что больше не может ждать. Тогда останемся только мы трое и Джонни.

— Но это значит, что ты ему безразлична, — нахмурившись, произнесла Лулу.

Кэт гордо выпрямилась; она больше не выглядела изможденной и увядшей.

— Он никогда не любил меня — по крайней мере, так, как он любит Мэгги. Но это не имеет значения. Важно, чтобы Мэгги никогда не узнала правду о Питере. Если он уедет один, она ничего не узнает, — она положила руку на голову Лулу. Девочка изумилась: Кэт впервые намеренно прикоснулась к ней. — Ты очень умная, Лулу. Уверена, что ты все сделаешь правильно. Ради Мэгги.

Кэт быстро вернулась к окну.

— Больше не могу выносить эту жару. Знаю, что надвигается шторм, но я должна открыть окно.

Она забралась на подоконник, как делала уже тысячу раз на глазах у Лулу, и положила одну руку на оконную раму, а другую на задвижку. Приподнявшись на корточках, она стала толкать бедром до тех пор, пока рама не подалась. Но на этот раз — возможно, из-за ветра — Кэт слишком далеко наклонилась наружу, и, когда окно распахнулось, ей уже не за что было ухватиться.

На мгновение она как будто застыла и начала шарить руками в воздухе вокруг себя, а ее зеленые глаза вопросительно смотрели на Лулу. Девочка бросилась вперед, но не успела: Кэт выпала из окна. Лулу завизжала, подбежала к подоконнику и выглянула на улицу. Ветер и песок ударили в лицо с такой силой, что она зажмурилась. Когда она наконец открыла глаза, то пожалела, что сделала это. Кэт лежала внизу, такая красивая и неподвижная, что казалась одним из манекенов в «Берлинс»[1]. На секунду у Лулу затеплилась надежда, что Кэт просто спит, потому что она выглядела как настоящая красавица, лежа в траве на боку. Ветер играл ее золотистыми волосами. Но когда волосы приподнялись, Лулу увидела широко распахнутые глаза, смотревшие в пустоту, и струйку крови, вытекавшую из уголка ее рта.

Пошел дождь, оставлявший в пыли темные точки и усеявший желтый халат Кэт кружками, похожими на следы от пальцев. Лулу охватила дрожь, она была не в силах отойти от окна и оторваться от созерцания тела Кэт. Ее затошнило, она отшатнулась в комнату и соскользнула по стене, не обращая вни-

[1] Сеть магазинов модной одежды.

мания на дождь, хлеставший в окно и промочивший ее саму, пол и занавески.

Ее взгляд упал на обложку книги «Путешествия Гулливера», полученную от Питера, которую она оставила на столике, когда вошла в спальню. Она долго смотрела на книгу, а небо становилось все темнее и темнее. Теперь она снова осталась одна, а Кэт умерла. Но ей по-прежнему нужно было спасти Мэгги, маленького Джона и себя. Никто другой не мог ей помочь.

Лулу повернулась к окну, и струи дождя смыли ее слезы. Она начала думать. Девочка помнила, что сказала Кэт: самое важное — чтобы Мэгги не знала правду о Питере. Нужно было сделать так, чтобы сегодня Питер уехал один. И следовало поторопиться, потому что Мэгги вот-вот уже должна была прийти домой.

Лулу терла глаза костяшками пальцев, пока перед ней не вспыхнули звезды, и пыталась представить, как поступила бы Нэнси Дрю или Шерлок Холмс, окажись они на ее месте. Внезапная идея сначала испугала ее и заставила в себе усомниться, но потом она вспомнила, как сильно любит Мэгги и как много готова сделать для нее.

Стараясь не думать о том, что Кэт лежит на заднем дворе, Лулу медленно встала и направилась к кровати. Она взяла «Путешествия Гулливера», засунула в середину письмо Кэт и спрятала книгу под кроватью. Потом она собрала свои сокровища в шкатулку и закрыла ее в нижнем ящике комода, чтобы не оставить никаких улик. Но окно она оставила открытым, потому что боялась приближаться к нему и еще потому, что Мэгги должна была увидеть все так, как есть.

Джонни захныкал в своей колыбели. Лулу подошла к ребенку, взяла его на руки и стала укачивать. *Не потому ли он плачет, что знает о смерти матери?* Она подождала, пока он не успокоится, и положила его обратно в колыбель. Ей не хотелось оставлять Джонни одного, но она не могла взять его с собой, а Мэгги скоро вернется.

Лулу прикоснулась к мягкой щечке малыша и прошептала:

— Не беспокойся, Джонни. Все будет хорошо.

Ребенок снова заплакал, но Лулу сделала вид, что не слышит. Она быстро спустилась по лестнице и выбежала через парадную дверь, надеясь, что еще не слишком поздно.

Глава 28

Фолли-Бич, Южная Каролина
Октябрь 2009 года

Эмми снова услышала шаги во сне и проснулась, когда они остановились у подножия кровати, словно ожидая ее пробуждения. Она села, прислушалась к тихому шелесту дождя, продолжавшегося всю ночь, и глубоко задышала в надежде почувствовать запах Бена. Но вокруг была лишь темнота, а вдоль позвоночника снова покалывало. Но он был где-то там, в темноте, и ждал ее.

Ярко-зеленый индикатор батареи ноутбука светился на столике, который она принесла в спальню, хотя Эмми была совершенно уверена, что выключила компьютер перед сном. Она работала над посланиями, занесенными в базу данных, пыталась выстроить их в логическом порядке. В конце концов это занятие ей надоело, и она остановилась, когда поняла, что порядок не так важен, как смысл, а смысл был совершенно ясным: Питер и Мэгги любили друг друга и собирались уехать вместе. Но Эмми поняла, что что-то помешало их планам.

Эмми обнаружила, что у нее осталось слишком много вопросов. Что произошло с Питером и Кэт? Нужно было найти свидетельство о ее смерти и узнать, было ли это самоубийством. Почему Мэгги вышла замуж за другого человека? А Лулу — какую роль она играла во всем этом?

Эмми медленно выбралась из постели, подошла к столу и раскрыла ноутбук. Не включая свет, она щелкнула по кнопке браузера «Сафари» и наблюдала, как монитор наливается голубым цветом; ее пальцы застыли над клавиатурой. Часы в правом углу монитора показывали 3.23, но теперь она совершенно проснулась. Она навела курсор на поисковую строку и немного помедлила перед тем, как ввести имя Питера Новака и нажать клавишу ввода.

Имя несколько раз появлялось в статьях о футболе и в других разрозненных списках, но после просмотра нескольких страниц Эмми отказалась от попыток найти что-то важное для собственных поисков.

Но Эмми все же не хотела сдаваться. Она стала вводить в поисковую строку разные имена и события, которые могли послужить реперными точками[1]. Она ввела имена Кэт и Роберта и даже Мэгги и Джона, но не обнаружила ничего значительного. Тогда она приступила к изысканиям о Фолли-Бич и истории острова. У нее щипало в глазах от ярко освещенного монитора в темной комнате, но она продолжала поиски. Она знала, что упустила что-то важное, но надеялась, что сумеет отыскать в Интернете ключик ко всей этой истории. Потом она вспомнила разговор с матерью и слова Пейдж о ресторане «Атлантик-Хаус». Слабые статические разряды пробегали по затылку и шее Эмми, когда она набрала название и стала просматривать результаты запроса, многие из которых относились к книге по истории острова, написанной местным автором. Эмми подумала, что ей обязательно нужно купить эту книгу.

Она была уже готова признать поражение, когда ее внимание привлекла короткая запись. «Бывший ресторан «Атлантик-Хаус» связан со шпионской сетью Дюкейна[2]. Тридцать три нацистских шпио-

---

[1] Реперные точки — точки, на которых основывается шкала измерений. На реперных точках построена Международная температурная шкала. *(Прим. ред.)*

[2] Фриц Жубер Дюкейн — писатель, солдат и авантюрист. Стал известен благодаря шпионской деятельности в пользу немцев во время Второй мировой войны. В 1942 году был арестован за шпионаж вместе с 33 другими немецкими шпионами. *(Прим. ред.)*

на были захвачены...» Дальше следовала ссылка на URL-адрес, который Эмми быстро ввела в поисковую строку, не сознавая того, что буквально замерла в предвкушении ответа.

Это оказалось вступительным комментарием к статье на официальном сайте ФБР, посвященном историческим расследованиям. Эмми с жадностью прочитала о тридцати трех шпионах, живших и работавших в США до нападения на Перл-Харбор, чья цель заключалась в сборе информации о жизни Америки и определении лучших способов для саботажа местной инфраструктуры.

Она просмотрела статью, надеясь найти упоминание о ресторане «Атлантик-Хаус» или о Фолли-Бич, но ничего не нашла. Зато в конце стояла гиперссылка с надписью «читать целиком». Сомневаясь в возможности успеха, Эмми прошлась по ссылке и пообещала себе вернуться в постель сразу же после окончания просмотра.

Страница была похожа на предыдущую, с изображением американского флага наверху и списком гиперссылок ФБР в левой колонке. Но на этой странице был приведен список имен всех шпионов, принадлежавших к сети «Дюкейн», и каждое имя было снабжено отдельной ссылкой. Без особой надежды она стала просматривать имена и уже собиралась закрыть браузер, когда ее взгляд остановился на нижней части списка, где стояло последнее имя, отделенное от остальных несколькими пробелами: Питер Вильгельм Кехлер. *PWK*. Эмми как будто снова ощутила пальцами вышитые буквы на испачканном носовом платке, лежавшем у нее на коленях.

Дрожащим пальцем она кликнула по ссылке и увидела фотографию мужчины, взиравшего на нее из прошлого. Ей не нужно было сверяться с фотографией на стене для обретения большей уверенности. Один взгляд на странные светлые глаза говорил о том, что она нашла того, кого искала.

Эмми просмотрела статью и нашла в последнем абзаце слова «ресторан “Атлантик-Хаус”». Она погрузилась в чтение.

«Питер Вильгельм Кехлер, уроженец Берлина с родственниками в Айове, был единственным немецким шпионом, которого не удалось захватить. Он исчез в 1943 году из Южной Каролины, где был размещен в окрестностях Чарльстона в качестве коммивояжера. Его подозревали в гибели курьера, перевозившего важную разведывательную информацию из Чарльстона в Виргиния-Бич, штат Виргиния. Если бы эти сведения оказались у немцев, ход войны вполне мог бы склониться в иную сторону. К счастью для США и их союзников, документы так и не нашли, а Кехлер вскоре после этого пропал. Его местонахождение до сих пор неизвестно».

Рука Эмми сразу же потянулась к мобильному телефону, чтобы позвонить Хиту, но потом она вспомнила, что время близится к четырем утра. Она откинулась на спинку стула, снова посмотрела на знакомое лицо и стала ждать, когда кусочки головоломки встанут на свои места.

Эмми ненавидела больницы. Как она подозревала, это происходило потому, что в детстве ей пришлось несколько раз побывать там, когда она навещала свою мать после выкидышей. Больницы напоминали ей о натянутых улыбках, обманутых надеждах и кислых леденцах, которыми ее одаривали благожелательные медсестры.

Клиника Ропера не отличалась от остальных. Несмотря на светлые стены, кафельные полы и картины в коридорах, больница все равно оставалась больницей, и Эмми было трудно отделаться от ощущения, что она уже бывала здесь раньше.

Она спросила в регистратуре, на какой этаж перевели Лулу, а потом направилась в комнату ожидания, где договорилась встретиться с Хитом и его родителями. Эмми не стала говорить Хиту о своей последней находке; она чувствовала, что зашла слишком далеко, и предпочитала хранить тайну Питера до конца своих дней, чем делиться ею с человеком, который, возможно, не хотел знать всю правду. Она хотела выяснить только одно: что случилось с Мэгги и Питером. Эмми внушила себе, что если она узнает, чем закончилась их история, то сможет двигаться дальше. Но куда и зачем — об этом она пока не имела представления.

Хит встал и первым поприветствовал ее, прежде чем Эмми совершила круг объятий и поцелуев с Лиз, Эбигейл и Джоном и наконец устроилась рядом с ними. Когда она села, то заметила Джолин, стоявшую в углу. Цвет ее лица немного улучшился, а глаза были ясными, но печальными. Эмми помнила слова Хита о ее матери и понимала, что у Джолин еще больше причин ненавидеть больницы, чем у нее самой. Джолин слабо улыбнулась ей, а потом опустилась на один из стульев с вытертой обивкой, стоявший под окном. Близко к семье, но не слишком.

Эмми прикоснулась к руке Лиз.

— Как вы себя чувствуете? Как дети? Я собираюсь приехать в Маунт-Плезант, чтобы наконец увидеть их.

— Спасибо, у нас все хорошо. Сейчас с ними сидит Джо, поэтому я не могу задержаться надолго; вы знаете, какими бывают мужчины, когда приходится выполнять несколько дел одновременно.

Ее отец хмыкнул, и Лиз закатила глаза.

— Как Лулу? — спросила Эмми, повернувшись к Джону.

— Гораздо лучше, чем можно было ожидать, с учетом обстоятельств. Такая же сварливая, как раньше. Врачи говорят, что удалось обойтись без серьезных последствий для сердца. Через несколько дней она сможет вернуться домой. В ее рационе предстоят кое-какие изменения, чему она определенно не будет рада, но мы работаем над этим, — он переглянулся с женой. — Сейчас она отказывается говорить с кем-либо, кроме вас. Она хочет видеть вас, Хита и Джолин, причем вместе.

Эмми подняла голову и встретилась взглядом с Хитом; потом оба повернулись к Джолин, которая выглядела не менее удивленной.

— Тогда нам лучше пойти к ней. — Эмми встала и направилась к двери, хлопая подошвами сандалий по кафельному полу.

— Эмми, — позвала Эбигейл. — Пляжные сандалии в октябре?

Она улыбнулась и стала похожей на загорелого гнома.

— Сегодня довольно тепло, поэтому я решила их надеть.

Джон усмехнулся.

— Осторожнее! Чем больше вы одеваетесь как туристка, тем больше похожи на местную жительницу.

Эмми задержалась у двери, пока Джолин и Хит не присоединились к ней.

— Думаю, я уже слышала это раньше, — с улыбкой ответила она и вышла в коридор.

Палата Лулу была предназначена для двух пациентов, но вторая кровать была пустой, а перегородку между ними отодвинули к стене. Хит поставил три стула рядом с кроватью, и Эмми села у изголовья с левой стороны.

Лулу наблюдала за ними; очки придавали ее лицу преувеличенно-серьезный вид, особенно вкупе с кислородными трубками, торчавшими из носа. Не тратя времени на приветствия, она повернулась к Эмми.

— Так что вам известно?

Привыкшая к резкости Лулу, Эмми не стала отвечать сразу же.

— Я рада, что вам стало лучше, — сказала она. — Джон говорит, что через несколько дней вас отпустят домой.

Губы Лулу искривились, как будто она старалась скрыть улыбку.

— Что вам известно? — повторила Лулу. Эмми наклонилась ближе.

— Джолин и Хит находятся здесь. Это нормально?

— Я попросила их прийти, не так ли?

Эмми тяжело вздохнула.

— Мне известны лишь отдельные фрагменты, а это может быть еще опаснее, чем знать все.

— Я стара, но еще не умерла. Мне известно, что Хит и Джолин находятся здесь, поскольку я вижу их собственными глазами. Поэтому, когда я прошу рассказать, что вам известно, то хочу, чтобы они тоже слышали это. От начала до конца.

Эмми кивнула, стараясь не смотреть на Хита и Джолин.

— Ну, хорошо, — она выпрямилась и заговорила, не сводя глаз с Лулу: — Питер и Мэгги обменивались записками в книгах, хотя его почерк отличался от дарственной надписи в вашей книге и той, которую он подарил Мэгги. Думаю, это было сделано умышленно. Он не хотел, чтобы кто-то мог связать записки на полях книг с его именем.

Она пристально посмотрела на Лулу, ожидая, что пожилая женщина отреагирует на ее последние слова, но лицо Лулу оставалось бесстрастным.

— Кэт вышла замуж за Питера в июле 1942 года, а через семь месяцев родила ребенка, — продолжала Эмми. — Полагаю, это был Джон, отец Хита, потому что даты рождения совпадают.

— Продолжайте.

Эмми покосилась на Хита и Джолин, которые выглядели несколько ошарашенными.

— В общем-то, это все, но... но настоящее имя Питера было другое, — она сделала паузу, но Лулу не стала останавливать ее.

— И...?

Эмми набрала в грудь побольше воздуха.

— Его звали Питер Кехлер, не так ли?

Лицо Лулу как будто смягчилось, и морщины немного разгладились, словно груз прожитых лет перестал давить на нее.

— Что еще?

Эмми снова покосилась на Хита, но его лицо оставалось непроницаемым.

— Он был немецким шпионом, внедренным на Фолли-Бич для сбора информации и отправки сведений на подводные лодки, курсировавшие у Восточного побережья и дальше к северу. Он принадлежал к большой шпионской сети, разоблаченной американской контрразведкой в 1942 году. Схватили всех, но ему удалось скрыться. Он пропал без вести в 1943 году, — Эмми сглотнула. — Это все, что мне известно.

Лулу прикрыла глаза, и Эмми показалось, что пожилая женщина заснула. Она начала вставать, но Лулу молниеносно выбросила руку и с удивительной силой сжала ее предплечье. Губы Лулу были тонкими и бескровными, но глаза за стеклами очков ярко блестели.

— Я хочу, чтобы вы знали все остальное. Вы так медленно продвигаетесь в своих разысканиях, что я могу и не дожить до того дня, когда вы докопаетесь до правды.

Эмми снова опустилась на стул.

— Не надо так говорить, Лулу. Вам ничего не угрожает.

Лулу нахмурилась, но не отпустила ее руку.

— Я не говорю, что умру сегодня. Но я же не буду жить вечно, и другого пути у меня нет, — она бросила взгляд на Хита и Джолин. — Пора рассказать правду. Пора рассказать о том, как я убила человека, которого любила больше всего на свете.

Эмми подалась вперед; кусочки головоломки, аккуратно сложенные в ее голове, начали рассыпаться.

— Кого, Лулу? Питера?

Пожилая женщина покачала головой:

— Нет, Мэгги. Я убила мою Мэгги. — Она закрыла глаза и очень тихо добавила: — Я расскажу историю с самого начала — с того вечера, когда Мэгги впервые встретилась с Питером на причале Фолли-Бич.

Она перевела дух и начала рассказывать.

Глава 29

Фолли-Бич, Южная Каролина
Май 1943 года

Дождь стучал по грунтовой дороге, и каждая капля ощущалась как легкий шлепок. Лулу знала, что больше никогда не сможет слышать звук дождя и не представлять себе Кэт, лежавшую на заднем дворе.

Она побежала в тот конец улицы, где жила семья Хили. У них было пятеро мальчиков, и все они катались на велосипедах. Лулу рассчитывала, что они не обнаружат пропажу одного велосипеда в течение двух-трех часов, особенно в такую дождливую погоду.

Она взяла первый же велосипед, который был прислонен к стволу карликовой пальмы в конце подъездной дорожки. Налегая на педали, она вскоре поняла, что ей достался велосипед старшего сына, Хэролда, потому что седло оказалось слишком высоким и ей приходилось стоять над рамой.

Было трудно проезжать через лужи, и она почти ничего не видела из-за дождя, хлещущего в лицо. Лулу понимала, что при этом еще и плачет, но такие мелочи уже не имели значения. Ей нужно было увидеть Питера раньше, чем Мэгги встретится с ним.

На улицах было пустынно, но Лулу на всякий случай сворачивала в переулки, продвигаясь к дальнему концу Ист-Эшли-авеню. Вскоре она заметила автомобиль Питера, стоявший у обочины и частично скрытый кустами. Как она и предполагала, салон был пустым. Лулу облегченно вздохнула, когда поняла, что ее план все-таки может сработать.

Она оставила велосипед на песке и пошла к пляжу пешком. Ливень заметно ослабел и сменился моросящим дождем. Но волны с грозными шапками белой пены на гребнях разбивались о каменистый выступ, вдававшийся в океан. Лулу посмотрела на маяк и немного успокоилась, когда увидела, что вода еще не затопила его окрестности и узкий пролив. Утром она проверила график приливов; это вошло в привычку, когда ее отец был еще жив и они собирались вместе за завтраком. Лулу была очень маленькой, но, насколько она помнила, эти моменты принадлежали к числу немногих, когда отец обращал на нее внимание.

Взглянув на небо, она рассудила, что сейчас около половины седьмого вечера и максимальный прилив наступит примерно через час, хотя из-за шторма это могло произойти раньше. Лулу скрестила пальцы, как Мэгги учила ее, и загадала желание: пусть все будет так, как она задумала.

Сначала ей показалось, что кто-то окликает ее по имени, но, возможно, это были отголоски ветра, завывавшего над пустынным пляжем. Но она ожидала увидеть Питера, поэтому даже не вскрикнула, когда он прикоснулся к ее руке.

Дождь стекал с полей его шляпы, а плащ и брюки казались черными от воды.

— Лулу, — гулко произнес Питер, и девочка встала по стойке «смирно». — Ты отдала книгу Мэгги?

Лулу кивнула, и когда начала отвечать, то вспомнила, что нужно кричать, чтобы Питер смог услышать ее за шумом ветра и дождя.

— Да, но есть одна проблема. К нам пришли полицейские, и они вас ищут. Они хотят знать, где вы находитесь. Мэгги боится, что они следили за вашим автомобилем по всему острову.

Питер отшатнулся, его глаза казались черными за пеленой дождя.

— Она придет?

— Да, она собирается прийти. Но она приплывет на лодке. Не беспокойтесь, она хорошо знает местные воды и плавала даже в шторм. Она просила передать вам, чтобы вы не волновались. Мэгги хочет взять лодку у соседей и забрать вас у маяка. Она все продумала. Ей не удастся причалить на пляже из-за ветра и течения, так что это самое надежное место. Когда вы встретитесь, вы отправитесь на остров Салливан, там вас будет ждать машина.

Он прищурился.

— Какая машина?

Лулу не дрогнула и быстро перебрала в уме возможные ответы.

— Она мне не сказала. Говорила только, что мне лучше не знать, так будет безопаснее.

Казалось, Питер немного успокоился.

— Когда она будет здесь?

— Она сказала, не позже чем в половине восьмого. Сейчас вас ищут по всему Фолли-Бич, и вам нужно укрыться на маяке, пока пролив не станет слишком глубоким.

Питер посмотрел на пролив, отделявший Фолли-Бич от острова Моррис, потом на океан, начинавший заливать песчаные отмели, как это бывало обычно во время каждого прилива. Лулу крепче скрестила пальцы, надеясь, что Питер поверит ей и не будет задавать новых вопросов. Но Питер снова посмотрел на нее и спросил:

— Откуда мне знать, что ты говоришь правду?

Лулу молча смотрела на него, понимая, что все кончено и скоро он догадается, зачем она пришла сюда. Но слова сорвались с ее губ еще до того, как она поняла смысл сказанного:

— Потому что я люблю свою сестру, а Мэгги любит вас, несмотря ни на что, и хочет быть с вами.

Лулу знала, что говорит убедительно, потому что впервые за этот вечер сказала правду. Она затаила дыхание, пока Питер смотрел на нее.

— Хорошо, — произнес наконец Питер. Прикрыв ладонью наручные часы, чтобы уберечь их от дождя, он добавил: — Скажи, что я буду ждать у двери маяка, — он нахмурился. — Ты уверена, что Маргарет сможет управлять лодкой в такую погоду?

— Она провела на Фолли-Бич большую часть жизни, — ответила Лулу, глядя прямо ему в глаза. — Нет ничего такого, чего она не знала бы об океане или о том, как управлять лодкой в плохую погоду. — Она взглянула на пролив за спиной. — Вам нужно торопиться. Вода прибывает быстро.

— Спасибо, Лулу. Ты хорошая сестра.

Питер расстегнул верхнюю пуговицу плаща и запустил руку во внутренний карман. Прежде чем он запахнул воротник, она увидела холщовую сумку, переброшенную через его плечо под плащом. Такими сумками пользовались курьеры в немногочисленных фильмах о войне, которые ей удалось посмотреть. Лулу притворилась, что ничего не заметила, и взяла то, что Питер протянул ей.

Она не поняла, что это плитка шоколада, пока Питер не отошел от нее, направляясь в сторону маяка.

— Спасибо! — крикнула она вслед, но ветер и дождь помешали ее словам долететь до Питера. Она смотрела, как мужчина бредет через пролив, где вода иногда доходила ему до пояса, а потом отвернулась и пошла прочь. У нее больше не было сил за ним наблюдать.

Когда Лулу подошла к дороге, где оставила велосипед, то замерла в нерешительности: что же делать теперь? Скорее всего, Мэгги уже вернулась домой и удивилась, почему Джонни оставили одного. Сестра будет беспокоиться; она даже может выйти на задний двор и обнаружить тело Кэт. Лулу крепко зажмурилась и всем сердцем пожелала, чтобы шторм помешал Мэгги выйти из дома.

Она села на велосипед и снова попыталась определить время по небу, но из-за плотной облачности сумерки наступили раньше обычного, и любые догадки были бесполезны. Возможно, Питер уже понял, что Мэгги не придет и что дверь маяка крепко заперта, так что он не сможет спастись от воды, которая все прибывала. Лулу закрыла глаза и постаралась стереть мысленный образ Питера, гибнущего под волнами. Но был и другой образ: лицо Питера, которому удалось доплыть обратно до острова.

Лулу услышала собственный стон и поняла, что должна вернуться и убедиться в том, что Питера больше нет и Мэгги ничто не угрожает. Иначе она всю жизнь будет теряться в догадках.

Дождь лил как из ведра, и Лулу дрожала от холода, когда бежала обратно к пляжу. Теперь пролив был непроходимым, и если бы она попыталась пересечь его, то сильное течение унесло бы ее в океан. Она прошлась у края воды; ее двухцветные кожаные туфли увязали в песке и наполнялись водой при каждом шаге. Щурясь от дождя, она смотрела на маяк, уже полностью окруженный водой. Она вглядывалась изо всех сил в надежде увидеть Питера и понять, что он все еще находится там, когда заметила его на вершине опорной дамбы, которая, по словам Джима, была возведена вокруг основания маяка, чтобы защитить его от падения в море. Штормовые волны хлестали через край и окатывали одинокую фигурку брызгами воды. Лулу показалось, что Питер смотрит на нее.

Дождь щипал ей глаза, и она заморгала, а когда снова посмотрела в сторону маяка, его уже не было. Пробравшись по пляжу туда, где скальный выступ смыкался с побережьем, Лулу взглянула на почерневшую воду, и ее затрясло. Она и раньше знала, что это случится или должно случиться, но не ожидала, что это будет настолько *реальным* и не похожим на то, о чем она читала в книгах. Теперь Питер из-за нее погибнет.

— Питер! — закричала она, потому что не могла придумать ничего лучше. Потом она заметила его: черную точку среди белых бурунов, на полпути между маяком и скалами. Все ее рассуждения о безопасности Мэгги отступили на задний план. Она видела лишь человека, который боролся за свою жизнь в воде и нуждался в помощи; человека, который не оказался бы там, если бы не она. Она выпрямилась во весь рост и замахала руками в надежде, что он увидит ее.

Лулу посмотрела, в каком направлении плывет Питер. Она поняла, что его пронесет мимо оконечности скального выступа, и если она вовремя доберется туда, то сможет дотянуться до него и схватить за руку... если успеет.

Осторожно, стараясь не оступиться на скользких камнях, она начала продвигаться вперед и остановилась, когда огромная волна плеснула ей в лицо и окатила водой с головы до ног. Глаза Лулу горели от соли и дождя, но ей уже было все равно. Она сосредоточилась на дальнем краю выступа, куда нужно было попасть как можно скорее.

Каким-то образом ей удалось достичь самых дальних камней, почти целиком ушедших под воду. Она потеряла туфлю, и ее рука кровоточила, но когда она смотрела на кровь, то казалось, что это не ее рука, а принадлежит какому-то другому человеку. Подняв голову, Лулу посмотрела на океан и с облегчением увидела, что человеческая фигурка в волнах находилась именно там, где она и предполагала.

— Питер! — снова крикнула она, и на этот раз он услышал ее, потому что посмотрел вверх. Лулу не видела его глаза и была этому рада. Подавшись далеко вперед и стараясь не упасть в воду, она протянула руку и помахала из стороны в сторону, чтобы он мог заметить движение.

— Сюда! — позвала она.

Питер поднял руку, потом другую, как будто пытался грести, но даже Лулу понимала, что это бесполезно. Отец прочитал ей целую лекцию о местных течениях. Он рассказал, как они опасны и что лучше всего позволить течению нести тебя, пока не подоспеет помощь, иначе ты выбьешься из сил и утонешь. Судя по тому, как медленно двигался Питер, она рассудила, что он попытался доплыть напрямик, и теперь его силы были на исходе.

— Питер! — Лулу снова помахала. На этот раз он был достаточно близко, чтобы она могла увидеть его глаза. Его взгляд был жестким и холодным, и она поняла, что теперь будет видеть эти глаза в кошмарах до конца своих дней. Его голова скрылась под водой, и она потянулась еще дальше, хорошо понимая, что течение быстро уносит его, и скорее всего, у нее будет лишь одна попытка.

Питер подплывал все ближе, и вот его рука поднялась из воды и потянулась к ней. Лулу вытянула руку так далеко, что едва не вывихнула плечо, и она уже ощущала прикосновение его холодных, влажных пальцев. Только тогда она поняла, что по-прежнему держит плитку шоколада, полученную от него, подмокшую и растаявшую, но все еще целую, хотя она с помощью этой руки карабкалась по камням.

Глаза Питера широко распахнулись, когда оба поняли, что она не сможет ему помочь. Плитка шоколада полетела вниз, когда Лулу покрепче уперлась ногами, чтобы не упасть, и протянула левую руку, чтобы схватить его за другую кисть, пока он проплывал мимо. На этот раз их пальцы соприкоснулись, но он был слишком далеко, а из-за неустойчивого положения она не могла потянуть его с достаточной силой.

Ей удалось лишь ухватиться за безымянный палец Питера, когда течение унесло его прочь, и она почувствовала, как золотое кольцо медленно скользнуло ей в кулак. Она беспомощно наблюдала, как его уносит вдаль, а он продолжал смотреть на нее, пока его голова не исчезла в волнах. Лулу еще долго вглядывалась в воду и не моргала, опасаясь упустить его из виду, если он все-таки выплывет, но этого так и не случилось.

Лулу продолжала высматривать Питера до тех пор, пока ее ноги не погрузились в воду, и она поняла, что пора уходить. Сама не зная зачем, она надела на палец золотое кольцо и сжала руку в кулак, чтобы не потерять его. Потом она осторожно добралась до берега и направилась домой. Дома она расскажет Мэгги первую из множества лживых историй, а потом уберет подальше книги о Нэнси Дрю и все остальное, что было связано с ее прежней жизнью, когда она была ребенком.

Глава 30

Фолли-Бич, Южная Каролина
Октябрь 2009 года

Эмми взяла Лулу за руку и крепко сжала ее. Джолин тихонько плакала, а Хит с рассеянным видом потирал шрам на виске, глядя в пустоту перед собой.

— Что случилось, когда вы вернулись домой? Что вы сказали Мэгги?

Глаза Лулу снова сфокусировались на окружающем мире, как у пловца, вынырнувшего на поверхность.

— Я сказала, что Питер был убийцей и скрылся, спасаясь от наказания.

— Но кого он убил? — Эмми подняла голову и увидела, что Джолин внимательно смотрит на нее ясными зелеными глазами. — Кэт. Вы сказали ей, что Питер убил Кэт, чтобы Мэгги не пошла к нему. Поэтому вы спрятали предсмертное письмо.

— Я не знала, что еще можно сделать. Но, в конце концов, все это уже не имело значения. Это я убила Мэгги. И какая разница, как я это сделала.

Эмми машинально потерла сорванный ноготь, когда последняя назойливая мысль наконец пробилась на поверхность.

— Вы когда-нибудь говорили ей правду?

Грудь Лулу поднялась и тяжело опустилась под голубым одеялом.

— Да. Но это произошло через сорок лет. Долгие годы я наблюдала, как она впустую тратит свою жизнь в ожидании того, кто никогда не вернется, — она глубоко вздохнула. — Видите ли, Мэгги пообещала Питеру, что дождется его возвращения независимо от того, сколько пройдет времени. Поэтому она никогда не покидала Фолли-Бич. Она ждала, когда он вернется и попросит у нее прощения. Когда он объяснит, что случилось с Кэт, чтобы они снова могли быть вместе. За эти годы она пришла к выводу, что Кэт была отчасти виновата в своей смерти. Она была готова найти любую причину, чтобы оправдать свое ожидание. Она ждала и ждала...

Лицо Хита было отрешенным и лишенным малейших эмоций.

— Но ты знала. Почему ты ей не сказала?

— Сначала молчать не составляло труда, ведь так много людей погибло или пропало без вести на войне. А если бы Мэгги узнала правду о Питере, то считала бы себя ответственной за чужие страдания. Она испытала слишком много разочарований и была чрезмерно впечатлительной. Даже сейчас я понимаю, какой ранимой она была, и знаю, что она не смогла бы вынести всю правду. Очевидно, я была права, потому что Роберт тоже ничего ей не сказал. Мне не известно, догадывался ли он, что я тоже знаю правду, но мы оба хранили молчание, считая, что оберегаем Мэгги.

Эмми немного подумала.

— Но уже через месяц она вышла замуж за Роберта. Почему?

— Роберт сказал, что, если Мэгги что-то понадобится, стоит лишь обратиться к нему. После случившегося с Питером и Кэт она обезумела от горя, и я очень беспокоилась за нее. Поэтому я нашла Роберта и попросила его прийти, — Лулу наморщила лоб. — Думаю, оба нашли друг в друге что-то такое, в чем оба нуждались, — некую замену тому, чего они лишились. А поскольку Роберту предстояло отправиться за границу, думаю, это показалось им наиболее логичным поступком.

Шли годы, Мэгги воспитывала Джона. Тогда я поняла, что правда может нарушить эту связь, каким-то образом заставить ее отречься от ребенка. Я знала, каково потерять родную мать, и мне не хотелось такой судьбы для невинного малыша. Я внушила себе, что не стоит ворошить прошлое. Иногда мне даже начинало казаться, что она забыла о своем обещании Питеру, потому что брак с Робертом вполне ее устраивал. Но потом я заметила кольцо на ее пальце и поняла то, что знала всегда: обещание, которое она дала, связывало ее на всю жизнь. Она никогда не снимала это кольцо.

Хит выпрямился с недоуменным видом.

— До урагана «Хьюго». Тогда она все-таки сняла кольцо, верно? И отдала тебе. Но почему? Почему она это сделала?

В комнате повисла гнетущая тишина, если не считать пикающих сигналов медицинского монитора и тихого всхлипывания Джолин. Но Эмми ощущала тяжесть, повисшую в воздухе, как если бы он был наполнен годами слепого томления и чувства вины. Она встретилась взглядом с Лулу и внезапно поняла ответ. Лулу моргнула, и одинокая слезинка сползла по ее щеке из-под очков, такая же неуместная, как и ее улыбка.

— Джон и Эбигейл собрали вещи и готовились уезжать вместе с детьми. Что бы мы ни говорили, Мэгги и слышать не хотела об отъезде. Я знала: она боялась, что если она уедет, то Питер, вернувшись, не найдет ее. Эта мысль была для Мэгги невыносимой.

Казалось, Лулу выбилась из сил. Эмми прикоснулась к ее руке, и Лулу крепко сжала ее пальцы, будто слепец, заблудившийся во тьме.

— В 1959 году, когда случился ураган «Грейси», Мэгги не стала эвакуироваться. И в 1989 году, когда угрожал «Хьюго», она посчитала, что необходимости уезжать нет. Но «Хьюго» оказался гораздо хуже. Еще до урагана предсказывали, что это будет «буря столетия», поэтому я... — она вздрогнула, и Эмми заметила, как Хит взял ее за другую руку. — Поэтому я рассказала ей правду о Питере и о том, как он умер. И о Кэт тоже. Прошло больше сорока лет, и я наконец сказала ей правду, надеясь, что это может что-то изменить.

Она зажмурилась, но сразу же открыла глаза, как будто увидела часть своего прошлого, которую хотела забыть.

— Сначала она не поверила мне, но в конце концов я убедила ее.

Эмми взглянула на Джолин, промокавшую глаза гигиенической салфеткой.

— Тем не менее она не уехала.

Лулу покачала головой:

— Нет. Я хотела, чтобы она рассердилась на меня за то, что я разрушила ее жизнь, — не просто за то, что я сделала с Питером, но и за то, что давала ей надежду все эти годы, — но она не стала сердиться. Она просто сидела и крутила кольцо на пальце, снова и снова.

Джолин перестала плакать, а монитор продолжал издавать пикающие сигналы, возвращая Эмми в настоящее.

— Полицейские ходили от дома к дому; они предупреждали людей о скорой эвакуации и о том, что вода уже затопила некоторые части острова. Джон позвал меня, и я попросила его уехать вместе с Эбигейл и детьми. У меня был свой автомобиль, и мне ничего не угрожало. Потом Мэгги отдала мне последнюю коробку с книгами и даже помогла отнести ее в багажник. Мне показалось, что она наконец передумала. Но когда я села за руль, она продолжала стоять под дождем и крутить кольцо.

У Лулу перехватило дыхание, и Эмми придвинулась ближе, держа руку пожилой женщины обеими руками, как будто это могло облегчить ее состояние.

— Я опустила окошко и попросила ее сесть в машину. Вместо этого она наклонилась, поцеловала меня в щеку, а потом протянула руку. Когда я взяла ее, она уронила что-то мне на ладонь. Это было кольцо с сапфиром, подарок Питера. Я заплакала, но она сразу же ушла в дом и заперла дверь. Она ни разу не оглянулась, — Лулу громко всхлипнула. — А мне даже в голову не пришло попросить у нее прощения за исковерканную жизнь. Роберт полюбил Мэгги, но она не смогла найти для него место в своем сердце. Там по-прежнему был Питер.

Лулу поочередно смотрела то на одного, то на другого.

— Вот так... Я убила Мэгги. Уже в тот день, когда я позволила Питеру утонуть.

Эмми покачала головой, пытаясь расставить по местам все, что недавно услышала, и подобрать нужные слова.

— Нет, Лулу. Все это вы делали потому, что любили сестру и старались защитить ее. Разве вы этого не понимаете? Мэгги сама сделала выбор. Она решила всю жизнь дожидаться того, кто не мог вернуться к ней. У нее были муж и сын, которые любили ее, но она решила остаться в прошлом.

Глаза Лулу расширились за стеклами очков.

— Но она умерла, потому что я слишком поздно сказала ей правду.

— Вы ошибаетесь, Лулу. Мэгги умерла потому, что не знала, сколько ей нужно ждать, чтобы прошлое отпустило ее. Она все равно готовилась к смерти в тот день, поэтому и не стала эвакуироваться. Но это был ее выбор. И еще одно... — Эмми сглотнула слезы, понимая, насколько важными будут ее следующие слова. — Вы не должны были просить прощения. Она уже простила вас.

Лулу нахмурилась. Это выражение ее лица было таким привычным, что Эмми едва не улыбнулась от облегчения.

— Что вы имеете в виду?

— Она поцеловала вас на прощание, верно? А потом отдала свою самую драгоценную вещь, потому что доверяла вам, как никому другому. Она любила вас и знала, что вы любите ее. Она знала, что вы достойны доверия и поступили правильно, несмотря на последствия. Именно поэтому она отдала вам кольцо.

Лулу серьезно смотрела на нее из-под очков, и Эмми увидела в ее глазах проблеск надежды. Потом пожилая женщина отвернулась и вытерла лицо рукавом больничной рубахи. Эмми посмотрела на свое обручальное кольцо и вспомнила слова Лулу, которые та произнесла во время их первой встречи.

Эмми наклонилась над кроватью и снова взяла руку Лулу обеими руками.

— В тот вечер на пляже, когда случилась эта история с Питером... Вы спасли жизни множества людей, Лулу! Но у них не было возможности поблагодарить вас. — Она нерешительно улыбнулась и добавила: — Вы настоящая героиня, Лулу.

Их взгляды встретились. Обе женщины лучше многих других понимали, что значит быть храбрым. Лицо Лулу смягчилось; глубокие складки возле губ немного разгладились, как будто прощение обладало силой уничтожать следы, оставленные временем.

Хит подался вперед и облокотился на кровать.

— Ты в самом деле проделала блестящую работу, тетя Лулу. Только подумай: тебе было десять лет, но ты смогла выследить последнего члена мощной шпионской организации. Тебе нужно писать детективные романы.

Лулу и Джолин обменялись взглядами.

— Вообще-то она уже несколько лет пишет их, — произнесла Джолин.

Хит и Эмми посмотрели на Лулу, но она пренебрежительно отмахнулась.

— Ничего особенного. Обычная писанина. Джолин просматривает мои рукописи и старается их причесать.

— Это хорошие тексты, — сказала Джолин, комкая в руках бумажную салфетку. — Мой друг из колледжа работает литературным агентом в Нью-Йорке. Когда все будет готово, я хочу послать рукописи ему и узнать его мнение.

Эмми испытала почти неощутимое и совершенно необъяснимое облегчение. Теперь немного прояснилось, почему Лулу испытывает такие чувства к Джолин. Но потом она посмотрела на левую руку

Джолин, на которой по-прежнему сверкало кольцо Мэгги, и у нее снова появились сомнения.

Хит заговорил, лицо его оставалось бесстрастным.

— Значит, моей настоящей бабушкой была Кэт, а дедом — вовсе не Роберт Рейнольдс, а нацистский шпион Питер Кехлер.

Лулу кивнула.

— С биологической точки зрения так оно и есть. Но Роберт любил твоего отца так, будто он был его плотью и кровью. А Мэгги считала, что солнце восходит и заходит только ради Джонни. Они были хорошими людьми и добрыми, любящими родителями, несмотря на все, что с ними произошло.

— А как Мэгги объяснила окружающим, что случилось с Кэт? — спросила Эмми, снова повернувшись к Лулу. — Похоже, люди помнят лишь о ее трагической смерти в юном возрасте.

Лулу вздохнула.

— Так или иначе, Мэгги все равно любила Питера. Она знала, что не может быть с ним, но хотела этого. В конце концов, все как-то устроилось. — Она переводила взгляд с одного лица на другое, словно была ребенком, готовым поделиться своей тайной. — Она сказала, что произошел несчастный случай и Кэт выпала из окна, когда пыталась открыть его. Разумеется, это была чистая правда.

Лулу протянула руку к Джолин.

— Ты очень похожа на Кэт. Я помню, как Хит впервые привел тебя домой, и все дивились твоей красоте, а я думала лишь о том, что у вас с Кэт одинаковые глаза и вы обе сознаете свою власть над мужчинами.

Джолин вспыхнула и посмотрела на сложенные на коленях руки, кольцо при этом оставалось невидимым.

— Я хотела, чтобы сегодня ты пришла сюда и услышала все это, — продолжала Лулу. — Ты стала мне дочерью, но сначала я использовала тебя, потому что так мне было легче думать о смерти Кэт и о том, что Мэгги так и не узнала, как кузина пыталась спасти ее. Еще мне хотелось сделать так, чтобы твоя жизнь сложилась лучше, чем у Кэт. Я просила тебя приезжать на Фолли-Бич еще долго после того, как поняла, что это плохо для Хита... плохо для вас обоих. И мне очень жаль, что все так получилось, — она глубоко вздохнула. — Но, думаю, чувство вины похоже на зыбучий песок: чем больше ты стараешься освободиться, тем сильнее увязаешь.

Хит медленно встал и подошел к окну.

— Но почему ты решила рассказать об этом сейчас?

Со стороны казалось, что Лулу вдруг совершенно обессилела, словно пересказ событий давно минувших лет заставил ее снова пережить их, а ее старое тело не было готово к этому испытанию.

— Потому что я устала, — тихо ответила она. — Я устала ждать прощения. В конце концов я поняла, что мне выпал достаточно долгий срок для ожидания.

Эмми и Джолин переглянулись, и Эмми поняла, что они вспоминают одно и то же: разговор на подъездной дорожке и вопрос о том, как долго нужно ждать, прежде чем поймешь, что ты ждал достаточно долго.

На лице Лулу промелькнуло знакомое выражение, что позволило Эмми подготовиться к ее следующей фразе.

— Еще я устала от людей, совершающих такие же ошибки, как мы с Мэгги, словно никто ничему не научился. — Она указала на обручальное кольцо Эмми, тускло блестевшее в холодном свете флюоресцентных ламп больничной палаты. — Долго вы будете ждать Бена? Вы живете так, словно он может войти в дом в любую минуту.

Прежде чем Эмми успела ответить, Лулу повернула голову к Джолин.

— А ты, с твоим умом и красотой, — ты по-прежнему бьешься головой об стену, надеясь вернуть мужчину, который больше не хочет тебя. У тебя столько возможностей, зачем же тратить время и силы на пустое занятие? — Лулу закрыла глаза, и на ее щеках проступили яркие пятна, контрастировавшие с крахмальной белизной подушек. — Я говорю резко, но такая у меня привычка. Лучше бы я вела себя так по отношению к Мэгги, пока не стало слишком поздно. Тогда ее жизнь могла бы сложиться иначе — гораздо лучше.

Джолин резко встала.

— Извините, я должна... мне нужно идти.

Она наклонилась, поцеловала Лулу в лоб и быстро вышла из палаты, стуча каблуками по кафельному полу и ни разу не оглянувшись назад. Хит дернулся, как будто собираясь последовать за ней, но слова Лулу удержали его на месте.

— Не надо, Хит. Ей нужно вести собственные битвы, и она не сможет этого сделать, если ты все время будешь спасать ее. Она больше не относится к твоим незавершенным проектам. — Лулу закрыла глаза и откинула голову на подушку. — Дай ей уйти.

Брови Хита сошлись к переносице, пока он задумчиво смотрел на дверь. Потом он покачал головой и повернулся к Лулу.

— Извини, но я просто не могу так поступить. — Он поцеловал ее в щеку и ушел, пообещав вернуться.

Эмми обнаружила, что пытается отодвинуть стул от кровати; слова Лулу еще больно ранили ее.

— Вы совсем измучились, Лулу. Я, пожалуй, пойду, а вы отдохните.

Лулу ухватилась за простыню.

— Нет. Еще рано. Теперь ваша очередь рассказывать.

Эмми недоуменно уставилась на нее.

— Я хочу, чтобы вы рассказали мне о Бене.

Эмми ждала, когда нахлынут боль и горечь утраты, от которых перехватывает дыхание. Но ее переполняли лишь теплые чувства к погибшему мужу. Она думала о той любви, которую они делили друг с другом, пока были вместе.

— Откуда мне лучше начать?

— С самого начала — с тех пор, как вы познакомились. А когда вы закончите, я расскажу о Джиме.

Эмми приподняла брови.

— Джим... первый муж Кэт?

Лулу кивнула.

— Да. Я влюбилась в него, когда мне было девять лет, и с тех пор не нашла никого, кто был бы хоть чем-то похож на него. Но это было моей ошибкой. Таких, как он, больше нет, но в мире, несомненно, есть множество не менее хороших мужчин.

Лулу закрыла глаза, прежде чем Эмми успела догадаться, о чем еще она хотела сказать.

— Хорошо. Скажите мне, когда нужно будет остановиться.

Эмми налила себе стакан воды и приступила к рассказу, начиная с того момента, когда она стояла на крыльце материнского дома и он поцеловал ее.

Глава 31

Фолли-Бич, Южная Каролина
Октябрь 2009 года

Гудок автомобиля пробудил Эмми от глубокого сна. Она села в постели, плохо понимая, что происходит, посмотрела на часы у кровати и поняла, что уже больше десяти утра.

Эмми поплескала в лицо холодной водой, быстро почистила зубы и побежала к двери. Ее родители уже поднимались на крыльцо. Отец первым обнял ее и похлопал по спине широкой фермерской ладонью, отчего она снова почувствовала себя маленькой девочкой.

— Хорошо выглядишь, Эмми, — сказал он, внимательно изучая ее лицо. — Теплая погода идет тебе на пользу.

Он широко улыбнулся и добавил:

— Если так выглядит октябрь в Южной Каролине, мне стоит задуматься о переезде, когда я перестану работать.

Когда отец отпустил ее, Эмми повернулась к матери, и они неловко застыли, глядя друг на друга. Потом обе шагнули вперед и взялись за руки; ощущение было таким же незнакомым, как бег в туфлях на высоком каблуке. Но когда Эмми попыталась отступить, мать сильнее привлекла ее к себе, а Эмми положила голову ей на плечо и подумала, что любовь матери к своему единственному ребенку преодолела боль от ее утрат. Все осталось по-прежнему, но понадобилось несколько месяцев, чтобы обе осознали это.

Пейдж немного отодвинулась и заглянула в дом.

— Тут очень красиво. Ты говоришь, что сын Эбигейл спроектировал и построил этот дом?

— Да. Хит построил для своей невесты еще до того, как она разорвала помолвку. У него есть бизнес в Атланте, поэтому когда он приезжает на Фолли-Бич, то живет у своих родителей, а не здесь... по очевидным причинам. Я была очень рада поселиться в таком доме.

— Готова поспорить, отсюда открывается чудесный вид на болото, — с надеждой произнесла Пейдж.

Эмми подошла к двери и распахнула ее пошире.

— Заходи, я покажу тебе.

— А я пока разгружу автомобиль и принесу вещи, — сказал отец.

Обе женщины, улыбаясь, вошли в дом. Пейдж окинула восхищенным взглядом высокий потолок и панорамные окна, а потом остановилась перед фотографиями на стене в гостиной. Она подняла руку и прикоснулась к портрету Мэгги и Роберта в день их свадьбы.

— Это тоже часть твоей истории? — спросила она, изучая лица на старой фотографии.

— Да, и очень важная. И еще я стала лучше спать.

Эмми нахмурилась, пристально вглядываясь в лицо Пейдж; теперь она понимала, почему всегда видела в ее улыбке печаль. Она посмотрела на следующую фотографию — Питер сидел за столом и был явно недоволен тем, что его снимают. Теперь она видела профиль Хита и его нос и удивилась, почему раньше не замечала этого сходства.

Она на секунду остановилась и задумалась.

— Мне уже давно не снится Бен. Некоторое время назад мы долго разговаривали с Лулу — она попросила меня рассказать о нем.

Пейдж кивнула и сразу же направилась к заднему крыльцу, выходившему на небольшой двор и болото за ним. Ее взгляд смягчился, как будто она увидела давно уехавшего друга, с которым не ожидала встретиться снова.

— Оно все такое же, — пробормотала она, глядя на маяк и приглушенные краски осени по берегам реки и болотистой низменности, окружавшей дельту. — Наверное, я снова займусь живописью и это будет мой первый пейзаж.

Эмми смотрела на мать, вспоминая закрытые тканью мольберты на чердаке и высохшие краски. Она улыбнулась.

— Думаю, это очень хорошая мысль.

Пейдж указала в сторону причала.

— Это одно из бутылочных деревьев Лулу?

— Оно стояло здесь, когда я приехала на Фолли-Бич. В одной из бутылок даже была записка. — Она вспомнила слова «вернись ко мне» и ощутила их пустоту, невозможность стремления к тому, что уже не может сбыться, наивную веру в то, что если будешь ждать достаточно долго, то слова обернутся явью.

— Записка?

— Да. Лулу уже давно завела эту традицию. Это такой способ сохранить в памяти образ человека или место, которое ты любишь.

Пейдж предпочла воздержаться от комментариев.

— Где твоя лодка? — она посмотрела на недостроенный причал.

— У меня ее нет, да я и не собиралась брать ее напрокат. Я не выходила на болото дальше причала. Сама не знаю почему, но я все время медлила с этой прогулкой.

Пейдж повернулась и внимательно посмотрела на Эмми.

— Потому что его красота и тайна зачаруют тебя и больше не отпустят. — Она перевела взгляд на воду, охристо блестевшую в солнечном сиянии. — В какой-то момент ты поймешь это, и тебе будет трудно уехать отсюда. — Она глубоко вздохнула. — Оно остается с тобой, даже запах гниющего ила. Я почувствовала его, когда ехала через мост, и поняла, что вернулась домой.

Эмми натянуто улыбнулась.

— Я думала, что твой дом в Индиане.

— О, наш дом может находиться в нескольких местах. Я взяла с собой банку с песком, чтобы помнить об этом. И, знаешь, Бен тоже понимал это.

Эмми смотрела на мать, отмечая, какими густыми до сих пор были ее темно-каштановые волосы, пронизанные седыми прядями.

— Что ты имеешь в виду?

Пейдж повернулась к дочери; ее глаза были такого же цвета, как у Эмми.

— Перед своей последней командировкой он зашел ко мне в магазин, когда тебя там не было. Он сказал... — она немного подумала, словно пыталась точно вспомнить слова. — Он сказал, что если с ним что-то случится, то он хочет, чтобы ты начала новую жизнь где-нибудь еще. Он хотел, чтобы ты следовала своим мечтам, куда бы они ни привели, и не давала воспоминаниям о прошлой жизни удерживать тебя на месте.

Эмми заморгала — на глазах появились слезы.

— Бен сказал тебе это?

Пейдж кивнула; ее глаза ярко сияли.

— Да. Он очень сильно любил тебя.

Эмми почувствовала, как где-то внутри разгорается старый, хорошо знакомый гнев.

— Почему ты раньше не сказала мне об этом?

— Потому что ты была еще не готова услышать эти слова. Тогда ты бы еще больше противилась отъезду. Но думаю, теперь ты готова.

Обе замолчали, наблюдая за ястребом, парившим низко над водой и высматривавшим добычу, которую мог видеть только он.

Эмми любовалась пейзажем с отдаленным маяком на острове Моррис, пока ее глаза не затуманились от непролитых слез. Она думала о словах Бена, предназначенных для нее, и ее гнев постепенно рассеивался, оставив лишь теплое свечение и уверенность в том, что она действительно оказалась в нужном месте.

— Мне уже почти неделю не снились его шаги.

Пейдж молчала, как будто ожидая, что Эмми сама поймет, в чем тут дело.

— Думаю, теперь со мной все будет в порядке, мама.

— Знаю, — тихо ответила Пейдж. — Я бы не отпустила тебя, если бы думала иначе.

По шее Эмми пробежало знакомое покалывание, когда они обменялись улыбками. А потом они обе вновь стали созерцать осеннее болото, где вода омывала высокую траву. В словах больше не было нужды.

После того как родители Эмми уехали повидаться с Эбигейл и пообещали встретиться с ней в «Находках Фолли» спустя несколько часов, девушка вернулась в спальню и долго сидела, глядя в пустоту, думая о Бене, о том, что он сказал ее матери... и еще она думала о словах Лулу, убеждавших ее принять очевидную истину: Бен больше никогда не вернется.

Эмми отодвинула в сторону свой ноутбук, достала из ящика записную книжку и вырвала листок. Она помедлила, держа в руке ручку и размышляя о том, что они с Беном многое не сказали друг другу. Она об этом очень сожалела. А потом она начала писать и когда закончила, то аккуратно скатала записку и убедилась, что бумажный цилиндрик без труда пройдет в горлышко бутылки.

Эмми встала и направилась к двери, но вдруг вернулась к столу, привлеченная собственным отражением в зеркале на стене. Подойдя ближе, она увидела, что ее глаза стали ясными и утратили выражение пойманной птицы, напоминавшей ей о фотографии Мэгги. Она посмотрела на свою левую руку, вспомнила тот день, когда Бен надел ей кольцо на палец, и наконец поняла, что имела в виду ее мать, когда сказала, что единственное мучение — это жить без любви.

Она медленно сняла обручальное кольцо с безымянного пальца, положила его в ящик, тихо закрыла его и отошла от стола, словно опасаясь, что может передумать.

Эмми оделась для бега, положила записку в карман ветровки и трусцой спустилась с парадного крыльца. Неподалеку она увидела грузовичок Хита с каяком в открытом кузове, сворачивавший на подъездную дорожку. Фрэнк залаял из кабины, потом выскочил в открытое окошко и побежал к ней, едва успев остановиться перед Эмми.

Почесывая Фрэнка за ушами, Эмми наблюдала за Хитом, который вышел из кабины и шел к ней. Внезапно ее охватило смущение. Она не встречалась с ним после разговора в больничной палате Лулу и не спрашивала Лиз или Эбигейл, что случилось потом. Казалось, это было связано с чем-то, о чем она боялась узнать.

Хит остановился перед Эмми и сунул руки в карманы.

— Собираетесь пробежаться?

— Я бы не стала называть это пробежкой, но пока мне и этого хватает. А вы как?

— Спасибо, уже лучше. Я был в Атланте.

— Знаю. Эбигейл говорила об этом. И Лиз. И Лулу. И ваш отец. Все они как будто хотели, чтобы я непременно знала, где вы находитесь.

Хит улыбнулся и отвел глаза. Когда он снова посмотрел на нее, его взгляд был серьезным.

— Я был с Джолин. Она сказала, что готова пройти курс реабилитации, и я нашел для нее место, не слишком похожее на больницу. — Он потыкал носком туфли в чахлую траву, проросшую между бетонными плитами. — Она хотела, чтобы я вам коечто передал.

— Правда? О чем речь?

— О том, что тетя Лулу была права насчет достаточно долгого ожидания.

Он пошарил пальцами в заднем кармане, достал салфетку, медленно развернул ее и показал кольцо с голубым сапфиром, ярко блестевшим на солнце.

— Джолин вернула мне кольцо Мэгги.

Эмми смотрела на камень, ощущая облегчение и печаль оттого, что неизбежное наконец произошло. Теперь Хит мог думать о будущем.

— Мне жаль.

— Она также просила передать, что вы помогли ей.

— Я?

— После реабилитации Джолин собирается переехать в Калифорнию. Она надеется, что перемена обстановки тоже пойдет ей на пользу.

— По крайней мере, я рада, что обошлось без истерик, как было со мной. — Эмми скорчила гримасу, и Хит улыбнулся.

— Еще она сказала, чтобы вы не беспокоились. Она продолжит вести ваш сайт — разумеется, если вы захотите. Она позвонит, как только сможет нормально поговорить с вами.

— Хорошо. Похоже, вам обоим удалось со всем разобраться. Знаю, это было нелегко.

Фрэнк подбежал к Хиту со старым теннисным мячом, который он нашел на соседском дворе и теперь уронил к его ногам. Хит взял мячик и зашвырнул его на задний двор. Оба наблюдали, как Фрэнк поскакал следом.

— Как поживает Лулу? — спросила Эмми, чтобы сменить тему. — Я навещала ее на прошлой неделе, и она еще нетвердо держалась на ногах.

— Сегодня она встала очень рано и стала командовать моей матерью в ее собственной кухне, так что теперь все в порядке. Она постоянно звонит бедной Джанелл в магазин и спрашивает о новых заказах, поэтому я в конце концов отобрал у нее телефон.

— Удачная мысль. Джанелл прекрасно справляется с заказами на бутылочные деревья. Возможно, пора реорганизовать бизнес: пусть Лулу отвечает за оформление, а Джанелл — за физическую работу. Будет лучше, если вы с Эбигейл предложите этот вариант. Я хотела бы взять отпуск на неделю.

Хит откинул голову и рассмеялся, заставив Эмми улыбнуться.

— Тоже удачная мысль с вашей стороны.

— Лулу расскажет вашему отцу?

— Да. Она хочет рассказать ему обо всем. Думаю, все мы поняли, как опасно утаивать правду. Вы не знаете моего отца; он очень крепкий человек. Конечно, ему придется привыкнуть к мысли, что он сын нацистского шпиона, но с ним случалось коечто похуже. Он такой любитель истории, что я даже могу представить, как он пишет об этом книгу. Последний шпион из сети Дюкейна, выявленный через шестьдесят лет, — это чрезвычайно интересный материал независимо от того, увлекаетесь ли вы историей или нет.

— И то верно. — Эмми сунула руки в карманы ветровки и нащупала свою записку. — Но мне правда жаль. Я не хотела переворачивать историю вашей семьи вверх тормашками. Надеюсь, вы понимаете: если бы вы захотели, чтобы я остановилась, то я бы обязательно сделала это.

Хит лукаво усмехнулся.

— Знаю. Но вообще-то это я должен извиниться перед вами... и поблагодарить вас. Наверное, облучение на какое-то время исказило мои мыслительные процессы. Я хотел смотреть только в будущее и не обращал внимания на беспорядок, который оставлял за собой. Для меня как будто ничего не имело значения, включая Джолин. А когда вы рассказали мне о книгах и записках, у меня появилось такое ощущение, будто все эти люди: Мэгги, Лулу, Кэт — тоже не имеют значения.

Он машинально потер шрам на виске; вероятно, эта привычка сохранится до конца его дней.

— И все мои незавершенные дела: работа, Джолин, старый участок и этот причал — были своеобразными заграждениями, которые я расставил так, что не мог ясно видеть будущее. Я считал, что если буду ждать достаточно долго, то они исчезнут сами по себе.

Фрэнк растянулся у ног Эмми, мешая ей двинуться с места.

— Вам нужно отдохнуть, Хит. Ведь вы едва не умерли.

Он внимательно посмотрел на Эмми.

— Рад, что этого не случилось. Трудно примириться с мыслью о том, что ты в этой жизни что-то недоделал или не высказал. Поэтому я рад, что вы нашли книги Мэгги и затеяли всю эту бучу. Вы помогли мне вернуть ясность мысли и сделали счастливой одну пожилую женщину.

Эмми посмотрела на заснувшего Фрэнка, и ее рука снова нащупала скатанную записку в кармане. *Оставлять вещи невысказанными.* Слова Хита эхом отдавались у нее в голове и наполняли уверенностью, которую она не ощущала уже очень давно.

— Кстати, о вашей семье. Эбигейл наконец призналась, что не хочет бросать работу и предпочитает оставаться в магазине на неполный день. Я сделала вид, что подумаю, прежде чем согласиться.

Хит широко улыбнулся.

— Отлично. Это поможет ей присматривать за Лулу, и она будет слишком занята, чтобы донимать меня вопросами о моих личных планах.

Эмми прищурилась от яркого солнца.

— Эбигейл также упомянула, что вы разрабатываете план дома для старого участка.

Он ухмыльнулся.

— Я хочу построить скромный коттедж, нечто вроде копии старого дома Лулу, но с хорошим водопроводом и центральным кондиционированием. Пусть она живет там сколько захочет. Думаю, Фолли-Бич не нужен очередной роскошный особняк, но не повредит небольшое напоминание о его истории.

По спине Эмми пробежали мурашки, и она пристально посмотрела на Хита.

— Вы сделали правильный выбор. Лучше и не придумаешь.

Он приподнял бровь.

— Вы как будто знаете заранее.

— Да. — Эмми посмотрела на небо, испытывая привычное замешательство при обсуждении этой темы. — Можете называть это женской интуицией; правда, моя интуиция всегда безошибочна.

Она решила сменить тему и спросила:

— А что вы собираетесь сделать с этим домом?

— Надеюсь продать его вам, — сразу же ответил он.

Слова Хита изумили Эмми, и она на мгновение лишилась дара речи.

— Я... не думаю, что смогу себе это позволить.

— Ага. По крайней мере, вы не сказали, что не собираетесь оставаться на острове. Неплохо для начала.

Эмми уставилась на него; то, о чем она боялась думать, наконец было произнесено вслух.

— Да, — медленно ответила она. — Полагаю, я останусь здесь на какое-то время.

Его лицо расплылось в добродушной улыбке.

— Замечательно. Моя мама будет в восторге, и даже Лулу, хотя она никогда не признается в этом. Не говорите ей о нашем разговоре.

Эмми прижала ладонь к сердцу.

— Обещаю.

Они избегали смотреть друг на друга, как будто ждали, когда к списку будет добавлено другое, вполне очевидное имя. Наконец Эмми оглянулась на дом.

— Лулу однажды сказала, что ураганы приходят каждые тридцать лет. Означает ли это, что очередной большой шторм случится только в 2019 году?

— Да. Но, поверьте, этот дом сможет вынести очередной «Хьюго», и это не интуиция, — Хит подмигнул. — Я знаю, кто его построил.

Эмми по-новому взглянула на дом, вспомнив, каким уязвимым он показался, когда она впервые увидела его, примостившегося между бурными водами Атлантики и устьем Фолли-Ривер. Но теперь, снова оценивая строение, она поняла, насколько обманчивы тонкие сваи и как красота балок и стропил скрадывает прочность дома. Она представила, как он противостоит ветру и ярости волн и выходит из схватки потрепанным, но более сильным и непобежденным.

— А для чего вы взяли каяк? — спросила Эмми, оглянувшись на грузовик.

— Чтобы показать вам болото. Пора приступить к изучению окрестностей. Когда вы научитесь управлять каяком и освоитесь на болоте, я хотел бы научить вас танцевать шэг. Вы не можете жить в Южной Каролине, не умея исполнять этот местный танец. Я бы даже сказал, что это противозаконно.

— В самом деле?

Хит кивнул.

— И как только я закончу причал, там можно будет оставить лодку, если вы согласитесь, конечно.

— Разумеется. — Эмми с некоторой опаской посмотрела на каяк. — Раньше я на таком не плавала. Но я в игре, если вы не возражаете против новичков.

— Тогда пошли. Помогите мне отцепить его и возьмите весла, а потом посмотрим, как он держится на воде.

Эмми с тревогой взглянула на Хита.

— Я шучу. Разумеется, он на ходу. Я плавал на нем десятки раз и даже ног не промочил.

Успокоившись, Эмми выполнила просьбу Хита и последовала за ним к дальнему концу причала. Она помогла ему спустить каяк на воду и положила весла внутрь.

— Одну минуту, — попросила она. — Я сейчас вернусь.

Эмми подбежала к краю причала, где стояло бутылочное дерево. Она сунула руку в карман, достала записку для Бена и аккуратно положила ее в ярко-синюю бутылку, а потом отступила в сторону. Порыв ветра с болота взъерошил ей волосы и принес запах ила, а она смотрела на скатанную бумажку, размытую и искаженную за синим стеклом. Теперь запах был больше похож на аромат духов, оставшийся на шерсти зимнего шарфа, который вынули из шкафа.

В небесной лазури раздавались крики перелетных гусей, совершавших ежегодное путешествие на север и направляемых неведомым предчувствием дальнего дома. Ветер шелестел в стеблях тростника, как будто болото полнилось разговорами на незнакомом языке. Эмми подумала о времени, прошедшем после смерти Бена. Теперь она знала, что для нее это было время ожидания, и мысленно поблагодарила Лулу и Мэгги, научивших ее понимать, когда ожидание должно закончиться.

Эмми положила руку на бутылку, согретую ярким солнцем и блестевшую, как морские стеклышки на песчаном пляже. Потом она закрыла глаза, глубоко вдохнула и попрощалась с Беном в первый и последний раз.

Примечание автора

Несколько лет назад я присутствовала на семейной свадьбе на Внешних отмелях[1] Северной Каролины. В один из дней мы с родственниками отправились к знаменитому маяку на мысе Гаттерас, и там я узнала о немецкой подлодке, затонувшей прямо у побережья, где я стояла.

Я всегда считала, что хорошо знаю историю, но в школе нам ничего не говорили о том, что нацисты подбирались так близко к континентальной части США. Эта тема заинтересовала меня, и я обдумывала ее все то время, пока собирала материал для книги.

Я выбрала Фолли-Бич потому, что в 1940-е годы он имел репутацию одного из лучших мест для отдыха и развлечений. Причал Фолли-Бич привлекал лучших певцов и музыкантов, и ходили слухи, что шэг — знаменитый танец Южной Каролины — впервые был исполнен именно там. Этот остров был светлым

[1] Внешние отмели — 320-километровая полоса барьерных островов вдоль побережья Каролины.

пятном в темный момент истории нашего народа — именно так родилась центральная идея книги.

Но прежде, чем приступить к работе, мне пришлось изучить историю операции «Барабанная дробь» (кодовое название плана немецкого командования по отправке нескольких подводных лодок к Атлантическому побережью США). Она началась в январе 1942 года и оказалась совершенно неожиданной для нашей страны. За первую половину 1942 года нацисты потопили 360 торговых судов и нефтяных танкеров — больше, чем японцы за все время боевых действий в Тихом океане, от Перл-Харбора до Мидуэя.

Если бы Гитлер удовлетворил просьбу своего адмирала отправить больше подводных лодок или если бы США и дальше медлили с организацией береговой обороны, затемнения и военных конвоев, охранявших наши морские торговые пути в Атлантике, то, вполне возможно, что Соединенные Штаты проиграли бы войну, едва успев вступить в нее. По словам великого политика Уинстона Черчилля, «...атаки подводных лодок были наихудшим злом. Немцы поступили мудро, когда сделали на них главную ставку». К счастью для нас и для всего мира, фашисты все-таки проиграли.

В ходе исследования немецкой подводной операции я узнала о двух других исторических событиях, ранее ускользавших от моего внимания: о шпионской сети «Дюкейн» и о высадке нацистских саботажников на Восточном побережье США. По чистой удаче для нас и по собственной неосторожности, шпионы и саботажники были перехвачены, прежде чем успели причинить серьезный ущерб нашей экономике и инфраструктуре. Но сюжет этой книги требовал задать вопрос: «А что, если?..» — а что, если не все они были пойманы? Так история Фолли-Бич 1940-х годов и история реальных событий Второй мировой войны соединились в книге «Фолли-Бич», пересказанной от лица Лулу О'Ши, которой в 1942 году было девять лет.

Для того чтобы история Лулу была более достоверной, мне пришлось провести массу исследований, но это было гораздо более увлекательное занятие, чем может показаться! Книги, названия которых я привожу ниже, оказались очень полезными и интересными, и я горячо рекомендую их всем, кто хочет побольше узнать об истории Фолли-Бич и о Второй мировой войне:

Torpedo Junction, by Homer H. Hickam Jr.

Saboteurs: The Nazi Raid on America, by Michael Dobbs

Folly Beach: A Brief History, by Gretchen Stringer-Robinson

Folly Beach: Glimpses of a Vanished Strand, by Bill Bryan

The Humours of Folly Beach, by Frank Melvin Braden and Ellie Maas Davis

Для тех из вас, кто хочет узнать еще больше, Фолли-Бич предлагает в аренду много летних домов, где вы можете проводить собственные «исследования».

Оглавление

Карен Уайт

РАПСОДИЯ ВЕТРЕНОГО ОСТРОВА

Ответственный редактор *В. Стрюкова*
Младший редактор *М. Петрова*
Художественный редактор *С. Власов*
Технический редактор *О. Лёвкин*
Компьютерная верстка *Д. Фирстов*
Корректор *Е. Дмитриева*

ООО «Издательство «Эксмо»
123308, Москва, ул. Зорге, д. 1. Тел.: 8 (495) 411-68-86.
Home page: www.eksmo.ru E-mail: info@eksmo.ru
Өндіруші: «ЭКСМО» АҚБ Баспасы, 123308, Мәскеу, Ресей, Зорге көшесі, 1 үй.
Тел.: 8 (495) 411-68-86.
Home page: www.eksmo.ru E-mail: info@eksmo.ru.
Тауар белгісі: «Эксмо»
Интернет-магазин : www.book24.kz
Интернет-дүкен : www.book24.kz
Импортёр в Республику Казахстан ТОО «РДЦ-Алматы».
Қазақстан Республикасындағы импорттаушы «РДЦ-Алматы» ЖШС.
Дистрибьютор и представитель по приему претензий на продукцию,
в Республике Казахстан: ТОО «РДЦ-Алматы»
Қазақстан Республикасында дистрибьютор және өнім бойынша арыз-талаптарды
қабылдаушының өкілі «РДЦ-Алматы» ЖШС,
Алматы қ., Домбровский көш., 3«а», литер Б, офис 1.
Тел.: 8 (727) 251-59-90/91/92; E-mail: RDC-Almaty@eksmo.kz
Өнімнің жарамдылық мерзімі шектелмеген.
Сертификация туралы ақпарат сайтта: www.eksmo.ru/certification

Сведения о подтверждении соответствия издания согласно законодательству РФ
о техническом регулировании можно получить на сайте Издательства «Эксмо»
www.eksmo.ru/certification
Өндірген мемлекет: Ресей. Сертификация қарастырылмаған

Подписано в печать 27.09.2018. Формат 70x100$^{1}/_{32}$.
Гарнитура «LiteraturnayaC». Печать офсетная. Усл. печ. л. 23,33.
Тираж 8 000 экз. Заказ №9517.

Отпечатано с готовых файлов заказчика
в АО «Первая Образцовая типография»,
филиал «УЛЬЯНОВСКИЙ ДОМ ПЕЧАТИ»
432980, г. Ульяновск, ул. Гончарова, 14

Оптовая торговля книгами «Эксмо»:
ООО «ТД «Эксмо». 123308, г. Москва, ул.Зорге, д.1, многоканальный тел.: 411-50-74.
E-mail: **reception@eksmo-sale.ru**

По вопросам приобретения книг «Эксмо» зарубежными оптовыми покупателями *обращаться в отдел зарубежных продаж ТД «Эксмо»*
E-mail: **international@eksmo-sale.ru**

International Sales: International wholesale customers should contact Foreign Sales Department of Trading House «Eksmo» for their orders.
international@eksmo-sale.ru

По вопросам заказа книг корпоративным клиентам, в том числе в специальном оформлении, *обращаться по тел.: +7 (495) 411-68-59, доб. 2261.*
E-mail: **ivanova.ey@eksmo.ru**

Оптовая торговля бумажно-беловыми и канцелярскими товарами для школы и офиса «Канц-Эксмо»:
Компания «Канц-Эксмо»: 142702, Московская обл., Ленинский р-н, г. Видное-2, Белокаменное ш., д. 1, а/я 5. Тел.:/факс +7 (495) 745-28-87 (многоканальный).
e-mail: **kanc@eksmo-sale.ru**, сайт: www.**kanc-eksmo.ru**

В Санкт-Петербурге: в магазине «Парк Культуры и Чтения БУКВОЕД», Невский пр-т, д. 46.
Тел.: +7(812)601-0-601, **www.bookvoed.ru**

Полный ассортимент книг издательства «Эксмо» для оптовых покупателей:
Москва. ООО «Торговый Дом «Эксмо». Адрес: 123308, г. Москва, ул.Зорге, д.1.
Телефон: +7 (495) 411-50-74. **E-mail:** reception@eksmo-sale.ru
Нижний Новгород. Филиал «Торгового Дома «Эксмо» в Нижнем Новгороде. Адрес: 603094, г. Нижний Новгород, ул. Карпинского, д. 29, бизнес-парк «Грин Плаза».
Телефон: +7 (831) 216-15-91 (92, 93, 94). **E-mail:** reception@eksmonn.ru
Санкт-Петербург. ООО «СЗКО». Адрес: 192029, г. Санкт-Петербург, пр. Обуховской Обороны, д. 84, лит. «Е». Телефон: +7 (812) 365-46-03 / 04. **E-mail:** server@szko.ru
Екатеринбург. Филиал ООО «Издательство Эксмо» в г. Екатеринбурге. Адрес: 620024, г. Екатеринбург, ул. Новинская, д. 2щ. Телефон: +7 (343) 272-72-01 (02/03/04/05/06/08).
E-mail: petrova.ea@ekat.eksmo.ru
Самара. Филиал ООО «Издательство «Эксмо» в г. Самаре.
Адрес: 443052, г. Самара, пр-т Кирова, д. 75/1, лит. «Е».
Телефон: +7(846)207-55-50. **E-mail:** RDC-samara@mail.ru
Ростов-на-Дону. Филиал ООО «Издательство «Эксмо» в г. Ростове-на-Дону. Адрес: 344023, г. Ростов-на-Дону, ул. Страны Советов, д. 44 А. Телефон: +7(863) 303-62-10. **E-mail:** info@rnd.eksmo.ru
Центр оптово-розничных продаж Cash&Carry в г. Ростове-на-Дону. Адрес: 344023, г. Ростов-на-Дону, ул. Страны Советов, д. 44 В. Телефон: (863) 303-62-10.
Режим работы: с 9-00 до 19-00. **E-mail:** rostov.mag@rnd.eksmo.ru
Новосибирск. Филиал ООО «Издательство «Эксмо» в г. Новосибирске. Адрес: 630015, г. Новосибирск, Комбинатский пер., д. 3. Телефон: +7(383) 289-91-42. **E-mail:** eksmo-nsk@yandex.ru
Хабаровск. Обособленное подразделение в г. Хабаровске. Адрес: 680000, г. Хабаровск, пер. Дзержинского, д. 24, литера Б, офис 1. Телефон: +7(4212) 910-120. **E-mail:** eksmo-khv@mail.ru
Тюмень. Филиал ООО «Издательство «Эксмо» в г. Тюмени.
Центр оптово-розничных продаж Cash&Carry в г. Тюмени.
Адрес: 625022, г. Тюмень, ул. Алебашевская, д. 9А (ТЦ Перестройка+).
Телефон: +7 (3452) 21-53-96/ 97/ 98. **E-mail:** eksmo-tumen@mail.ru
Краснодар. ООО «Издательство «Эксмо» Обособленное подразделение в г. Краснодаре
Центр оптово-розничных продаж Cash&Carry в г. Краснодаре
Адрес: 350018, г. Краснодар, ул. Сормовская, д. 7, лит. «Г». Телефон: (861) 234-43-01(02).
Республика Беларусь. ООО «ЭКСМО АСТ Си энд Си». Центр оптово-розничных продаж Cash&Carry в г.Минске. Адрес: 220014, Республика Беларусь, г. Минск, пр-т Жукова, д. 44, пом. 1-17, ТЦ «Outleto». Телефон: +375 17 251-40-23; +375 44 581-81-92.
Режим работы: с 10-00 до 22-00. **E-mail:** exmoast@yandex.by
Казахстан. РДЦ Алматы. Адрес: 050039, г. Алматы, ул. Домбровского, д. 3 «А».
Телефон: +7 (727) 251-59-90 (91,92). **E-mail:** RDC-Almaty@eksmo.kz
Интернет-магазин: www.book24.kz
Украина. ООО «Форс Украина». Адрес: 04073 г. Киев, ул. Вербовая, д. 17а.
Телефон: +38 (044) 290-99-44. **E-mail:** sales@forsukraine.com

Полный ассортимент продукции Издательства «Эксмо» можно приобрести в книжных магазинах «Читай-город» и заказать в интернет-магазине www.chitai-gorod.ru.
Телефон единой справочной службы 8 (800) 444 8 444. Звонок по России бесплатный.

Интернет-магазин ООО «Издательство «Эксмо»
www.book24.ru
Розничная продажа книг с доставкой по всему миру.
Тел.: +7 (495) 745-89-14. E-mail: **imarket@eksmo-sale.ru**

ISBN 978-5-04-097982-0

9 785040 979820 >